Alain-René Lesage, geboren am 8.5.1668 in Sarzeau/Bretagne, ist am 17.11. 1747 in Boulogne-sur-Mer gestorben. Der Verfasser des *Gil Blas* schreibt mit seinem Erstlingsroman *Le diable boiteux* (*Der hinkende Teufel*, 1707, endgültige Fassung 1726) den ersten europäischen Großstadtroman im modernen Sinn. Mit Hilfe eines aus der Flasche befreiten Teufels gibt der Autor den Blick in die innersten Geheimnisse Madrids preis, das hier stellvertretend für Paris und – im Sinn des satirischen Sittengemäldes – für jeden vergleichbaren Ort der Welt steht. In der Gestalt des Teufels wird die allmächtige Fiktion des Erzählers, wie er als »namenlos integriertes Element« in den Romanen der Eugène Sue, Honoré de Balzac, Victor Hugo etc. »mühelos den Sachverhalt Stadt durchdringen wird«, als »inhaltlich motivierte Figur vorweggenommen« (*Volker Klotz*). Bei solcher stofflichen und formalen Disposition überrascht es nicht, daß dieser Roman des 18. Jahrhunderts parallel zu den Anfängen des »realistischen« Erzählens im 19. Jahrhundert wirkungsgeschichtlich relevant wurde. Wir bringen deshalb den Text nach einer deutschen Übersetzung aus der Mitte des 19. Jahrhunderts, die gleichzeitig mit der durch Tony Johannot illustrierten französischen Ausgabe erschienen ist.

insel taschenbuch 337

Lesage

Der hinkende Teufel

LESAGE
DER HINKENDE TEUFEL

Mit Illustrationen
von Tony Johannot
und einem Nachwort
von Karl Riha

Insel

Bearbeitung der Übersetzung von G. Fink
durch Meinhard Hasenbein

insel taschenbuch 337
1. Auflage 1978

Vertrieb durch den Suhrkamp Taschenbuch Verlag
Umschlag nach Entwürfen von Willy Fleckhaus
Satz: Fotosatz Tutte, Salzweg-Passau
Druck: Nomos Verlagsgesellschaft, Baden-Baden
Printed in Germany

DER HINKENDE TEUFEL

Erstes Kapitel

Was für ein Teufel der hinkende Teufel ist,
wo und durch welchen Zufall
Don Kleophas Leandro Perez Zambullo
seine Bekanntschaft macht

Über der berühmten Stadt Madrid lag die dichte Finsternis einer Oktobernacht: schon war alles in den Häusern, und auf den Straßen volle Freiheit für die Liebhaber, die unter den Balkonen ihrer Angebeteten ihre Leiden und Freuden singen wollten; schon machte das Geklimper der Gitarre den Vätern bange und die eifersüchtigen Ehemänner unruhig; mit einem Wort, es war beinahe Mitternacht, als Don Kleophas Leandro Perez Zambullo, ein Student aus Alkala, etwas schnell aus dem Dachfenster eines Hauses stieg, in welches ihn der unbesonnene Sohn der Göttin Kythera geführt hatte. Es handelte sich bei ihm um Leben und Ehre, denn er hatte es mit drei oder vier Raufbolden zu tun, die ihm auf der Ferse nachsetzten, um ihn entweder zu ermorden oder zur Heirat mit einer Dame zu zwingen, bei der sie ihn soeben überrascht hatten.

Ganz allein gegen sie hatte er sich gleichwohl tapfer verteidigt und erst dann die Flucht ergriffen, als er in der Hitze des Gefechts seinen Degen verloren hatte. Seine Gegner setzten ihm noch eine Zeitlang auf den Dächern nach, allein die Dunkelheit begünstigte ihn und er entkam glücklich. Er tappte auf ein Licht zu, das er in der Ferne wahrnahm und das, so schwach es auch war, ihm bei dieser mißlichen Verkettung der Umstände dennoch zur Leuchte diente. Nachdem er mehr als einmal das Halsbrechen riskiert hatte, erreichte er endlich einen Speicher, von welchem der Schein des Lichtes herkam, und stieg schnell zum Fenster hinein,

so freudig wie ein Steuermann, der sein vom Sturm bedrohtes Schiff wohlbehalten in den Hafen einlaufen sieht.

Er blickte sich nach allen Seiten um, und erstaunte höchlich, als er niemand in diesem Dachstübchen fand, das ihm überhaupt eine ziemlich sonderbare und aufmerksamer Betrachtung würdige Wohnung zu sein schien. Oben an der Decke war eine kupferne Lampe angebracht, Bücher und Papier lagen durcheinander auf einem Tische, rechts ein Globus und Zirkelinstrumente, links Phiolen und Quadranten: der glaubte daher, weiter unten im Hause müsse ein Astrolog wohnen, der in dieser Klause seine Beobachtungen anzustellen pflege.

Noch dachte er über die Gefahr nach, aus der sein guter Stern ihn gerettet, und ging mit sich selbst darüber zu Rate, ob er bis zum Morgen hier bleiben, oder was er sonst tun solle, als er auf einmal in seiner Nähe einen langen tief heraufgeholten Seufzer hörte. Er hielt dies anfangs für ein Trugbild seiner erhitzten Phantasie, für eine Täuschung der Nacht; deswegen gab er nicht weiter darauf acht und setzte seine Betrachtungen fort.

Nun ertönte aber ein zweiter Seufzer, der ihn auf den Gedanken brachte, es müsse doch etwas Wirkliches sein, und obschon er niemand im Stübchen sah, rief er dennoch: »Wer zum Teufel seufzt denn hier?« – »Ich bin's, Señor Studioso«, antwortete alsbald eine Stimme, die etwas Außerordentliches an sich hatte; »schon sechs Monate stecke ich in einer dieser gepfropften Phiolen. Hier im Hause wohnt ein gelehrter Astrolog und Zauberer: er ist es, der mich durch seine gewaltige Kunst in diesem engen Kerker verschlossen hält.«

»Ihr seid also ein Geist?« sagte Don Kleophas, etwas verblüfft über die Neuheit solcher Begegnung. – »Ja, ich bin ein Dämon«, erwiderte die Stimme; »Ihr kommt sehr zur gelegenen Stunde, um mich aus der Sklaverei zu befreien. Ich verschmachte hier in dieser Untätigkeit, denn ich bin der lebhafteste und fleißigste Teufel von der Welt.«

Señor Zambullo konnte sich eines kleinen Schreckens nicht erwehren; aber von Natur beherzt, faßte er sich bald wieder und sagte in festem Tone zu dem Geist: »Señor Diablo, sagt mir doch gefälligst, welchen Rang Ihr unter Euren Brüdern einnehmt, und ob Ihr ein Teufel von Stand oder aus dem Pöbel seid.« – »Ich bin«, antwortete die Stimme, »ein hochangesehener Teufel und habe sowohl in dieser als in der andern Welt von allen den größten Ruf.« – »Wäret Ihr vielleicht«, fragte Don Kleophas, »der Dämon, den man Luzifer nennt?« – »Nein, das ist der Teufel der Marktschreier.« – »Oder Uriel?« – »Pfui doch«, unterbrach ihn die Stimme mit Heftigkeit, »das ist der Patron der Krämer, Schneider, Metzger, Bäcker und andern Spitzbuben aus dem gemeinen Volke.« – »Dann seid Ihr wohl gar Beelzebub?« fragte Leandro. – »Ihr scheint zu spotten«, antwortete der Geist, »das ist der Dämon der Dueñas und der Escuderos.« – »Sonderbar«, sagte Zambullo; »ich glaubte,

Beelzebub wäre einer der ersten in Eurem Reiche.« – »Im Gegenteil«, erwiderte der Dämon, »ist er einer seiner geringsten Apostel: Ihr habt ganz verkehrte Begriffe von unserer Welt.«

»So müßt Ihr also«, fuhr Don Kleophas fort, »Leviathan oder Belphegor oder Astaroth sein?« – »Diese drei«, antwortete der Geist, »sind allerdings Teufel vom ersten Range, sie sind Hofgeister. Sie sitzen im Rate der Fürsten, sie leiten die Minister, schließen Bündnisse, erregen Unruhen in den Staaten und zünden die Fackeln des Kriegs an. Das sind keine solche armen Lumpen, wie die ersten, die Ihr genannt habt.« – »Ei, so sagt mir doch, wenn ich bitten darf«, fragte der Student weiter, »was für ein Amt hat denn Flagel?« – »Er ist«, erwiderte die Stimme, »die Seele der

Schikane und der Geist der Gerichtshöfe. Von ihm schreiben sich die Protokolle, die Häscher und die Notare her. Er inspiriert die Prozessierenden, hat sein Wesen in den Advokaten und treibt sein Spiel mit den Richtern.

Ich dagegen habe andere Beschäftigungen: ich stifte lächerliche Heiraten, kupple Graubärte mit minderjährigen Töchtern, Herren mit ihren Mägden und arme Mädchen mit schmachtenden Liebhabern zusammen, die keinen Heller Vermögen haben. Ich habe den Luxus, die Ausschweifun-

gen, die Hasardspiele und die Chemie in die Welt eingeführt. Ich bin der Erfinder der Karusselle, des Tanzes, der Musik, der Komödie und aller neuen Moden in Frankreich; mit einem Wort, ich heiße Asmodi, sonst auch der hinkende Teufel genannt.«

»Ei, wie!« rief Don Kleophas, »Ihr wäret also der berühmte Asmodi, dessen im Agrippa und in der Klavikula Salomonis so ruhmvolle Erwähnung geschieht? Ja, dann habt Ihr mir noch nicht alle Eure Arten Euch zu belustigen gestanden. Das Beste habt Ihr weggelassen. Ich weiß, Ihr macht Euch zuweilen einen Spaß daraus, unglücklichen Liebenden unter die Arme zu greifen: erst vor einem Jahre hat ein guter Freund von mir, ein Bakkalaureus zu Alkala, durch Eure Hilfe die Gunst der Frau eines Doktors an der Universität erlangt.« – »Ganz richtig«, sagte der Geist, »ich wollte dies bis zuletzt aufsparen. Ich bin der Dämon der Wollust oder, um einen anständigeren Namen zu sagen, Gott Cupido. Diesen hübschen Namen haben mir die Herren Dichter gegeben, die mich überhaupt sehr zu meinem

Vorteile malen. Sie leihen mir vergoldete Flügel, eine Binde auf die Augen, in die Hand einen Bogen, auf den Rücken einen mit Pfeilen gefüllten Köcher, und zu dem allem eine bezaubernde Schönheit. Ihr werdet sogleich sehen, was daran ist, wenn Ihr mich in Freiheit setzen wollet.«

»Señor Asmodi«, erwiderte Don Kleophas, »es ist, wie Ihr wißt, schon lange her, daß ich Euch mit Leib und Seele ergeben bin: die Gefahr, in der ich eben schwebte, zeugt davon. Es ist mir höchst angenehm, daß ich eine Gelegenheit finde, Euch zu dienen. Allein die Phiole, in der Ihr steckt, ist ohne Zweifel bezaubert, und es wäre wohl vergebliche Mühe, wenn ich sie öffnen oder zerbrechen wollte; somit ist mir nicht ganz klar, auf welche Art ich Euch erlösen könnte. Ich verstehe mich nicht besonders gut auf solche Erlösungen, und, unter uns gesagt, wenn ein so schlauer Teufel, wie Ihr, sich nicht selbst aus der Sache zu ziehen weiß, wie sollte es einem elenden Sterblichen gelin-

gen?« – »Die Menschen vermögen dies«, antwortete der Dämon. »Die Phiole, in die ich gebannt bin, ist eine leicht zerbrechliche gläserne Flasche. Ihr braucht sie nur nehmen und auf den Boden werfen, so werde ich sogleich in menschlicher Gestalt erscheinen.« – »Wenn es sich so verhält«, versetzte der Bruder Studio, »so ist die Sache leichter, als ich mir dachte. Aber sagt mir doch, in welcher Flasche steckt Ihr denn? Es stehen eine Menge ganz gleiche herum, so daß ich es nicht erraten kann.« – »Es ist die vierte vom Fenster«, antwortete der Geist; »zwar ist der Pfropf mit einer magischen Petschaft versiegelt, aber sie wird sich dennoch zerbrechen lassen.«

»Genug«, sagte Don Kleophas; »ich bin bereit, Euern Wunsch zu erfüllen, und habe nur noch eine kleine Bedenklichkeit: wenn ich Euch den verlangten Dienst erwiesen habe, so werde ich die Scherben bezahlen müssen.« – »Seid ganz unbesorgt«, antwortete der Geist, »und rechnet im Gegenteil auf meine Erkenntlichkeit. Ich werde Euch alles sagen, was Ihr zu wissen verlangt; ich werde Euch alles offenbaren, was in der Welt vorgeht; ich werde Euch die Fehler der Menschen aufdecken; ich werde Euch fortan als Schutzgeist zur Seite stehen, und da ich etwas gebildeter bin, als der Genius des Sokrates, so will ich Euch noch gelehrter machen, als diesen großen Philosophen. Kurz, ich schenke mich Euch mit allen meinen guten und schlechten Eigenschaften; die einen werden Euch so nützlich sein, als die andern.«

»Recht artige Versprechungen«, sagte der Student; »aber ihr Herren Teufel, wißt ihr auch, daß man allgemein von euch sagt, ihr nehmet es mit dem Worthalten nicht besonders genau?« – »Dieser Vorwurf«, versetzte Asmodi, »ist nicht ganz unbegründet. Die meisten meiner Brüder machen sich kein Gewissen daraus, euch Menschen ihr Wort zu brechen. Ich aber, der ich ohnehin den Dienst, den ich von Euch erwarte, nicht teuer genug bezahlen könnte, bin Sklave meiner Schwüre und ich schwöre Euch bei allem, was sie unverletzlich macht, daß ich Euch nicht betrügen werde. Verlaßt Euch auf meine Versicherung, und was Euch gewiß lieb sein wird, ich erbiete mich, Euch noch heute nacht an dieser treulosen Doña Thomasa zu rächen, die vier Schurken bei sich versteckt hatte, um Euch zu überfallen und zur Heirat mit ihr zu zwingen.«

Das letzte Versprechen war dem jungen Zambullo besonders angenehm. Um die alsbaldige Erfüllung desselben herbeizuführen, griff er schnell nach der Flasche, worin der Geist war, und warf sie, ohne sich um die etwaigen Folgen zu bekümmern, aus Leibeskräften auf die Erde. Sie zerbrach in tausend Scherben und befeuchtete den Boden mit einer schwärzlichen Flüssigkeit, die allmählich verdunstete und in Rauch überging. Auf einmal zerstreute sich dieser Rauch, und vor den Augen des erstaunten Musensohns erschien eine etwa dritthalb Fuß hohe und auf zwei Krücken gestützte Menschengestalt im Mantel. Das kleine hinkende Ungeheuer hatte Bocksfüße, ein längliches Gesicht von schwarzgelber Farbe, ein spitziges Kinn und eine plattgedrückte Nase; seine winzigen Äugelein funkelten wie glühende Kohlen, und über seinem weitgespaltenen Mund mit den hoch aufgeworfenen Lippen starrte hakenförmig ein roter Schnurrbart.

Auf dem Kopf trug dieser reizende Liebesgott eine Art Turban von rotem Krepp, mit einem Busch von Hahnen- und Pfauenfedern aufgestutzt. Um den Hals hatte er einen breiten Kragen von gelber Leinwand, mit mancherlei Zeichnungen von Halsbändern und Ohrengehängen verziert. Seine übrige Kleidung bestand aus einem kurzen Rocke von weißem Atlas, in der Mitte mit einer breiten Binde von Pergament gegürtet, die ganz mit Talismansziffern überschrieben war. Auf dem Rock sah man allerhand Gemälde: verschiedene Arten von Busenschmuck zu sehr vorteilhaftem Gebrauche der Damen, Schärpen, bunte Schürzen, neue Kopfputze, immer einer greller als der andere.

Dies alles war übrigens noch nichts gegen seinen Mantel, der ebenfalls weißen Atlas zum Grund hatte. Es waren darauf eine unendliche Menge Figuren mit solcher Keckheit des Pinsels und solchem Ausdrucke getuscht, daß man wohl sah, der Teufel müsse ein Meister in dieser Kunst sein. Auf der einen Seite gewahrte man eine in ihre Mantille gehüllte spanische Dame, die auf dem Spaziergang mit einem Fremden liebäugelte; auf der andern eine Französin, die allerhand neue Gesichter vor dem Spiegel machte, um ihre Zauberkraft an einem jungen Abbé zu versuchen, der schön geschminkt und mit Schönpflästerchen belegt vor der Türe ihres Zimmers erschien. Hier italienische Kavaliere, die unter den Balkonen ihrer Geliebten sangen und Zither spielten; dort saßen Deutsche mit aufgeknöpfter Weste im verwahrlosesten Zustande, besoffen und von Tabak be-

schmutzt, um einen Tisch her, der von den Überbleibseln ihrer Schmauserei troff. An einem andern Orte sah man einen vornehmen Muselmann aus dem Bade steigen und von allen Frauen seines Serails umgeben, die ihm um die Wette ihre Dienste anboten; an einem dritten entdeckte man einen englischen Gentleman, der seiner Dame galant eine Pfeife und Bier präsentierte.

Auch Spieler sah man hier wunderschön dargestellt; die einen, voll der lebhaftesten Freude, füllten ihre Hüte mit Gold und Silber; die andern, die nur noch auf Kredit spielten, schickten gotteslästerliche Blicke gen Himmel und nagten verzweiflungsvoll an den Karten. Kurz, es waren hier so viele interessante Sachen zu sehen, als auf dem bewundernswürdigen Schilde, den Gott Vulkan auf die Bitte der Thetis machte: nur war zwischen den Werken dieser beiden hinkenden Gottheiten der Unterschied, daß die Figuren auf dem Schilde keine Beziehung zu Achills Taten hatten, während die auf dem Mantel bloß ein anschauliches Gemälde dessen waren, was auf Asmodis Eingeben in der Welt geschieht.

Zweites Kapitel

Was auf die Befreiung Asmodis erfolgt

Da der Dämon sah, daß der Student von seinem Anblick nicht besonders erbaut war, sagte er lächelnd: »Nun, Señor Don Kleophas Leandro Perez Zambullo, jetzt habt Ihr den reizenden Gott der Liebe, den souveränen Beherrscher der Herzen leibhaftig vor Euch stehen. Was dünkt Euch von meiner Gestalt und meiner Schönheit? Nicht wahr, die Poeten sind vortreffliche Maler?« – »Aufrichtig gesprochen«, antwortete Kleophas, »sie schmeicheln ein wenig. Ich glaube nicht, daß Ihr in dieser Gestalt je vor Psyche erschienen seid.« – »Ganz richtig«, erwiderte der Teufel, »ich borgte damals die eines französischen Marquis, um Knall und Fall ihre Liebe zu gewinnen. Nur unter einem schönen Firnis kann das Laster gefallen. Ich kann alle Gestalten annehmen, die mir belieben, und es wäre mir eine Kleinigkeit gewesen, in phantastischer Schönheit vor Euch zu erscheinen; da ich mich aber ganz Euerm Dienste ergeben habe, und vor Euch nichts geheim-

zuhalten gedenke, so zog ich die Gestalt vor, die der allgemeinen Meinung von mir und meinem Treiben am angemessensten ist.«

»Es wundert mich nicht«, sagte Leandro, »daß Ihr ein wenig häßlich seid: verzeiht diesen Ausdruck; der Umgang, den wir miteinander pflegen werden, erheischt Offenherzigkeit. Ich hatte mir wahrhaftig ein ganz anderes Bild von Euch gemacht; aber sagt mir doch in Teufels Namen, warum hinkt Ihr denn?«

»Dies kommt«, antwortete der Dämon, »von einem Streite her, den ich einmal in Frankreich mit Pillardoc, dem Dämon des Eigennutzes, hatte. Es handelte sich um den Besitz eines jungen Menschen aus Maine, der nach Paris gekommen war, um sein Glück zu suchen. Da der Junge viel Talent hatte, und überhaupt ein vortrefflicher Bursche war, so stritten wir uns ziemlich hitzig um ihn: der Kampfplatz war die mittlere Region der Luft. Pillardoc war der Stärkere und warf mich herab auf die Erde, ungefähr so, wie Jupiter, wenn es wahr ist, was die Poeten sagen, den Vulkan herunterschleuderte. Die Ähnlichkeit unserer Abenteuer war die Ursache, daß mich meine Kameraden den hinkenden Teufel nannten: diesen Beinamen, den sie mir im Scherz gaben, habe ich bis jetzt behalten müssen. Dennoch kann ich, so krüppelhaft ich auch aussehe, immer noch recht wacker marschieren. Ihr solltet sehen, wie flink ich bin.

Doch«, setzte er hinzu, »wir wollen nicht länger plaudern, und sehen, wie wir aus diesem Dachstübchen kommen. Der Zauberer wird bald erscheinen, um an der Unsterblichkeit einer schönen Sylphide zu arbeiten, die ihn jede Nacht hier besucht. Wofern er uns überraschte, würde er mich unfehlbar wieder in die Flasche pfropfen und vielleicht Euch ebenfalls. Vorher aber wollen wir die Scherben zum Fenster hinauswerfen, damit der Hexenmeister meine Befreiung nicht merkt.«

»Und was wäre es denn auch, wenn er sie nach unserer Abfahrt wahrnähme?« fragte Zambullo. – »Das versteht Ihr nicht«, antwortete der Lahme; »ich sehe wohl, Ihr habt das Buch vom Höllenzwang nicht gelesen. Versteckte ich mich auch am äußersten Ende der Erde oder in der Region, wo die flammenden Salamander wohnen; stiege ich hinab zu den Gnomen oder in die tiefsten Tiefen des Meeres, ich wäre dennoch nicht sicher vor seiner Rache. Er würde so gewaltige Beschwörungen machen, daß die ganze Hölle darob zitterte. Vergebens würde ich einen Versuch zum Ungehorsam machen; ich müßte wider Willen vor ihm erscheinen, um die Strafe zu erleiden, die er mir nach seinem Gutdünken auferlegen würde.«

»Wenn dem so ist«, versetzte der Student, »so fürchte ich nur, unsere Verbindung wird nicht lange dauern: denn der verwünschte Hexenmeister kann bald Eure Flucht entdekken.« – »Das weiß ich nicht«, erwiderte der Geist; »denn wir wissen überhaupt nicht, was geschehen wird.« – »Wie!« rief

Leandro Perez, »Ihr Geister habt keinen Blick in die Zukunft?« – »Nein, wahrhaftig nicht«, war die Antwort; »wer uns hierin traut, wird jämmerlich betrogen. Deswegen schwatzen auch die Wahrsager und Wahrsagerinnen so viel albernes Zeug und verleiten die vornehmen Damen, die sie über die Zukunft befragen, zu solch dummen Streichen. Wir wissen nichts, als die Vergangenheit und die Gegenwart. Daher kann ich auch nicht sagen, ob der Zauberer meine Abwesenheit bald bemerken wird; ich hoffe aber, nein! Es sind noch mehr solche Phiolen da, wie die, worin ich eingesperrt war; er wird sie nicht vermissen. Ohnehin war ich in seinem Laboratorium nur ungefähr das, was ein juridisches Buch in der Bibliothek eines Finanzmanns: er denkt nicht an mich, und wenn er auch daran dächte, so tut er mir doch niemals die Ehre an, sich mit mir zu unterhalten: er ist der hochmütigste Zauberer, den ich kenne. Seit er mich gefangenhält, hat er es nie der Mühe wert gefunden, ein Wort mit mir zu sprechen.«

»Ein schändlicher Bursche!« sagte Don Kleophas. »Womit habt Ihr Euch denn seine Feindschaft zugezogen?« – »Ich habe eines seiner Plänchen zunichte gemacht«, antwortete Asmodi. »Es war auf einer gewissen Akademie eine Stelle erledigt: er wollte sie einem seiner Freunde zukommen lassen, ich einem andern. Er machte einen Talisman, den er aus den kräftigsten Charakteren der Kabbala zusammensetzte. Ich aber brachte meinen Mann in die Dienste eines großen Ministers, dessen Name kräftiger war, als der Talisman.«

Nach dieser Erklärung raffte der Dämon die Scherben der zerbrochenen Flasche sorgfältig zusammen und warf sie zum Fenster hinaus. »Señor Zambullo«, sagte er hierauf zum Studenten, »jetzt schnell auf! Ergreift den Zipfel meines Mantels und fürchtet nichts.« Don Kleophas war zwar nicht ganz wohl dabei zumute, doch fand er es immer noch geratener, als zu bleiben und sich der Rache des Zauberers auszusetzen. Er klammerte sich also, so gut er konnte, an den Teufel an, der ihn alsbald von dannen führte.

Drittes Kapitel

Wohin der hinkende Teufel den Studenten führt und was er ihm zuerst zeigt

Asmodi hatte seine Schnelligkeit nicht zu Unrecht gerühmt. Er durchflog die Luft wie ein von starker Hand abgeschossener Pfeil, und ließ sich endlich auf dem Turme der San-Salvadorkirche nieder. Als er wieder festen Fuß gefaßt hatte, sagte er zu seinem Gefährten: »Nun, Señor Leandro, ist es nicht eine falsche Redensart, wenn man einen holprigen Wagen ein Teufels-Fuhrwerk nennt?« – »Allerdings«, antwortete Zambullo höflich; »denn dies Fuhrwerk ist lieblicher als eine Sänfte und dabei so fördernd, daß man keine Zeit hat, sich auf der Reise zu langweilen.«

»Wißt Ihr aber auch«, entgegnete der Dämon, »warum ich Euch gerade hierher führte: ich will Euch jetzt alles zeigen, was in Madrid vorgeht, und weil ich mit diesem Viertel beginnen will, so konnte ich keine Stelle wählen, die zur Ausführung meiner Wünsche passender wäre. Kraft meiner diabolischen Gewalt werde ich die Dächer der Häuser abdecken und trotz der Finsternis der Nacht soll sich das Innere vor Euren Augen enthüllen.« Bei diesen Worten erhob er ganz einfach den rechten Arm, und plötzlich verschwanden alle Dächer. Der Studiosus sah jetzt wie beim hellen Mittag in das Innere der Häuser hinein, gerade – sagt Louis Velez de Guevara – wie man in das Innere einer Pastete hineinsieht, von der der Deckel abgenommen worden ist.

Das Schauspiel war zu neu, als daß es nicht seine ganze Aufmerksamkeit hätte in Anspruch nehmen sollen. Er blickte sich nach allen Seiten um, und die verschiedenartigen Dinge, die unter ihm waren, gaben seiner Neugierde längere Beschäftigung. »Señor Don Kleophas«, sagte der Teufel zu ihm, »diese ungeordnete Menge von Gegenständen, die Ihr mit so viel Vergnügen betrachtet, gewährt allerdings einen recht angenehmen Anblick; doch habt Ihr im ganzen nicht viel davon. Ihr sollt mir auch Nutzen daraus ziehen, und um Euch einen vollkommenen Einblick in das menschliche Leben zu verschaffen, will ich Euch sagen, was die Leutchen da unten treiben. Ich will Euch die Triebfedern ihrer Handlungen aufdecken und ihre geheimsten Gedanken offenbaren.

Wo wollen wir denn anfangen? Beobachten wir zuerst in diesem Hause rechter Hand den Alten, der Gold und Silber zählt. Es ist ein geiziger Spießbürger. An seine Kutsche, die er aus der Verlassenschaft eines Alkalde de Corte um einen Spottpreis an sich gebracht hat, läßt er zwei armselige Maulesel spannen, die in seinem Stalle stehen und die er nach dem Gesetz der zwölf Tafeln füttert, d. h. er gibt ihnen täglich ein Pfund Gerste; er behandelt sie gerade, wie die Römer ihre

Sklaven behandelten. Vor zwei Jahren ist er mit einer großen Menge Goldbarren, die er in Münze umgesetzt hat, aus Indien zurückgekommen. Ein sonderbarer Kauz! Seht nur, mit welcher Wonne er seine Schätze überblickt: er kann sich nicht satt daran sehen. Nun sehet aber auch, was zu gleicher Zeit in einem kleinen Saale seines Hauses vorgeht. Ihr bemerkt doch die zwei jungen Leute bei der alten Frau?« – »Ja«, sagte Kleophas, »vermutlich sind es seine Kinder?« – »Nein«, erwiderte der Teufel, »es sind seine Neffen und künftigen Erben, die es nicht erwarten können, bis sie sich seinen Raub teilen dürfen, und deswegen heimlich eine alte Hexe haben kommen lassen, um von ihr zu erfahren, wann er sterben wird.

Im benachbarten Hause werde ich zwei ziemlich lustige

Gemälde gewahr: eine bejahrte Kokette, die sich zu Bette legt, nachdem sie ihre Haare, ihre Augenbrauen und ihre Zähne auf dem Nachttisch gelassen, und einen sechzigjährigen Adonis, der sein verliebtes Tagewerk vollendet hat. Schon hat er ein Auge und seinen falschen Schnurrbart zugleich mit der Perücke abgelegt, die sein kahles Haupt bedeckte. Jetzt wartet er, bis ihm sein Johann seinen Arm und

sein hölzernes Bein abnimmt, um dann mit dem Überrest zu Bette zu gehen.«

»Wenn ich meinen Augen trauen darf«, sagte Zambullo, »so ist in diesem Hause hier ein hochgewachsenes wunderschönes junges Mädchen. Ei, das allerliebste Engelsgesicht!« – »Jawohl«, versetzte der Lahme; »diese junge Schönheit, die Euch so in die Augen sticht, ist die ältere Schwester des alten Gecken, der soeben zu Bette steigt. Sie bildet ein herrliches Paar mit der alten Kokette, die bei ihr wohnt. Ihre Taille, die Ihr bewundert, ist eine Maschine, die den Mechanikern viel zu schaffen gemacht hat. Busen und Hüfte sind gleichfalls Werke der Kunst, und erst vor kurzem ist es ihr begegnet, daß sie beim Kirchgehen auf öffentlicher Straße ihren H... fallen ließ. Dessenungeachtet kann

sie sich den Schein der schönsten Jugendblüte geben, und zwei junge Kavaliere streiten sich um ihre Gunst. Sie haben sich ihretwegen sogar geschlagen. Die Rasenden! zwei Hunde um einen Knochen.

Wenn Ihr etwas zum Lachen wollt, so seht einmal in diesem Bürgerhause hier ganz in der Nähe das Konzert, das nach dem Abendessen der werten Familie aufgeführt wird.

Es werden Kantaten gesungen, die ein alter Rechtsgelehrter in Musik gesetzt hat: der Text ist von einem Alguazil, der den süßen Herrn spielt, einem Gecken, der zu seinem Vergnügen und zur Qual anderer Verse macht. Die Begleitung besteht aus einem Dudelsack und einem Spinett. Ein langer dürrbeiniger Kantor singt mit seiner Fistel den Diskant, und ein junges Mädchen, das eine sehr grobe Stimme hat, brummt den Baß.« – »Das Ding ist in der Tat sehr spaßhaft«, rief Don Kleophas lachend, »wenn man es mit Gewalt darauf anlegte, ein lächerliches Konzert zustande zu bringen, man könnte es nicht besser treffen.«

»Jetzt seht einmal in jenes prächtige Hotel«, fuhr der Dämon fort; »Ihr werdet dort einen vornehmen Herrn in einem kostbar möblierten Zimmer im Bette sehen. Neben sich hat er ein Kästchen, das ganz voll Liebesbriefen ist. Er liest sie noch einmal durch, um wollüstig einzuschlafen, denn sie sind von einer Dame, die er anbetet, und die ihn so

viel kostet, daß er sich demnächst um eine Vizekönigsstelle wird bewerben müssen.

Wenn in diesem Hotel alles ruhig ist und schläft, so geht es dagegen in dem Hause daneben linker Hand um so lebhafter zu. Ihr seht doch eine Dame in einem Bette von rohem Damast? Es ist eine Person von Stand; sie heißt Doña Fabula und hat soeben nach einer Wehmutter geschickt, weil sie ihrem Gemahl, dem alten Don Torribio, den Ihr neben ihr erblicken werdet, einen Erben zu schenken im Begriffe ist. Die Gutherzigkeit dieses Mannes ist wirklich rührend. Das Geschrei seiner teuren Hälfte schneidet ihm durch die Seele; er ist durchdrungen von Schmerz und leidet soviel als sie. Mit welcher Sorgfalt, mit welchem Eifer er sich abmüht, ihr zu helfen!« – »In der Tat«, sagte

Leandro, »der Mann macht sich viel zu schaffen; aber ich sehe dort einen andern Menschen, der ganz ruhig zu schlafen scheint, ohne sich um den Ausgang zu bekümmern.« – »Und doch«, versetzte der Hinkenbein, »sollte ihn die Sache interessieren: er ist der Bediente vom Hause und die erste Ursache der Schmerzen seiner Gebieterin.

Nun aber«, fuhr er fort, »blickt ein wenig weiter hinaus, und betrachtet dort in dem Saale parterre diesen Heuchler, der sich mit alten Salben einschmiert, um zu einer Hexenversammlung zu reisen, die heute nacht zwischen San-Sebastian und Fontarabien gehalten wird. Ich würde Euch gerne dahin bringen, daß Ihr den Spaß mit ansehen könntet, allein ich fürchte, von dem Dämon, der bei dieser Zeremonie den Bock macht, erkannt zu werden.«

»Ihr seid also«, fragte der Student, »nicht gut Freund mit diesem Teufel?« – »Nein, meiner Seel nicht«, antwortete Asmodi. »Es ist eben der Pillardoc, von dem ich Euch schon gesagt habe. Dieser Schurke würde mich verraten und ganz gewiß dem Zauberer meine Flucht entdecken.« – »Habt Ihr denn außerdem mit diesem Pillardoc noch Streit gehabt?« – »Jawohl«, antwortete der Dämon, »vor zwei Jahren bekamen wir aufs neue Händel wegen eines Pariser Muttersöhnchens, das etwas werden wollte. Wir beide machten Anspruch darauf, ihn unterzubringen. Er bestimmte ihn zu einem Beamten, ich zu einem Glücksjäger, und endlich machten unsere Kameraden, um den Streit zu schlichten, einen armseligen Mönch aus ihm. Hierauf wurden wir wieder ausgesöhnt, umarmten uns, und seitdem sind wir Todfeinde.«

»Ich will nichts von dieser saubern Versammlung«, sagte Kleophas, »und bin nicht im mindesten neugierig, sie zu sehen; wir wollen lieber hier unsere Betrachtungen fortsetzen. Was bedeuten denn die Funken, die dort aus dem Keller sprühen?« – »Eine der törichtsten Beschäftigungen der Menschen«, antwortete der Teufel. »Der Mann da im Keller, der neben dem glühenden Ofen steht, ist ein Goldmacher; das Feuer verzehrt nach und nach sein reiches Erbgut, und er wird nie finden, was er sucht. Unter uns gesagt, der Stein der Weisen ist weiter nichts als eine schöne Schimäre, die ich selbst ausgeheckt habe, um den menschlichen Geist, der die ihm nun einmal gesetzten Schranken überschreiten will, zu äffen.

Der Nachbar des Goldmachers ist ein ehrsamer Apotheker, der noch nicht zu Bette ist. Ihr seht doch, wie er mit seiner alten Frau und seinem Jungen im Laden arbeitet? Wißt Ihr aber auch, was sie machen? Der Mann verfertigt befruchtende Pillen für einen alten Advokaten, der morgen

heiraten will; der Junge macht ein Laxier, und die Frau stößt in einem Mörser Adstringenzien.«

»Im Hause gegenüber von dem Apotheker«, sagte Zambullo, »sehe ich einen Menschen, der in aller Geschwindigkeit aufsteht und sich ankleidet.« – »Donner und Wetter«, antwortete der Geist, »das ist ein Arzt, der wegen einer sehr dringenden Sache geholt wird. Man ruft ihn zu einem Prälaten, der seit einer Stunde im Bett ist und unterdessen schon zwei- bis dreimal gehustet hat.

Jetzt blickt weiter rechts und sehet, ob Ihr nicht auf einem Speicher einen Mann bemerkt, der beim düstern Schein einer Lampe in bloßem Hemde auf und ab geht.« – »Ich habe ihn«, rief der Student, »und könnte von sämtlichen

Möbeln in diesem Stübchen ein Inventar aufsetzen: sie bestehen aus einem armseligen Schragen, einem Sesselchen und einem Tisch, und die Wände scheinen mir über und über schwarz beschmiert zu sein.« – »Die Person, die so hoch wohnt«, versetzte Asmodi, »ist ein Poet, und was Euch schwarz vorkommt, das sind tragische Verse aus seiner Fabrik, womit er sein Zimmer tapeziert hat, indem er aus Mangel an Papier seine Gedichte an die Wand schreiben muß.«

»Wenn man ihn so heftig auf und ab gehen und sich gebärden sieht«, sagte Don Kleophas, »so muß man glauben, daß er mit einem Werke von hoher Wichtigkeit beschäftigt ist.« – »Ihr habt nicht ganz fehlgeschossen«, versetzte der Hinkende, »gestern hat er an seine neue Tragödie, die den Titel: *Die allgemeine Sündflut* führt, die letzte Hand angelegt. Man kann ihm wenigstens nicht den Vorwurf machen, daß er die Einheit des Orts verletzt habe, denn die ganze Handlung geht in der Arche Noah vor.

Auf meine Ehre, es ist ein herrliches Stück, die Tiere

schwatzen darin wie Doktoren. Er hat im Sinne, es zu dedizieren, und arbeitet schon seit sechs Stunden an einer Zueignungsschrift; in diesem Augenblick schreibt er die letzte Phrase. Man darf diese Dedikation keck ein Meisterwerk nennen: alle moralischen und politischen Tugenden, alle Lobsprüche, die man einem durch seine Ahnen und durch eigenes Verdienst berühmten Manne erteilen kann, sind darin aufgetischt; nie ist ein Autor verschwenderischer mit dem Weihrauch umgegangen.« – »Und an wen«, versetzte der Student, »soll diese prächtige Lobrede gerichtet werden?« – »Das weiß er selbst noch nicht«, versetzte der Dämon, »er hat für den Namen Platz gelassen. Er sucht irgendeinen reichen Herrn, der aber freigebiger sein muß, als diejenigen, denen er bisher seine Bücher gewidmet hat; allein die Leute, die solche Dedikationen bezahlen, sind heutzutage selten; die vornehmen Herren haben diesen Fehler abgelegt und dadurch dem Publikum einen großen Dienst geleistet, das man sonst mit elenden Machwerken überschwemmte, indem die meisten Bücher bloß wegen des Ertrags der Dedikation geschrieben wurden.

Da wir gerade von Dedikationen sprechen«, setzte der Dämon hinzu, »so muß ich Euch doch eine interessante Anekdote erzählen. Eine Dame vom Hof hatte eine Dedikation angenommen, wollte sie aber vor dem Druck selbst sehen; da sie nun nicht ganz nach Wunsch darin gelobt war, so nahm sie die Mühe auf sich, selbst eine nach ihrer Weise zu machen und dem Autor zuzuschicken, damit sie seinem Werke vorgedruckt werden sollte.«

»Ich glaube«, rief Leandro, »dort sind Diebe, die durch eine Balkontüre einbrechen.« – »Ganz richtig«, sagte Asmodi, »sie besuchen einen Bankier; wir wollen ihnen doch nachsehen, wie sie sich dabei anschicken. Sie durchsuchen das Komptoir, und spähen alles durch: allein der Bankier hat das Prävenire gespielt; er ist gestern mit seiner ganzen Barschaft nach Holland abgereist.«

»Dort ist schon wieder ein Dieb«, sagte Zambullo, »der

an einer Strickleiter auf einen Balkon steigt.« – »Diesmal habt Ihr's nicht erraten«, antwortete der Kleine; »der Kletterer ist im Gegenteil ein Marquis, der in das Zimmer einer Jungfrau schleichen will, die es gern nicht mehr sein möchte. Er hat ihr so flüchtig hingeschworen, daß er sie heiraten werde, und sie hat nicht ermangelt, sich auf seine Schwüre zu ergeben: denn im Liebeshandel sind die Herren Marquis Negotianten, die großen Kredit auf der Börse haben.«

»Ich möchte«, fuhr der Student fort, »nur wissen, was der Mann dort macht, den ich im Schlafrock und mit der Nachtmütze sehe. Er schreibt sehr emsig, und neben ihm steht eine kleine schwarze Gestalt, die ihm die Hand führt.« – »Der Schreibende«, antwortete der Teufel, »ist ein Aktuar, der einem sehr erkenntlichen Vormund zu Gefallen einen zu

Gunsten eines Unmündigen erlassenen Urteilsspruch abändert, und die kleine schwarze Gestalt, die ihm die Hand führt, ist Griffael, der Dämon der Aktuare.« – »Dieser Griffael«, warf Don Kleophas ein, »scheint also sein Ämtchen nur interimistisch zu versehen; denn Flagel ist ja der Geist der Gerichtshöfe, und somit gehören, dächte ich, die Kanzleistuben der Aktuare zu seinem Departement.« – »Mitnichten«, erwiderte Asmodi; »man hat die Aktuare für würdig erfunden, ihren eigenen Teufel zu haben, und ich versichere Euch, er hat alle Hände voll zu tun.

Jetzt seht einmal in dem Bürgerhause daneben eine junge Dame, die den ersten Stock bewohnt. Sie ist Witwe, und der Mann, den Ihr bei ihr sehet, ist ihr Oheim, der im zweiten wohnt. Die Schamhaftigkeit dieser Frau ist wahrhaftig bewundernswert: sie will in Gegenwart ihres Oheims ihr Hemd nicht anziehen, sondern geht in ein Kabinett, um es sich da von einem versteckten Galan anlegen zu lassen.

Bei dem Aktuar wohnt ein dicker, lahmer Bakkalaureus, ein Verwandter von ihm und ein Spaßmacher ersten Rangs. Der Volumnius, von dessen witzigen Einfällen Cicero so großes Rühmen macht, dürfte ihm das Wasser nicht reichen. Dieser Bakkalaureus, der in der ganzen Stadt vor-

zugsweise der Bakkalaureus Donoso heißt, wird von allen vornehmen Herren am Hofe und in der Stadt, welche Gastmähler geben, gesucht; ja man streitet sich um ihn. Er hat ein besonderes Talent, Leben unter die Gesellschaft zu bringen, und weiß jedermann bei Tische aufzuheitern: dafür ist er aber auch täglich in irgendeinem guten Hause eingeladen, und kehrt nie vor zwei Uhr nachts zurück. Heute speist er bei dem Marquis von Alkazinas, zu dem er ganz zufällig gekommen ist.« – »Wieso?« fragte Leandro. – »Ich will mich deutlicher ausdrücken«, antwortete der Teufel. »Heute gegen Mittag hielten fünf bis sechs Wagen vor der Türe des Bakkalaureus, um ihn zu verschiedenen Herren abzuholen. Er ließ die Bedienten heraufkommen, und sagte zu ihnen, indem er ein Kartenspiel in der Hand hielt: ›Ihr lieben Leute, da ich nicht alle Eure Herren zugleich befriedigen kann und doch nicht einem den Vorzug geben mag, so sollen diese Karten entscheiden. Ich speise beim Kreuzkönig.‹«

»Was«, fragte Don Kleophas, »mag wohl der Kavalier dort auf der andern Seite der Straße im Schilde führen, der auf der Türschwelle sitzt? Wartet er, bis ihn ein Kammermädchen zum Hause hineinläßt?« – »Nein«, antwortete Asmodi, »es ist ein junger Kastilianer, der ganz überschwengliche Begriffe von der Liebe hat: er will nach dem Beispiele der Liebhaber der Vorzeit aus bloßer Galanterie die Nacht an der Türe seiner Geliebten zubringen. Von Zeit zu Zeit klimpert er auf der Zither und singt selbstverfertigte Romanzen dazu, indes seine Infantin, die im zweiten Stocke wohnt, die Abwesenheit seines Nebenbuhlers beweint.

Wir kommen jetzt an das neue Haus, das zwei abgesonderte Hauptgebäude hat: im einen wohnt der Eigentümer, dieser alte Kavalier, der bald in seinem Zimmer auf und ab

geht, bald wieder in seinen Lehnstuhl sinkt.« – »Er scheint mir einen großartigen Plan in seinem Haupte herumzuwälzen«, sagte Zambullo. »Wer ist wohl der Mann? Nach der im Hause herrschenden Pracht zu schließen, muß er ein Grande der ersten Klasse sein?« – »Nichts weniger«, antwortete der Dämon, »er ist ein bloßer Contador. In den einträglichsten Ämtern grau geworden, besitzt er vier Millionen im Vermögen. Jetzt, da er wegen der Mittel, durch die er sie erworben, nicht ganz ruhig ist, und den Augenblick nahen sieht, wo er in jener Welt Rechenschaft ablegen soll, jetzt ist ihm das Gewissen aufgewacht. Er will ein Kloster bauen und hofft durch dies gute Werk seine Seelenruhe wiederzuerhalten. Die Erlaubnis dazu hat er bereits, aber da er sein Institut nur mit solchen Mönchen besetzen will, die zugleich keusch, nüchtern und von Herzen demütig sind, so macht ihn die Wahl sehr verlegen.

Im zweiten Hauptgebäude wohnt eine schöne Dame, die sich soeben in Milch gebadet und dann zu Bette gelegt hat. Diese Wollüstige ist die Witwe eines St. Jagoritters, dessen ganze Verlassenschaft für sie in seinem schönen Namen be-

stand. Glücklicherweise hat sie zwei Mitglieder des Rats von Kastilien zu Freunden, die auf gemeinschaftliche Rechnung für ihren Aufwand sorgen.«

»He da!« rief der Student, »da erschallt ja die Luft von Geschrei und Wehklagen. Ist vielleicht irgendwo ein Unglück vorgefallen?« – »Das will ich Euch sagen«, sagte der Geist; »zwei junge Kavaliere spielten miteinander in diesem Spielhause, wo Ihr so viel brennende Lampen und Lichter seht, Karten. Auf einmal bekamen sie Streit, zogen vom Leder und haben sich beide tödlich verwundet: der ältere ist verheiratet und der jüngere ein einziger Sohn; mit beiden kann es jeden Augenblick ausgehen. Die Frau vom einen und der Vater vom andern sind auf die Nachricht von diesem beklagenswerten Unfall herbeigeeilt und erfüllen jetzt die ganze Nachbarschaft mit ihrem Geschrei. ›Unglücklicher‹, sagt der Vater zu dem Sohne, der ihn nicht mehr hören kann. ›Wie oft habe ich dich ermahnt, dem Spiele zu entsagen! Wie oft habe ich dich gewarnt, es könne dich noch das Leben kosten! Ich bin unschuldig an deinem jammervollen Tode‹. Auf der andern Seite gebärdet sich die Frau verzweiflungsvoll. Zwar hat ihr Mann das ganze Heiratsgut im Spiele durchgebracht, und alle ihre Juwelen, ja sogar ihre Kleider, verkauft; aber dennoch ist sie untröstlich über seinen Verlust. Sie verflucht die Karten, die Schuld daran sind, verflucht den, der sie erfunden, verflucht das Spielhaus und alle, die sich darin aufhalten.«

»Die Leute sind sehr zu bedauern«, sagte Don Kleophas, »bei denen das Spiel zur Leidenschaft geworden ist. Es muß ihnen oft ganz entsetzlich zumute sein. Ich danke dem Himmel, daß ich von diesem Fehler frei bin.« – »Dafür habt Ihr einen andern«, sagte der Teufel, »der um kein Haar besser ist. Haltet Ihr es etwa für vernünftiger, wenn man sich mit Freudenmädchen abgibt? Und seid Ihr nicht erst diesen Abend in Todesgefahr gewesen? Ihr seid doch wunderliche Geschöpfe, ihr Herren Menschen. Die eigenen Fehler erscheinen euch als Kleinigkeiten, hingegen die von andern Leuten betrachtet ihr immer durchs Vergrößerungsglas.

Ich muß Euch«, fuhr er fort, »noch zwei traurige Geschichten zeigen. Seht Ihr dort in dem Hause, nur ein paar Schritte von dem Heiligtum der Spieler, einen dicken Mann auf dem Bette liegen? Es ist ein unglücklicher Kanonikus, den der Schlag gerührt hat. Sein Neffe und seine Nichte denken nicht daran, ihm beizustehen: sie lassen ihn sterben und bemächtigen sich indes seiner besten Effekten, die sie bei guten Freunden aufbewahren wollen; sie haben ja nachher immer noch Muße genug zu weinen und zu wehklagen.

Hier in der Nähe werdet Ihr zwei Tote bemerken, die begraben werden. Es sind Brüder, die beide an derselben

Krankheit darnieder lagen, aber sich ganz verschieden dabei benahmen; der eine vertraute blindlings seinem Arzte, der andere wollte alles der Natur überlassen. Nun sind sie beide tot, jener, weil er alle Arzneien von seinem Doktor verschluckte, dieser weil er gar keine nehmen wollte.« – »Ein bedenklicher Fall«, sagte Leandro. »Was soll denn ein armer Kranker tun?« – »Das kann ich Euch nicht sagen«, antwortete der Teufel; »ich weiß bloß, daß es gute Mittel gibt, aber ich weiß nicht, ob es gute Ärzte gibt.

Doch sehen wir nach etwas anderem, das angenehmer ist. Hört Ihr den Lärm auf der Straße? Eine Witwe von sechzig Jahren hat heute früh einen Kavalier von siebzehn Jahren geheiratet. Nun haben sich alle Spaßvögel aus dem ganzen Viertel zusammengerottet, um das Beilager durch ein lärmendes Konzert von Becken, Töpfen und Kesseln zu verherrlichen.« – »Ihr sagtet mir doch«, fiel der Student ein, »daß Ihr es seiet, der die lächerlichen Heiraten stiftet; aber an dieser habt Ihr keinen Teil?« – »Das ist gut erraten, warum«, antwortete der Hinkende; »ich war ja gefangen. Aber wenn

ich auch frei gewesen wäre, so hätte ich mich doch schwerlich damit abgegeben. Die Frau hat gar ein zartes Gewissen und bloß deswegen wieder geheiratet, damit sie gewisse Freuden, die sie liebt, ohne Vorwurf genießen kann. Solche Verbindungen sind nicht meine Passion; es macht mir mehr Vergnügen, die Gewissen zu quälen, als zu beruhigen.«

»Trotz des Lärms von dieser schnurrigen Serenade«, sagte Zambullo, »meine ich doch noch einen andern zu hören.« – »Ja«, antwortete der Teufel, »er kommt von einem Wirtshause her, wo ein dicker Hauptmann aus Flandern, ein französischer Sänger und ein Offizier von der deutschen Garde miteinander ein Terzett aufführen. Sie zechen schon seit heute früh um acht Uhr miteinander, und jeder glaubt, die Ehre seiner Nation beruhe darauf, daß er die beiden andern niedertrinke.

Jetzt heftet Euern Blick auch einmal auf das einzeln stehende Haus gegenüber von dem des Kanonikus; dort werdet Ihr drei bekannte Mädchen aus Gallizien sehen, die mit drei Herren vom Hofe schwelgen.« – »Ei, die allerliebsten Geschöpfe!« rief Don Kleophas; »kein Wunder, daß die vornehmen Herren ihnen nachlaufen. Wie sie die Burschen zu liebkosen und ihnen zu schmeicheln verstehen! Sie müssen sehr verliebt sein.« – »Nur sachte, junger Freund«, versetzte der Geist; »Ihr versteht Euch noch nicht auf diese Art Damen; ihr Herz ist noch geschminkter, als ihr Gesicht. So zärtlich sie sich auch stellen, so fühlen sie doch nicht das mindeste für diese Herren: bei dem einen ist es ihnen um seinen Schutz zu tun, den beiden andern aber wollen sie nur Leibrenten ablocken. Diese Dirnen machen es alle so. Wenn sich die Männer auch zehnmal ihretwegen ruinieren, so werden sie doch nicht geliebt; im Gegenteil, jeder, der bezahlt, wird wie der Ehemann behandelt: dies ist eine Regel, die ich bei solchen Liebschaften eingeführt habe. Aber gönnen wir immerhin diesen Herren ihre Vergnügungen, die sie so teuer bezahlen, indes ihre Bedienten, die auf der Straße warten, sich mit der süßen Hoffnung trösten, eben dieselben unentgeltlich zu genießen.«

»Nun erklärt mir aber auch«, fiel Leandro Perez ein, »eine andere Gruppe, die ich da unten in dem großen Hause linker Hand sehe. Alles ist da noch auf den Beinen; die einen lachen, die andern tanzen, ganz gewiß wird hier ein großes Fest gefeiert.« – »Ja«, sagte der Hinkende, »eine Hochzeit. Die Bedienten sind voller Freude, und doch ist es noch nicht drei Tage her, daß dieses selbe Hotel der Schauplatz der tiefsten Betrübnis war. Ich muß Euch diese Geschichte erzählen: sie ist zwar nicht gerade kurz, aber doch hoffe ich, daß sie Euch nicht langweilen werde.« Somit begann er folgendermaßen.

Viertes Kapitel

Liebesgeschichte des Grafen von Belflor und der Doña Leonore von Cespedes

»Lange schon war der Graf von Belflor, einer der angesehensten Herren am Hofe, sterblich verliebt in die junge Leonore von Cespedes. Er wollte sie zwar nicht heiraten, denn die Tochter eines bloßen Edelmanns schien ihm keine Partie zu sein; dagegen hätte er sehr gerne ein Liebesverhältnis mit ihr angeknüpft.

In dieser Absicht folgte er ihr überall nach und ließ keine Gelegenheit hinaus, ihr durch Blicke seine Liebe zu verstehen zu geben; allein er konnte weder mit ihr sprechen, noch ihr schreiben, weil ihre Dueña, die strenge und wachsame Frau Marzella, beständig um sie war. Dies war ihm äußerst unangenehm. Die Schwierigkeiten vermochten jedoch seine Wünsche nur zu steigern und er sann unaufhörlich auf Mittel, den Argus, der seine Io bewachte, einzuschläfern.

Auf der andern Seite war es Leonoren nicht entgangen, daß der Graf ihr viel Aufmerksamkeit schenkte, und sie konnte nicht umhin, dieselbe zu erwidern: unmerklich entstand in ihrem Herzen eine Liebe, die zuletzt einen hohen Grad von Stärke erhielt. Ich steigerte sie indes nicht durch meine gewöhnlichen Versuchungen, denn der Zauberer, der mich damals gefangenhielt, hatte mir mein Ämtchen ganz und gar gelegt; aber Mutter Natur wirkte, und das war genug. Sie ist so gefährlich als ich, und der ganze Unterschied besteht darin, daß sie die Herzen nach und nach verderbt, während ich sie mit einem Streiche zu Falle bringe.

So standen die Sachen, als Leonore und ihre ewige Begleiterin eines Morgens auf dem Wege zur Kirche einer alten Frau begegneten, die einen der größten Rosenkränze

in der Hand trug, welche die Heuchelei jemals zusammengereiht hatte. Die Alte kam mit freundlich lächelndem Gesicht auf sie zu und redete die Dueña also an: »Der Friede Gottes sei mit Euch! Dürfte ich vielleicht fragen, ob Ihr nicht Doña Marzella seid, die keusche Witwe des Señor Martino Rosette?« – »Ja«, war die Antwort. – »Nun, so treffe ich Euch sehr gelegen«, fuhr die Alte fort. »Ich wollte Euch eben berichten, daß ich in meinem Hause einen alten Verwandten habe, der Euch gerne sprechen möchte. Er ist vor ein paar Tagen aus Flandern gekommen und hat Euern Mann sehr genau gekannt; daher er Euch auch Sachen von der höchsten Wichtigkeit mitzuteilen hat. Er wäre deswegen selbst zu Euch gekommen, allein der arme Mann ist krank geworden und liegt in den letzten Zügen. Ich wohne

nur einige Schritte von hier. Wolltet Ihr Euch nicht gefälligst zu mir bemühen?«

Die Dueña, die keineswegs auf den Kopf gefallen war, besorgte, sich zu übereilen, und konnte nicht sogleich zu einem Entschlusse kommen. Die Alte erriet die Ursache ihrer Verlegenheit und sagte zu ihr: »Liebe Doña Marzella, Ihr könnt Euch mir mit aller Zuversicht anvertrauen. Ich heiße Chichona. Der Lizenziat Marcos de Figuerna und der Bakkalaureus Mira de Mesqua könnten Euch für mich gut stehen, wie für ihre Großmutter. Es geschieht bloß zu Euerm Besten, daß ich Euch bitte, in mein Haus zu kommen. Mein Vetter will Euch eine Summe Geldes heimbezahlen, die Euer Mann ihm geliehen hat.« Letzterer Grund wirkte. »Kommt, meine Tochter«, sagte Doña Marzella zu Leonoren, »laßt uns zu dem Verwandten dieser guten Frau gehen; Kranke zu besuchen ist ein Werk christlicher Liebe.«

Sie waren bald im Hause der Alten, die sie Parterre in einen Saal führte, wo ein Mann mit schneeweißem Barte im Bette lag und, wenn er nicht wirklich sehr krank war, sich wenigstens recht gut so zu stellen wußte. »Hier, Vetter«, sagte die Alte, indem sie ihm die Dueña vorstellte, »hier seht

Ihr die ehrsame Doña Marzella, die Ihr zu sprechen wünschtet, die Witwe Euers seligen Freundes Martino Rosette.« Auf diese Worte richtete der Greis seinen Kopf ein wenig in die Höhe, grüßte die Dueña, winkte ihr, näher zu kommen, und sagte, als sie an seinem Bette stand, mit schwacher Stimme zu ihr: »Liebe Doña Marzella, ich danke dem Himmel, daß er mich diesen Augenblick hat erleben lassen; es war mein einziger Wunsch. Ich besorgte immer, zu sterben, ohne daß ich den Trost gehabt hätte, Euch zu sehen und Euch die hundert Dukaten zu eigenen Händen wieder zuzustellen, die mir Euer seliger Mann, mein bester Freund, geliehen hat, um mir bei einer Ehrensache, die ich zu Brüssel hatte, fortzuhelfen. Hat er Euch nie von diesem Abenteuer erzählt?«

»Ach, nein«, antwortete Doña Marzella, »niemals: Gott habe ihn selig, er war so großmütig, daß er Gefälligkeiten, die er seinen Freunden erwies, vergaß, und statt sich, wie manche Prahlhänse, des Guten zu rühmen, das sie nicht getan haben, hat er im Gegenteil niemals ein Wort davon gegen mich verlauten lassen.« – »Ja«, sagte der Greis, »er hatte ein vortreffliches Herz; niemand weiß das besser als ich, und zum Beweise muß ich Euch den ganzen Handel erzählen, aus dem mir seine Freundschaft geholfen hat; da aber manches darin vorkommt, was für das Andenken des Verstorbenen von äußerster Wichtigkeit ist, so wäre es mir sehr lieb, mit seiner verschwiegenen Witwe unter vier Augen sprechen zu können.«

»Nun gut«, sagte jetzt Frau Chichona, »das steht ganz bei Euch; ich kann indes mit dieser jungen Dame in mein Kabinett gehen.« So sprechend ließ sie die Dueña bei dem Kranken und zog Leonoren in ein Nebenzimmer, wo sie ohne weitere Umschweife zu ihr sagte: »Schöne Leonore, die Augenblicke sind kostbar, wir dürfen sie nicht verlieren. Ihr kennt den Grafen von Belflor, wenigstens von Ansehen: schon lange liebt er Euch, und brennt vor Verlangen, es Euch zu sagen; allein die Wachsamkeit und Strenge

Eurer Dueña hat ihm bis jetzt dieses Vergnügen nicht gegönnt. In der Verzweiflung hat er sich an mich gewendet und ich habe mich seiner angenommen. Der Greis, den Ihr soeben gesehen habt, ist ein junger Kammerdiener des Grafen und alles, was ich getan, ist eine zwischen uns ver-

abredete List, wodurch wir Eure Aufseherin hintergehen und Euch hieher locken wollten.«

Noch hatte sie nicht ausgeredet, als der Graf hinter einer Tapete hervortrat und sich Leonoren zu Füßen warf. »Señora«, sagte er, »verzeiht diese Kriegslist einem Liebenden, der nicht länger leben konnte, ohne Euch zu sprechen. Hätte diese dienstfertige Alte nicht Mittel gefunden, mir dieses Glück zu verschaffen, ich wäre in meinem Schmerze vergangen.« Diese Worte, in rührendem Tone von einem Manne gesprochen, der nicht mißfiel, brachten Leonoren etwas aus der Fassung. Sie schwankte eine Zeitlang, was sie antworten sollte; endlich aber nahm sie sich zusammen, und sagte zum Grafen mit stolzem Blick: »Ihr glaubt vielleicht dieser dienstfertigen Dame, die Euch so gut unterstützt hat, großen Dank schuldig zu sein; allein ich will Euch nur sagen, daß es Euch wenig nützen wird.«

So sprechend wollte sie in den Saal zurückgehen, allein der Graf hielt sie zurück. »Bleibt, liebenswürdige Leonore«, sagte er, »und schenkt mir wenigstens einen Augenblick Gehör. Meine Liebe ist so reiner Natur, daß sie Euch nicht im geringsten beunruhigen darf. Ihr habt allerdings Ursache, über die List, womit ich diese Unterredung mit Euch erzielt habe, aufgebracht zu sein; aber waren nicht bisher alle meine Bemühungen, Euch zu sprechen, vergeblich? Schon sechs Monate lang folge ich Euch in Kirchen, auf Spaziergängen und im Theater nach und laure umsonst auf eine Gelegenheit, auszusprechen, wie sehr ich Euch verehre. Eure grausame, Eure unbarmherzige Dueña hat mir jedesmal meinen liebsten Wunsch vereitelt. Ach, schöne Leonore, macht mir kein Verbrechen aus einer List, zu der mich die Not trieb, sondern beklagt mich, denn ich habe alle Qualen so langen vergeblichen Wartens erdulden müssen, und die Bitterkeit derselben mögt Ihr nach Euren Reizen ermessen.«

Belflor ermangelte nicht, seine Rede mit der ganzen Überredungskunst in Blick und Miene zu unterstützen, mit der ein hübscher junger Mann gewöhnlich sein Glück macht; er ließ auch einige Tränen fallen. Leonore wurde bewegt; unwillkürlich regte sich in ihrem Herzen Zärtlichkeit und Mitleid; allein sie war weit entfernt, ihrer Schwachheit nachzugeben, und je mehr sie sich gerührt fühlte, um so ernstlicher wurde ihr Bestreben, sich zu entfernen. »Graf«, rief sie, »alle Eure Redensarten sind vergeblich, ich mag Euch nicht hören. Haltet mich nicht länger auf, und laßt mich aus einem Hause, wo meine Tugend bedroht ist, oder ich rufe durch mein Geschrei die ganze Nachbarschaft herbei, so daß Eure Kühnheit öffentlich bekannt wird.« Sie sagte dies mit so festem Tone, daß Frau Chichona, die ihre Ursachen hatte, es mit der Polizei nicht verderben zu wollen, den Grafen bat, die Sache nicht weiterzutreiben. Er hielt Leonoren nicht länger auf; sie wand sich aus seinen Händen los und verließ das Kabinett, wie sie hineingekommen war, was bisher noch kein Mädchen von sich hatte rühmen können. Sie eilte zu ihrer Dueña zurück, und sagte zu ihr: »Kommt, meine Liebe, brecht dieses leere Geschwätz ab; man hintergeht uns; geschwind aus diesem gefährlichen Hause!« – »Was gibt's, was ist's, meine Tochter!« antwortete Marzella voll Verwunderung; »warum wollt Ihr so auf einmal forteilen?« – »Ich will's Euch nachher sagen«, erwiderte Leonore, »kommt jetzt nur. Jeder Augenblick, den ich mich hier länger aufhalte, macht mir neue Unruhe.« So gern auch die Dueña die Ursache dieses schnellen Aufbruchs auf der Stelle erfahren hätte, so mußte sie sich dennoch gedulden und Leonorens Bitten nachgeben. Sie gingen beide eilig davon und ließen Frau Chichona, den Grafen und seinen Kammerdiener alle drei so verblüfft zurück, wie Komödianten, die man ausgepfiffen hat.

Sobald Leonore auf der Straße war, fing sie an, mit großer Aufregung den ganzen Vorgang im Kabinett der Alten zu erzählen. Doña Marzella hörte ihr sehr aufmerksam zu, und sagte, als sie nach Hause kamen: »Ich muß gestehen, meine Tochter, ich könnte mich darüber todärgern, daß ich dieser verwünschten Alten so in die Falle gehen mußte. Ich wollte doch gleich im Anfang nicht mitgehen! Wenn ich nur dabei geblieben wäre! Ich hätte ihrem freundlichen ehrbaren Gesichte nicht trauen sollen! Nein, das ist eine Dummheit, die einer Frau von meiner Erfahrung nicht zu verzeihen ist. Hättet Ihr mir nur sogleich in ihrem Hause noch die ganze Spitzbüberei erzählt, ich hätte der Schelmin ihr Gesicht zerkratzt, den Grafen gehörig ausgeschimpft und dem alten

Spitzbuben, der mir Märchen erzählte, den Bart abgerissen. Doch ich will gleich wieder zu ihr gehen und ihnen das Geld, das man mir als alte Schuld zugestellt, vor die Füße werfen; finde ich sie dann noch beisammen, so sollen sie durch den Aufschub nichts verloren haben.« Mit diesen Worten legte sie ihre Mantille wieder um, die sie bereits ausgezogen hatte, und marschierte nach Chichonas Haus.

Der Graf war noch da, höchst unglücklich über den schlechten Erfolg seiner Kriegslist. Ein anderer an seiner Stelle hätte die ganze Sache aufgegeben, aber er ließ sich nicht so leicht abschrecken. Bei vielen guten Eigenschaften hatte er auch die minder empfehlenswerte, daß er sich von seinem Hang zur Liebe zu sehr hinreißen ließ. Wenn er eine Dame liebte, so bot er alles auf, um ihre Gunstbezeigungen zu erlangen, und war imstande, die heiligsten Rechte zu verletzen, sobald es sich um Erfüllung seiner Wünsche handelte. Soviel sah er deutlich ein, daß er ohne Hilfe der Doña Marzella nicht zu seinem Ziele gelangen konnte. Er beschloß daher, sie in sein Interesse zu ziehen, möge es kosten, was es wolle. So streng die Dueña auch aussah, so glaubte er doch, sie würde einem ansehnlichen Geschenke nicht widerstehen können, und er täuschte sich in der Tat nicht. Wenn es gewissenhafte Keuschheitswächterinnen gibt, so darf man immer darauf zählen, daß die Herren Liebhaber nicht reich oder nicht freigebig genug sind.

Doña Marzella war kaum ins Zimmer getreten, und der drei Personen, mit denen sie zu tun hatte, ansichtig geworden, so machte sie ihrem Zorn durch einen Strom von Schimpfwörtern Luft, überhäufte den Grafen und Frau Chichona mit Schmähungen, und warf dem Kammerdiener den Geldbeutel an den Kopf. Der Graf hielt den Sturm geduldig aus, warf sich, um die Szene noch rührender zu machen, vor der Alten auf die Knie, und drang in sie, sie möchte die weggeworfene Börse wiedernehmen, zu der er noch tausend Pistolen zu geben versprach, wenn sie nur Mitleid mit ihm haben wollte. Sie hatte nie jemand so

beweglich um ihr Mitgefühl flehen gehört, und blieb nicht unerbittlich. Bald hörte sie auf zu schmähen, und bei einer stillen Vergleichung der angebotenen Summe mit der geringen Belohnung, die sie von Don Luis zu erwarten hatte, erschien es ihr weit einträglicher, Leonoren von ihrer Pflicht abzulocken, als sie darin zu bestärken. Nach einigen Ziereréien nahm sie die Börse wieder, ließ sich das Gebot von tausend Pistolen gefallen, versprach dem Grafen ihre Hilfe und empfahl sich, um sogleich zur Ausführung ihres Versprechens zu schreiten.

Da sie Leonoren als ein tugendhaftes Mädchen kannte, war sie sehr auf ihrer Hut, daß sie von ihrem Einverständnisse mit dem Grafen nichts ahnen sollte; denn sie fürchtete, sie möchte es ihrem Vater entdecken. Sie wollte es daher recht schlau angreifen, und hub, sobald sie nach Hause kam, also zu Leonoren an: »Jetzt habe ich mein Mütchen gekühlt; die drei schlechten Personen waren noch beisammen, und wegen Eurer mutigen Entfernung wie vom Himmel gefallen. Ich habe der Alten mit der Rache Eures Vaters und der Strenge der Gesetze gedroht und dem Grafen von Belflor alle möglichen Grobheiten gesagt, die mir in meinem Zorn einfielen. Ich hoffe, dieser Herr wird sich künftig dergleichen Unternehmungen vergehen lassen und seine Galanterien werden meine Wachsamkeit fortan nicht mehr in Atem erhalten. Dem Himmel sei Dank, daß Ihr durch Eure Festigkeit der schlau gelegten Schlinge entgangen seid! Ich könnte vor Freude darüber weinen. Seine List hat ihm nichts genützt, und das freut mich sehr, denn die großen Herren verführen junge Mädchen nur zu ihrem Zeitvertreib. Selbst die meisten von denen, die sich ganz rechtschaffen stellen, machen sich nicht das mindeste Bedenken daraus, als ob es gar nichts auf sich hätte, wenn einer Familie Schande angetan wird. Ich will damit nicht gerade sagen, daß der Graf auch zu diesen gehöre, oder daß er Euch betrügen wolle: man muß von seinen Nebenmenschen nicht immer das Schlimmste denken; vielleicht hat er rechtschaffene Absichten. Obschon er seinem Range nach auf die ersten Partien am Hofe Anspruch machen darf, so hat doch vielleicht Eure Schönheit ihn zum Entschlusse gebracht, Euch zu heiraten. Ich erinnere mich sogar, daß er in seinen Antworten auf meine Vorwürfe so etwas nicht undeutlich durchblicken ließ.«

»Was sagt Ihr da, meine Liebe!« fiel Leonore ein; »wenn es ihm damit Ernst wäre, so hätte er schon bei meinem Vater angehalten, der einem Manne von seinem Range gewiß keine abschlägige Antwort geben würde.« – »Ihr habt ganz recht«, versetzte die Dueña, »ich bin auch dieser Meinung; das Betragen des Grafen ist verdächtig, und er kann nicht wohl eine gute Absicht haben. Ich hätte gute Lust, noch einmal hinzugehen und ihm aufs neue Grobheiten zu sagen.« – »Nicht doch, meine Liebe«, antwortete Leonore, »wir wollen lieber das Vorgefallene vergessen und ihn bloß mit Verachtung strafen.« – »Das wird wohl das Beste sein«, sagte Doña Marzella; »Ihr seid vernünftiger als ich: aber wäre es nicht auch möglich, daß wir dem Grafen Unrecht tun? Wissen wir denn auch, ob er nicht aus Delikatesse so handelt? Ehe er Eures Vaters Einwilligung erlangt, will er vielleicht Euch lange vorher seine Dienste widmen, sich Euch gefällig zu machen und Eures Herzens zu versichern suchen, um Eurer Verbindung weit größere Reize zu geben. Im Fall dem so wäre, liebes Kind, so wäre es doch wohl kein so großes Verbrechen, ihn anzuhören. Entdeckt Euch mir, Ihr wißt ja, wie sehr ich Euch liebe; habt Ihr wirklich einige Neigung für den Grafen, oder wäre Euch eine Verbindung mit ihm zuwider?«

Bei dieser boshaften Frage schlug die offenherzige Leonore errötend die Augen nieder und gestand, daß sie durchaus keine Abneigung gegen ihn empfinde; da aber ihr Schamgefühl sie hinderte, sich weiter zu erklären, so drang die Dueña aufs neue in sie, sie möchte mit nichts hinter dem Berge halten. Endlich gab sie den zärtlichen Vorstellungen ihrer mütterlichen Freundin nach. »Gute Mutter«, sagte sie zu ihr, »da Ihr durchaus ein aufrichtiges Bekenntnis verlangt, so will ich's nur gestehen, Graf Belflor scheint mir würdig, geliebt zu werden. Er ist so schön, und ich habe so viel Gutes von ihm gehört, daß ich gegen seine Galanterien nicht habe unempfindlich bleiben können. Die unermüdliche Aufmerksamkeit, womit Ihr sie jedesmal durchkreuztet, ist mir oft sehr lästig gewesen, und ich kann es nicht leugnen, daß ich ihn manchmal insgeheim beklagt, und durch meine Seufzer für das entschädigt habe, was er durch Eure Wachsamkeit leiden mußte. Selbst in diesem Augenblick kann ich ihn trotz seiner Verwegenheit nicht hassen. Mein Herz entschuldigt ihn wider meinen Willen und wirft alle Schuld auf Eure Strenge.«

»Liebe Tochter«, versetzte die Dueña, »da ich demnach glauben muß, daß seine Bewerbungen Euch angenehm sein würden, so will ich Euch diesen Liebhaber zu erhalten suchen.« – »Ich bin Euch sehr dankbar für diese Gefälligkeit«, antwortete Leonore, weich werdend. »Wäre der Graf auch keiner von den ersten Herren bei Hofe, wäre er auch bloß ein einfacher Edelmann, so würde ich ihn dennoch allen andern vorziehen. Aber wir wollen uns nicht mit eiteln Hoffnungen schmeicheln: Belflor ist ein vornehmer Mann und ohne Zweifel für eine der reichsten Erbinnen des Reiches bestimmt. Wie wird er sich mit der Tochter des Don Luis begnügen wollen, die ihm nur ein mittelmäßiges Vermögen zubringen kann? Nein, nein, er meint es nicht so gut mit mir; er hält mich nicht für würdig, seinen Namen zu tragen. Er will mich bloß beschimpfen.«

»Und warum denn«, sagte die Dueña, »sollte er Euch nicht so lieben, daß er Euch heiratete? Die Liebe tut alle Tage noch größere Wunder. Ihr sprecht ja, wie wenn zwischen dem Grafen und Euch eine unendliche Kluft befestigt wäre. Seid nicht so ungerecht gegen Euch selbst, Leonore, eine Verbindung mit Euch hätte nichts Erniedrigendes für ihn; Ihr seid von altem Adel, und er hätte sich wahrhaftig Eurer nicht zu schämen. Da Ihr ihm nicht abgeneigt seid, so muß ich doch mit ihm sprechen: ich will seine Absichten ausforschen, und sind sie, wie sie sein sollen, so will ich ihm mit einiger Hoffnung schmeicheln.« – »Um Gottes willen tut ja das nicht«, rief Leonore, »ich bin gar nicht der Meinung, daß Ihr ihn aufsuchen sollt; sobald er denken könnte, ich hätte meine Hand dabei im Spiele, würde er mich nicht mehr achten.« – »Ei was, Ihr wißt nicht, wie geschickt ich bin«, sagte Doña Marzella. »Zuerst mache ich ihm Vorwürfe, daß er Euch habe verführen wollen; natürlich will er sich rechtfertigen, ich höre ihn an, und sehe ihn schon kommen: kurz und gut, liebes Kind, laßt nur mich gewähren, Eure Ehre soll geschont werden, wie meine eigene.«

Mit Anbruch der Nacht ging die Dueña aus; sie fand den Grafen in der Nähe, berichtete ihm das ganze Gespräch mit ihrer Gebieterin und rühmte besonders ihre Geschicklichkeit, womit sie entdeckt hatte, daß er geliebt wurde. Der Graf war hocherfreut über diese Nachricht und dankte der Alten in den lebhaftesten Ausdrücken, d. h. er versprach ihr gleich morgen die tausend Pistolen auszubezahlen. Er zweifelte nun nicht mehr am glücklichen Erfolg seines Unternehmens, denn er wußte wohl, daß ein Mädchen, das sein Herz bei einer Sache beteiligt hat, schon halb verführt ist. Sie trennten sich hierauf, beide wohl miteinander zufrieden, und die Dueña ging wieder nach Hause.

Leonore hatte sie voll Ungeduld erwartet und fragte sogleich, was sie Neues bringe? »Die allerbeste Nachricht, die Ihr nur wünschen könnt«, antwortete die Alte, »ich habe den Grafen gesprochen. Seine Absichten sind, wie ich ja gleich im Anfange sagte, untadelhaft. Er hat keinen andern Zweck, als Euch zu heiraten; dies hat er mir bei allem, was heilig ist, geschworen. Natürlich habe ich ihm nicht blindlings geglaubt, sondern zu ihm gesagt: »Wenn Ihr das im Sinne habt, warum geht Ihr nicht den geweißten Weg und wendet Euch an Don Luis?«

›Ach, liebe Marzella‹, antwortete er, ohne, wie es schien, über meine Frage verlegen zu werden, ›könntet Ihr es wohl gut heißen, wenn ich, bloß von blinder Liebe getrieben, Leonoren tyrannisch von ihrem Vater erzwingen wollte, ehe ich wüßte, wie sie von mir denkt? Nein, ihre Ruhe ist mir teurer als meine Wünsche, und ich halte zuviel auf Rechtschaffenheit, als daß ich mich der Gefahr aussetzen möchte, sie unglücklich zu machen.‹

Während er so sprach«, fuhr die Dueña fort, beobachtete ich ihn mit möglichster Aufmerksamkeit und nahm alle meine Erfahrungen zusammen, um in seinen Augen zu lesen, ob die Liebe, von der er sprach, ihm auch von Herzen gehe. Was soll ich sagen – ich habe wahre, heiße Liebe darin zu sehen geglaubt, so daß ich meine Freude darüber kaum verbergen konnte; da ich nun fest von seiner Aufrichtigkeit überzeugt war, so glaubte ich, Euch einen solchen Liebhaber nicht besser sichern zu können, als wenn ich ihn etwas von Euren Gesinnungen merken ließe. ›Señor‹, sagte ich zu ihm, ›Leonore ist Euch nicht abhold; ich weiß, daß sie Euch schätzt, und soviel ich beurteilen kann, wäre es ihr nicht unangenehm, wenn Ihr Euch um sie bewerbet.‹ – ›Großer

Gott!‹ rief er entzückt aus, ›was höre ich? Ist's möglich, daß die reizende Leonore so günstig von mir denkt? Wieviel Dank bin ich Euch nicht schuldig, gefällige Marzella, daß Ihr mich von dieser langen Ungewißheit befreit? Diese Nachricht ist mir aus Eurem Munde doppelt angenehm, da Ihr Euch von jeher meiner Zärtlichkeit in den Weg gestellt und mir so viel Leiden bereitet habt; jetzt aber macht mein Glück vollkommen, liebe Marzella, und verschafft mir eine Unterredung mit der göttlichen Leonore; ich will ihr vor Euren Augen schwören, daß ich nie eine andere als sie mein nennen werde.‹

Das hat er gesagt«, fuhr die Dueña fort, »und noch gar manches, was mich sehr gerührt hat. Zuletzt, liebe Tochter, hat er mich so dringend gebeten, ihm zu einer geheimen Unterredung mit Euch zu verhelfen, daß ich's ihm nicht mehr abschlagen konnte.« – »Ach, warum habt Ihr das getan?« rief Leonore etwas erschrocken. »Habt Ihr mir nicht selbst tausendmal gesagt, ein tugendhaftes Mädchen müsse dergleichen Zusammenkünfte vermeiden, da sie nicht anders als gefährlich sein können?« – »Ganz richtig«, versetzte die Dueña, »dieser Grundsatz ist unumstößlich; aber im gegebenen Falle ist es Euch erlaubt, davon abzuweichen, weil Ihr den Grafen bereits als Euern Mann betrachten könnt.« – »Er ist es aber noch nicht«, sagte Leonore, »und ich darf ihn nicht sehen, bevor mein Vater seine Bewerbung gebilligt hat.«

Doña Marzella bereute es in diesem Augenblick, daß sie das Mädchen so gut erzogen hatte, da es ihr so schwer wurde, ihre Sittsamkeit zu überwinden. Gleichwohl wollte sie um jeden Preis ihr Ziel erreichen; sie schlug daher andere Saiten an und fuhr also fort: »Meine teure Leonore, wie freut es mich, daß ich Euch so zurückhaltend sehe! Welch' süßer Lohn für meine Bemühungen! Ihr habt meine Lehren wohl beherzigt. Ich bin hocherfreut über mein Werk; aber, liebes Kind, Ihr geht ein wenig zu weit, Ihr übertreibt meine Moral und Eure Tugend ist fast zu streng. So gewiß ich selbst diese Grundsätze teile, so kann ich doch eine so rauhe Sittsamkeit, die dem Laster und der Unschuld ohne Unterschied Trotz bietet, nicht billigen. Ein Mädchen verliert seine Tugend noch nicht, wenn es seinen Liebhaber anhört, sobald es von der Reinheit seiner Absichten überzeugt sein kann; und in diesem Falle darf man ihm keine Vorwürfe machen, wenn es seiner Leidenschaft entgegenkommt. Verlaßt Euch auf mich, Leonore; ich habe zuviel Erfahrung und bin Euch zu sehr ergeben, als daß ich Euch zu einem nachteiligen Schritte verleiten könnte.«

»Und wo soll ich denn mit dem Grafen sprechen?« fragte Leonore. – »Auf Euerm Zimmer«, antwortete die Dueña; »das ist der sicherste Ort, ich werde ihn morgen in der Nacht herein lassen.« – »Was fällt Euch ein, meine Liebe?« rief Leonore. »Wie! ich sollte zugeben, daß ein Mann...« – »Allerdings«, fiel die Alte ein, »die Sache ist gar nicht so außerordentlich, als Ihr Euch vorstellt. Das kommt tagtäglich vor, und wollte Gott, alle Mädchen, die solche Besuche annehmen, hätten so reine Absichten, wie Ihr. Überdies habt Ihr ja gar nichts zu fürchten, denn ich werde immer bei Euch sein.« – »Aber, wenn mein Vater dazu käme?« sagte Leonore. – »Auch darüber könnt Ihr ganz unbesorgt sein«, erwiderte Doña Marzella. »Euer Vater ist wegen Eures Betragens vollkommen beruhigt; er kennt meine Treue und hat ein vollkommenes Vertrauen zu mir.« Leonore, der auf der einen Seite ihre Dueña keine Ruhe ließ, während auf der andern die Liebe sich immer gewaltiger in ihrem Herzen regte, konnte nun nicht länger widerstehen und gab endlich ihre Einwilligung.

Der Graf wurde alsbald davon in Kenntnis gesetzt, und in der Freude seines Herzens schenkte er der Agentin sogleich fünfhundert Pistolen nebst einem Ring von gleichem Wert. Doña Marzella, die ihn so gut Wort halten sah, wollte nun ihr Versprechen ebenfalls einlösen. In der folgenden Nacht befestigte sie, sobald sie alles im Hause schlafend glaubte, eine seidene Strickleiter, die ihr der Graf gegeben hatte, an

den Balkon und ließ ihn auf diese Art ins Zimmer seiner Angebeteten.

Indes überließ sich die junge Dame Betrachtungen, die nichts weniger als beruhigend waren. Soviel Neigung sie auch für Belflor empfand, und trotz aller Einwendungen ihrer Dueña, machte sie sich dennoch Vorwürfe, daß sie so leicht einen Besuch erlaubt habe, der sich mit ihrer Pflicht nicht vertrüge; die Reinheit ihrer Absichten vermochte ihre Zweifel nicht zu beschwichtigen. Bei Nacht einen Mann in ihr Zimmer zu lassen, der ihres Vaters Einwilligung nicht hatte, und dessen wahre Absichten sie nicht einmal kannte, schien ihr nicht nur strafbar, sondern sie glaubte auch, es müsse sie ihrem Liebhaber verächtlich machen. Dieser letzte Gedanke war ihr am empfindlichsten und beschäftigte sie ganz, als der Graf eintrat.

Er warf sich ihr sogleich zu Füßen, um für diese Gunstbezeigung zu danken. Er schien durchdrungen von Liebe und Erkenntlichkeit und beteuerte ihr, daß er sie heiraten wolle. Da er sich aber über diesen Punkt doch nicht ganz nach ihrem Wunsche erklärte, sagte sie zu ihm: »Ich will wohl glauben, Herr Graf, daß Ihr keine andere Absicht habt, allein Eure Versicherungen müssen mir so lange verdächtig sein, bis mein Vater ihnen durch seine Einwilligung Kraft gegeben hat.« – »Señora«, antwortete Belflor, »ich würde schon längst darum gebeten haben, wenn ich nicht gefürchtet hätte, sie auf Kosten Eurer Ruhe zu erhalten.« – »Ich kann es Euch nicht verdenken«, versetzte Leonore, »daß Ihr diesen Schritt noch nicht getan habt; im Gegenteil gefällt mir Euer Zartgefühl: aber jetzt habt Ihr kein Hindernis mehr und Ihr müßt entweder sobald als möglich mit meinem Vater sprechen, oder Euch entschließen, mich nie wieder zu sehen.«

»Was sagt Ihr, schöne Leonore? ich soll Euch nie wieder sehen? Wie könnt Ihr doch so unempfindlich sein gegen die Süßigkeiten der Liebe! Wenn Ihr zu lieben verständet wie ich, so wäre es Euch ein Vergnügen, meine Besuche insgeheim anzunehmen und wenigstens eine Zeitlang vor Euerm Vater verborgen zu halten. In solch geheimnisvollem Umgang liegt ein unendlicher Reiz für zwei Herzen, die sich verstehen!« – »Für Euch vielleicht«, sagte Leonore, »aber mir könnte er nur Kummer bereiten. Diese überfeinerte Zärtlichkeit ziemt sich nicht für ein tugendhaftes Mädchen; schweigt daher von der Wonne eines so strafbaren Umgangs. Hättet Ihr einige Achtung vor mir, so könntet Ihr einen solchen Vorschlag gar nicht machen; sind aber Eure Absichten so, wie Ihr mich überreden wollt, so müßtet Ihr es mir im Grund Eurer Seele verdenken, wenn ich mich nicht dadurch beleidigt fühlte. Aber ach!« fügte sie mit einigen Tränen hinzu, »ich habe diesen Schimpf nur meiner Schwachheit zuzuschreiben, ich habe ihn dadurch verdient, daß ich soviel für Euch tat.«

»Anbetungswürdige Leonore«, rief der Graf, »Ihr tut mir grausam Unrecht. Eure Tugend ist viel zu bedenklich, viel zu ängstlich. Wie! weil ich so glücklich war, Euch nicht zu mißfallen, so fürchtet Ihr, ich werde Euch deswegen nicht mehr hochschätzen? Seid nicht so ungerecht; nein, Señora, ich erkenne den ganzen Wert Eurer Güte: sie kann nicht den Verlust meiner Hochachtung zur Folge haben, und ich bin bereit, alles zu tun, was Ihr verlangt. Gleich morgen will ich mit Don Luis sprechen und mein möglichstes tun, um seine Einwilligung in mein Glück zu erlangen; allein ich kann Euch nicht verbergen, daß ich wenig Hoffnung habe.« – »Wieso?« versetzte Leonore äußerst verwundert; »wie könnte mein Vater die Bewerbung eines Mannes von Eurem Range ablehnen?« – »Eben wegen dieses Ranges«, antwortete Belflor, »fürchte ich es. Ihr wundert Euch, bald werdet Ihr es nicht mehr tun.

Vor einigen Tagen«, fuhr er fort, »eröffnete mir der König, er wolle mir eine Gemahlin geben. Er hat mir die Dame nicht genannt, sondern nur soviel merken lassen, daß er eine der ersten Partien am Hofe im Auge hat und ihm sehr viel an dieser Vermählung liegt. Da ich Eure Gesinnung gegen mich nicht wußte, – und Ihr wißt ja selbst, daß Eure Strenge es mir bisher unmöglich machte, sie zu erraten, – so habe ich durchaus keine Abneigung gegen seinen Befehl gezeigt. Urteilt nun, Señora, ob Don Luis auf die Gefahr hin, sich die Ungnade des Königs zuzuziehen, mich zu seinem Schwiegersohne annehmen wird.«

»Nein, gewiß nicht«, sagte Leonore, »ich kenne meinen Vater. So vorteilhaft eine Verbindung mit Euch sein mag, so wird er ihr doch lieber entsagen, als dem Könige mißfallen wollen. Wenn aber mein Vater auch nichts dawider einwenden würde, so wären wir gleichwohl noch nicht am Ziele; denn wie, Herr Graf, könntet Ihr mir eine Hand schenken, über die der König anders verfügen will?« – »Señora«, antwortete Belflor, »ich muß aufrichtig gestehen, daß mich dies einigermaßen in Verlegenheit setzt; dennoch hoffe ich bei einiger Behutsamkeit den König, der mir sehr wohl will, dahin zu bringen, daß ich Mittel finden kann, dem Unglück, das mir droht, zu entgehen: Ihr selbst, schöne Leonore, könntet mir hier am besten helfen, wenn Ihr mich würdig erachtet, der Eurige zu werden.« – »Wie wäre dies möglich?« sagte sie, »wie könnte ich die Heirat hintertreiben, die der König Euch vorgeschlagen hat?« – »Ach, Señora«, erwiderte er leidenschaftlich, »wenn Ihr meinen Schwur der Treue annehmen wolltet, so würde ich mich Euch zu erhalten wissen, ohne daß der Monarch darüber zürnen sollte.

Erlaubt, reizende Leonore«, fuhr er fort, indem er sich ihr zu Füßen warf, »erlaubt, daß ich in Gegenwart der Doña Marzella Euer Gemahl werde; laßt sie Zeugin von der Unverbrüchlichkeit unseres Bundes sein. Auf diese Art könnte ich mich von den schnöden Fesseln, die man mir anlegen will, frei erhalten; denn wenn der König dann noch weiter in mich dringt, die Dame seiner Wahl anzunehmen, so werf' ich mich ihm zu Füßen und sage ihm, daß ich Euch schon lange geliebt und mich heimlich mit Euch vermählt habe. Wird ihm dadurch auch ein Wunsch zunichte gemacht, so ist er doch zu gut, als daß er mich derjenigen, die ich anbete, entreißen wollte, und zu gerecht, um Eurer Familie diesen Schimpf anzutun.

Was haltet Ihr davon, kluge Marzella«, setzte er gegen die Dueña hinzu, »wie gefällt Euch der Plan, den mir soeben die Liebe eingegeben hat?« – »Er ist vortrefflich«, antwortete die Alte; »es läßt sich nicht leugnen, daß die Liebe sehr erfinderisch ist!« – »Und Ihr, anbetungswürdige Leonore«, fuhr der Graf fort, »was sagt Ihr dazu? hat sich Euer Herz immer noch mit Mißtrauen umschanzt? wollt Ihr noch nicht ja sagen?« – »Nur dann«, antwortete Leonore, »wenn mein Vater in die Sache eingeweiht ist; ich bin überzeugt, daß er dann alles gutheißen wird.«

»Alles, nur das nicht«, fiel hier die abscheuliche Dueña ein; »Ihr kennt den Señor Don Luis noch nicht, er denkt viel zu zart in Ehrensachen, um eine geheime Liebe zu begünstigen. Dieser Vorschlag würde ihn beleidigen und überdies würde er als vorsichtiger Mann gewiß die Folgen einer Verbindung fürchten, von der er glauben müßte, daß sie den Absichten des Königs zuwider wäre. Dieser unbedachtsame Schritt würde seinen Argwohn erwecken, er würde fortan alle unsere Schritte belauschen und Euch jede Zusammenkunft unmöglich machen.«

»Nein, das könnte ich nicht aushalten!« rief unser Hofmann. »Aber, Doña Marzella«, fuhr er im Tone tiefen Kummers fort, »glaubt Ihr denn wirklich, Don Luis würde den Vorschlag einer heimlichen Heirat verwerfen?« – »Ganz zuverlässig«, antwortete die Alte; »allein gesetzt auch, daß er sie annähme, so ist er doch zu spießbürgerlich und bedenklich, als daß er die Vermählung ohne die kirchlichen Zeremonien geschehen ließe; und wollte man diese beibehalten, so wäre die Sache bald in der ganzen Stadt bekannt.«

»Teure Leonore«, sagte jetzt der Graf, die Hände der Geliebten zärtlich in die seinigen drückend, »sollen wir uns denn einem bloßen Wahne von Anstand zulieb der fürchterlichen Gefahr aussetzen, auf immer voneinander getrennt zu werden! Ihr braucht niemand zu fragen, als Euch selbst, wenn Ihr Euch mir schenken wollt. Die väterliche Einwilligung würde Euch allerdings einige Sorgen ersparen; aber da Doña Marzella uns die Unmöglichkeit, sie zu erlangen, deutlich dargetan hat, so ergebt Euch doch endlich in meine schuldlosen Wünsche. Nehmt Herz und Hand von mir an; sobald es Zeit sein wird, Euern Vater unsere Verbindung wissen zu lassen, so wollen wir ihm schon sagen, warum wir sie einstweilen verschwiegen haben.« – »Nun gut, Herr Graf«, sagte Leonore, »ich bin's zufrieden, daß Ihr mit meinem Vater noch nicht so bald sprecht; aber ehe ich heimlich Eure Hand annehme, müßt Ihr zuvor zu erfahren suchen, wie der König gesinnt ist; sprecht mit ihm und sagt ihm, wenn es nötig ist, daß Ihr Euch heimlich mit mir vermählt hättet. Wir wollen sehen, ob dieses falsche Geständnis nicht vielleicht ...« – »Nein, Señora«, sagte Belflor, »das kann nicht sein; ich bin ein zu abgesagter Feind jeder Lüge, als daß ich es wagen könnte, die Unwahrheit so weit zu treiben. Zudem weiß ich, wie der König ist; wenn er erführe, daß ich ihn hintergangen hätte, er würde es mir in seinem Leben nie verzeihen.«

Doch«, fuhr der Teufel fort, »ich hätte wochenlang zu schwatzen, Señor Don Kleophas, wenn ich Euch Wort für Wort alles wiederholen wollte, was Belflor sagte, um das unschuldige Kind zu verführen. Genug, er kramte all die verliebten Redensarten aus, die ich bei solchen Gelegenheiten den Leuten einzublasen pflege: allein, so schön er auch beteuerte, daß er seinen geheimen Schwur so schnell als möglich öffentlich wiederholen wolle, so rührend er auch den Himmel zum Zeugen seiner Versicherungen anrief, Leonorens Tugend blieb unüberwindlich, der Tag graute und der Graf sah sich genötigt, auf seinen Rückzug zu denken.

Indes glaubte die Dueña, ihre Ehre oder vielmehr ihr Vorteil erfordere es, das Unternehmen nicht so bald fallenzulassen. »Leonore«, sagte sie am andern Morgen zu Don Luis Tochter, »ich weiß in der Tat nicht, wie ich mit Euch sprechen soll; Ihr sperrt Euch gegen die Liebe des Grafen, wie wenn er eine bloße Galanterie im Auge hätte; habt Ihr vielleicht an seiner Person etwas gesehen, das Euch mißfiele?« – »Nein, meine Liebe«, antwortete Leonore, »er ist mir im Gegenteil nie so liebenswürdig vorgekommen, und während unserer ganzen Unterhaltung habe ich nur neue Reize an ihm entdeckt.« – »Wenn dem so ist«, sagte die Alte, »so begreife ich Euch in der Tat nicht. Ihr seid ihm von ganzem Herzen gewogen, und weigert Euch noch, einen Schritt zu tun, dessen Notwendigkeit man Euch doch bewiesen hat?«

»Liebe Marzella«, antwortete Don Luis Tochter, »Ihr seid allerdings weit verständiger und erfahrener als ich; aber habt Ihr auch reiflich die Folgen überlegt, die eine ohne meines Vaters Einwilligung vollzogene Heirat haben kann?« – »Allerdings«, erwiderte die Dueña, »ich habe alles in Erwägung gezogen, und es ärgert mich, daß Ihr die glänzende Partie, die Euch das Glück anbietet, so hartnäckig mit Füßen tretet. Wie leicht könnte dieser Eigensinn Euren Liebhaber ermüden und ganz verscheuchen! Fürchtet Ihr denn nicht, daß ihm über sein Interesse in Beziehung auf den Geldpunkt die Augen aufgehen könnten, woran er bis

jetzt in der Glut seiner Leidenschaft noch gar nicht gedacht hat? Nehmt doch ohne längeres Zögern die Hand an, die er Euch bietet. Sein Wort bindet ihn und nichts ist einem Manne von Ehre heiliger; überdies bin ich Zeuge, daß er Euch als seine Frau erkennt, und Ihr wißt ja, daß ein Zeugnis wie das meinige gegen einen Liebhaber, der meineidig werden wollte, schon allein vollgültig wäre.« Durch solche Vorstellungen brachte das Schandweib Leonoren zum Wanken. Sie ließ sich die Gefahr, die ihr drohte, aus dem

Kopfe hinausschwatzen und ergab sich nach einigen Tagen ohne allen Arg den lasterhaften Begierden des Grafen. Die Dueña ließ ihn jede Nacht über den Balkon in das Zimmer seiner Geliebten und ebenso vor Tagesanbruch wieder hinab.

Eines Nachts, als sie ihn etwas später als gewöhnlich an den Rückzug erinnert hatte, und schon die Morgenröte heraufstieg, wollte sich der Graf eilig hinablassen, benahm sich aber dabei so ungeschickt, daß er ziemlich derb auf die Erde fiel.

Don Luis, der unmittelbar über dem Zimmer seiner Tochter schlief und diesen Morgen besonders früh aufgestanden war, um einige dringende Geschäfte abzumachen, hörte das Geräusch vom Falle und öffnete das Fenster, um zu sehen, was es wäre. Er erblickte einen Mann, der mit großer Mühe wieder aufstand, und auf dem Balkon Doña Marzella, sehr beschäftigt, die Strickleiter, deren sich der Graf beim Hinabsteigen minder geschickt bedient hatte, als auf dem Wege herauf, abzubinden. Er rieb sich die Augen und hielt anfangs alles für bloße Täuschung; da er aber lange genug zugesehen hatte, fand er, daß die Sache so wirklich war, als etwas von der Welt, und daß das obwohl noch schwache Tageslicht ihm nur zu deutlich seine Schande aufdeckte.

Dieser Anblick ging ihm durch Mark und Bein; voll gerechten Ingrimms kam er im Schlafrock vor Leonorens Türe, in der einen Hand den Degen, in der andern die Kerze haltend, und fest entschlossen, beide, Tochter und Dueña, seiner Rache zu opfern. Er klopft an und befiehlt zu öffnen: sie erkennen seine Stimme und gehorchen zitternd. Wütend tritt er hinein, und den entblößten Degen vor ihre erstarrten Augen haltend, spricht er: »Ich komme, im Blute einer Ehrlosen den Schimpf zu rächen, den sie ihrem Vater antut, und zugleich die niederträchtige Dueña zu strafen, die mein Vertrauen getäuscht hat.«

Beide warfen sich ihm zu Füßen, und die Dueña nahm das

Wort. »Señor«, sagte sie, »bevor Ihr die Strafe an uns vollzieht, habt die Güte, mich einen Augenblick anzuhören.« – »Nun ja«, versetzte der Greis, »ich will meine Rache einen Augenblick aufschieben; sprich, Elende, erzähle mir ausführlich mein ganzes Unglück; doch was sage ich ausführlich? ich weiß schon alles, bis auf den Namen des Verwegenen, der meine Familie entehrt.« Doña Marzella nannte den Grafen Belflor. »Belflor!« rief Don Luis; »wo hat er meine Tochter gesehen? durch welche Mittel hat er sie verführt? Verhehle mir nichts.« – Señor«, erwiderte die Dueña, »ich will Euch alles erzählen, so aufrichtig als ich kann.«

Nun wiederholte sie mit unendlicher Kunst jedes Wort, das der Graf zu ihr gesagt haben sollte, wie sie wenigstens Leonoren glauben gemacht hatte. Sie malte ihn mit den schönsten Farben als einen zärtlichen, feinfühlenden und aufrichtigen Liebhaber. Bei der weiteren Entwicklung konnte sie freilich die Wahrheit nicht verhehlen, aber sie verbreitete sich so weitläufig über die Gründe, die man gehabt hätte, ohne sein Wissen die Heirat zu vollziehen, und wußte alles so gut zu drehen, daß Don Luis' Wut sich endlich legte. Die Dueña merkte dies, und hoffte den Alten dadurch vollends ganz zu besänftigen, daß sie zu ihm sagte: »Das ist's also, was Ihr zu wissen verlangtet. Straft uns jetzt; stoßt Euern Degen in Leonorens Brust. Doch was sage ich? Leonore ist unschuldig; sie hat bloß den Rat derjenigen Person befolgt, der Ihr die Aufsicht über sie anvertraut; mich allein müssen Eure Streiche treffen. Ich habe den Grafen in das Zimmer Eurer Tochter geführt; ich habe das Band geknüpft, das sie verbindet. Ich habe über das Unregelmäßige einer von Euch nicht gutgeheißenen Verbindung die Augen zugedrückt, um Euch einen Schwiegersohn zu sichern, dessen Gunst bekanntlich der Kanal ist, durch welchen heutzutage alle Gnadenbezeigungen vom Hofe ausfließen. Bloß Leonorens Glück und das Interesse Eurer Familie schwebte mir vor Augen; allzu großer Eifer hat mich meiner Pflicht untreu gemacht.«

Indes die ränkereiche Marzella so sprach, weinte sich ihre Gebieterin beinahe die Augen aus; sie zeigte so tiefe Betrübnis, daß der gute Greis nicht widerstehen konnte. Er wurde gerührt, sein Zorn verwandelte sich in Mitleid, der Degen entsank seiner Hand, und der eben noch so erbitterte Vater rief jetzt mit tränenden Augen: »Ach, liebe Tochter, welch unselige Leidenschaft ist doch die Liebe! Du weißt noch nicht, wie sehr du Ursache hast, dich zu betrüben; jetzt preßt dir bloß die Scham über die Gegenwart deines Vaters, der dich überraschte, die Tränen aus. Du ahnest noch nicht, welchen Kummer dir dein Liebhaber vielleicht bereiten wird. Und Ihr, unvorsichtige Marzella, was habt Ihr getan! In welchen Abgrund stürzt uns Euer unüberlegter Eifer! Freilich hat die Verbindung mit einem Manne, wie der Graf, Euch blenden können, und das spricht noch zu Euerm Vorteil; aber, Unglückselige, mußtet Ihr einem Manne von diesem Charakter nicht mißtrauen? Je größer die Gunst und das Ansehen ist, worin er steht, um so mehr hättet Ihr vor ihm auf der Hut sein sollen. Wenn er gewissenlos genug ist, sein Wort zu brechen, was bleibt mir dann übrig? Soll ich die Gesetze zu Hülfe rufen? Einem Manne von seinem Rang ist es eine Kleinigkeit, sich vor ihrer Strenge zu schützen. Gesetzt aber auch, er wolle seine Eide erfüllen, so ist immer

noch zu fürchten, daß der König, der ihm, wie er sagt, eine andere Gemahlin bestimmt, ihn durch einen Machtspruch dazu zwingen würde.«

»Ach nein, Señor«, fiel Leonore ein, »das haben wir nicht zu besorgen. Der Graf hat uns teuer und heilig versichert, daß der König seinen Gefühlen keine Gewalt antun würde.« – »Des bin ich auch überzeugt«, sagte Doña Marzella: »erstens liebt der Monarch seinen Günstling viel zu sehr, um ihm so grausam mitzuspielen, und dann ist er auch zu großmütig, um dem tapfern Don Luis de Cespedes, der seine schönsten Jahre dem Dienste des Staats gewidmet hat, diese empfindliche Kränkung anzutun.«

»Wollte Gott«, sagte der Greis seufzend, »meine Furcht wäre unbegründet. Ich gehe jetzt zum Grafen und fordere eine Erklärung von ihm; die Augen eines Vaters sehen scharf; ich werde ihm bis auf den Grund seiner Seele schauen: finde ich die gewünschte Gesinnung bei ihm, so soll euch das Geschehene verziehen sein; wofern ich aber«, fügte er mit festerem Tone hinzu, »aus seinen Äußerungen auf ein falsches Herz schließen muß, so sollt ihr mir beide an einen einsamen Ort, wo ihr die übrige Zeit euers Lebens eure Unbesonnenheit beweinen mögt.« Mit diesen Worten raffte er seinen Degen wieder auf, und indes die beiden Unglücklichen sich von ihrem Schreck erholten, ging er auf sein Zimmer, um sich anzukleiden.

Asmodi wurde hier von dem Studenten unterbrochen. »Eure Geschichte«, sagte Don Leandro, »ist zwar sehr interessant; aber dort bemerke ich etwas, das mich hindert, ihr die gehörige Aufmerksamkeit zu schenken: eine Dame, die mir recht artig zu sein scheint, zwischen einem jungen und einem alten Mann. Sie trinken alle drei miteinander, vermutlich etwas Ausgesuchtes, und indes der alte Geck die Dame umarmt, gibt die Spitzbübin von hinten ihre Hand dem jungen Menschen zu küssen, der ohne Zweifel ihr Liebhaber ist.« – »Ganz im Gegenteil«, antwortete der Kleine, »dies ist ihr Mann und der andere ihr Liebhaber. Der Alte ist ein vornehmer Herr, Komtur des Calatravaordens. Er ruiniert sich aus Liebe zu dieser Dame, deren Mann ein kleines Ämtchen bei Hofe hat: aus Eigennutz liebkost sie den grauen Amoroso und aus Lust und Liebe zur Sache wird sie ihm untreu.«

»Ein niedliches Gemälde«, sagte Zambullo, »der Mann ist gewiß ein Franzose.« – »O nein«, versetzte der Teufel, »er ist ein Spanier. Ich sage Euch, die gute Stadt Madrid hat auch sanftmütige Ehemänner in ihren Mauern; doch wimmelt es hier nicht so sehr davon wie in Paris, das unstreitig an Einwohnern dieser Art so fruchtbar ist, als die ganze übrige Welt zusammen.« – »Vergebt mir, Señor Asmodi«, sagte Don Kleophas, »daß ich Euch unterbrochen habe, und seid so gut, Eure Geschichte fortzusetzen. Sie ist sehr anziehend und besonders die Verführungsgeschichte hat mir außerordentlich gefallen.« Der Dämon fuhr also fort:

Fünftes Kapitel

Fortsetzung und Schluß der Liebesgeschichte des Grafen von Belflor

»Don Luis ging sehr früh zum Grafen, der sich immer noch unentdeckt wähnte, und daher über diesen Besuch höchlich verwundert war. Er kam dem Alten entgegen, umarmte ihn mehrere Male hintereinander und sagte: »Ich bin unendlich erfreut, Euch bei mir zu sehen. Wolltet Ihr mir vielleicht eine Gelegenheit bieten, Euch zu dienen?« – »Herr Graf«, antwortete Don Luis, »ich wünschte, mit Euch allein zu sein.«

Belflor ließ seine Bedienten abtreten. Sie setzten sich, und nun nahm der Alte das Wort: »Herr Graf«, sagte er, »meine Ehre und meine Ruhe machen eine Erklärung nötig, um die zu bitten ich gekommen bin. Ich habe Euch heute früh aus Leonorens Zimmer gehen sehen. Sie hat mir alles gestanden, sie hat mir gesagt...« – »Daß ich sie liebe«, fiel der Graf ein, der auszuweichen suchte. »Aber sie hat nur schwache Ausdrücke für das, was ich für sie empfinde: ich bin von ihr entzückt, ich bete sie an; sie vereinigt alles in sich, Geist, Schönheit und Tugend. Man hat mir gesagt, Ihr hättet auch einen Sohn, der zu Alkala studiert; gleicht er seiner Schwester? Wenn er so schön ist, wie sie, und nur etwas von Euch hat, so muß er ein ausgezeichneter Kavalier sein; ich möchte ihn gar zu gerne sehen und biete Euch meinen ganzen Einfluß für ihn an.«

»Ihr seid sehr gütig«, sagte Don Luis mit Ernst, »aber um wieder auf das zurückzukommen, was...« – »Man muß ihn sogleich anstellen«, unterbrach ihn der Graf abermals; »ich nehme es auf mich, für sein Glück zu sorgen: er soll nicht unter dem Haufen der Subalternoffiziere grau werden, das

versichere ich Euch.« – »Gebt mir Antwort, Graf«, sagte der Alte hitzig, »und fallt mir nicht immer in die Rede. Wollt Ihr oder wollt Ihr nicht das Versprechen halten?« – »Ganz zuverlässig«, unterbrach ihn Belflor zum dritten Mal, »ich halte mein Versprechen, Euern Sohn mit all meinem Einfluß zu unterstützen: Ihr könnt auf mich zählen, ich bin ein Mann von Wort.« – »Nein, das geht zu weit, Graf!« rief der alte Cespedes aufspringend. »Zuerst verführt Ihr meine Tochter und dann wagt Ihr es, mich zu höhnen. Ich bin auch von Adel, und dieser Schimpf wird nicht ungerächt bleiben.« Und so ging er, kochend vor Wut und tausend Rachepläne in seinem Kopfe wälzend.

Als er nach Hause kam, sagte er sehr heftig zu Leonoren und ihrer Dueña: »Der Graf ist mir doch gleich im Anfang verdächtig vorgekommen; er ist ein Verräter, an dem ich mich rächen muß. Was euch betrifft, so wandert ihr morgen miteinander in ein Kloster; macht euch fertig dazu und danket dem Himmel, daß ihr mit dieser Strafe davonkommt.« So sprechend ging er auf sein Zimmer, um bei kälterem Blute zu überlegen, was er in dieser bedenklichen Lage tun solle.

Ihr könnt Euch Leonorens Schmerz denken, als sie Belflors Treulosigkeit erfuhr. Sie war wie niedergedonnert, Todesblässe bedeckte ihr Gesicht, die Sinne schwanden ihr

und sie sank bewegungslos ihrer Dueña in die Arme, die wirklich glaubte, daß es mit ihr aus sei. Die Alte gab sich alle Mühe, um sie wieder ins Leben zu bringen, und es gelang ihr auch. Leonore erholte sich, schlug die Augen auf, und als sie ihre Dueña beschäftigt sah, ihr zu helfen, sagte sie mit einem tiefen Seufzer: »Ach, wie seid Ihr doch so grausam? Warum denn mich aus dem glücklichen Zustande wecken, in welchem ich war? Ich fühlte da nicht das Schreckliche meines Schicksals. Warum ließet Ihr mich nicht sterben? Ihr wißt, welcher Gram die Ruhe meines Lebens vergiftet. Warum wollt Ihr mir es erhalten?«

Marzella suchte sie zu trösten; aber sie steigerte nur ihren Schmerz. »Alles umsonst!« rief Leonore; »ich will nichts mehr hören; erspart Euch die Mühe, gegen meine Verzweiflung anzukämpfen; Ihr solltet mich vielmehr darin bestärken, denn nur Ihr habt mich in diesen schrecklichen Abgrund gestürzt. Ihr habt Euch für die Redlichkeit des Grafen verbürgt; ohne Euch hätte ich mich meiner Neigung zu ihm nie überlassen, ich hätte sie nach und nach bemeistert, und der Graf hätte wenigstens nie den mindesten Vorteil davon gehabt. Doch«, fuhr sie fort, »ich will Euch mein Unglück nicht schuld geben, und nur mich allein anklagen; wer hieß mich auch Euerm Rate folgen und den Schwur eines Mannes ohne Einwilligung meines Vaters annehmen? So rühmlich die Bewerbung des Grafen für mich war, so hätte ich ihn doch lieber verachten, als auf Kosten meiner Ehre zu erhalten suchen sollen; kurz, ich hätte gar niemand trauen sollen, weder ihm, noch Euch, noch mir selbst. Jetzt, da ich schwach genug gewesen bin, seinen falschen Schwüren zu trauen, da ich meinen unglücklichen Vater im Innersten betrübt und meine Familie beschimpft habe, jetzt bin ich mir selbst zum Abscheu. Der einsame Aufenthalt, womit man mir droht, hat nichts Schreckliches für mich. O, daß ich meine Schmach in der abscheulichsten Einöde verbergen könnte!« – Während sie so sprach, vergoß sie bittere Tränen, sie zerriß ihre Kleider und ließ ihre schönen Haare die Ungerechtigkeit ihres Geliebten büßen. Die Dueña stellte sich ebenso traurig, wie ihre Gebieterin war; sie ließ auch einige falsche Tränen fallen und stieß tausend Verwünschungen aus über die Männer im allgemeinen und über Belflor im besondern. »Ist's möglich«, rief sie, »daß der Graf, den ich für ein Muster von Aufrichtigkeit und Rechtschaffenheit hielt, schlecht genug ist, uns beide zu betrügen? Ich kann mich von meinem Erstaunen nicht erholen, oder vielmehr, ich kann es immer noch nicht glauben.«

»Freilich«, sagte Leonore, »wenn ich mir ihn zu meinen Füßen denke, welches Mädchen hätte diesen zärtlichen Blicken, diesen Schwüren, bei denen er so kühn den Himmel zum Zeugen anrief, diesen unaufhörlichen Ausdrücken glühender Begeisterung mißtrauen können? Seine Augen zeigten mir noch mehr Liebe, als sein Mund aussprach; mit einem Wort, er schien ganz bezaubert zu sein. Nein, er hat mich nicht betrogen, ich kann es nicht glauben. Wahrscheinlich hat mein Vater nicht schonend genug mit ihm gesprochen; sie werden beide hitzig geworden sein, und dann wird der Graf weniger als Liebhaber denn als großer Herr geantwortet haben. Aber vielleicht schmeichle ich mir bloß. Ich muß dieser Ungewißheit ein Ende machen: ich will an Belflor schreiben und ihm zu wissen tun, daß ich ihn heute nacht noch einmal erwarte. Er soll mein liebendes Herz entweder beruhigen, oder mit eigenem Munde seine Treulosigkeit gestehen.«

Doña Marzella billigte diesen Plan; sie machte sich sogar Hoffnung, der Graf werde, so ehrgeizig er auch sei, von Leonorens Tränen gerührt, sich entschließen, sie zu heiraten.

Währenddessen sann Belflor, nachdem er sich den guten Alten vom Halse geschafft hatte, zu Hause über die Folgen nach, die sein Betragen gegen ihn haben könnte. Er dachte sich wohl, daß die ganze Familie Cespedes, aufgebracht über die Beschimpfung, mit Racheplänen umgehen werde; doch machte ihm dies wenig Kummer: weit mehr beschäftigte ihn seine Liebe. Er stellte sich vor, wie man Leonoren in ein Kloster sperren, oder wenigstens genau hüten und ihm alle Möglichkeit abschneiden werde, sie wiederzusehen. Dieser Gedanke machte ihn traurig; er sann hin und her auf Mittel, dem Unglück vorzubeugen, als ihm sein Kammerdiener einen Brief brachte, den Doña Marzella ihm eingehändigt hatte. Er war von Leonoren und lautete folgendermaßen:

»Ich soll morgen die Welt verlassen, um mich in Klostereinsamkeit zu vergraben. Entehrt, meiner Familie verhaßt und mir selbst zuwider, das bin ich jetzt, weil ich Euch angehört habe. Ich erwarte Euch heute nacht noch einmal. In meiner Verzweiflung suche ich neue Qualen: kommt und gesteht mir, daß Euer Herz keinen Anteil an den Schwüren hatte, die Euer Mund aussprach, oder bekräftiget sie durch denjenigen Schritt, der mein hartes Schicksal allein mildern kann. Da dieses Rendezvous nach dem, was zwischen Euch und meinem Vater vorgegangen ist, gefährlich werden könnte, so laßt Euch von einem Freunde begleiten. Obschon Ihr das ganze Unglück meines Lebens seid, so fühle ich doch, daß mir das Eurige noch teuer ist.

Leonore.«

Der Graf las diesen Brief zwei- bis dreimal, und indem er sich Leonoren in der Lage vorstellte, die sie selbst schilderte, wurde ihm wehmütig ums Herz. Er ging in sich: Vernunft, Rechtschaffenheit, Ehre, die er im Taumel der Leidenschaft vergessen hatte, fingen an, aufs neue Raum in seinem Busen zu gewinnen. Es fiel ihm wie Schuppen von den Augen, und wie ein Kranker, der von einem heftigen Fieberanfall wieder zu sich kommt, sich der Albernheiten schämt, die er gesagt oder getan, so errötete jetzt der Graf über die niedrigen Kunstgriffe, deren er sich bedient hatte, um seine Lüste zu befriedigen.

»Ich Unglücklicher!« sagte er, »was habe ich getan? welcher Teufel ist in mich gefahren? Ich habe Leonoren die Ehe versprochen, ich habe den Himmel zum Zeugen aufgerufen, ich habe gelogen, der König hätte mir eine Gemahlin vorgeschlagen; ich habe Lüge, Treulosigkeit, Meineid, alles angewendet, um die Unschuld zu verführen. Ich Rasender! hätte ich nicht eher meine Liebe unterdrücken, als durch ein Verbrechen befriedigen sollen? Jetzt habe ich ein Mädchen von Stand verführt, dem Zorn seiner Familie, die mit ihm entehrt ist, preisgegeben und es unglücklich gemacht, bloß weil es mich glücklich machte. Welch schnöder Undank! Ich muß den Schimpf wiedergutmachen! Ja, ich muß und will mein Wort einlösen und sie heiraten. Wer könnte sich dem widersetzen, was die Gerechtigkeit fordert? Ihre Gefälligkeit beweist nichts gegen ihre Tugend; weiß ich doch, wie viele Mühe es mich kostete, sie zu überwinden. Sie hat sich nicht sowohl meiner Liebe als meinen Schwüren ergeben... Aber auf der andern Seite bringe ich mich bedeutend in Schaden, wenn ich bei dieser Wahl bleibe. Ich, der ich auf die vornehmsten und reichsten Erbinnen des Reichs Anspruch machen kann, ich sollte mich mit der Tochter eines bloßen Edelmanns, der ein mittelmäßiges Vermögen hat, begnügen! Was wird man bei Hof von mir denken? man wird sagen, es sei eine lächerliche Partie.«

So zwischen Liebe und Ehrgeiz geteilt, wußte Belflor nicht, wozu er sich entschließen sollte; aber obschon er in Beziehung auf die Heirat noch schwankend war, so war er doch dahin mit sich einig, daß er Leonoren künftige Nacht besuchen wolle; er beauftragte also seinen Kammerdiener, Doña Marzella davon zu benachrichtigen.

Don Luis seinerseits sann den ganzen Tag darüber nach, wie er seine Ehre wiederherstellen könne. Seine Verlegenheit war nicht gering. Nahm er zu den Gesetzen seine Zuflucht, so machte er seine Schande selbst öffentlich, und überdies war zu befürchten, das Recht möchte auf der einen und die Richter auf der andern Seite sein. Ebensowenig konnte er es wagen, sich zu den Füßen des Königs zu werfen; er hielt dies für vergeblich, weil er der Meinung war, der Monarch habe die Absicht, den Grafen mit einer andern zu verheiraten. So blieb ihm also nichts übrig als die Waffen, und dazu entschloß er sich endlich. In der ersten Hitze wollte er den Grafen selbst fordern: als er aber bedachte, daß er zu alt und zu schwach sei, um sich auf seinen Arm verlassen zu können, so beschloß er, seinen Sohn damit zu beauftragen, dessen Stöße er für sicherer hielt, als die seinen.

Er schickte also einen Bedienten nach Alkala mit einem Brief, worin er seinen Sohn aufforderte, unverzüglich nach Madrid zu kommen, um eine der Familie Cespedes angetane Beleidigung zu rächen.

Dieser Sohn, Don Pedro mit Namen, ist achtzehn Jahre alt, ausgezeichnet schön und so tapfer, daß er auf der ganzen Universität für den gefürchtetsten Fechter gilt; doch Ihr kennt ihn ja selbst, und ich brauche nichts weiter über ihn zu sagen.« – »Es ist wahr«, sagte Don Kleophas, »er schlägt sehr gut und ist in jeder Beziehung ein ausgezeichneter Bursche.«

»Der junge Mann«, fuhr Asmodi fort, »war indessen nicht in Alkala, wie sein Vater glaubte. Das Verlangen, die Dame seines Herzens wiederzusehen, hatte ihn nach Madrid zurückgeführt. Bei seinem letzten Besuche in der Hauptstadt hatte er auf dem Prado ihre Eroberung gemacht. Ihr Name war ihm noch unbekannt; man hatte von ihm verlangt, daß er keinen Schritt tun solle, um ihn zu erfahren, und er hatte sich, wiewohl höchst ungern, in diese grausame Notwendigkeit gefügt. Es war ein Mädchen von Stand, die seine Freundin geworden war und die eine so schlechte Meinung von der Verschwiegenheit und Beständigkeit eines Studenten hegte, daß sie es für nötig hielt, ihn auf die Probe zu stellen, bevor sie sich ihm zu erkennen geben wollte.

Natürlich war er mehr mit seiner Unbekannten als mit dem Aristoteles beschäftigt, und die geringe Entfernung von Alkala nach Madrid machte, daß er gar häufig, gerade wie Ihr, mein junger Freund, die Kollegia schwänzte, nur mit dem Unterschied, daß seine Liebe es besser verdiente, als Eure Doña Thomasa. Damit aber Don Luis nichts von seinen Minnefahrten erfahren sollte, quartierte er sich gewöhnlich in einem Gasthofe am äußersten Ende der Stadt ein, wo er sich unter einem falschen Namen sorgfältig verborgen hielt. Er verließ seinen Schlupfwinkel nicht eher als morgens zu einer gewissen Stunde, wo er in ein Haus ging, in welchem die Dame, die ihn so von seinen Studien ablockte, in Begleitung einer Kammerfrau sich einzufinden die Gefälligkeit hatte; den ganzen übrigen Tag blieb er in seinem Gasthof eingesperrt, allein kaum war die Nacht erschienen, so wandelte er überall in der Stadt umher.

Einmal des Nachts, als er durch eine entlegene Straße ging, hörte er eine menschliche Stimme und Instrumente, die seine Aufmerksamkeit auf sich zogen. Es war eine Serenade, bei der er ein wenig in der Nähe stehenblieb; der Kavalier aber, der sie zum Besten gab, war betrunken und von Natur grob. Kaum hatte er unsern Studenten wahrgenommen, so ging er schnell auf ihn zu und sagte ohne Komplimente in barschem Tone zu ihm: »Guter Freund, Ihr könnt immerhin Euers Wegs gehen; naseweise Leute sind hier nicht gerne gesehen.« – »Ich würde allerdings gehen«, antwortete Don Pedro beleidigt, »wenn Ihr mich artig darum gebeten hättet; so aber werde ich bleiben, um Euch zu lehren, was der Brauch ist.« – »Nun gut«, sagte der Serenadebringer, seinen Degen ziehend, »es wird sich bald zeigen, wer recht behält.«

Don Pedro zog ebenfalls vom Leder und sie schlugen sich. So geschickt auch sein Gegner war, so konnte er doch einen tödlichen Stoß nicht parieren und sank leblos aufs Pflaster. Indes hatten die Teilnehmer an der Serenade ihre

Instrumente weggeworfen, ihre Degen gezogen und drangen jetzt alle auf Don Pedro ein, um ihren toten Freund, dem sie nicht mehr helfen konnten, zu rächen. Der Musensohn entwickelte bei dieser Gelegenheit seine ganze Geschicklichkeit. Er parierte nicht bloß mit bewundernswürdiger Fertigkeit alle Stöße, sondern fiel selbst so gewaltig aus, daß seine Gegner genug zu tun hatten.

Mittlerweise waren diese so zahlreich geworden und so

hartnäckig, daß er trotz aller seiner Geschicklichkeit dennoch verloren gewesen wäre, hätte nicht Graf Belflor, der gerade durch diese Straße ging, seine Verteidigung übernommen. Der Graf hatte Mut und Ehre im Leib. Als er so viele Bewaffnete gegen einen sah, konnte er nicht umhin, sich seiner anzunehmen. Er zog sein Schwert, stellte sich an Don Pedros Seite und drang mit ihm so lebhaft auf die Musikanten ein, daß sie sämtlich davonliefen, die einen verwundet, die andern, um es nicht zu werden. Als sie fort waren, wollte Don Pedro dem Grafen für seinen Beistand danken, allein Belflor ließ ihn nicht ausreden, sondern fragte nur, ob er nicht verwundet sei? »Nein«, antwortete Don Pedro. – »Nun, so wollen wir unsers Wegs weiterziehen«, sagte der Graf; »Ihr habt Euern Gegner getötet und es ist nicht ratsam, länger in dieser Straße zu bleiben, die Polizei könnte uns überraschen.« Sie entfernten sich also mit starken Schritten, bis sie in eine andere Straße kamen, und erst als sie den Wahlplatz weit hinter sich hatten, blieben sie stehen.

Don Pedro, von gerechter Dankbarkeit durchdrungen, fragte den Grafen, wem er so viel zu danken habe. Belflor nahm keinen Anstand, es ihm zu sagen, und stellte dann dieselbe Frage; aber der Student, der sich nicht zu erkennen geben wollte, antwortete, er heiße Don Juan de Maros. Zugleich gab er die Versicherung, daß er seine Wohltat nie vergessen werde.

»Ich könnte Euch«, sagte der Graf, »noch heute nacht Gelegenheit geben, Eure Schuld gegen mich abzutragen. Ich habe ein Rendezvous, das nicht ohne Gefahr ist, und wollte eben einen Freund aufsuchen, der mich begleiten sollte. Eure Tapferkeit ist mir bekannt; dürfte ich Euch wohl bitten, Don Juan, mit mir zu kommen?« – »Ihr beleidigt mich, wenn Ihr daran zweifelt«, erwiderte der Student; »ich könnte das Leben, das Ihr mir gerettet, nicht besser anwenden, als wenn ich es für Euch wage. Kommt, ich bin bereit, Euch zu begleiten.« So führte Belflor selbst Don Pedro in seines Vaters Haus und sie stiegen beide über den Balkon in Leonorens Zimmer.

»Aber wie«, unterbrach hier Don Kleophas den Teufel, »wie war es denn möglich, Señor Asmodi, daß Don Pedro seines Vaters Haus nicht erkannte?« – »Kein Wunder«, antwortete der Dämon, »Don Luis war ausgezogen und wohnte erst seit acht Tagen in dem neuen Hause, was Don Pedro nicht wußte. Ich wollte Euch dies eben sagen, allein Ihr seid mir ja in die Rede gefallen. Ihr seid viel zu hitzig, junger Freund, und habt die Untugend, jeden Augenblick einen zu unterbrechen. Gewöhnt Euch das ab.

Don Pedro glaubte also nichts weniger, als daß er bei seinem Vater wäre; er merkte auch nicht, daß die Person, die sie einließ, Doña Marzella war, denn sie empfing sie ohne Licht in einem Vorzimmer, wo Belflor seinen Begleiter zu bleiben bat, während er selbst im Zimmer seiner Dame wäre. Der Student ließ sich das gefallen, und setzte sich, um für jeden Fall gesichert zu sein, mit entblößtem Degen auf einen Stuhl. Er versank in Nachdenken über die süßen Augenblicke, die wohl die Liebe jetzt dem Grafen schenken möchte, und wünschte sich auch so glücklich zu sein: denn obschon seine Unbekannte ihn nicht gerade grausam behandelte, so war sie doch nicht ganz so gütig, wie Leonore gegen den Grafen.

Während er sich darüber nach der Weise schmachtender Liebhaber Gedanken machte, hörte er, daß man eine Türe, welche nicht die der Liebenden war, ganz sachte zu öffnen suchte, und sah durch das Schlüsselloch ein Licht schimmern. Er stand schnell auf, stellte sich vor die Türe, die inzwischen aufging, und setzte seinen Degen dem Kommenden auf die Brust. Dieser war niemand anders als sein Vater, der auf Leonorens Zimmer schleichen wollte, um zu sehen, ob der Graf nicht da sei. Der gute Mann glaubte zwar nach dem Vorgefallenen nicht, daß seine Tochter und Marzella es wieder wagen würden, ihn kommen zu lassen; deswegen hatte er ihnen auch kein anderes Zimmer angewiesen: doch war es ihm noch eingefallen, daß sie vielleicht Lust bekommen könnten, ihn in der letzten Nacht vor ihrer Wanderung ins Kloster noch einmal zu sehen.

»Wer du auch sein magst«, rief der Student, »hier kommst du nicht hinein, oder du bist des Todes.« Don Luis sieht ihn an, Don Pedro betrachtet den Alten mit Aufmerksamkeit: sie erkennen sich. »Ach, mein Sohn«, rief der Greis, »mit welcher Ungeduld habe ich auf dich geharrt! Warum hast du mir deine Ankunft nicht gemeldet? Fürchtest du, meine Ruhe zu stören? Ach, ich bin so unglücklich, daß es für mich keine Ruhe mehr gibt.« – »O mein Vater«, sagte Don Pedro ganz außer sich, »seid Ihr es wirklich, den ich sehe, oder werden meine Augen durch eine trügerische Ähnlichkeit irregeführt?« – »Warum verwunderst du dich so?« versetzte Don Luis; »bist du nicht bei deinem Vater? Habe ich dir nicht geschrieben, daß ich seit acht Tagen hier wohne?« – »Gerechter Himmel!« rief der Studiosus, »was höre ich? Ich bin also hier in den Zimmern meiner Schwester!«

Während er so sprach, trat der Graf, der Lärm gehört hatte und glaubte, sein Begleiter würde angegriffen, mit dem Degen in der Hand aus Leonorens Zimmer. »Hier ist er«, rief der Alte wütend, »der Verwegene, der mir meine Ruhe gestohlen und unser Geschlecht mit Schande bedeckt hat! Wir wollen uns auf der Stelle an dem Schurken rächen.« So sprechend zog er seinen Degen unter dem Nachtrock hervor und wollte auf Belflor losstürzen: allein Don Pedro hielt ihn zurück. »Haltet ein, mein Vater«, sagte er, »ich bitte, mäßiget Euch. Was beginnt Ihr?« – »Wie, mein Sohn«, antwortete der Greis, »du fällst mir in den Arm? Du meinst vielleicht, er sei nicht stark genug, um uns zu rächen? Nun gut, so räche du den Schimpf, den man uns angetan hat; deswegen allein habe ich dich nach Madrid kommen lassen. Fällst du, so trete ich an deine Stelle. Der Graf muß von unsern Händen sterben, oder er muß uns beiden auch das Leben nehmen, nachdem er uns schon die Ehre geraubt hat.«

»Nein, mein Vater«, antwortete Don Pedro, »ich kann Euern ungeduldigen Wunsch nicht befriedigen. Ferne sei es von mir, dem Grafen nach dem Leben zu trachten; bin ich doch bloß deswegen hieher gekommen, um es zu verteidigen. Ich habe mein Wort verpfändet, meine Ehre erlaubt es mir nicht anders. Kommt, Herr Graf«, fuhr er gegen Belflor fort. – »Ha, Feiger!« rief Don Luis zornig seinem Sohne zu, »du weigerst dich, eine Rache zu übernehmen, die dich ganz allein beschäftigen sollte! Mein Sohn, mein eigener Sohn macht Freundschaft mit dem Schufte, der meine Tochter verführt hat. Hoffe indes nicht, meine Rache zu vereiteln; ich will alle meine Bedienten zusammenrufen, sie sollen seine Verräterei und deine Feigheit zugleich züchtigen.«

»Señor«, versetzte Don Pedro, »seid nicht so ungerecht

gegen Euern Sohn. Nennt Ihn nicht feig, denn er verdient diesen Schimpf nicht. Der Graf hat mir heute nacht das Leben gerettet; er hat mir, einem ganz Unbekannten, den Vorschlag gemacht, ihn zu seinem Rendezvous zu begleiten. Ich habe mich erboten, die Gefahren zu teilen, die ihm dabei aufstoßen könnten, ohne zu wissen, daß ich aus Dankbarkeit unvorsichtig meinen Arm gegen die Ehre meiner Familie zu leihen versprach. Somit bin ich verbunden, sein Leben hier zu verteidigen und damit tilge ich meine Schuld gegen ihn. Aber den Schimpf, den er uns antut, fühle ich so tief als Ihr, und morgen sollt Ihr sehen, daß ich ihn ebenso mutig angreifen werde, als ich ihn heute verteidige.«

Der Graf war bisher sprachlos dagestanden, denn das Wunderbare dieses Abenteuers hatte ihn ganz verblüfft gemacht. Nun aber nahm er das Wort, und sagte zu dem Studenten: »Ihr könntet diesen Schimpf nicht ungeschickter rächen, als durch die Waffen; ich will Euch ein sichereres Mittel angeben, Eure Ehre wiederherzustellen. Ich gestehe, daß ich bis jetzt nicht die Absicht hatte, Leonoren zu heiraten; aber heute früh habe ich einen Brief von ihr erhalten, der mich gerührt hat, und ihre Tränen haben soeben das Werk vollendet; mein liebster Wunsch ist jetzt das Glück, ihr Gemahl zu werden.« – »Wenn aber«, sagte Don Luis, »der König Euch eine andere Gemahlin bestimmt, wie dann?« – »Der König hat mir keinen derartigen Vorschlag gemacht«, fiel Belflor errötend ein: »ich bitte, vergebt diese Erfindung einem Manne, den die Liebe um seine Vernunft gebracht hatte; ich habe dieses Verbrechen im Taumel der Leidenschaft begangen und büße es dadurch, daß ich es bekenne.«

»Señor«, sagte der Greis, »nach diesem Geständnis, das einer großen Seele wohl ansteht, zweifle ich nicht mehr an Eurer Aufrichtigkeit; ich sehe, daß Ihr wirklich im Sinne habt, die Beleidigung wiedergutzumachen, und verlasse mich auf Eure Versicherungen. Laßt mich allen Groll in

Euern Armen vergessen.« Mit diesen Worten ging er auf den Grafen zu, der ihm mit offenen Armen entgegenkam. Sie umarmten sich mehrere Male hintereinander, dann aber wandte sich Belflor zu Don Pedro mit den Worten: »Und Ihr, falscher Don Juan, der Ihr durch Eure unvergleichliche Tapferkeit und durch den Adel Eurer Gesinnungen bereits meine ganze Achtung gewonnen habt, kommt und empfangt von mir den Bruderkuß.« So sprechend umarmte er Don Pedro, der diese Freundschaftsbezeigung mit ehrerbietiger Bescheidenheit aufnahm und antwortete: »Eure Freundschaft, Señor, ist mir so schätzbar, daß ich Euch dafür die meinige schenke. Rechnet darauf, daß ich bis zu meinem letzten Augenblick Euch ergeben bleiben werde.«

Indes hatte Leonore an der Türe gelauscht und jedes Wort gehört. Sie hatte sich anfangs sogleich zeigen und, ohne zu wissen warum, unter die gezückten Degen stürzen wollen: nur Doña Marzella hatte sie zurückgehalten. Jetzt aber, als die schlaue Dueña sah, wie sich alles so friedlich endigte, jetzt glaubte sie, Leonorens und ihre Gegenwart würde nichts mehr verderben können. Sie erschienen also beide mit dem Schnupftuch in der Hand, liefen auf Don Luis zu und stürzten sich ihm weinend zu Füßen. Sie befürchteten nicht ohne Grund, er möchte ihnen, nachdem er sie in der vorigen Nacht überrascht hatte, für den Rückfall schlechten Dank wissen; allein, er hieß Leonoren aufstehen und sagte zu ihr: »Trockne deine Tränen, mein Kind, ich will dir keine Vorwürfe mehr machen; da der Graf sein Versprechen erfüllen will, so soll das Geschehene vergessen sein.«

»Ja, Señor Don Luis«, sagte der Graf, »Leonore wird meine Gemahlin, und um den Schimpf vollends ganz zu tilgen und Euch vollkommene Genugtuung zu verschaffen, zugleich aber auch, um Euerm Sohne ein Unterpfand der versprochenen Freundschaft zu geben, biete ich ihm die Hand meiner Schwester Eugenie.« – »Sehr viel Ehre, Herr Graf«, rief Don Luis, außer sich vor Freude. »Ich bin der glücklichste Vater von der Welt. Ihr macht mir jetzt ebensoviel Freude als im Anfang Kummer.«

Don Pedros Stimmung war ganz anders, als die seines Vaters: da er in seine Unbekannte sterblich verliebt war, so stand er so verlegen und bestürzt da, daß er kein Wort sprechen konnte; Belflor aber, der dies nicht bemerkte, entfernte sich mit der Versicherung, er wolle Anstalten zu der doppelten Vermählung treffen, deren Vollziehung er mit Sehnsucht erwarte.

Als er fort war, ließ Don Luis Leonoren in ihrem Zimmer, und ging mit Don Pedro in das seinige. Dieser sagte hier mit aller Offenherzigkeit eines Studenten also zu ihm: »Ich bitte Euch, Señor, erlaßt mir die Heirat mit der Schwester des Grafen; es ist genug, daß er sich mit Leonoren vermählt: unsere Ehre ist dadurch vollkommen wiederhergestellt.« – »Wieso?« antwortete der Greis. »Warum willst du sie denn nicht heiraten?« – »Ich will es aufrichtig gestehen«, versetzte Don Pedro: »diese Verbindung wäre eine Marter für mich, und Ihr sollt auch wissen, warum. Ich liebe seit sechs Monaten eine reizende Dame, oder vielmehr ich bete sie an; ich werde von ihr erhört, und nur sie kann das Glück meines Lebens machen.«

»Trauriges Los eines Vaters!« rief Don Luis; »seine Kinder wollen fast nie tun, was er wünscht. Aber wer ist denn diejenige, die so tiefen Eindruck auf dich gemacht hat?« – »Ich weiß es selbst noch nicht«, antwortete Don Pedro; »sie hat mir aber versprochen, es mir zu sagen, wenn sie mit meiner Beständigkeit und Verschwiegenheit zufrieden sein könne. Ich zweifle übrigens nicht, daß sie einer der ersten Familien im Reiche angehört.«

»Und glaubst du denn«, versetzte der Alte mit verändertem Tone, »ich würde die Gefälligkeit haben, deine romanhafte Liebe zu billigen? Wie könnte ich zugeben, daß du die glänzendste Partie, die dir das Glück nur bieten konnte, fahren ließest, um einer Person treuzubleiben, deren Name dir nicht einmal bekannt ist! Nein, das darfst du nie von mir hoffen; unterdrücke vielmehr deine Empfindungen für ein Mädchen, das ihrer vielleicht unwert ist, und denke nur darauf, der Ehre, die dir der Graf zudenkt, würdig zu werden.« – »Vergebliche Mühe!« erwiderte der Student, »ich fühle, daß ich meine Unbekannte nie werde vergessen können; nichts vermag mich ihr untreu zu machen, und wenn man mir eine Infantin anböte...« – »Halt!« rief Don Luis streng; »du rühmst dich zu unverschämt einer Beständigkeit, die mich beleidigt. Geh und tritt mir nie wieder vor die Augen, bevor du bereit bist, mir zu gehorchen.«

Don Pedro wagte nichts zu antworten, um seinen Vater nicht noch mehr zu reizen. Er zog sich auf sein Zimmer zurück, wo er den Rest der Nacht mit ebenso traurigen als angenehmen Betrachtungen zubrachte. Unangenehm war es ihm, daß er sich durch seine Weigerung, die Schwester des Grafen zu heiraten, mit seiner ganzen Familie verun-einigen sollte. Dagegen tröstete er sich vollkommen durch den Gedanken, daß seine Unbekannte ihm für dieses große Opfer Dank wissen werde. Er schmeichelte sich sogar, sie würde ihm nach einer so schönen Probe seiner Treue ihren

Stand entdecken, von dem er glaubte, daß er dem Eugeniens wenigstens gleich sein würde.

In dieser Hoffnung stand er, sobald es Tag wurde, auf und erging sich im Prado, bis die Zeit kam, sich zu Doña Juanna zu begeben; so hieß nämlich die Frau, bei der er jeden Morgen seine Geliebte zu sprechen pflegte. Mit großer Ungeduld erwartete er den Augenblick, und war mit dem Glockenschlag beim Rendezvous.

Seine Unbekannte hatte sich heute früher als gewöhnlich eingestellt; aber er fand sie in Tränen und tiefer Betrübnis. Welch ein Anblick für einen Liebenden! Er ging auf sie zu, kniete vor ihr nieder und sagte: »Señora, was soll ich von Eurer Betrübnis denken? Welches Unglück verkündigen diese Tränen, die mir das Herz zerschneiden?« – »Ach!« antwortete sie, »Ihr ahnt nichts von dem Schlage, der Euch treffen wird. Das grausame Schicksal wird uns auf ewig trennen: wir werden uns niemals wiedersehen.«

Sie sagte dies unter so vielen Seufzern, daß ich nicht weiß, ob Don Pedro mehr durch ihre Worte, oder durch ihre Betrübnis gerührt wurde. »Gerechter Himmel!« rief er mit einer Wut, die er nicht bemeistern konnte, »wirst du zugeben, daß man eine Verbindung, deren Schuldlosigkeit du kennst, also zerstört? Aber, Señora,« fuhr er fort, »wißt Ihr es auch gewiß? Will man Euch wirklich dem getreusten Liebhaber entreißen, der je gelebt hat? Soll ich der Unglückseligste aller Menschen werden?« – »Ja, es ist nur zu gewiß«, antwortete die Unbekannte: »mein Bruder, der über meine Hand verfügen kann, gibt mir noch heute einen Mann; er hat es mir soeben selbst gesagt.« – »Und wer ist dieser Glückliche?« rief Don Pedro hitzig. »Nennt ihn mir, Señora, ich will in der Verzweiflung...« – »Ich weiß seinen Namen selbst noch nicht«, sagte die Unbekannte; »mein Bruder hat mir bloß gesagt, er wünsche, daß ich den Kavalier zuvor sehen solle.«

»Aber, Señora«, sagte Don Pedro, »unterwerft Ihr Euch denn so willenlos den Befehlen eines Bruders? Werdet Ihr Euch an den Altar schleppen lassen, ohne Euch über diese grausame Opferung zu beklagen? Wollt Ihr gar nichts zu meinen Gunsten tun? Ich habe mich nicht gescheut, den Zorn meines Vaters auf mich zu laden, nur um mich Euch erhalten zu können. Seine Drohungen haben meine Treue nicht zu erschüttern vermocht, und so streng er mich auch behandeln mag, so werde ich doch die Dame, die man mir anträgt, nie heiraten, obgleich es eine sehr vorteilhafte Partie ist.« – »Und wer ist denn diese Dame?« fragte die Unbekannte. – »Die Schwester des Grafen von Belflor«, antwortete der Student. – »Wirklich?« rief die Unbekannte im Tone der äußersten Verwunderung. »Ihr irrt Euch ohne Zweifel, und seid Eurer Sache nicht gewiß. Hat man Euch wirklich Eugenien, die Schwester des Grafen von Belflor, angetragen?«

»Allerdings, Señora«, erwiderte Don Pedro, »der Graf hat mir selbst ihre Hand angeboten.« – »Ist's möglich?« rief sie, »so wäret Ihr also selbst der Kavalier, für den mein Bruder mich bestimmt?« – »Was höre ich!« rief der Student: »die Schwester des Grafen von Belflor wäre meine Unbekannte!« – »Allerdings«, antwortete Eugenie; »aber beinahe glaube ich es in diesem Augenblicke selbst nicht mehr, so schwer kann ich mich von dem Glücke überzeugen, dessen Ihr mich versichert.«

Don Pedro umfaßte ihre Knie, nahm sodann eine ihrer Hände und küßte sie mit dem ganzen Entzücken eines Liebhabers, dessen äußerste Betrübnis sich auf einmal in überschwengliche Freude verwandelt. Eugenie belohnte ihn mit tausend zärtlichen Liebkosungen. »Wieviel Kummer«, sagte sie, »hätte mir mein Bruder erspart, wenn er mir den Gemahl genannt hätte, für den er mich bestimmt. O wie sehr habe ich diesen Gemahl schon verabscheut! Ach, mein lieber Don Pedro, wie habe ich Euch von ganzem Herzen gehaßt!« – »Schöne Eugenie«, antwortete er, »dieser Haß ist sehr schmeichelhaft für mich. Ich will mich desselben würdig machen, indem ich Euch mein ganzes Leben lang anbete.«

Nachdem die beiden Liebenden sich die rührendsten Beweise gegenseitiger Zärtlichkeit gegeben hatten, fragte Eugenie den Studenten, auf welche Art er ihres Bruders Freund geworden sei? Don Pedro erzählte ihr das Verhältnis des Grafen zu seiner Schwester und die ganze Geschichte der vorigen Nacht. Es war für sie ein neues Vergnügen zu erfahren, daß ihr Bruder die Schwester ihres Geliebten heiraten werde. Doña Juanna nahm zuviel Anteil an dem Schicksal ihrer Freundin, als daß sie ihre Freude über die glückliche Entwicklung hätte unterdrücken können. Endlich trennte sich Don Pedro von Eugenien mit der Abrede, daß sie, wenn sie von dem Grafen einander vorgestellt würden, sich stellen wollten, als kennten sie einander nicht.

Von da ging er sogleich zu seinem Vater, der sich über

seine nunmehrige Bereitwilligkeit, zu gehorchen, um so mehr freute, als er sie dem festen Tone zuschrieb, in dem er in der letzten Nacht mit ihm gesprochen hatte. Beide warteten auf Belflor, als sie ein Billett erhielten, worin er ihnen meldete, er habe soeben die Einwilligung des Königs zu seiner und seiner Schwester Vermählung erhalten, nebst einer ansehnlichen Stelle für Don Pedro: morgen sollen beide Hochzeiten vollzogen werden; er habe seine Anordnungen dazu so gut getroffen, daß kein weiterer Aufschub

nötig sei. Nachmittags kam er selbst, um den Inhalt seines Briefs zu bestätigen und seine Schwester vorzustellen.

Don Luis empfing diese Dame aufs Liebreichste, und Leonore umarmte sie einmal ums andere. Don Pedro aber wußte seine Liebe und Freude so gut in seinen Busen zurückzudrücken, daß der Graf nicht das mindeste von ihrem Einverständnisse ahnte.

Da Belflor besonders seine Schwester genau beobachtete, so glaubte er, trotz des Zwangs, den sie sich antat, dennoch zu bemerken, daß Don Pedro ihr nicht mißfiel. Um indes seiner Sache gewiß zu werden, zog er sie einen Augenblick beiseite und lockte ihr das Geständnis ab, daß sie den Kavalier ganz nach ihrem Wunsch finde. Er sagte ihr jetzt seinen Namen und Stand, was er bis dahin unterlassen hatte, damit sie nicht wegen der Rangesungleichheit zum voraus einen Widerwillen gegen ihn fassen möchte. Sie hörte alles so an, wie wenn sie noch kein Wort davon wüßte.

Endlich nach vielen Komplimenten von beiden Seiten wurde beschlossen, die Hochzeiten sollten bei Don Luis gefeiert werden. Heute wurden beide Paare getraut und noch sind die Festlichkeiten nicht vorüber. Deswegen, mein Freund, geht es in diesem Hause so fröhlich zu. Doña Marzella allein hat keinen Teil an der allgemeinen Freude. Sie weint in diesem Augenblick, während die andern lachen. Belflor hat nach der Trauung seinem Schwiegervater alles gestanden und Don Luis hat die Dueña in das Kloster der büßenden Schwestern sperren lassen, wo sie für die tausend Pistolen Kaufgeld von Leonorens Unschuld ihr Leben lang büßen wird.«

Sechstes Kapitel

Von den neuen Dingen,
welche Don Kleophas zu sehen bekommt,
und auf welche Weise
er an Doña Thomasa gerächt wird

»Richten wir uns nun nach einer andern Seite«, fuhr Asmodi fort; »es gibt noch vieles zu mustern. Wendet einmal Eure Blicke auf das Hotel, welches gerade unter uns liegt: Ihr werdet dort eine außerordentliche Merkwürdigkeit finden, einen ganz von Schulden überhäuften Mann, der in tiefem Schlafe liegt.« – »Es scheint also jemand von Distinktion zu sein?« sagte Leandro. – »Ganz richtig«, antwortete der Teufel. »Es ist ein Marquis, der hunderttausend Dukaten Einkünfte hat, aber dennoch nicht auskommt. Die Freuden der Tafel und seine Mätressen nötigen ihn, Schulden zu machen; allein, das stört ihn nie in seinem Schlafe; im Gegenteil bildet er sich ein, ein Kaufmann müsse sich höchlich geehrt fühlen, wenn er ihm etwas schuldig bleiben wolle. ›Bei Euch‹, sagte er vor einigen Tagen zu einem Tuchhändler, ›bei Euch werde ich künftig auf Kredit nehmen; Ihr sollt den Vorzug haben.‹

Indes der Marquis so ruhig die Süßigkeit des Schlafs genießt, um den er seine Gläubiger bringt, könnt Ihr einen Menschen sehen, der...« – »Ein wenig Geduld, Señor Asmodi«, fiel Don Kleophas schnell ein. »Da fährt eine Kutsche, und Ihr müßt mir sagen, wer darin sitzt.« – »Still«, sagte Asmodi ganz leise, wie wenn er fürchtete, gehört zu werden: »Ihr müßt wissen, dieser Wagen enthält einen der angesehensten Männer im Königreich. Es ist ein Präsident, der sich bei einer alten Freundin aus Asturien eine gute Stunde machen will. Um nicht erkannt zu werden, braucht

er dieselbe Vorsicht wie Caligula, der sich in solchen Fällen durch eine Perücke unkenntlich zu machen suchte.

Doch zurück zu dem Gemälde, das ich Euch zeigen wollte, als Ihr mich unterbrachet. Ihr seht doch im obersten Stock vom Hotel des Marquis einen Menschen, der in einem Zimmer voll Bücher und Manuskripten arbeitet?« – »Vermutlich ein Haushofmeister«, fragte Zambullo, »der auf Mittel sinnt, seine Schulden zu bezahlen?« – »Ihr habt es gut vor«, antwortete der Teufel. »Ja, mit solchen Sachen geben sich die Haushofmeister in derlei Häusern ab. Ganz im Gegenteil suchen sie von der Zerrüttung im Hauswesen Nutzen zu ziehen, statt Ordnung einzuführen. Nein, es ist kein Haushofmeister, sondern ein Autor: der Marquis läßt ihn in seinem Hause wohnen, um sich das Ansehen eines

Mäzens zu geben.« – »Dieser Autor«, sagte Kleophas, »ist gewiß ein großer Geist?« – »Das mögt Ihr selbst beurteilen«, antwortete Asmodi. »Er hat tausend Bände um sich herum liegen und macht daraus ein einziges Buch, worin auch nicht ein Gedanke von ihm selbst ist. Er plündert diese Bücher und Manuskripte auf eine jammervolle Art aus, und ob er gleich nichts tut, als seine gestohlenen Waren aneinanderflicken, so bildet er sich doch mehr ein, als ein wirklicher Autor.

Wißt Ihr aber auch«, fuhr der Geist for, »wer drei Häuser hinter diesem Hotel wohnt? Niemand anders als dieselbe Chichona, deren ich in der Geschichte des Grafen von Belflor so rühmliche Erwähnung getan habe.« – »Ei«, sagte Leandro, »es freut mich sehr, sie kennenzulernen. Diese gute Freundin der lieben Jugend ist vermutlich eine von den zwei alten Schachteln, die ich in dem Saale parterre bemerke. Die eine hat die Ellenbogen auf den Tisch gestützt, und sieht aufmerksam der andern zu, die Geld zählt. Welche von beiden ist Doña Chichona?« – »Diejenige, die nicht zählt«, sagte der Dämon. »Die andere heißt Pebrada und ist eine ehrwürdige Matrone von demselben Handwerk: sie haben sich assoziiert und teilen in diesem Augenblick den Profit von einem Abenteuer, das sie in der letzten Zeit glücklich zustande gebracht haben.

Die Pebrada ist die Bekanntere. Sie hat die Kundschaft einiger reichen Witwen, denen sie täglich ihre Liste bringt.« – »Was für eine Liste?« fragte der Studiosus. – »Ein Verzeichnis aller hübschen Fremden, die nach Madrid kommen, besonders der Franzosen«, antwortete Asmodi. »Sobald diese fleißige Frau erfährt, daß neue Truppen angerückt sind, so läuft sie in ihre Wirtshäuser und erkundigt sich dort sehr schlau: woher sie sind, wes Standes, wie alt und wie gewachsen? Sodann berichtet sie es ihren Witwen, die sich die Sache in Überlegung ziehen, und wenn den besagten Witwen ihr Herz etwas sagt, so bringt sie dieselben mit den besagten Fremden zusammen.«

»Eine sehr bequeme Sache«, sagte Zambullo lächelnd, »und zugleich nicht unbillig. Denn ohne diese guten Damen und ihre Agentinnen würden die jungen Fremden, die hier noch keine Bekanntschaften haben, unendlich viel Zeit verlieren, um welche zu machen. Aber sagt mir doch, gibt es in andern Ländern auch solche Witwen und solche Kupplerinnen?« – »Das will ich meinen«, antwortete der Hinkebein. »Ich müßte meinem Amte schlecht vorstehen, wenn ich es in den großen Städten daran fehlen ließe.

Nun seht auch einmal den Nachbar der Chichona an. Es ist ein Buchdrucker, der ganz allein noch arbeitet. Seine Gesellen hat er schon vor drei Stunden fortgeschickt, und jetzt druckt er die ganze Nacht heimlich an einem Buche.« – »Was mag wohl das für ein Werk sein?« sagte Leandro. »Es

handelt von den Injurien«, antwortete der Dämon. »Es soll darin bewiesen werden, daß die Religion mehr gelte als die Ehre, und daß es besser sei, eine Beleidigung zu verzeihen, als sie zu rächen.« – »O des Dummkopfs von einem Drukker!« rief der Student. »Er tut wohl daran, daß er sein Buch heimlich druckt. Wenn sich nur der Autor nicht zu erkennen gibt! Ich wäre der erste, der ihn durchprügelte. Wo in aller Welt verbietet denn die Religion, seine Ehre zu wahren?«

»Das wollen wir ununtersucht lassen«, fiel Asmodi mit boshaftem Lächeln ein. »Ihr habt Euch, wie es scheint, die Moral, die in Alkala gelesen wird, sehr zu Herzen genommen, und ich wünsche Euch Glück dazu.« – »Sagt, was Ihr wollt«, versetzte Don Kleophas: »der Verfasser dieses abgeschmackten Werks mag die allerschönsten Gründe von der Welt hervorbringen, ich spotte seiner. Ich bin ein Spanier, und kenne nichts Süßeres als Rache. Und da Ihr mir versprochen habt, meine Ungetreue zu bestrafen, so will ich Euch hiemit an Euer Wort erinnert haben.«

»Mit Vergnügen«, sagte der Dämon; »die Leute gefallen mir bei weitem am Besten, die ohne Bedenken alles tun, wozu ihre Leidenschaft sie antreibt. Ihr sollt sogleich befriedigt werden; ohnehin ist die Zeit zur Rache jetzt gekommen. Aber vorher muß ich Euch noch etwas sehr Lustiges zeigen. Seht einmal über die Druckerei hinaus und beobachtet genau, was in dem Hause dort in einem Nebenzimmer vorgeht.« – »Ich sehe da«, antwortete Leandro, »fünf bis sechs Weiber, die einer Art von Bedienten gläserne Flaschen reichen, und sich dabei sehr unruhig gebärden.«

»Es sind«, sagte der Dämon, »Betschwestern, die alle Ursache dazu haben. In einem Zimmer neben ihnen liegt eine ehrwürdige Person, ein Inquisitor, ein Mann von etwa fünfunddreißig Jahren, krank. Zwei seiner liebsten Schwestern in Christo pflegen seiner. Die eine kocht ihm seine Bouillons, die andere oben an seinem Bette ist sehr besorgt, ihm den Kopf warmzuhalten und die Brust mit einer Decke von fünfzig Schaffellen zu bedecken.« – »Was fehlt ihm denn?« fragte Zambullo. »Er hat den Schnupfen«, antwortete der Teufel, »und es ist sehr zu befürchten, er möchte ihm auf die Brust sitzen.

Die andern Betschwestern, die Ihr im Vorzimmer seht, laufen auf die Nachricht von seiner Unpäßlichkeit mit allerhand Arzneimitteln herbei. Die eine bringt für den Husten Sirup von Brustbeeren, Althäawurzeln, Korallinen und

Huflattich; eine andere, um die Lunge Sr. Hochwürden in gutem Stand zu erhalten, einen Trunk von Veronika und Lebenselixier; die dritte zur Stärkung des Gehirns und des Magens Zimt und Melissenwasser, Theriac, Ambra und Muskatessenz. Jede von den frommen Schwestern rühmt dem Bedienten des Inquisitors ihr Gebräu: jede zieht ihn auf die Seite, drückt ihm einen Dukaten in die Hand und sagt ihm ins Ohr: ›Lorenz, lieber Lorenz, sei doch so gut und sorg dafür, daß meine Flasche den Vorzug bekommt.‹«

»Wahrhaftig«, rief Don Kleophas, »die Inquisitoren sind

doch glückliche Menschen.« – »Das dürft Ihr glauben!« antwortete Asmodi; »beinahe beneide ich sie selbst, und wie der große Alexander sagte, wenn er nicht Alexander wäre, so möchte er Diogenes sein, so gestehe ich gerne, wenn ich nicht Teufel wäre, so möchte ich Inquisitor sein.

Jetzt aber, lieber Freund«, fügte Asmodi hinzu, »wollen wir die Undankbare zur Strafe ziehen, die Eure Zärtlichkeit so schändlich gelohnt hat.« Zambullo faßte den Zipfel seines Mantels, und nun ging es wieder durch die Lüfte fort, bis sie sich auf dem Hause der Doña niederließen.

Die Spitzbübin saß noch am Tische bei den vier Eisenfressern, die unsern Leandro über die Dachrinnen verfolgt hatten. Er knirschte vor Wut, als er sie mit zwei Rebhühnern und einem Kaninchen beschäftigt sah, die er selbst gekauft und nebst einigen Bouteillen guten Weins der Verräterin zugeschickt hatte. Was ihn noch mehr ärgerte, war, daß große Freude beim Mahle herrschte, und er aus dem ganzen Betragen der Doña Thomasa urteilen mußte, die Gesellschaft dieser schlechten Leute behage ihr besser als die seinige. »Ha, die Schurken!« rief er wütend, »da schwelgen sie auf meine Kosten! ist das nicht zum totärgern?«

»Erfreulich kann dieser Anblick Euch allerdings nicht sein«, sagte der Dämon; »allein, sobald man einmal galante Damen besucht, so muß man sich auf solche Abenteuer gefaßt machen. Wieviel tausendmal ist dies in Frankreich Finanzmännern, Advokaten und Abbés begegnet!« – »Wenn ich nur meinen Degen hätte«, sagte Don Kleophas, »so wollte ich den Schurken ihren Spaß schon verderben.« – »Die Partie wäre zu ungleich«, antwortete der Hinkende, »wenn Ihr allein sie angreifen wolltet. Überlaßt *mir* Eure Rache, Ihr sollt gewiß zufrieden sein. Ich will Zwietracht unter diesen Raufbolden aussäen, indem ich sie vor Geilheit wütend mache: sie werden sich gegeneinander bewaffnen, und Ihr sollt Eure Freude an dem Durcheinander haben.«

So sprechend blies er, und aus seinem Munde quoll ein violettfarbener Dunst, der sich wie ein Feuerwerk langsam über die Tafel der Doña Thomasa hinabschlängelte. Sogleich fühlte einer der Zechbrüder die Wirkung dieses Hauches, rückte der Dame näher und umarmte sie feurig. Die andern, denen der Dunst ebenfalls die Sinne benebelt hatte, wollten ihm die Freude nicht gönnen; jeder verlangt den Vorzug, sie werden hitzig, die Eifersucht steigert sich zur Wut, sie ziehen, und es beginnt ein lebhaftes Gefecht. Doña Thomasa schreit, wie wenn man sie am Messer hätte, die ganze Nachbarschaft gerät in Bewegung, man ruft nach Wache, die Wache kommt, stößt die Türe ein und findet zwei von den Burschen zu Boden gestreckt; der zwei andern bemächtigt sie sich und führt sie, samt der saubern Dirne, ins Gefängnis. Die Unglückliche weint, rauft sich die Haare aus und gebärdet sich verzweiflungsvoll; umsonst, die Wache wird dadurch so wenig gerührt, als Zambullo, der mit Asmodi ein schallendes Gelächter aufschlägt.

»Nun, seid Ihr jetzt zufrieden?« fragte der Teufel den Studenten. »Noch nicht ganz«, antwortete Don Kleophas. »Ihr müßt mich auch noch vor die Gefängnisse bringen, damit

ich das Vergnügen habe, die Elende, die meiner Liebe gespottet hat, einsperren zu sehen. Ich hasse sie in diesem Augenblick mehr, als ich sie je liebte.« – »Das kann geschehen«, antwortete der Teufel; »Ihr werdet mich stets bereitfinden, Eure Wünsche zu erfüllen, und sollten sie auch meinen eigenen Interessen zuwider laufen.«

Sie flogen also über die Gefängnisse, wo nicht lange darauf die beiden Arrestanten ankamen und in ein finsteres Loch gesperrt wurden. Doña Thomasa bekam ein armseliges Lager von Stroh, das sie mit drei oder vier andern übel berüchtigten Personen teilen mußte, die an demselben Tage verhaftet worden waren und morgen nach dem für solche Geschöpfe bestimmten Orte gebracht werden sollten.

»Jetzt bin ich zufrieden«, sagte Zambullo; »meine Rache ist vollkommen gekühlt. Der lieben Thomasa wird die Nacht nicht so angenehm vergehen, wie sie sich versprach. Wir wollen jetzt unsere Beobachtungen fortsetzen, wo es Euch beliebt.« – »Eben hier«, antwortete der Geist, »ist ein sehr geeigneter Ort dazu. In diesen Gefängnissen schmachten eine Menge Leute, Schuldige und Unschuldige. Es ist dies ein Aufenthalt, wo die Züchtigung der einen beginnt und die Tugend der andern geläutert wird. Ich muß Euch doch einige Gefangene von beiden Arten zeigen und sagen, warum sie in Ketten liegen.«

Siebentes Kapitel

Die Gefangenen

Asmodi begann seinen Vortrag folgendermaßen: »Ehe ich mich ins Detail einlasse, betrachtet einmal die Kerkermeister am Eingange dieses schauerlichen Aufenthalts. Die alten Dichter haben nur einen Zerberus vor ihr Höllentor gelegt; hier könnt Ihr deren mehrere sehen. Diese Gefangenenwärter sind Leute, die alles menschliche Gefühl ausgezogen haben: der schlimmste von meinen Mitbrüdern könnte eine solche Stelle kaum ausfüllen. Doch ich merke, Euch schaudert beim Anblick dieser Kämmerchen, deren ganzer Hausrat aus einem elenden Schragen besteht: die Kerker kommen Euch vor wie Gräber. Ja, mit Recht erstaunt Ihr über das Elend, das Euch hier entgegentritt. Das Los der Unglücklichen, die der Arm der Justiz hieher geführt, ist wirklich beklagenswert. Doch haben sie nicht alle gleichen Anspruch auf unser Mitleid; wir wollen das einmal untersuchen.

Zuerst in dieser großen Kammer hier rechter Hand sind vier Männer, die auf zwei schlechten Betten liegen; der eine ist ein Wirt, der einen Fremden, welcher vor einigen Tagen plötzlich in seinem Hause starb, vergiftet haben soll. Die Anklage lautet, die Qualität des Weins habe den Fremden ums Leben gebracht. Der Wirt dagegen behauptet, die Quantität sei es, und man wird ihm vor Gericht glauben, denn der Selige war ein Deutscher.« – »Wer mag wohl recht haben, der Wirt oder die Ankläger?« fragte Don Kleophas. – »Das ist sehr problematisch«, antwortete der Teufel. »Allerdings war der Wein verfälscht, allein der deutsche Herr hatte auch soviel davon zu sich genommen, daß die Richter den Wirt mit gutem Gewissen freilassen können.

Der zweite Gefangene ist ein Mörder von Profession, einer von den sogenannten Valientes, die für vier bis fünf Louisdor jedem bereitwillig ihre Dienste leihen, der soviel aufwenden will, um jemanden heimlich aus der Welt zu schaffen. Der dritte, der sich so stutzerhaft aufgeputzt hat, ist ein Tanzmeister, und sitzt hier, weil er eine von seinen Schülerinnen einen falschen Pas gelehrt hat. Der vierte ein Liebhaber, den die Patrouille in der letzten Woche erwischte, wie er eben auf den Balkon einer Dame stieg, die er kennt, und deren Mann abwesend ist. Er kann sich sogleich aus der Sache ziehen mit der einfachen Erklärung, daß er einen Liebeshandel vorgehabt; allein er will lieber für einen Dieb angesehen werden, und sogar sein Leben wagen, als die Ehre seiner Dame aufs Spiel setzen.«

»Ein sehr diskreter Liebhaber«, sagte der Student. »Man muß gestehen, in Sachen der Galanterie tut es keine Nation der unsern gleich. Ich wollte wetten, daß ein Franzose zum Beispiel nicht imstande wäre, sich aus lauter Diskretion hängen zu lassen.« – »Ganz gewiß nicht«, sagte Asmodi, »er stiege eher expreß auf einen Balkon, um eine Dame, die gütig gegen ihn war, ins Geschrei zu bringen.

In dem anstoßenden Kämmerchen«, fuhr er fort, »sitzt eine berüchtigte Hexe, die allgemein im Rufe steht, daß sie auch das Unmögliche möglich machen könne. Durch ihre Kunst, sagt man, finden alte Witwen junge Männer, die sich zum Rasendwerden in sie verlieben; die Männer werden ihren Frauen treu und die Koketten verlieben sich allen Ernstes in die reichen Kavaliere, die ihre Gunst suchen; allein dies ist alles falsch. Ihr ganzes Geheimnis besteht darin, daß sie den Leuten weismacht, sie habe eines; und von diesem Wahne hat sie bisher ganz gemächlich gelebt. Die heilige Inquisition ist auf sie aufmerksam geworden, und es ist leicht möglich, daß sie beim nächsten Autodafé verbrannt wird.

Weiter unten ist ein Kerker, den ein junger Wirt bewohnt.« – »Schon wieder ein Wirt«, rief Leandro. »Wollen denn diese Leute alle ihre Gäste vergiften?« – »Nein«, antwortete Asmodi, »mit dem Unglücklichen hier verhält es sich anders. Er wurde vorgestern auf Befehl der Inquisition verhaftet, und ich will Euch sagen, warum.

Ein alter Soldat, der sich durch seinen Mut oder vielmehr durch seine Geduld endlich bis zum Sergeanten in seiner Kompagnie hinaufgeschwungen hatte, kam nach Madrid, um zu werben, und suchte Quartier in einem Wirtshause. Man sagte ihm, es stehen zwar einige Zimmer leer, allein man könne ihm keines geben, weil alle Nacht ein Geist im Hause herumwandere, der den Fremden, die so verwegen seien, hier zu übernachten, gar übel mitspiele. Den Sergeanten schreckte dies nicht ab. ›Ich ziehe in welche Stube Ihr wollt; gebt mir nur Licht, Wein, eine Pfeife und Tabak und laßt für das übrige mich sorgen. Die Geister haben Respekt vor Kriegsleuten, die im Harnisch ergraut sind.‹

Da er so entschlossen schien, führte man ihn also in ein Zimmer und brachte ihm, was er verlangt hatte. Er fing an zu trinken und zu rauchen. Schon war Mitternacht vorüber und der Geist hatte die tiefe Stille im Hause noch nicht gestört: es war, als ob er den neuen Gast wirklich respektierte; aber zwischen eins und zwei hörte der alte Degen auf einmal ein fürchterliches Geräusch wie Eisengeklirr und bald darauf sah er in seiner Stube ein scheußliches Gespenst, schwarz eingehüllt und mit Ketten umwunden. Unser Raufer erschrak nicht sehr über diese Erscheinung; er zog vom Leder, ging auf den Geist zu und gab ihm mit der flachen Klinge einen derben Hieb auf den Kopf.

Das Gespenst, das an so kecke Gäste nicht gewöhnt war, tat einen Schrei, und wie der Soldat eben zum zweiten Hieb ausholen wollte, kniete es demütig vor ihm nieder und sagte: ›Ich bitte Euch, Herr Sergeant, haltet ein. Habt Mitleid mit einem armen Teufel, der fußfällig um Gnade fleht. Ich beschwöre Euch beim heiligen St. Jago, der auch ein großer Klopffechter war, wie Ihr.‹ – ›Dein Leben‹, antwortete der Soldat, ›soll dir unter der Bedingung geschenkt

sein, daß du mir ohne Hehl sagst, wer du bist; wo nicht, so spalte ich dich mitten auseinander, wie die Ritter der Vorzeit die Riesen spalteten.‹ Da der Geist sah, mit wem er es zu tun hatte, so hielt er es fürs Beste zu beichten.

›Ich bin‹, sagte er, ›Oberkellner in diesem Hause und heiße Wilhelm. Ich liebe Juanilla, die einzige Tochter meines Herrn, und bin von ihr wohl gelitten. Da aber ihre Eltern einen vornehmeren Tochtermann, als mich, im Auge haben, so bin ich mit dem lieben Kinde dahin übereingekommen, daß ich, um ihre Einwilligung zu erzwingen, alle Nacht diese Rolle spielen solle, die ich heute gespielt habe. Ich wickle mich also in einen langen schwarzen Mantel, hänge mir eine Kette von unserem Bratenwender an den

Hals, wandere damit durchs ganze Haus, vom Boden bis in den Keller, und vollführe den Lärm, den Ihr gehört habt. Wenn ich dann ans Schlafzimmer meiner Herrschaft komme, so bleibe ich stehen und rufe: ›Hofft nicht, daß ich Euch in Ruhe lassen werde, bevor Ihr Juanilla Euerm Oberkellner zur Frau gebt.

Nachdem ich dies mit hohler und starker Stimme gerufen habe, fange ich aufs neue Lärm an und schlüpfe dann durchs Fenster in Juanillens Schlafgemach, um ihr Bericht zu erstatten. Ihr seht, Herr Sergeant, daß ich Euch die Wahrheit sage: ich weiß, Ihr könnt mich unglücklich machen, wenn Ihr mich verratet; aber wenn Ihr mir statt dessen eine Freundschaft erzeigen wolltet, so dürft Ihr auf meine Erkenntlichkeit rechnen.‹ – ›Was könnte ich wohl für dich tun?‹ unterbrach ihn der Soldat. – ›Ihr dürft‹, sagte der junge Mensch, ›nur sagen, Ihr hättet den Geist gesehen und er hätte Euch so große Angst gemacht...‹ – ›Wie zum Teufel, Angst!‹ fiel ihm der Kriegsmann zum zweitenmal ins Wort: ›der Sergeant Annibal Antonio Quebrantador soll sagen, er habe Angst gehabt! Lieber wollte ich, daß mich hunderttausend Teufel...‹ – ›Nun, es ist nicht gerade ganz notwendig‹, unterbrach ihn Wilhelm; ›Ihr könnt meinetwegen sagen, was Ihr wollt, wenn Ihr mir nur behülflich seid. Habe ich einmal Juanilla geheiratet und bin ich mein eigener Herr, so verspreche ich Euch alle Tage bei mir freie Zeche und nicht nur Euch, sondern allen Euren guten Freunden.‹ – ›Ihr versteht es, die Leute kirre zu machen‹, sagte der Soldat. ›Ihr meint also, ich solle zu einer Spitzbüberei meine Hand bieten! Die Sache ist zwar ernsthaft, aber Ihr macht, daß ich mich über die Folgen wegsetze. Lärmt immerhin weiter und stattet Juanilla Eure Berichte ab; für das übrige will ich sorgen.‹

Wirklich sagte der Sergeant am andern Morgen zu den Wirtsleuten: ›Ich habe den Geist gesehen, mit ihm gesprochen und ihn sehr vernünftig gefunden. ‚Ich bin‘, sagte er zu mir, ‚der Urgroßvater des Wirts. Ich hatte eine Tochter, die ich dem Urgroßvater seines Kellners versprach: ich hielt aber mein Wort nicht, sondern gab sie einem andern. Bald darauf starb ich. Seitdem leide ich Strafe für meine Wortbrüchigkeit und werde nie zur Ruhe kommen, bis einer meiner Nachkommen sich in die Familie Wilhelms geheiratet haben wird. Deswegen erscheine ich jede Nacht in die-

sem Hause; aber, sooft ich auch sage, man solle Juanilla und den Oberkellner zusammengeben, mein Urenkel und seine Frau bleiben taub: deswegen meldet ihnen, Herr Sergeant, wenn sie nicht baldmöglichst meinen Wunsch erfüllen, so werde ich andere Saiten aufziehen und beide dermaßen quälen, daß sie sich darüber verwundern sollen‘.‹

Der Wirt, ein guter einfältiger Mann, ließ sich durch diese

Drohung einschüchtern und sein noch schwachsinnigeres Weib meinte schon, der Geist sitze ihr im Nacken. Sie gaben also ihr Jawort zu der Hochzeit, die Tags darauf gefeiert wurde. Wilhelm ließ sich in einem andern Viertel der Stadt nieder: der Sergeant Quebrantador ermangelte nicht, ihn fleißig zu besuchen, und der neue Wirt gab ihm anfangs aus Erkenntlichkeit Wein, soviel er nur verlangte; dies gefiel dem Krieger ausnehmend und er nahm alle seine guten Freunde mit sich. Er schlug sogar hier seinen Werbeplatz auf und machte die Rekruten betrunken.

Endlich wurde es der Wirt müde, so viele durstige Kehlen für nichts und wieder nichts zu netzen. Er sagte dem Soldaten seine Meinung darüber, und dieser bedachte nicht, daß er wirklich den Vertrag überschritt, sondern war ungerecht genug, Wilhelm einen undankbaren Schuft zu schelten. Sie bekamen Wortwechsel, und das Gespräch endigte mit einigen Fuchteln auf den Rücken des Wirts. Einige

Vorübergehende wollten sich des Bürgers annehmen, Quebrantador aber verwundete ihrer drei bis vier und würde noch ärger gehaust haben, wenn nicht auf einmal ein ganzer Haufe Häscher auf ihn eingedrungen wäre und ihn als Ruhestörer festgenommen hätte. Man führte ihn ins Gefängnis, wo er alles gestanden hat. Auf seine Aussage hin wurde auch Wilhelm eingezogen. Der Schwiegervater dringt darauf, die Heirat solle für nichtig erklärt werden, und das heilige Offizium, das in Erfahrung gebracht hat, daß Wilhelm einiges Vermögen besitzt, will darüber erkennen.«

»Der Tausend!« sagte Don Kleophas, »die heilige Inquisition ist doch recht flink. Sobald sie nur die geringste Aussicht auf ein Profitchen hat...« – »Bst!« fiel der Hinkende ein. »Hütet Euch ja, über dieses Tribunal loszuziehen, denn es hat überall seine Spione; man berichtet ihm sogar Sachen, die gar nicht gesagt worden sind; ich selbst wage es nur mit Zittern, von ihm zu sprechen.

Über dem armen Wilhelm im ersten Käfige links sitzen zwei Leute, die Euer Mitleiden verdienen: der eine ist ein junger Kammerdiener, den die Gemahlin seines Herrn mit ihren ganz besondern Gunstbezeigungen beehrte. Eines Tags überraschte sie der Mann. Nun fing die Frau sogleich an, nach Hülfe zu schreien und behauptete, der Kammerdiener habe ihr Gewalt angetan. Der arme Schelm wurde festgenommen, und wird allem Anschein nach der Ehre seiner Gebieterin geopfert werden.

Sein Gefährte ist noch unschuldiger, schwebt aber ebenfalls in Gefahr, den Kopf zu verlieren. Er ist Escudero bei einer Herzogin, der ein wertvoller Diamant entwendet worden ist. Der Verdacht fiel auf ihn, und morgen kommt er auf die Tortur, wo man ihn so lange foltern wird, bis er den Diebstahl eingesteht; der wahre Dieb aber ist die Lieblings-Kammerfrau, und niemand würde es wagen, den Verdacht auf sie zu schieben.«

»Ach, Señor Asmodi«, sagte Leandro, »ich bitte, nehmt

Euch des Escudero an: der unschuldige Mann erregt mein Mitleid. Schützet ihn durch Eure Macht vor den grausamen und ungerechten Qualen, die ihm drohen: er verdient...« – »Was fällt Euch ein, Señor Studioso?« unterbrach ihn der Teufel; »wie könnt Ihr von mir verlangen, ich solle eine Ungerechtigkeit verhindern und einen Unschuldigen vom Untergang retten? Das ist gerade, als wenn Ihr einen Prokurator bätet, Witwen und Waisen nicht zugrunde zu richten.

Verschont mich daher gefälligst«, fuhr er fort, »mit Bitten, die meinen Interessen zuwiderlaufen, zumal, wenn Ihr selbst keinen Nutzen davon habt. Übrigens *könnte* ich diesen Gefangenen nicht einmal befreien, wenn ich auch wollte.« – »Wieso?« fragte Zambullo, »ist Euch denn nicht die Macht gegeben, jemand aus dem Gefängnisse zu entführen?« – »O nein«, antwortete der Hinkende. »Hättet Ihr das *Enchiridion* oder den *Albertus magnus* gelesen, so wüßtet Ihr, daß weder ich noch einer meiner Brüder einen Gefangenen in Freiheit setzen kann: ich selbst müßte mich, wenn ich das Unglück hätte, der Justiz in die Hände zu fallen, mit schwerem Gelde loskaufen.

Im nächsten Zimmer auf derselben Seite sitzt ein Wundarzt, der überführt ist, seiner Frau aus Eifersucht nach Senekas Weise zur Ader gelassen zu haben. Er war heute auf der Tortur und hat außer dem angeschuldigten Verbrechen gestanden, wie er sich schon seit zehn Jahren eines ganz neuen Mittels bedient habe, Kunden zu bekommen. Wenn nämlich nachts Leute an seinem Hause vorbeigingen, so stach er sie mit einer langen Gabel und schlüpfte dann durch eine kleine Hintertüre schnell wieder in seine Wohnung. Indessen schrie der Verwundete, die Nachbarn liefen herbei, er kam mit den andern und ließ den Blutenden in sein Haus tragen, wo er ihn mit derselben Hand verband, mit der er ihn verwundet hatte.

Ungeachtet dieses Geständnisses und obschon der Unhold tausendmal den Tod verdient, schmeichelt er sich immer noch mit der Hoffnung auf Gnade, und diese könnte auch leicht eintreten, da er mit der Wärterin des Infanten verwandt ist. Außerdem besitzt er noch ein Wunderwasser, dessen Zubereitung er allein versteht und das die Eigenschaft hat, die Haut weiß zu machen und ein altes zusammengefallenes Gesicht in ein jugendliches zu verwandeln. Dieses unvergleichliche Wasser benutzen drei Hofdamen als Quelle der Jugend und sie bieten alles auf, ihn zu retten. Er verläßt sich so fest auf ihren Kredit oder, wenn Ihr lieber wollt, auf sein Wasser, daß er ganz ruhig eingeschlafen ist, in der Hoffnung, bei seinem Erwachen die angenehme Botschaft von seiner Befreiung zu erhalten.«

»In demselben Kerker«, sagte der Student, »bemerke ich auf einem Schragen einen andern Menschen, der ebenfalls ruhig schläft. Seine Sachen müssen nicht übel stehen.« – »Und doch«, antwortete der Dämon, »ist sein Fall sehr bedenklich. Es ist ein baskischer Edelmann, der durch einen Flintenschuß reich geworden ist. Vor vierzehn Tagen war er mit seinem älteren Bruder, der bedeutende Einkünfte besaß, auf der Hühnerjagd und hatte das Unglück, ihn statt eines Rebhuhns zu erschießen.« – »Eine recht vorteilhafte Verwechslung für einen jüngeren Bruder!« rief Don Kleophas lachend. – »Ganz richtig«, antwortete Asmodi, »allein die Seitenverwandten, die es nach der Hinterlassenschaft des Verstorbenen gelüstet, haben seinen Mörder gerichtlich belangt und klagen, er habe diesen Schuß absichtlich getan, um der einzige Erbe zu werden. Er hat sich selbst als Gefangener gestellt und scheint über den Tod seines Bruders so betrübt zu sein, daß man nicht wohl einen absichtlichen Mord annehmen kann.« – »Hat er denn wirklich bei dieser Sache sich bloß seine Ungeschicklichkeit vorzuwerfen?« fragte Leandro. »Allerdings«, antwortete der Dämon, »er hatte keinen bösen Willen; aber wenn der älteste alles Vermögen der Familie allein besitzt, so ist es für ihn nicht ratsam, mit dem jüngsten Bruder auf die Jagd zu gehen.

Jetzt seht aber einmal die zwei jungen Leute, die in einem kleinen Käfig, neben dem baskischen Herrn, so lustig miteinander schwatzen, als wären sie in Freiheit. Es sind zwei echte Pikaros, und namentlich der eine von ihnen könnte ein ganzes Buch über seine Spitzbubenstreiche schreiben: er ist ein zweiter Gusman von Alfarache. Ich meine den im braunen Sammetwams und mit dem Federhut.

Es sind noch nicht drei Monate, daß er hier bei dem Grafen von Onata Page war, und vielleicht wäre er noch in seinem Dienste, wenn er nicht eine Schelmerei ausgeführt hätte, die ihn in dies Gefängnis brachte.

Domingo – so heißt der Bursche – bekam einmal bei dem Grafen hundert Rutenstreiche, die ihm der Escudero de Sala oder auch Pagenhofmeister genannt, zur wohlverdienten Strafe für einen Beweis seiner Geschicklichkeit ziemlich derb aufmessen ließ. Diese kleine Züchtigung wurmte ihn lange Zeit, und er beschloß, sich zu rächen. Er hatte mehr als einmal bemerkt, daß Señor Don Como – so heißt der Pagenhofmeister – seine Hände mit Orangenwasser wusch, sich mit wohlriechenden Pomaden salbte und mit größerer Mühe aufputzte, als eine alte Kokette, kurz, daß er einer von den Narren war, die sich einbilden, keine Frau könne sie ungestraft sehen. Diese Bemerkung brachte ihn auf einen Racheplan, den er einer jungen Zofe aus der Nachbarschaft mitteilte; sie sollte nämlich bei der Ausführung eine Rolle übernehmen, und er stand so freundschaftlich mit ihr, als man nur wünschen kann.

Die Zofe – Florette mit Namen – gab ihn, um sich desto ungezwungener mit ihm unterhalten zu können, im Hause ihrer Gebieterin, Doña Luziana, deren Vater eben abwesend war, für ihren Vetter aus. Eines Morgens kam der boshafte Domingo, nachdem er sein angebliches Bäschen von allem unterrichtet hatte, ins Zimmer seines Herrn, und traf den Escudero, wie er eben ein neues Kleid anprobierte, sich mit aller nur erdenklichen Selbstgefälligkeit im Spiegel besah, und mit seinem teuren Ich höchlich zufrieden schien. Der Page stellte sich, als bewunderte er den neuen Narzissus, und sagte zu ihm mit erheuchelter Begeisterung:

›Wahrhaftig, Señor Don Como, Ihr seht aus wie ein Prinz. Ich sehe täglich Grandes in ihrem höchsten Staat, allein so stattlich wie Ihr ist keiner. Ich weiß nicht‹, setzte er hinzu, ›ob ich Euch nicht aus allzu großer Anhänglichkeit mit zu günstigen Augen betrachte. Aber offen gestanden, es gibt keinen Kavalier am ganzen Hofe, der Euch zur Seite stehen könnte.‹

Der Escudero lächelte, als seine Eitelkeit so gekitzelt wurde, und antwortete in geckenhaftem Tone: ›Du schmeichelst mir, lieber Freund, oder du mußt mich wirklich sehr lieb haben, indem deine Freundschaft mir Reize leiht, welche die Natur mir versagt hat.‹ – ›Das glaube ich nicht‹, antwortete der Schmeichler, ›denn ich wüßte niemand, der

nicht ebenso vorteilhaft von Euch spräche, wie ich. Hättet Ihr nur gehört, was gestern meine Muhme sagte, die bei einer vornehmen ledigen Dame in Diensten steht!‹

›Und was sagte sie denn?‹ fragte Don Como begierig. ›Nun gut‹, antwortete der Page; ›sie verbreitete sich weitläufig über die Schönheit Eurer Taille, über die Anmut, die über Eure ganze Person ausgegossen ist, und was noch das Beste ist, sie entdeckte mir im Vertrauen, ihre Gebieterin Doña Luziana habe jedesmal die größte Freude, sooft sie Euch durch ihre Jalousien am Hause vorbeigehen sehe.‹

›Wer ist denn diese Dame?‹ fragte der Escudero, ›und wo wohnt sie?‹ – ›Wie?‹ versetzte Domingo, ›Ihr kennt doch wohl die einzige Tochter unsers Nachbars, des Obersten Don Fernando?‹ – ›Ja, jetzt besinne ich mich‹, sagte Don Como; ›ich habe vom Reichtum und der Schönheit dieser Luziana schon viel Rühmens gehört; sie ist eine sehr gute Partie. Aber sollte es wirklich wahr sein, daß ich ihre Aufmerksamkeit auf mich gezogen hätte?‹ – ›Nicht anders‹, erwiderte der Page; ›meine Muhme hat mir's gesagt, und sie lügt nicht, obschon sie eine Zofe ist. Ich stehe Euch für sie gut, wie für mich selbst.‹ – ›Dann‹, sagte der Escudero, ›hätte ich große Lust, unter vier Augen mit deinem Bäschen zu sprechen, um sie, wie es der Brauch ist, durch einige kleine Geschenke in mein Interesse zu ziehen; wenn sie mir den Rat gibt, ihrer Gebieterin den Hof zu machen, so will ich mein Glück versuchen. Und warum sollte ich es nicht tun? Don Fernando hat zwar höheren Rang als ich, allein ich bin doch auch von Adel und habe ein schönes Einkommen von vollen fünfhundert Dukaten: kommen doch täglich noch viel ungleichere Heiraten zustande.‹

Der Page bestärkte ihn in diesem Vorsatze und verschaffte ihm eine Unterredung mit seiner Muhme, die dem leichtgläubigen Gecken ohne Mühe weismachte, ihre Gebieterin habe sich in ihn vergafft. ›Schon oft‹, sagte sie, ›hat sie nach Euch gefragt, und ich habe ihr so geantwortet, daß Ihr gewiß damit zufrieden sein könnt. Kurz, Señor Escudero, Ihr dürft Euch mit Recht schmeicheln, daß Doña Luziana Euch heimlich liebt. Entdeckt ihr ohne Scheu Eure löblichen Absichten; beweist, daß Ihr nicht nur der schönste und stattlichste, sondern auch der galanteste Kavalier von Madrid seid; besonders gebt ihr Serenaden, dies wird ihr vorzüglich gefallen; ich werde sie dann schon auf den Wert Eurer Galanterie aufmerksam machen und hoffe, Euch von einigem Nutzen zu sein.‹ Don Como war außer sich vor Freude, daß sich die Zofe so eifrig seiner annahm; er liebkoste sie und steckte ihr einen Ring von geringem Wert an den Finger, den er ausdrücklich mitgebracht hatte, um ihr damit ein Geschenk zu machen. ›Liebe Florette‹, sagte er, ›ich gebe Euch diesen Diamant bloß, um Eure Bekanntschaft zu machen: ich gedenke, die Dienste, die Ihr mir erweisen werdet, noch ganz anders zu belohnen.‹

Der Alte war seelenvergnügt über seine Unterredung mit dem Kammermädchen. Er dankte dem Pagen, der ihm dazu verholfen hatte, nicht bloß mit Worten, sondern beschenkte ihn auch mit einem Paar seidener Strümpfe und einigen Spitzenhemden; zugleich versprach er einmal übers andere, ihm bei jeder Gelegenheit dienen zu wollen.Hierauf fragte er ihn, was in seinem Fall zu tun sei. ›Lieber Freund‹, sagte er, ›was hältst du von der Sache? Soll ich mit einem leidenschaftlichen und erhabenen Briefe an Doña Luziana den Anfang machen?‹ – ›Allerdings‹, antwortete der Page; ›macht ihr eine Liebeserklärung in erhabener Schreibart. Ich glaube es vorauszusehen, daß sie dieselbe nicht übel aufnehmen wird.‹ – ›Ich denke ebenso‹, antwortete der Escudero, ›und will auf gut Glück damit anfangen.‹ Er legte sofort Hand ans Werk, und nachdem er wenigstens zwanzig Konzepte zerrissen hatte, brachte er endlich ein billet doux zustande, mit dem er zufrieden war. Er las es Domingo vor. Dieser hörte ihn mit allen Zeichen der größten Bewunderung an und erbot sich, es unverzüglich seiner Muhme zu bringen. Es war in folgenden blumenreichen und gewählten Ausdrücken abgefaßt:

›Es ist schon lange her, reizende Luziana, daß ich im Vertrauen auf den allgemeinen Ruf, der Eure Vollkommenheiten überall bekannt macht, mich von einer glühenden Liebe zu Euch habe entzünden lassen. Nichtsdestoweniger habe ich trotz des Feuers, das mich verzehrt, noch nie gewagt, Euch einen Beweis von Galanterie zu geben. Da mir aber zu Ohren gekommen ist, daß Ihr mich für würdig haltet, Eure Augen auf mich zu heften, wenn ich an den Jalousien vorbeikomme, die den Augen der Menschen Eure himmlische Schönheit verbergen, und daß Ihr sogar durch einen für mich höchst glücklichen Einfluß Euers Gestirnes mir einigermaßen wohlwollet, so nehme ich mir die Freiheit, Euch um die Erlaubnis zu bitten, mich Euerm Dienste zu widmen. Bin ich so glücklich, sie zu erhalten, so entsage ich allen Damen, die waren, sind und sein werden.

Don Como de la Higuera.‹

Natürlich machten sich der Page und die Zofe gewaltig über Señor Don Como lustig und hatten ihre größte Freude an dem Briefe. Dabei ließen sie es aber noch nicht bewenden, sondern sie setzten auch aus gemeinschaftlichen Mitteln ein zärtliches Billett auf, das die Kammerfrau mit eigener Hand schrieb und Domingo am andern Tage als Antwort der Doña Luziana dem Escudero überreichte. Es lautete folgendermaßen:

›Ich weiß nicht, wer Euch meine geheimsten Gedanken mit solcher Sicherheit entdeckt haben kann. Irgend jemand muß mich verraten haben; doch verzeihe ich diesen Verrat, weil ich ihm das Geständnis Eurer Liebe verdanke. Unter allen Männern, die durch meine Straße kommen, seid Ihr derjenige, dessen Anblick mir das größte Vergnügen macht, und ich erlaube Euch, mein Liebhaber zu sein; ich sollte es zwar freilich nicht erlauben und am wenigsten es sagen. Eure Vorzüge allein vermögen diesen Fehler einigermaßen zu entschuldigen.

Doña Luziana.‹

Obgleich diese Antwort für die Tochter eines Obersten ziemlich stark war (denn die Briefsteller hatten es nicht so genaugenommen), so glaubte der eingebildete Don Como dennoch alles Wort für Wort. Er schätzte sich hoch genug, um sich einzubilden, daß eine Dame ihm zulieb den Anstand aus den Augen setzen könnte. ›Ach, Domingo!‹ rief er mit triumphierenden Blicken, nachdem er den unterschobenen Brief laut vorgelesen hatte; ›du siehst, lieber Freund, wie es mit dem Herzchen der Nachbarin steht; bald werde ich Don Fernandos Tochtermann sein, oder ich will nicht Don Como de la Higuera heißen.‹

›Ganz zuverlässig‹, sagte der Spitzbube von einem Vertrauten; ›Ihr habt das Mädchen halb verrückt gemacht. Aber‹, fügte er hinzu, ›fast hätte ich etwas vergessen: mein Bäschen hat mir aufgegeben, Euch zu sagen, daß Ihr notwendig spätestens morgen ihrer Gebieterin eine Serenade bringen sollt, damit sie vollends ganz närrisch wird.‹ – ›Das soll geschehen‹, sagte der Escudero; ›du kannst dein Bäschen versichern, daß ich ihren Rat befolgen werde, und daß sie unfehlbar morgen um Mitternacht in ihrer Straße eines der schönsten Konzerte hören soll, die in Madrid je gegeben worden sind.‹ Wirklich ging er zu einem geschickten Musikus, entdeckte ihm seinen Plan und beauftragte ihn mit der Ausführung.

Indes er mit seiner Serenade ganz beschäftigt war, benutzte Florette, die der Page vorher in Kenntnis gesetzt hatte, eine gute Laune ihrer Gebieterin, und sagte ihr, es stehe ihr eine angenehme Überraschung bevor. ›Wieso?‹ fragte Luziana. ›Ja, wahrhaftig‹, versetzte die Zofe unter lautem Gelächter, ›die Sache wird sehr spaßhaft. Ein Einfaltspinsel, namens Don Como – Pagenhofmeister des Grafen von Onata – hat es sich einfallen lassen, Euch zur obersten Beherrscherin seiner Gedanken zu erwählen, und wird, damit Ihr's nur wißt, morgen abend Euch ein herrliches Konzert zum Besten geben.‹ Doña Luziana, die gern einen Spaß mitmachte, und überdies die Galanterie des Escudero für höchst unschädlich hielt, hatte nichts dagegen einzuwenden und freute sich schon im voraus auf die Serenade. So half diese Dame, ohne es zu wissen, Don Como in einem Irrtum bestärken, der sie sehr beleidigt haben würde, wenn sie ihn nur geahnt hätte.

Endlich in der Nacht des zweiten Tages erschienen vor Luzianas Balkon zwei Wagen, aus denen der Escudero und sein Vertrauter herausstiegen, begleitet von sechs Musikern, teils Sängern, teils Instrumentisten, die nun ihr Konzert begannen. Es dauerte sehr lang. Sie spielten eine Menge neue Arien und sangen mehrere Lieder über die Macht der Liebe, Liebende von ungleichem Stande zu vereinigen. Bei jedem Verse lachte die Tochter des Obersten, die alles auf sich bezog, laut auf.

Als die Serenade zu Ende war, schickte Don Como die Musikanten in eben dem Wagen, worin sie gekommen waren, zurück. Er selbst aber blieb mit Domingo so lange in der Straße, bis sich die durch die Musik herbeigelockten Zuhörer verlaufen hatten. Dann näherte er sich dem Balkon, von welchem herab ihn bald die Zofe mit Erlaubnis ihrer Gebieterin durch ein kleines Jalousienfenster fragte: ›Seid Ihr's, Señor Don Como?‹ – ›Wer fragt mich‹ antwortete er mit süßlichem Tone. ›Doña Luziana‹, flüsterte es von oben herab, ›die zu wissen wünscht, ob das Konzert, das wir eben gehört haben, Eurer Galanterie zuzuschreiben ist.‹ – ›Ja‹, antwortete der Escudero, ›aber es ist nur eine kleine Probe von den Festlichkeiten, die meine Liebe diesem Wunder unserer Zeit zudenkt, wofern sie solche von einem Liebhaber annehmen will, der sich auf dem Altar ihrer Schönheit geopfert hat.‹

Bei dieser kühnen Metapher hatte Doña Luziana große Lust, ein lautes Gelächter aufzuschlagen. Doch bezwang sie sich noch, trat an das kleine Fenster, und sagte in so ernsthaftem Tone, als ihr möglich war, zum Escudero: ›Señor Don Como, ich sehe wohl, daß Ihr kein Neuling in der Liebe seid: von Euch müssen unsere jungen Kavaliere lernen, wie sie ihren Damen zu dienen haben. Ich bin mit Eurer Serenade wohl zufrieden und werde Euch dafür zu danken wissen: aber geht jetzt nach Hause, man könnte uns hören. Ein andermal sprechen wir uns länger.‹ Mit diesen Worten verschloß sie das Fenster und ließ den Escudero sehr vergnügt über die Gunstbezeigung, die er soeben erhalten, den Pagen aber sehr verwundert darüber, daß sie ebenfalls eine Rolle in dieser Posse spielte, auf der Straße stehen.

Diese kleine Lustbarkeit kostete den Don Como mit Einschluß der Wagen und des vielen Weins, den die Musikanten tranken, hundert Dukaten. Zwei Tage darauf verleitete ihn sein Vertrauter zu einer neuen Ausgabe. Er hatte erfahren, daß Florette mit zwei andern Mädchen ihrer Art die Johannisnacht bei dem Sotillo zubringen würde und wünschte, ihnen auf Kosten des Escudero ein prächtiges Frühstück zu geben.

›Señor Don Como‹, sagte er am Abend vorher zu ihm, ›Ihr wißt doch, was für ein Fest morgen ist? Doña Luziana hat im Sinn, mit Tagesanbruch am Ufer des Manzanarez zu sein, um den Sotillo mit anzusehen; ich glaube Euch, dem Koryphäen aller galanten Kavaliere, nicht mehr sagen zu müssen: Ihr seid nicht der Mann, der eine so schöne Gelegenheit hinausließe. Ich bin überzeugt, daß Ihr morgen Eure Dame samt ihrer Gesellschaft aufs beste bewirten werdet.‹ – ›Das ist doch klar‹, sagte der Hofmeister; ›ich danke dir für die Nachricht; du sollst sehen, ob ich das Eisen nicht zu schmieden verstehe.‹ Wirklich erschienen am andern Tag in aller Frühe vier Bediente aus dem Hause, von Domingo angeführt, mit allen Arten von kalter Küche und köstlichen Weinen, am Ufer des Manzanarez, wo Florette und ihre Freundinnen in der ersten Morgendämmerung wie Nymphen tanzten.

Sie ließen sich's sehr gerne gefallen, als der Page ihre flüchtigen Tänze mit dem Anerbieten eines tüchtigen Frühstücks von Señor Don Como unterbrach. Sogleich setzten sie sich ins Grüne, und ließen es sich unter schallendem Gelächter über den Einfaltspinsel von Gastgeber trefflich schmecken; Domingos barmherziges Bäschen hatte natürlich vorher alles ausgeschwatzt.

Während Sie immer lustiger wurden, sah man von weitem den Escudero auf einem prächtigen Zelter aus den Ställen des Grafen daher reiten. Er war bald bei seinem Vertrauten und grüßte die Gesellschaft, die höflich aufgestanden war, um ihm für seine Artigkeit zu danken. Seine Augen suchten Doña Luziana, an die er unterwegs eine wunderschöne Rede ausgedacht hatte; allein Florette zog ihn beiseite, und sagte ihm, ihre Gebieterin sei durch eine kleine Unpäßlichkeit verhindert, sich bei dem Feste einzufinden. Don Como zeigte unendlich vielen Anteil, und

fragte, wo es denn seiner lieben Luziana fehle? ›Sie hat einen heftigen Katarrh‹, antwortete die Zofe, ›und zwar daher, weil sie an dem Abend, wo Ihr die Serenade gegeben habt, ohne Halstuch beinahe die ganze Nacht auf dem Balkon blieb, um mit mir von Euch zu plaudern.‹ Don Escudero tröstete sich über einen Zufall, der eine so schöne Ursache hatte, bat die Zofe, ihm auch ferner behilflich zu sein, und trabte, mit seinem guten Glücke immer zufriedener, wieder nach Hause.

Um diese Zeit wurde dem Don Como ein Wechsel von tausend Dukaten ausbezahlt, der ihm aus der Erbschaft eines in Sevilla gestorbenen Oheims zugefallen war. Er zählte das Geld und legte es in Gegenwart Domingos in eine Schatulle. Der Page verwandte kein Auge davon und bekam zugleich eine solche Lust zu den blanken Goldstücken, daß er beschloß, sie zu sich zu nehmen und damit nach Portugal zu gehen. Er vertraute Floretten sein Vorhaben an, und schlug ihr vor, die Reise mitzumachen. So ernstliche Erwägung auch ein solcher Antrag verdient hätte, so war doch die Zofe leichtsinnig genug, ohne Bedenken ja zu sagen. Eines Nachts, als Don Como, in sein Kabinett eingeschlossen, an einem emphatischen Briefe an seine Geliebte arbeitete, fand Domingo Mittel, die Schatulle aufzubrechen: er nahm die Dukaten heraus und lief mit seiner Beute schnell unter Luzianens Balkon, wo er das Miauen einer Katze nachmachte. Auf dieses verabredete Zeichen ließ die Zofe nicht lange auf sich warten und trat mit ihm die Reise an.

Sie hofften Zeit genug zu haben, um unangefochten, im Fall sie auch verfolgt würden, Portugal zu erreichen; aber zu ihrem Unstern hatte Don Como noch in derselben Nacht sowohl den Diebstahl als die Flucht seines Vertrauten gemerkt und sich schnell an die Gerichte gewendet, die nun nach allen Seiten ihre Häscher ausschickten. Der Dieb wurde samt seiner Nymphe bei Zebreros ertappt und nach Madrid gebracht. Die Zofe befindet sich im Kloster der büßenden Schwestern und Domingo in diesem Gefängnisse hier.«

»Demnach«, sagte Don Kleophas, »ist der Escudero nicht um seine Dukaten gekommen; man hat sie ihm ohne Zweifel zurückgegeben?« – »Nichts weniger«, antwortete der Teufel; »sie gelten als Beweisstücke für den Diebstahl, und die Justiz gibt sie nicht mehr aus den Händen, so daß Don Como, dessen Geschichte in der ganzen Stadt ruchbar geworden ist, zum Spotte auch noch den Schaden hat.

Domingo und der andere Gefangene, der mit ihm spielt, haben zum Nachbar einen jungen Kastilianer, der laut der Aussage unverwerflicher Zeugen seinem Vater eine Ohrfeige gegeben hat.« – »Gerechter Gott!« rief Leandro, »ist's möglich? kann ein Sohn so verrucht sein, daß er die Hand gegen seinen Vater erhebt?« – »Warum nicht?« sagte der Dämon: »man hat schon mehrere Beispiele gesehen, und ich will Euch ein merkwürdiges erzählen. Unter der Regierung Don Pedros I., der den Zunamen des Gerechten und des Grausamen führte und der achte König von Portugal war, wurde ein Bursche von zwanzig Jahren wegen desselben Verbrechens eingezogen. Don Pedro war, wie Ihr, über die Neuheit des Falles verwundert und wollte die Mutter des Verbrechers darüber hören; er ging dabei so geschickt zu Werke, daß er ihr das Geständnis ablockte, sie habe dieses Kind von einem hochwürdigen Priester. Wenn die Richter des Kastilianers seine Mutter ebenso geschickt ausfragten, so könnten sie ihr dasselbe Geständnis abnötigen.

Jetzt blickt einmal hinab in einen großen Kerker unter den drei Gefangenen, die ich Euch eben gezeigt habe; wir

wollen sehen, was hier vorgeht. Ihr bemerkt doch drei Unglückliche? Es sind Straßenräuber, die im Begriffe stehen, zu entfliehen. Man hat ihnen im Brot eine Feile beigebracht, mit der sie bereits einen starken Eisenstab vor einem Fenster durchgefeilt haben. Von da aus können sie sich in einen Hof hinunterlassen und dann die Straße erreichen. Es ist schon über zehn Monate, daß sie im Gefängnis liegen, und sie hätten schon vor acht Monaten den öffentlichen Lohn für ihre Taten empfangen sollen: nun aber werden sie, Dank sei der Langsamkeit der Justiz! aufs neue Reisende morden.

Folgt mir weiter in diesem Saale unter der Erde, wo Ihr zwanzig bis dreißig Leute auf Stroh bemerken werdet: es sind Spitzbuben und Gauner von allen Arten. Fünf oder sechs von ihnen prügeln eben eine Art Taglöhner durch, der heute festgesetzt worden ist, weil er einen Häscher mit einem Stein geworfen hat.« – »Und warum bekommt er jetzt Prügel?« fragte Zambullo. »Weil er seinen Willkomm noch nicht bezahlt hat«, antwortete Asmodi; »doch«, fügte er hinzu, »wir wollen uns jetzt von diesen Elenden wegwenden und diesen Ort des Greuels verlassen, um uns anderswo mit angenehmeren Gegenständen zu unterhalten.«

Achtes Kapitel

Asmodi zeigt dem Don Kleophas mehrere Personen und erzählt ihm, was sie den Tag über getrieben haben

Im Nu waren sie in einem andern Stadtviertel und faßten ihren Standpunkt auf einem großen Hotel. »Ich will Euch einmal«, hub der Dämon gegen den Studenten an, »erzählen, was die Leute, die um dieses Hotel herum wohnen, heute getan haben. Es wird Euch gewiß Spaß machen.« – »Ich zweifle nicht daran«, antwortete Leandro; »vor allem aber sagt mir, wie es sich mit dem Kapitän dort verhält, der eben seine Stiefel anzieht. Der Mann sieht aus, wie wenn ihn ein wichtiges Geschäft weit von hier wegriefe.« – »Allerdings«, antwortete Asmodi, »er ist im Begriff abzureisen; schon stehen seine Pferde auf der Straße: er muß nach Katalonien, wohin sein Regiment kommandiert ist.

Da er kein Geld hatte, so wandte er sich gestern an einen Wucherer. ›Señor Sanguisuela‹, sagte er zu ihm, ›könntet Ihr mir nicht tausend Dukaten leihen?‹ – ›Señor Capitano‹, antwortete der Wucherer mit lächelndem freundlichem Gesicht, ›ich selbst habe sie nicht; doch wollte ich wohl einen Mann ausfindig machen, der sie Euch borgt, d.h. er gibt Euch vierhundert Dukaten bar, wenn Ihr ihm einen Wechsel auf tausend ausstellt; und von diesen vierhundert werdet Ihr die Güte haben, mir eine Kleinigkeit von sechzig für meine Mühe abzulassen. Ach, das Geld ist heutigen Tages so rar!‹ – ›Ein abscheulicher Wucher‹, fuhr ihn der Offizier an; ›660 Dukaten für 340! Welche Spitzbüberei! Henken sollte man so hartherzige Schufte.‹

›Nur kalt, Señor Capitano‹, antwortete der Wucherer phlegmatisch; ›wenn Ihr dies nicht wollt, so könnt Ihr Euch

ja anderswo umsehen. Worüber beklagt Ihr Euch denn? Zwinge ich Euch etwa, die 340 Dukaten anzunehmen? Ihr könnt es ja immer noch halten, wie Ihr wollt.‹ Der Kapitän wußte hierauf nichts zu erwidern und ging. Da er aber fortmußte und keine Zeit zu verlieren hatte, es ohne Geld aber unmöglich länger aushalten konnte, so ging er heute früh wieder zu dem Makler, der ihm an seiner Haustüre begegnete, in schwarzem Mantel mit kurzem Kragen und abgestutzten Haaren, in der Hand einen großen, mit Schaumünzen behangenen Rosenkranz. ›Hier bin ich wieder, Señor Sanguisuela‹, sagte er zu ihm; ›ich nehme Eure 340 Dukaten an: die Not treibt mich dazu.‹ – ›Ich gehe jetzt in die Messe‹, antwortete der Wucherer gravitätisch; ›wenn ich zurückkomme, so könnt Ihr das Geld abholen.‹ – ›Ei, nicht doch‹, versetzte der Kapitän, ›ich bitte Euch, kehrt sogleich um, die Sache ist ja in einem Augenblick abgemacht; fertigt mich ab, denn ich bin sehr pressiert.‹ – ›Unmöglich‹, erwiderte Sanguisuela; ›ich habe die Gewohnheit, jeden Morgen, bevor ich an ein Geschäft gehe, die Messe zu hören. Ich habe mir dies nun einmal zum Gesetz gemacht und will es getreulich beobachten, solang ich lebe.‹

So ungeduldig nun auch der Offizier nach Geld war, so mußte er sich doch in das Gesetz des frommen Sanguisuela fügen: er wappnete sich mit Geduld, und als ob er gefürchtet hätte, die Dukaten möchten ihm entwischen, begleitete er den Makler in die Kirche und hörte die Messe mit an. Als diese vorbei war, wollte er gehen; allein Sanguisuela flüsterte ihm ins Ohr: ›Einer der geschicktesten Kanzelredner von Madrid wird heute predigen, den darf ich nicht versäumen.‹

Der Kapitän, dem schon die Messe viel zu lange gedauert hatte, ärgerte sich nicht wenig über diesen neuen Aufschub, blieb aber dennoch in der Kirche. Indessen tritt der Prediger auf und fängt an, gegen den Wucher zu eifern. Der Offizier freut sich darüber und beobachtet den Makler genau, indem er bei sich selbst sagt: ›Wenn nur der Spitzbubenjude sich rühren ließe, wenn er mir nur 600 Dukaten gäbe, so wollte ich gerne zufrieden sein.‹ Endlich ist die Predigt aus, der Wucherer geht zur Kirche hinaus, der Kapitän mit ihm und sagt: ›Nun, was haltet Ihr von diesem Prediger? Findet Ihr seine Rede nicht sehr eindringlich? Ich wenigstens bin ganz davon gerührt.‹ – ›Ihr habt recht‹, antwortete der Wucherer; ›er hat sein Thema sehr gut ausgeführt und ist ein gelehrter Mann. Er hat seine Sache recht brav gemacht, gehen wir jetzt an die unsrige.‹« –

»Ei«, rief Don Kleophas, »wer sind denn die beiden Mädchen dort im Bette, die so laut auflachen? Es scheinen zwei recht lustige Dirnchen zu sein.« – »Zwei Schwestern«, antwortete der Teufel, »deren Vater heute früh begraben wurde. Derselbe war ein Murrkopf und hatte einen solchen

Abscheu vor der Ehe oder vielmehr so wenig Lust, seine Töchter auszustatten, daß er jede auch noch so vorteilhafte Partie, die sich für sie zeigte, abwies. Sie unterhalten sich gegenwärtig über den Charakter des Seligen. ›Endlich‹, sagt die Ältere, ›endlich ist er tot, dieser unnatürliche Vater, der sich ein grausames Vergnügen daraus machte, uns als alte Jungfern zu sehen; jetzt wird er sich unsern Wünschen nicht mehr widersetzen.‹ – ›Was mich betrifft, liebe Schwe-

ster‹, sagt die Jüngere, ›so sehe ich auf etwas Solides. Ich will einen reichen Mann, wenn er auch ein Dummkopf ist, und den dicken Don Blanco würde ich auf der Stelle nehmen.‹ – ›Nur sachte, Schwesterchen‹, antwortet die Ältere, ›wir werden die Männer bekommen, die uns bestimmt sind; denn unsere Ehen sind im Himmel aufgeschrieben.‹ – ›Das wäre nicht gut‹, erwidert die Jüngere, ›denn ich fürchte sehr, unser Vater zerreißt das Blatt, worauf sie stehen.‹. Die Ältere hat über diesen Einfall lachen müssen, und jetzt lachen sie noch immer miteinander.

Im Hause daneben wohnt eine Abenteurerin aus Aragonien. Sie sieht in diesem Augenblick in den Spiegel, statt zu Bette zu gehen, und wünscht ihren Reizen Glück zu einer bedeutenden Eroberung, die sie heute gemacht haben. Sie studiert Mienen und hat eben eine neue entdeckt, die morgen große Wirkung auf ihren Liebhaber machen wird. Sie kann ihn nicht freundlich genug behandeln, denn er verspricht viel; auch hat sie noch nicht lange zu einem ihrer Gläubiger, der Geld verlangte, gesagt: ›Wartet noch einige Tage, guter Freund; denn ich stehe gegenwärtig mit einem der vornehmsten Herren von der Zolleinnahme in Unterhandlung.‹«

»Ich brauche nicht zu fragen«, sagte Leandro, »wer dieser Herr dort ist, der so viele Briefe um sich liegen hat; er muß den ganzen Tag geschrieben haben.« – »Das Lustigste dabei«, antwortete der Dämon, »ist, daß diese Briefe alle dasselbe enthalten. Er schreibt an alle seine Freunde und meldet ihnen etwas, was ihm heute nachmittag begegnet ist. Er liebte eine Witwe, dreißig Jahre alt, schön und eingezogen; er widmete ihr seine Huldigungen und wurde nicht abgewiesen; zuletzt machte er ihr einen Heiratsantrag, der ebenfalls angenommen wurde. Während der Vorbereitungen zur Hochzeit konnte er sie täglich in ihrem Hause besuchen. Noch diesen Nachmittag ging er zu ihr und da zufällig niemand um den Weg war, um ihn anzumelden, so trat er ohne weiteres ins Zimmer der Dame, die er in einem galanten Morgenkleide, oder vielmehr beinahe nackt auf einem Ruhebettchen traf. Sie lag in tiefem Schlafe. Er näherte sich leise, um die Gelegenheit zu benutzen, und raubte ihr einen Kuß; sie erwachte und rief mit einem zärtlichen Seufzer: ›Ach, schon wieder, Ambrosio, ich bitte dich, laß mich jetzt in Ruhe.‹ Der Kavalier, ein Mann von Ehre, war sogleich entschlossen: er entsagte der Witwe und verließ das Zimmer. An der Türe begegnete ihm Ambrosio; zu diesem sagte er: ›Geh nicht hinein, Ambrosio, deine Gebieterin bittet dich, sie in Ruhe zu lassen.‹

Zwei Häuser weiter sehe ich in einem kleinen Häuschen ein merkwürdiges Stück von einem Ehemann, der über den Vorwürfen seiner Frau, daß er den ganzen Tag nicht nach Hause gekommen sei, ruhig einschläft. Sie würde noch aufgebrachter sein, wenn sie wüßte, wie er seine Zeit totgeschlagen hat.« – »Ohne Zweifel mit einem galanten Abenteuer?« fragte Zambullo. »Erraten«, sagte Asmodi; »ich will es Euch erzählen.

Dieser Mann gehört dem bürgerlichen Stande an, und heißt Patrizio; er ist einer von den liederlichen Ehemännern, die in den Tag hineinleben und sich weder um Weib noch Kind bekümmern. Und doch hat er eine junge, liebenswürdige und tugendhafte Frau und drei Kinder: zwei Mädchen und einen Sohn. Heute früh ging er aus, ohne dar-

nach zu fragen, ob Brot im Hause sei, woran es nur gar zu oft fehlt. Sein Weg führte ihn über den Markt, wo er sich bei den Anstalten zu dem heutigen Stiergefechte aufhielt: es waren schon überall Gerüste aufgeschlagen, und wer es nicht erwarten konnte, fing bereits an, Platz zu nehmen.

Während er dies alles betrachtete, bemerkte er eine hübsch gewachsene, schön gekleidete Dame, die beim Heruntersteigen von einem Gerüste einen wohlgeformten Fuß in rosenfarbenem seidenen Strumpf und mit silbernem Strumpfbande sehen ließ. Mehr war nicht nötig, um dem schwachen Bürgersmann den Kopf zu verrücken. Er näherte sich der Dame, deren Begleiterin durch ihr ganzes Wesen deutlich genug zu verstehen gab, wes Geistes Kinder sie seien. ›Meine schönsten Damen‹, sagte er zu ihnen, ›wenn ich Euch mit etwas dienen kann, so habt nur die Güte zu befehlen; Ihr werdet mich stets bereit finden.‹ – ›Señor Caballero‹, antwortete die Nymphe mit den rosenfarbenen Strümpfen, ›Euer Anerbieten ist dankenswert. Wir hatten schon unsere Plätze, allein wir sind wieder weggegangen, um ein Frühstück zu suchen, weil wir diesen Morgen so unvorsichtig waren, auszugehen, ohne unsere Schokolade getrunken zu haben. Da Ihr nun so galant seid, uns Eure Dienste anzubieten, so ersuchen wir Euch, führt uns an einen Ort, wo wir einen Bissen bekommen können. Es sollte aber ein etwas abgelegener Ort sein; Ihr wißt ja, daß ein Mädchen seinen guten Ruf nicht genug schonen kann.‹

Patrizio wurde immer höflicher, und führte die beiden Prinzessinnen nach einem Wirtshaus in der Vorstadt, wo er ein Frühstück verlangte. ›Mit was kann ich aufwarten?‹ fragte der Wirt; ›ich habe noch einiges übrig von einem großen Festmahl, das gestern bei mir gehalten wurde. Junge Hühner, leonische Rebhühner, Tauben aus Altkastilien und mehr als einen halben Estremadura-Schinken.‹ – ›Mehr als genug‹, sagte der Begleiter der Vestalinnen. ›Sucht Euch aus, schöne Damen, was Euch beliebt.‹ – ›Ganz wie Ihr wollt‹, antworteten sie. ›Wir verlassen uns vollkommen auf Euern Geschmack.‹ Hierauf bestellte der Bürgersmann zwei Rebhühner und zwei junge Hühner kalt, aber auf ein besonderes Zimmer, indem die Damen, die er begleitete, sehr streng auf Anstand sahen.

Man führte ihn mit seiner Gesellschaft in ein abgelegenes Kabinett, wohin sogleich das bestellte Essen nebst Wein und Brot gebracht wurde. Unsere Lukrezien hatten großen Appetit und fielen gierig darüber her, indes der Gimpel, der die Zeche bezahlen sollte, voll Vergnügen seine Luisita betrachtete. So hieß die Schöne, in die er sich vergafft. Er be-

wunderte ihre weißen Hände, an denen ein großer Ring flimmerte, den sie einstens im Spiele gewonnen, warf freigebig mit Namen wie Stern und Sonne um sich, und konnte vor eitel Entzücken nichts essen. Er fragte seine Göttin, ob sie verheiratet sei: sie sagte nein, aber sie stehe unter Aufsicht eines Bruders; von Adams Zeiten her, hätte sie hinzusetzen müssen, wenn sie die Wahrheit hätte sagen wollen.

Indes verschlangen die Harpyien nicht nur jede ein junges Huhn, sondern tranken auch verhältnismäßig dazu. Bald ging der Wein aus, und der galante Bürgersmann eilte fort, um selbst welchen zur Stelle zu schaffen. Kaum war er zur Türe hinaus, so packte Jacinta, Luisitens Begleiterin, die zwei Rebhühner, die noch auf der Platte lagen, zusammen, und steckte sie schnell in eine große Tasche unter ihrem Rocke. Unser Adonis kam mit frischem Wein zurück, und da er sah, daß die Platten leer waren, fragte er seine Venus, ob ihr nichts mehr gefällig sei. ›Ich wünschte etwas von den Tauben‹, sagte sie, ›von denen der Wirt sprach, vorausgesetzt, daß sie sehr gut sind. Im andern Fall würde ich mit einem Stückchen Estremadura-Schinken vorliebnehmen.‹ Kaum hatte sie dies gesagt, so ging Patrizio aufs neue nach Mundvorrat aus, und bestellte drei Tauben, nebst einem tüchtigen Stück Schinken. Die Raubvögel fingen von vorn an, ihre Schnäbel zu wetzen, und während der gute Mann zum drittenmal sich entfernen mußte, um Brot zu verlangen, schickten sie noch zwei Tauben zu den übrigen Gefangenen in ihrer Tasche.

Nach dem Mahle, das mit einem Dessert von Obst beschlossen wurde, wie man es um diese Jahreszeit haben kann, drang der verliebte Patrizio in Luisiten, sie möchte ihm nun die erwarteten Beweise ihrer Erkenntlichkeit geben. Die Dame wollte nichts davon hören, machte ihm aber doch einige Hoffnung, indem sie sagte, jedes Ding habe seine Zeit und ein Wirtshaus sei nicht der Ort, wo sie sich für das ihr bereitete Vergnügen dankbar zeigen könne. Indes schlug es ein Uhr, sie stellte sich sehr unruhig und sagte zu ihrer Begleiterin: ›Ach, liebe Jacinta, jetzt sind wir erst übel dran, wir werden keine Plätze mehr bekommen, um das Stiergefecht mit anzusehen.‹ – ›Sei unbesorgt‹, antwortete Jacinta, ›der Kavalier darf uns ja nur dahin zurückführen, wo er uns so höflich angeredet hat, und das übrige wird er schon ins reine bringen.‹

Ehe sie aus dem Wirtshause gingen, mußte erst mit dem Wirte abgerechnet werden, der eine Rechnung von fünfzig Realen zusammengeschrieben hatte. Der Bürgersmann griff in seine Börse; da er aber nur dreißig vorfand, sah er sich genötigt, seinen mit silbernen Münzen behangenen Rosenkranz zu versetzen. Hierauf führte er die Abenteurerinnen wieder dahin, wo er sie gefunden hatte, und verschaffte ihnen einen angenehmen Platz auf einem Gerüste, dessen Eigentümer ein Bekannter von ihm war und ihm Kredit gab.

Kaum hatten sie sich gesetzt, so verlangten sie aufs neue Erfrischungen. ›Ich sterbe fast vor Durst!‹ rief die eine: ›der Schinken hat mich entsetzlich durstig gemacht.‹ – ›Es geht mir auch so‹, sagte die andere, ›und ich gäbe jetzt viel um ein Glas Limonade.‹ Patrizio, dem man nicht mit dem Holzschlegel zu winken braucht, eilte hinweg, um Getränke zu bestellen, hielt sich aber doch unterwegs mit folgendem Selbstgespräche auf: ›Wohin gehst du, Unsinniger? Ist's nicht, als hättest du hundert Pistolen in deiner Tasche oder zu Hause? und doch hast du nicht über einen Maravedi zu verfügen. Was ist da zu machen? Ich kann doch unmöglich zu der Dame zurückgehen, ohne ihr das Gewünschte mitzubringen. Und auf der andern Seite mag ich ein Unternehmen, das schon so weit gediehen ist, nicht wieder aufgeben.‹

In dieser Verlegenheit bemerkte er unter den Zuschauern einen guten Freund, der ihm schon oft seine Dienste angeboten, die er aber aus Stolz nie hatte annehmen wollen. Im gegenwärtigen Augenblick war sein Schamgefühl minder kitzlig geworden. Er ging eilig auf ihn zu, entlehnte eine doppelte Pistole von ihm und flog damit mit neuem Mute zu einem Limonadeschenken, bei dem er soviel Gefrornes und Konfekt für seine Prinzessinnen aufkaufte, daß die Dublone kaum zu diesem neuen Aufwande hinreichte.

Endlich mit Anbruch der Nacht geht die Lustbarkeit zu Ende, und unser Held will seine Dame nach Hause begleiten in der süßen Hoffnung, sich's bei ihr wohl sein zu lassen. Allein, als sie vor das Haus kommen, das sie als ihre Wohnung bezeichnet, läuft eine Art Magd Luisiten entgegen und sagt in großer Aufregung zu ihr: ›Um's Himmels willen, woher kommt Ihr so spät? Señor Don Gaspardo Heridor, Euer Bruder, wartet schon seit zwei Stunden auf Euch

und flucht wie ein Heide.‹ Die Schwester stellt sich erschrocken und sagt leise mit einem Händedruck zu ihrem Galan: ›Mein Bruder ist ein schrecklich hitziger Mann; aber sein Zorn vergeht schnell wieder. Bleibt ein wenig auf der Straße und laßt Euch die Zeit nicht lang werden, bis wir ihn wieder besänftigt haben. Er geht alle Abende aus und sobald er fort ist, soll Jacinta es Euch sagen und Euch hereinführen.‹

Getröstet durch dies Versprechen, küßt der Bürgersmann voll Entzücken die Hand seiner Luisite, die ihn noch mit einigen Liebkosungen beglückt, um ihn guten Muts zu erhalten; sodann geht sie mit Jacinta und der Magd ins Haus. Patrizio bleibt geduldig auf der Gasse, setzt sich auf einen Stein zwei Schritte davon, und bleibt da lange Zeit, ohne daß ihm einfiele, daran zu denken, daß man ihn zum Narren halten wolle. Nur kann er nicht begreifen, warum Don Gaspardo nicht herauskommt, und er fürchtet, der verwünschte Bruder möchte diesen Abend gar nicht ausgehen.

Indessen schlägt es zehn, elf, zwölf. Nun beginnt sein Vertrauen zu wanken, und die Dame wird ihm verdächtig. Er nähert sich der Türe, geht hinein, und tappt durch einen finstern Gang, bis er auf eine Treppe stößt. Er wagt es nicht, hinaufzugehen, sondern lauscht nur aufmerksam und hört das mißtönende Konzert eines bellenden Hundes, einer miauenden Katze und eines wimmernden Kindes. Endlich, nachdem er lange genug Maulaffen feilgeboten hatte, macht

er den Schluß, er sei betrogen, und seine Vermutung wird zur Überzeugung, als er durch den finstern Gang hindurchtappt und sich in einer andern Straße befindet.

Jetzt ärgerte er sich über seine zwecklose Verschwendung, wünschte alle rosenfarbenen Strümpfe zum Teufel und ging fluchend heimwärts. Er pochte an die Haustüre; seine Frau öffnete ihm mit Tränen in den Augen und einem Rosenkranz in der Hand, und bewillkommte ihn mit folgenden herzergreifenden Worten: ›Ach, Patrizio! wie konntest du so dein Haus verlassen und dich um Weib und Kinder gar nicht bekümmern? Was hast du denn seit heute früh um sechs Uhr getrieben?‹ Der arme Mann wußte nicht, was er darauf antworten sollte, überdies schämte er sich, daß er sich von zwei Spitzbübinnen hatte zum Narren halten lassen; also zog er sich aus und ging zu Bette, ohne ein Wörtchen zu sagen. Seine Ehehälfte aber, die nun einmal ins Moralisieren geraten war, hat so lange fortgepredigt, bis er so eben eingeschlafen ist.

Nun aber«, fuhr Asmodi fort, »schaut einmal auf das große Haus dort neben der Wohnung des Kavaliers, der seinen Freunden den Bruch mit der Gebieterin Ambrosios meldet: Ihr bemerkt doch wohl eine junge Dame auf dem goldgestickten Bette von karmesinrotem Atlas?« — »Gewiß«, antwortete Don Kleophas; »sie schläft, und wenn ich nicht irre, hat sie ein Buch auf ihrem Kopfkissen.« – »Ganz richtig«, versetzte der Hinkebein. »Diese Dame ist eine sehr geistreiche und höchst aufgeräumte junge Gräfin. Sie litt seit sechs Tagen an Schlaflosigkeit, was sie sehr entkräftete, und heute ist es ihr nun eingefallen, einen der sauertöpfischsten Mediziner von der ganzen Fakultät zu sich zu bescheiden. Er kam, sie klagte ihm ihre Umstände, und er verschrieb ihr ein Rezept, das sich nach seiner Versicherung schon im Hippokrates vorfindet. Die Dame spottete darüber, der Doktor aber, ein eigensinniger Kamerad, der keinen Spaß versteht, sagte mit aller nur erdenklichen Doktorsgravität: ›Señora, Hippokrates ist kein Mann, über den man sich nur so mir nichts dir nichts lustig machen darf.‹ – ›Ach, Señor Dottore‹, antwortete die Gräfin mit ernsthafter Miene, ›wie könnte ich mich unterfangen, über einen so berühmten und gelehrten Schriftsteller spotten zu wollen? Ich schätze ihn im Gegenteil sehr hoch und bin überzeugt, daß meine Schlaflosigkeit vergehen wird, wenn ich ihn nur aufschlage; ich besitze ihn in der neuen Übersetzung des gelehrten Azero, die unstreitig die beste ist; man bringe sie mir her.‹ Die Zauberkraft dieser Lektion ist wirklich bewundernswürdig: gleich bei der dritten Seite sank die Dame in tiefen Schlaf.

In den Ställen dieses Hotels hat ein dürftiger, einarmiger Soldat für die Nacht sein Hauptquartier aufgeschlagen; die mitleidigen Stallknechte lassen ihn auf dem Stroh schlafen. Den Tag über bettelt er, und erst vor einigen Stunden hatte er ein lustiges Gespräch mit einem andern Bettler, der in der Nähe von Buen Retiro wohnt, wo der Hof vorbeizufahren pflegt. Dieser treibt sein Geschäft sehr gut und kann jetzt behaglich leben; auch hat er eine mannbare Tochter, die unter den Bettlern für eine reiche Erbin gilt. Der Soldat hat nun diesen Vater mit den vielen Maravedis also angeredet: ›Señor Mendigo, ich habe meinen rechten Arm verloren; ich kann dem Könige nicht mehr dienen und muß nun, um

mein Leben zu fristen, wie Ihr auch, den Vorübergehenden Höflichkeiten sagen. Ich weiß wohl, daß dieses Geschäft seinen Mann am allerbesten nährt, und daß ihm weiter nichts fehlt, als ein bißchen mehr Anständigkeit.‹ – ›Im Gegenteil‹, erwiderte der andere, ›wenn es anständiger wäre, so trüge es nichts mehr ein; dann würde jeder in unser Handwerk pfuschen wollen.‹

›Ihr habt recht‹, entgegnete der Einarm; ›nun topp, ich bin Euer Kollega und möchte gern in nähere Verbindung mit Euch treten. Gebt mir Eure Tochter.‹ – ›Was fällt Euch ein, guter Freund?‹ antwortete der reiche Mann; ›meine Tochter muß eine bessere Partie machen. Ihr seid noch lange nicht verkrüppelt genug, um mein Eidam werden zu können; ich verlange einen solchen, der auch dem unbarmherzigsten Wucherer Mitleid einflößen muß.‹ – ›Wie!‹ sagte der Soldat, ›bin ich denn noch nicht elend genug?‹ – ›Nicht doch!‹ erwiderte der andere rasch; ›Ihr seid ein bloßer Einarm und wagt es, um meine Tochter anzuhalten? Wisset Ihr auch, daß ich sie einem Muldenrutscher abgeschlagen habe?‹

Das Haus neben dem Hotel der Gräfin«, fuhr Asmodi fort, »darf füglicherweise auch nicht übergangen werden. Es wohnen darin ein trunkliebender alter Maler und ein Poet, der gerne stichelt. Der Maler ging heute früh um sieben Uhr aus, um für seine todkranke Frau einen Beichtvater zu holen; da begegnete ihm ein guter Freund, der ihn in eine Kneipe schleppte, von wo er erst abends um zehn Uhr nach Hause zurückkam. Der Poet, dem man nachsagt, daß er für seine beißenden Verse zuweilen einen gar jämmerlichen Ehrensold erhalte, windbeutelte soeben auf einem Kaffeehause, wo von einem Abwesenden die Rede war: ›Er ist ein Schurke, dem ich hundert Stockprügel geben will.‹ – ›Das muß Euch freilich eine Kleinigkeit sein‹, versetzte ein Spaßvogel: ›Ihr habt ja große Kapitalien angelegt.‹

Auch den Auftritt darf ich nicht vergessen, der heute bei

einem erst neuerdings hier ansäßigen Bankier in dieser Straße statthatte. Es ist noch kein Vierteljahr, daß er mit großen Schätzen von Peru zurückkam. Sein Vater ist ein ehrlicher Schuhflicker aus Viejo de Mediana, einem großen Flecken Altkastiliens, unweit der Gebirge von Sierra d'Avila, wo er mit seinem Weibe, die ungefähr ebenso alt als er, d. h. sechzigjährig ist, in bester Eintracht lebt.

Schon vor langer Zeit hatte ihr Sohn sie verlassen, um in Indien ein besseres Glück zu suchen, als sie ihm verschaffen konnten. Mehr als zwanzig Jahre waren seitdem verflossen, ohne daß sie ihn gesehen hatten. Sie sprachen oft von ihm, baten den Himmel tagtäglich, ihm beizustehen, und ließen ihn regelmäßig jeden Sonntag nach der Predigt durch ihren guten Freund, den Pfarrer, dem ganz besondern Schutze Gottes empfehlen. Der Bankier seinerseits vergaß sie auch nicht. Sobald er sein Geschäft gegründet hatte, beschloß er, sich persönlich zu erkundigen, wie es seinen Eltern wohl gehen möchte. Er sagte seinen Leuten, sie können seinetwegen unbekümmert sein, und reiste heut vor vierzehn Tagen zu Pferde ganz allein nach seinem Geburtsorte ab.

Es war etwa zehn Uhr abends und der gute Schuhflicker schlief neben seinem Weibchen, als sie auf einmal durch ein Pochen an ihre kleine Haustüre aufgeweckt wurden. Sie fragten: ›Wer pocht?‹ – ›Macht auf‹, antwortete der Bankier; ›ich bin's, euer Sohn Francillo.‹ – ›Das macht einem andern weis‹, erwiderte der gute Alte; ›geht euers Wegs, ihr Diebe, bei mir habt ihr nichts zu holen. Francillo ist gegenwärtig in Indien, wenn er noch am Leben ist.‹ – ›Nein‹, antwortete der Bankier, ›euer Sohn ist aus Peru zurückgekommen und steht vor eurer Türe. Ihr werdet ihn doch nicht abweisen wollen?‹ – ›Wir wollen doch aufstehen, Jakob‹, sagte jetzt die Mutter; ›ich glaube, daß es wirklich Francillo ist; ich meine, ich kenne ihn an der Stimme.‹

Sie standen also beide auf: der Vater zündete ein Licht an, die Mutter warf eilig etwas um sich und öffnete die Türe. Sie faßte den Fremden scharf ins Auge, und da sie ihn sogleich als ihren Francillo erkannte, stürzte sie ihm um den Hals und schloß ihn fest in die Arme. Auch Vater Jakobs Herz überströmte vor Freude; er umarmte ihn mehrere Male, und alle drei fühlten sich so glücklich durch diese frohe Wiedervereinigung nach langjähriger Abwesenheit, daß sie ihrem Vergnügen kaum Worte geben konnten.

Als die erste Freude vorüber war, zäumte der Bankier sein Pferd ab und führte es in einen Stall, wo eine Kuh lag,

die Ernährerin des ganzen Hauses; hierauf fing er an, von seinen Reisen zu erzählen und den Schätzen, die er aus Peru mitgebracht. Sein Vortrag war zwar etwas weitschweifig und hätte gleichgültige Zuhörer langweilen können; allein die Herzensergießungen eines Sohnes, der seine Erlebnisse erzählt, können die Aufmerksamkeit eines Vaters und einer Mutter nie ermüden: für sie gibt es keinen geringfügigen Umstand. Sie hörten ihm also begierig zu, und jedes Wörtchen, das er sagte, machte einen lebhaften Eindruck auf sie.

Er schloß seine Erzählung mit der Erklärung, daß er gekommen sei, um ihnen einen Teil seines Vermögens anzubieten, und er ersuche daher seinen Vater, nicht mehr zu arbeiten. ›Nein, mein lieber Sohn‹, sagte Vater Jakob, ›ich habe Freude an meinem Handwerk und mag es nicht aufgeben.‹ – ›Wieso!‹ versetzte der Bankier, ›wäre es denn nicht endlich Zeit, ›daß Ihr Euch zur Ruhe begebet? Ich schlage Euch nicht vor, bei mir in Madrid zu wohnen; ich weiß, daß es Euch in der Stadt nicht gefallen würde, und will Euer ruhiges Leben nicht stören, aber Ihr solltet Euch doch wenigstens schwerer Arbeiten überheben und Euch mehr Bequemlichkeiten verschaffen, da Ihr es sehr gut könnt.‹

Die Mutter stimmte dem Sohne bei, und Vater Jakob gab endlich nach. ›Nun gut, Francillo‹, sagte er, ›dir zuliebe will ich nicht mehr für alle Leute im Dorfe arbeiten, sondern bloß noch mir selbst und unserm guten Freunde, dem Herrn

Pfarrer, die Schuhe flicken.‹ Nach dieser Übereinkunft aß der Bankier zwei gesottene Eier, legte sich dann zu seinem Vater ins Bett und schlief mit einer Seelenruhe, wovon sich nur Kinder von so vortrefflichem Herzen einen Begriff machen können.

Am andern Morgen übergab Francillo seinen Eltern einen Beutel mit dreihundert Pistolen und kehrte dann nach Madrid zurück. Heute früh aber wurde ihm die große Überraschung zuteil, seinen Vater Jakob bei sich zu sehen. ›Was führt Euch hieher, lieber Vater?‹ fragte er ihn. ›Mein Sohn‹, antwortete der Alte, ›ich bringe dir deinen Beutel zurück: nimm dein Geld wieder; ich will von meinem Handwerk leben, denn ich vergehe vor langer Weile, seitdem ich nicht mehr arbeite.‹ – ›Nun gut, mein Vater‹, erwiderte Francillo, ›arbeitet immerhin auf Euerm Handwerk fort, aber nur zu Eurer Unterhaltung. Nehmt den Beutel wieder nach Hause und fordert von mir, soviel Ihr wollt.‹ – ›Aber was soll ich denn mit all diesem Gelde anfangen?‹ fragte Vater Jakob. ›Die Armen unterstützen‹, antwortete der Bankier; ›überhaupt verwendet es so, wie Euer Pfarrer Euch raten wird.‹ Mit dieser Antwort gab sich der Schuhflicker zufrieden und reiste nach Mediana zurück.«

Dem Don Kleophas gefiel die Geschichte Francillos sehr gut, und er war schon im Begriff, dem guten Herzen des Bankiers alles gebührende Lob widerfahren zu lassen, als seine Aufmerksamkeit auf einmal durch ein gellendes Geschrei abgelenkt wurde. »Señor Asmodi«, rief er, »was soll dieser Höllenlärm bedeuten?« – »Er kommt aus einem Tollhause«, antwortete der Teufel, »dessen Bewohner sich die Kehlen heiser singen und schreien. Wir sind nicht weit davon.« – »Ich dächte«, sagte Don Kleophas, »wir besehen es auch.« – »Recht gern«, erwiderte der Dämon; »ich will Euch sogleich diesen Spaß machen und zugleich erklären, wie und warum diese Narren ihren Verstand verloren haben.« Sprach's und versetzte den staunenden Musensohn in einem Nu auf die *Casa de los locos*.

Neuntes Kapitel

Wie Don Kleophas und der Teufel das Tollhaus mustern

Zambullo durchstreifte mit forschenden Blicken alle Gemächer und besah sich die darin eingesperrten Narren und Närrinnen. Hierauf sagte der Teufel zu ihm: »Ihr sehet hier Narren von allen nur erdenklichen Arten: männliche und weibliche, traurige und lustige, junge und alte; jetzt muß ich Euch aber auch sagen, wie sie es geworden sind. Zu dem Ende wollen wir von Zelle zu Zelle gehen und mit den männlichen den Anfang machen.

Der erste, den wir da sehen, und der sich so wütend gebärdet, ist ein kastilianischer Neuigkeitskrämer und geborner Madrider: ein stolzer Bürgersmann, dem die Ehre seines Vaterlandes wichtiger ist als weiland einem römischen Bürger. Er wurde närrisch aus Ärger, weil er in einer Zeitung las, fünfundzwanzig Spanier haben sich von fünfzig Portugiesen schlagen lassen.

Sein Nachbar ist ein Lizentiat, den es so gewaltig nach einer Pfründe gelüstete, daß er zehn Jahre lang bei Hof den Heuchler machte. Der Verdruß, sich bei allen Beförderungen übergangen zu sehen, hat ihm den Kopf verrückt: doch weiß er sich zu trösten, denn er lebt des festen Glaubens, er sei Erzbischof von Toledo. Ist er es auch nicht wirklich, so hat er doch wenigstens das Vergnügen, es sich einzubilden, und ich schätze ihn um so glücklicher, als ich seine Narrheit für einen schönen Traum ansehe, der nur mit seinem Leben verfliegt, und als er in der andern Welt keine Rechenschaft über die Verwendung seiner Einkünfte abzulegen braucht.

Der nächste nach ihm ist ein Unmündiger, den sein Vormund für wahnsinnig ausgegeben hat, um sich seines Vermögens zu bemächtigen. Der arme Junge ist aus Wut über diese Einsperrung wirklich närrisch geworden. Nun folgt ein Schulmeister, der hieher kam, weil er mit aller Gewalt das Paulopostfuturum des griechischen Verbums auffinden wollte, und nach diesem ein Kaufmann, dessen Vernunft an der Nachricht von einem Schiffbruche scheiterte, nachdem sie dauerhaft genug gewesen war, zweien Bankrotten zu widerstehen.

Die darauf folgende Zelle bewohnt der alte Kapitän Zanubio, ein neapolitanischer Kavalier, der sich in Madrid niedergelassen. Eifersucht hat ihn hierher gebracht. Ich will Euch seine Geschichte erzählen.

Er hatte eine junge Frau namens Aurora, die er nie aus den Augen ließ: sein Haus war allen Männern unzugänglich. Aurora ging nie aus, außer etwa in die Messe, und auch dahin begleitete sie ihr alter Tithonus. Zuweilen nahm er sie auch mit auf sein Landgut in der Nähe von Alcántara. Trotz alldem hatte ein Kavalier, mit Namen Don Garcias Pacheco, sie zufällig in der Kirche gesehen und sich sterblich in sie verliebt: der junge Mann war unternehmend und der Aufmerksamkeit einer unglücklich verheirateten hübschen Dame im vollsten Maße würdig.

So schwer es auch war, in Zanubios Haus zu gelangen, so ließ Don Garcias dennoch die Hoffnung nicht sinken. Da er noch keinen Bart hatte und ein recht hübscher Bursche war, so verkleidete er sich als Mädchen, steckte eine Börse mit hundert Pistolen zu sich und ging auf das Gut des Kapitäns, sobald er erfuhr, daß der Eifersüchtige demnächst mit seiner Frau dahin kommen wollte. Er wandte sich an die Gärtnerin und sagte zu ihr im Ton einer Heldin in Ritterromanen, die von einem Riesen verfolgt wird: ›Edle Frau, ich werfe mich in Eure Arme und bitte um Euer Mitleid. Ich bin ein Mädchen aus Toledo und stamme aus einer ebenso vornehmen als reichen Familie. Meine Verwandten wollen mich mit einem Manne vermählen, den ich hasse. Ich habe mich nächtlicherweile ihrer Tyrannei entzogen und bedarf jetzt

einer Zufluchtsstätte. Hier wird man mich nicht suchen, deswegen erlaubt, daß ich da bleibe, bis meine Familie mildere Gesinnungen gegen mich zu hegen anfängt. Nehmt diese Börse von mir an: hier ist alles, was ich Euch für den Augenblick bieten kann; doch werde ich hoffentlich bald in den Stand kommen, Eure Gefälligkeit besser zu belohnen.‹

›Herzlich gern‹, erwiderte die Gärtnerin, welcher namentlich der Schluß dieser Rede sehr einleuchtete. ›Ich kenne mehrere junge Damen, die alten Männern geopfert wurden, und weiß wohl, daß sie keine Ursache haben, zufrieden zu sein. Ich nehme Anteil an ihrem Herzeleid, und Ihr hättet Euch an niemand besser wenden können, als an mich. Ich will Euch ein abgesondertes Stübchen anweisen, wo Ihr so sicher sein sollt wie in Abrahams Schoß.‹

So brachte Don Garcias mehrere Tage auf dem Gute zu und harrte mit glühender Ungeduld, ob Aurora immer noch nicht komme. Endlich erschien sie mit ihrem Eifersüchtigen, der nach seiner löblichen Gewohnheit sogleich alle Zimmer, Kabinette, Böden und Keller durchsuchte, ob sich nicht vielleicht irgendein Feind seiner Ehre hieher versteckt habe. Die Gärtnerin, die ihn schon kannte, kam ihm zuvor und erzählte ihm, wie ein junges Mädchen sie um eine Zufluchtsstätte angegangen habe.

Zanubio, der sonst so mißtrauische Zanubio, hatte diesmal nicht die mindeste Ahnung von einem Betrug, wünschte jedoch die Unbekannte zu sehen. Sie bat ihn um Erlaubnis, ihren Namen zu verschweigen, da sie diese Schonung ihrer Familie schuldig sei, auf welche durch ihre Flucht gewissermaßen ein Fleck falle; dann aber erzählte sie ihm mit soviel Geist einen ganzen Roman, daß der Kapitän darüber hocherfreut war. Er fühlte, daß er diesem liebenswürdigen Mädchen gut sein mußte, und da er sich

mit der Hoffnung schmeichelte, irgend einmal Nutzen daraus ziehen zu können, so bestimmte er sie zur Gesellschafterin seiner Frau.

Sobald Aurora die Unbekannte sah, errötete sie und wurde unruhig, ohne zu wissen warum. Der Kavalier bemerkte es und schloß daraus, sie müsse ihn in der Kirche, wo er sie gesehen hatte, ebenfalls beobachtet haben. Um nun seiner Sache gewiß zu werden, sagte er zu ihr, sobald sie miteinander allein waren: ›Señora, ich habe einen Bruder, der mir immer viel von Euch sagte; er hat Euch einen Augenblick in einer Kirche gesehen, und von diesem Augenblick an, der ihm beständig vor der Seele schwebt, befindet er sich in einem Zustand, der Euer Mitleid gewiß verdiente.‹

Bei diesen Worten betrachtete ihn Aurora aufmerksamer und gab ihm dann zur Antwort: ›Ihr selbst habt zuviel Ähnlichkeit mit diesem Bruder, als daß ich mich länger durch Eure List sollte täuschen lassen. Ich sehe wohl, daß Ihr ein verkleideter Kavalier seid, und erinnere mich noch recht gut des Tages, wo sich während der Messe meine Mantille einen Augenblick öffnete und Ihr mich sahet. Aus Neugierde sah ich ebenfalls nach Euch, aber Ihr wendetet kein Auge von mir. Als ich aus der Kirche ging, seid Ihr mir wahrscheinlich nachgelaufen, um zu erfahren, wer ich sei und wo ich wohne. Ich vermute dies bloß, denn ich wagte es nicht, nach Euch umzusehen; mein Mann, der mich begleitete, hätte es gewiß bemerkt und mir ein Verbrechen daraus gemacht. Am zweiten, dritten und vierten Tag ging ich wieder in dieselbe Kirche; dort sah ich Euch regelmäßig und merkte mir Eure Züge so gut, daß ich Euch trotz aller Verkleidung wiedererkenne.‹

›Nun gut, Señora‹, antwortete Don Garcias, ›so muß ich mich also entlarven. Ja, ich bin ein Mann, den Eure Reize um seine Ruhe gebracht haben. Don Garcias Pacheco steht vor Euch, durch die Liebe hieher geführt.‹ – ›Und ohne Zweifel‹, entgegnete Aurora, ›hoffet Ihr, ich werde Eure tolle Leidenschaft gutheißen, Eure List begünstigen und das meinige dazu beitragen, um meinen Mann in seinem Irrtum zu erhalten? Allein Ihr täuschet Euch gewaltig; er soll sogleich alles erfahren. Es handelt sich um meine Ehre und um meine Ruhe, und überdies freut es mich, eine so schöne Gelegenheit zu finden, wo ich ihm zeigen kann, daß seine Wachsamkeit minder sichere Bürgschaften gewährt, als meine Tugend, und daß ich trotz all seiner argwöhnischen Eifersucht schwerer zu überraschen bin, als er.‹

Kaum hatte sie die letzten Worte gesprochen, als der Kapitän erschien und sich ins Gespräch mischte mit der Frage: ›Über was unterhaltet ihr euch, meine Holden?‹ Aurora ergriff sogleich das Wort und sagte rasch: ›Wir sprachen eben von den jungen Herren, die sich bei jungen Frauen, welche alte Männer haben, beliebt zu machen suchen, und ich sagte, wenn je ein solcher Geck verwegen genug sein sollte, sich in irgendeiner Verkleidung in Euer Haus einzuschleichen, so würde ich seine Frechheit schon zu bestrafen wissen.‹

›Und Ihr, Señora‹, sagte Zanubio gegen Don Garcias gewendet, ›wie würdet Ihr in diesem Fall mit einem jungen Kavalier umgehen?‹ Don Garcias war so ganz aus dem Konzepte gebracht, daß er nicht wußte, was er dem Kapitän antworten sollte, und dieser hätte gewiß seine Verlegenheit bemerkt, wenn nicht im selben Augenblick ein Bedienter gemeldet hätte, ein Herr aus Madrid wünsche ihn zu sprechen. Er ging also hinaus, um zu sehen, was er von ihm wolle.

Nun warf sich Don Garcias Auroren zu Füßen und sagte zu ihr: ›Ach, Señora, wie könnt Ihr Euch ein Vergnügen daraus machen, mich in Verlegenheit zu bringen? Solltet Ihr wohl grausam genug sein, mich der Rache eines wütenden Gemahls preiszugeben?‹ – ›O nein, Pacheco‹, antwortete sie lächelnd; ›junge Frauen, die eifersüchtige alte Männer haben, sind nicht so grausam; seid deshalb ohne Sorgen: ich wollte Euch bloß zum Spaß ein wenig erschrecken, aber weiter gedenke ich's nicht zu treiben. Das ist doch wohl nicht zuviel für meine Gefälligkeit, daß ich Euch erlauben will, hierzubleiben.‹. Bei diesen tröstenden Worten fiel unserm Don Garcias ein Stein vom Herzen und er faßte Hoffnungen, welche die gütige Aurora auch nicht Lügen strafte.

Eines Tages, als sie sich eben auf Don Pachecos Zimmer die unzweideutigsten Beweise von Freundschaft gaben, kam der Kapitän dazu. Wäre er auch nicht der eifersüchtigste aller Sterblichen gewesen, so sah er doch jetzt mehr als genug, um mit allem Grund annehmen zu können, daß seine schöne Unbekannte nichts anderes sei als ein verkleideter Kavalier. Dieser Anblick machte ihn rasend: er rannte auf sein Zimmer, um Pistolen zu holen, allein mittlerweile nahmen die Liebenden reißaus, verschlossen seine Kabi-

nettstüre von außen, steckten den Schlüssel ein und erreichten in aller Eile ein benachbartes Dorf, wo Don Garcias seinen Kammerdiener mit zwei guten Pferden zurückgelassen hatte. Hier legte er seine Frauenkleider ab, nahm Aurora hinter sich aufs Pferd und brachte sie auf ihre Bitten in ein Kloster, wo eine Tante von ihr Priorin war. Sodann kehrte er nach Madrid zurück und sah dem Ausgang dieses Abenteuers ruhig entgegen.

Indessen erhob Zanubio, als er sich eingesperrt sah, ein lautes Geschrei und rief seine Leute zu Hilfe. Endlich kam ein Bedienter, fand aber die Türe verschlossen und konnte somit nicht öffnen. Der Kapitän gab sich alle Mühe, sie aufzubrechen; weil dies aber nicht geschwind genug vonstatten ging, so sprang er in seiner Ungeduld, mit den Pistolen in der Hand, zum Fenster hinaus: er fiel rücklings auf den Boden und verwundete sich dergestalt am Kopfe, daß er bewußtlos liegenblieb. Nun rannten seine Bedienten herbei und trugen ihn in einen Saal auf ein Ruhebett. Sie spritzten ihm Wasser ins Gesicht und brachten ihn endlich mit vieler Mühe wieder zu sich. Mit der Besinnung erneuerte sich auch seine Wut wieder. ›Wo ist meine Frau?‹ fragte er wild, und man antwortete ihm, sie sei mit der fremden Dame zur kleinen Gartentüre hinausgegangen. ›Pistolen her!‹ schrie er noch wilder, und man mußte sie ihm geben. Endlich ließ er ein Pferd satteln und sprengte, ohne Rücksicht auf seine Wunden, davon, nahm aber einen andern Weg als das verliebte Paar. Den ganzen Tag streifte er fruchtlos umher und erst als es Nacht wurde, kehrte er in einer Dorfschenke ein, um Ruhe zu schöpfen. Hier zogen ihm seine Mattigkeit und seine Wunden ein hitziges Fieber zu, an dem er beinahe gestorben wäre.

Kurz und gut, er lag in diesem Dorfe vierzehn Tage lang krank, als er wiederhergestellt war, kehrte er auf sein Gut zurück, wo er sich unablässig mit seinem Unglück beschäftigte, bis er allmählich den Verstand verlor. Sobald Aurorens Verwandte dies erfuhren, ließen sie ihn nach Madrid ins Tollhaus schaffen. Seine Frau ist noch im Kloster, wo die Verwandten sie einige Jahre lassen wollen zur Strafe für ihre Untreue, oder wenn Ihr lieber wollt, für einen Fehltritt, den sie selbst zu verantworten haben.

Gleich neben Zanubio«, fuhr der Teufel fort, »wohnt Don Blaz Destichado, ein ausgezeichneter Kavalier. Der Tod seiner Gemahlin ist die Ursache seines beklagenswerten Zustandes.« – »Das ist sehr merkwürdig«, sagte Don Kleophas. »Ein Mann, den der Tod seiner Frau um den Verstand bringt! Ich hätte nie geglaubt, daß man die eheliche Liebe so weit treiben könnte.« – »Nur sachte«, unterbrach ihn Asmodi. »Nicht aus Schmerz über den Verlust seiner Frau ist Don Blaz wahnsinnig geworden, sondern das hat ihm den Kopf verrückt, daß er, da sie ihm keine Kinder hinterließ, ihren Verwandten 30000 Dukaten zurückbezahlen mußte, die er in seinem Heiratskontrakt von ihr empfangen zu haben anerkannte.« – »Ja, das ist etwas anderes«, versetzte Leandro; »nun wundere ich mich nicht mehr. Aber sagt mir doch, wenn ich bitten darf, wer der junge Mensch dort im anstoßenden Kämmerchen ist, der bald Sprünge macht wie ein Böcklein, bald wieder stehenbleibt und dann ein schallendes Gelächter aufschlägt, so daß er sich die Seiten halten muß? Das ist einmal ein recht lustiger Narr.« – »Seine Narrheit«, antwortete Asmodi, »kommt auch von übermäßiger Freude her. Er war Portier in einem vornehmen Hause; als solcher erfuhr er den Tod eines reichen Contadors, dessen einziger Erbe er war, und aus Freude darüber wurde er verrückt.

Jetzt kommen wir an den großen Lümmel, der Gitarre spielt und mit Gesang akkompagniert. Dies ist ein melancholischer Narr, ein Liebhaber, den die Strenge seiner Dame zur Verzweiflung gebracht hat, so daß man ihn einsperren mußte.« – »Der arme Schelm!« sagte der Student, »er dauert mich. Dies Unglück kann dem bravsten Mann widerfahren; wäre ich in eine grausame Schöne verliebt, weiß Gott, es könnte mir auch so gehen.« – »Daran«, antwortete der Dämon, »erkenne ich Euch als wahren Kastilianer. Man muß im Herzen von Kastilien geboren sein, um sich für fähig zu halten, daß man sich bis zum Närrischwerden verlieben könne, wenn man das Unglück hat, nicht zu gefallen. Die Franzosen sind nicht so zärtlich, und wenn Ihr den Unterschied zwischen einem Franzosen und einem Spanier in diesem Punkte wissen wollt, so darf ich Euch nur das Liedchen sagen, das dieser Narr im Augenblick singt; er hat es soeben erst gemacht.

Ardo y lloro sin sossiego:
Llorando y ardiendo tanto,
Que ni el llanto apaga el fuego,
Ni le fuego consume el llauto.

Mir brennt das Herz in Liebesglut,
Aus meinen Augen brechen Zähren;
Nicht löschen kann die Tränenflut
Den Brand, und er sie nicht versehren.

So drückt sich ein Spanier aus, wenn er von seiner Dame mißhandelt wird; ein Franzose beklagte sich neulich in ähnlichem Falle folgendermaßen:

Die Huldin, der mein Leben ich geweiht,
Verschmäht empfindungslos mein treues Lieben;
Bei meinen Seufzern, meiner Traurigkeit
Ist immerdar gleichgiltig sie geblieben.
Kann wohl ein Los wie meines grausam sein!
Nun denn! erhört sie nicht mein Flehen,
Will auch den Tag ich nicht mehr sehen!
Kommt, Freunde, scharret mich bei Payen ein.«

»Dieser Payen ist vermutlich ein Traiteur?« fragte Kleophas. »Ganz richtig«, antwortete der Teufel. »Nun wollen wir noch zu den andern Narren gehen.« – »Lieber zu den weiblichen«, sagte Don Leandro, »ich bin äußerst begierig, sie zu sehen.« – »Das kann Euch werden«, antwortete Asmodi; »doch sind noch zwei bis drei unglückliche Männer da, die ich Euch vorher gern zeigen möchte. Wer weiß, ob ihre Geschichte nicht belehrend für Euch sein kann!

Seht einmal gleich in der nächsten Zelle nach dem Gitarrenspieler das blasse, abgezehrte, zähnefletschende Gesicht, das die eisernen Gitter vor seinem Fenster fressen zu wollen scheint. Es ist ein ehrlicher Mann, aber unter einem so unglücklichen Gestirne geboren, daß er mit allen möglichen Vorzügen und trotz zwanzigjähriger Bemühung sich keinen sichern Bissen Brot erarbeiten konnte. Er kam von Sinnen, als er einen sehr unbedeutenden Menschen aus seiner Bekanntschaft, der nichts als ein wenig rechnen konnte, sich an einem Tage auf die Höhe des Glücksrads emporschwingen sah.

Sein Nachbar, ein alter Sekretär, ist übergeschnappt, weil er den Undank eines Herrn vom Hofe, dem er sechzig Jahre gedient, nicht ertragen konnte. Der Eifer und die Treue dieses Dieners verdienten wirklich alles Lob; er forderte nie etwas und es war ihm genug, seine Dienste und seinen Fleiß sprechen zu lassen. Nur schade, daß sein Herr nicht der Makedonische König Archelaus war, der abschlug, wenn man bat, und gab, wenn man nicht bat; er starb ohne ihn zu belohnen und hinterließ ihm kaum soviel, daß er den Rest seines Lebens im tiefsten Elend und unter den Narren zubringen kann.

Jetzt will ich Euch nur noch auf einen aufmerksam machen, denjenigen dort, der die Ellbogen auf sein Fenster gestützt hat und in tiefes Nachdenken versenkt zu sein scheint. Ihr erblickt in ihm einen Señor Hidalgo von Tafalla, einer kleinen Stadt in Navarra. Er kam nach Madrid, wo er sein Vermögen wirklich sehr gut angewendet hat. Er hatte nämlich die Wut, alle Schöngeister kennenlernen und bewirten zu wollen. Täglich waren bei ihm Schmausereien, und wiewohl die Autoren ein undankbares Geschlecht ohne alle Lebensart sind und sich fortwährend über ihren Gastgeber lustig machten, so ruhte er doch nicht eher, als bis er seine kleine Habe mit ihnen verjubelt hatte.« – »Wahrscheinlich«, sagte Zambullo, »ist er dann aus Ärger närrisch geworden, weil er sich auf eine so alberne Art ruiniert hat?« – »Ganz im Gegenteil«, antwortete Asmodi: »er wurde es deswegen, weil er sich außerstand sah, dies Leben fortzusetzen.

Jetzt zu den Damen!« – »Wie?« rief der Student, »ich sehe ja bloß sieben bis acht, es gibt also weit weniger als ich gedacht hätte.« – »Die Närrinnen sind nicht alle hier«, antwortete der Dämon lächelnd. »Wenn Ihr es wünschet, will ich Euch sogleich in ein anderes Viertel der Stadt bringen, wo ein großes Haus ganz voll von ihnen ist.« – »Dies ist nicht nötig«, antwortete Kleophas; »ich begnüge mich mit diesen hier.« – »Ihr habt recht«, versetzte der Dämon; »es sind fast lauter Damen von Stande, wie Ihr schon aus ihrer feinen Wäsche sehen könnt. Ich will Euch nun erklären, wie und warum sie närrisch wurden.

In der ersten Zelle wohnt die Frau eines Korregidors; sie wurde aus Ärger närrisch, weil eine Dame vom Hof sie ein Bürgersweib nannte. In der zweiten befindet sich die Gemahlin des Generalschatzmeisters des Rats von Indien: sie wurde närrisch, weil sie in einer engen Gasse ihren Wagen zurückschieben lassen mußte, damit die Herzogin von Medina-Celi vorbeifahren konnte. In der dritten haust eine junge Witwe aus einer Kaufmannsfamilie, die ihren Verstand verloren hat, weil es ihr mit einem großen Herrn, den sie zum Mann zu bekommen hoffte, fehlschlug. In der vierten eine vornehme Dame, namens Doña Beatrix, deren Unglück ich ausführlich erzählen muß.

Diese Dame hatte eine Freundin, Doña Mencia mit Namen, mit der sie tagtäglich zusammenkam. Ein hübscher und galanter Ritter aus dem St. Jago-Orden machte Bekanntschaft mit ihnen, und bald wurden aus Freundinnen Nebenbuhlerinnen; sie kämpften lange um den Besitz seines Herzens, das indessen mehr für Doña Mencia fühlte, so daß diese endlich seine Gemahlin wurde.

Doña Beatrix, welche die Zauberkraft ihrer Reize gar hoch anschlug, ärgerte sich gewaltig, daß sie den kürzern gezogen. Als gute Spanierin nährte sie im Innersten ihres Herzens bereits große Begierde nach Rache, als sie von Don Jacinto de Romarata, ebenfalls einem Liebhaber von Doña Mencia, ein Billett erhielt, worin er ihr schrieb, die Heirat seiner Geliebten sei ihm nicht weniger empfindlich als ihr, und er habe im Sinn, sich mit dem Ritter, der sie ihm entrissen, zu schlagen.

Dieser Brief war ihr sehr willkommen, denn sie verlangte den Tod des Sünders und hatte keinen sehnlicheren Wunsch, als daß Don Jacinto seinen Nebenbuhler erlegen möchte. Während sie nun voll Ungeduld dieser christlichen

Genugtuung entgegensah, geschah es zufällig, daß ihr Bruder mit eben diesem Jacinto in Streit geriet und im Duell zwei Stiche von ihm bekam, an denen er auch starb. Doña Beatrix wäre nun verpflichtet gewesen, den Mörder ihres Bruders gerichtlich zu verfolgen; sie tat es aber nicht, um Don Jacinto Zeit zu lassen, den St. Jago-Ritter anzugreifen. Ein deutlicher Beweis, daß den Damen nichts so heilig und teuer ist, als wobei ihre Schönheit ins Spiel kommt! Ebenso handelte Pallas, als Ajax die Kassandra schändete; die Göttin bestrafte den ruchlosen Griechen, der ihr Heiligtum entweiht hatte, nicht auf der Stelle; er mußte sie zuvor wegen des Richterspruches des Paris rächen helfen. Aber ach! Doña Beatrix war nicht so glücklich als Minerva und sollte die Süßigkeit der Rache nicht kosten. Romarata fiel im Kampfe mit dem Ritter, und der Verdruß darüber hat die schöne Dame um ihren Verstand gebracht.

Die beiden folgenden Närrinnen sind: die eine die Großmutter eines Advokaten, die andere eine alte Marquisin. Die erste machte durch ihre wunderlichen Launen ihrem Enkel das Leben so sauer, daß er sie endlich mit guter Manier hier untergebracht hat. Letztere war von jeher die Anbeterin ihrer eigenen Schönheit. Statt dem Alter mit Ergebung und Gelassenheit entgegen zu schauen, weinte sie unaufhörlich, als sie ihre Reize verblühen sah, und endlich einmal, als sie sich in einem treuen Spiegel betrachtete, schnappte sie über.«

»Dies ist vielleicht noch ein Glück für sie«, sagte Don Leandro; »in ihrer Verstandeszerrüttung merkt sie wohl nicht, welche Verwüstungen die Zeit an ihr angerichtet hat?« – »Ganz richtig«, antwortete der Teufel; »sie sieht nicht die mindeste Spur von Alter auf ihrem Gesichte, sondern hält im Gegenteil ihren Teint für eine Mischung von Lilien und Rosen. In ihrer Nähe sind nichts als Grazien und Liebesgötter, mit einem Wort, sie bildet sich ein, sie sei die leibhaftige Göttin Venus.« – »Ist sie also«, fragte der Musensohn, »nicht glücklicher in ihrer Narrheit, als wenn

sie ihren wahren Zustand wüßte?« – »Zuverlässig«, antwortete Asmodi. »Nun haben wir nur noch eine einzige Dame zu beobachten; sie wohnt in der letzten Zelle und ist nach drei höchst unruhigen Tagen und Nächten soeben endlich eingeschlafen. Ihr Name ist Doña Emerenciana. Betrachtet sie genau und sagt mir, was Ihr von ihr haltet.« – »Ich finde sie sehr schön«, antwortete Zambullo. »Ei wie schade, daß eine so hübsche Frau wahnsinnig sein muß! Durch welches Unglück ist sie es geworden?« – »Hört mir aufmerksam zu«, antwortete Asmodi, »es ist eine traurige Geschichte.

Still und heiter lebte Doña Emerenciana, die einzige Tochter des Don Wilhelm Stephani, im Hause ihres Vaters zu Siguenza, als Don Kimen de Lizana durch seine Bemühungen, ihr zu gefallen, ihre Ruhe störte. Sie nahm die Huldigungen des Ritters nicht nur huldvoll auf, sondern war auch schwach genug, zu den listigen Erfindungen die Hand zu bieten, auf welche er verfiel, um mit ihr reden zu können. Bald schwuren sie einander ewige Treue.

An Geburt waren die beiden Liebenden sich gleich, nur daß das Fräulein für eine der besten Partien in ganz Spanien gelten konnte, während Don Kimen ein jüngerer Sohn war. Noch ein anderes Hindernis stand ihrer Vereinigung entgegen. Don Wilhelm haßte die ganze Familie Lizana und ließ es nur zu deutlich merken, sobald die Rede auf sie fiel. Insbesondere schien er gegen Don Kimen noch mehr Widerwillen zu haben, als gegen seine übrige Familie. Emerenciana grämte sich sehr über diese feindselige Stimmung, die ihr für ihre Liebe nichts Gutes zu weissagen schien; gleichwohl überließ sie sich auf gut Glück dem süßen Triebe ihres Herzens und hielt nach wie vor geheime Zusammenkünfte mit ihrem Lizana, den eine Zofe von Zeit zu Zeit nächtlicherweile ins Haus ließ.

In einer dieser Nächte geschah es, daß Don Wilhelm zufällig noch wachte, als der Liebhaber seiner Tochter ins Haus schlich. Er glaubte, in ihrem Zimmer, das nicht weit von dem seinigen war, ein Geräusch zu hören, und mehr bedurfte es nicht, um einen so argwöhnischen Vater in Unruhe zu versetzen. Zwar hatte Emerenciana alles so geschickt eingeleitet, daß er keine Ahnung von ihrem Einverständnisse mit Don Kimen haben konnte, doch war es ihr nicht möglich gewesen, seinen Argwohn ganz einzuschläfern. Er stand leise auf, öffnete ein Fenster nach der Straße zu und hatte die Geduld, so lange hier zu warten, bis er Lizana, den er beim Mondschein erkannte, an einer seidenen Strickleiter vom Balkon hinabklettern sah.

Welch ein Anblick für Stephani, den rachgierigsten und blutdürstigsten aller Sizilianer! Indes bemeisterte er seinen Zorn, um nicht durch voreiliges Lärmschlagen das vornehmste Opfer seiner Rache zu verlieren. Er tat sich Gewalt an und wartete, bis seine Tochter aufgestanden war. Dann ging er zu ihr, und als sie allein waren, zog er seinen Dolch und redete sie mit wutfunkelnden Augen also an: ›Unglückselige, die du dich trotz deiner edlen Herkunft nicht entblödest, ein ehrloses Leben zu führen, mache dich gefaßt, gerechte Strafe dafür zu leiden. Sieh, mit diesem Dolche nehme ich dir das Leben, wenn du nicht die Wahrheit gestehst. Sag, wer ist der Verwegene, der heute nacht in mein Haus kam, es zu entehren?‹

Emerenciana erschrak dermaßen über diese Drohungen und war so bestürzt, daß sie kein Wort vorbringen konnte. ›Elende‹, fuhr der Vater fort, ›dein Schweigen und deine Bestürzung sind mir nur zu deutliche Beweise für dein Verbrechen. Unwürdige Tochter, meinst du, ich wisse von allem nichts? Ich habe den Verwegenen heute nacht gese-

hen, ich habe Don Kimen erkannt; es war dir nicht genug, einen Mann bei Nacht in dein Zimmer zu lassen: dieser Mann mußte auch noch mein bitterster Feind sein. Doch ich will wissen, wie weit er es getrieben hat: sprich ohne Hehl; nur durch Aufrichtigkeit kannst du dem Tode entgehen.‹

Der armen Emerenciana leuchtete in diesen letzten Worten ein Strahl von Hoffnung; sie faßte sich ein wenig und antwortete ihrem Vater also: ›Señor, ich habe mich nicht erwehren können, Lizana anzuhören, aber der Himmel sei Zeuge von der Reinheit seiner Absichten. Da er weiß, daß Ihr seine Familie hasset, so hat er es noch nicht gewagt, um Eure Einwilligung zu bitten. Nur, um uns über die Mittel, wie diese zu erhalten sein möchte, beraten zu können, habe ich ihm bisweilen erlaubt hierher zu kommen.‹ – ›Und wer trägt eure Briefe hin und her?‹ fragte Stephani. ›Einer Eurer Pagen‹, antwortete seine Tochter. ›Mehr verlange ich nicht zu wissen‹, erwiderte der Vater; ›jetzt handelt es sich nur noch darum, den Plan, den ich mir entworfen habe, auszuführen.‹ Sofort zwang er sie, fortwährend den Dolch in der Hand, ihrem Geliebten folgendes Billett zu schreiben, das er ihr diktierte:

›Teuerster Gemahl, einzige Freude meines Lebens, ich melde Euch, daß mein Vater soeben auf sein Gut abgereist ist und erst morgen zurückkommen wird. Benutzet diese Gelegenheit; ich schmeichle mir, daß Ihr der Nacht mit gleicher Ungeduld entgegensehen werdet, wie ich.‹

Nachdem Emerenciana dieses verräterische Billett geschrieben und versiegelt hatte, sagte Don Wilhelm weiter zu ihr: ›Jetzt laß den Pagen kommen, der sein Ämtchen so gut versieht, und befiehl ihm, dieses Schreiben an Don Kimen zu überbringen. Hoff' indes nicht, mich zu hintergehen. Ich werde mich hier in deinem Zimmer verstecken, aber so, daß ich dich beobachten kann, wenn du es ihm befiehlst. Sagst du ihm nur ein Wörtchen oder gibst du ihm den kleinsten Wink, der ihm die Botschaft verdächtig machen könnte, sieh, diesen Dolch stoße ich dir sogleich ins Herz.‹ Emerenciana kannte ihren Vater zu gut, als daß sie ihm Gehorsam hätte versagen können. Sie gab also dem Pagen das Billett wie gewöhnlich.

Stephani steckte nun seinen Dolch wieder ein, ging aber den ganzen Tag seiner Tochter nicht von der Seite, ließ sie mit keiner Seele reden und machte es ihr auf diese Art unmöglich, den armen Lizana vor der Schlinge zu warnen, die ihm gelegt wurde. Der junge Mann stellte sich pünktlich zum Rendezvous ein. Kaum aber war er im Hause seiner Geliebten, als er sich auf einmal von drei kräftigen Burschen

angepackt fühlte. Sie entwaffneten ihn, ohne daß er sich ihrer erwehren konnte, stopften ihm ein Tuch in den Mund, verbanden ihm die Augen und knebelten ihm die Hände auf den Rücken. In diesem Zustand schleppten sie ihn in eine schon dazu bestellte Kutsche, stiegen zur Sicherheit alle drei selbst mit hinein und brachten ihn auf Stephanis Landhaus zu Miedes, einem Dorfe vier kleine Meilen von Siguenza. Bald darauf folgte in einem andern Wagen Don Wilhelm mit seiner Tochter, zwei Kammermädchen und einer mürrischen Dueña nach, die er am selben Nachmittage in seine Dienste genommen hatte. Auch seine übrigen Leute nahm er alle mit, bis auf einen alten Bedienten, der von Lizanas Wegschleppung nichts wußte.

Sie kamen alle vor Tagesanbruch nach Miedes. Hier war Stephanis erstes Geschäft, den armen Don Kimen in einen gewölbten Keller einsperren zu lassen, der nur durch eine ganz schmale Öffnung ein spärliches Licht erhielt. Hierauf befahl er seinem vertrauten Bedienten Julio, dem Gefangenen keine andere Nahrung zu geben als Wasser und Brot und zur Lagerstätte eine Schütte Stroh. Sooft er ihm seine Nahrung bringe, solle er jedesmal zu ihm sagen: ›Siehst du, niederträchtiger Verführer, so tut Don Stephani denjenigen, die frech genug sind, ihn zu beschimpfen.‹ Nicht minder hart behandelte der grausame Sizilianer seine Tochter. Er sperrte sie in eine Kammer, die keine Aussicht ins Freie hatte, nahm ihr ihre Kammermädchen und gab ihr als Kerkermeisterin die neue Dueña, die ihresgleichen nicht hatte, wenn es darauf ankam, arme Mädchen zu quälen.

So verfuhr er also mit den beiden Liebenden; allein es sollte dabei sein Bewenden nicht haben. Er hatte Don Kimens Tod beschlossen, wollte sich aber zugleich vor aller Strafe sichern und dies schien ihm keine leichte Aufgabe zu sein. Da er den Kavalier durch seine Bedienten hatte fortschleppen lassen, so konnte er sich nicht schmeicheln, daß eine Tat, die so viele Mitwisser hatte, lange ein Geheimnis bleiben würde. Mit den Gerichten wollte er auch nichts zu schaffen haben, und was sollte er also tun? Er nahm seine Maßregeln als hartgesottener Bösewicht. Er ließ alle seine Mitschuldigen in einem von dem Schlosse abgesonderten Hause zusammenkommen, erklärte ihnen seine ungemeine Zufriedenheit mit ihrem Eifer und sagte zugleich, zum Beweis seiner Erkenntlichkeit wolle er ihnen ein gutes Mahl veranstalten und jedem eine ansehnliche Summe Geldes schenken. Sie mußten sich nun an eine Tafel setzen und während sie im besten Schmausen waren, vergiftete sie Julio auf seinen Befehl; hierauf legten Herr und Diener miteinander Feuer im Hause an und ehe noch die Bauern zu

Hilfe kommen konnten, ermordeten sie Emerencianas beide Kammermädchen samt dem schon erwähnten kleinen Pagen, deren Leichname sie hierauf unter die übrigen warfen. Bald wurde das ganze Haus von den Flammen ergriffen und trotz aller Bemühungen der Bauern in einen Aschenhaufen verwandelt. Ihr hättet sehen sollen, wie verzweiflungsvoll sich der tückische Sizilianer gebärdete; er schien ganz untröstlich über den Tod seiner Bedienten.

Als er sich nun auf diese Art der Verschwiegenheit aller, die ihn verraten konnten, versichert hatte, sagte er zu seinem Vertrauten: ›Jetzt bin ich ruhig, lieber Julio; ich kann den verfluchten Don Kimen umbringen, wann es mir gefällt; ehe ich ihn aber meiner Ehre opfere, will ich zuvor noch die Wonne haben, ihn leiden zu sehen. Das Elend und

das Grauenvolle langer Gefangenschaft werden für ihn peinigender sein als der Tod.‹ In der Tat weinte auch Lizana unaufhörlich über sein Unglück, und da er auf keine Erlösung hoffen konnte, so wünschte er nur, durch ein baldiges Ende von seinen Leiden befreit zu werden.

Stephani seinerseits hoffte nach dieser Tat vergebens, seine Seelenruhe wiedererlangen zu können. Nach drei Tagen quälte ihn eine neue Angst: er fürchtete nämlich, Julio möchte, wenn er dem Gefangenen sein Essen bringe, sich durch Versprechungen gewinnen lassen; deshalb beschloß er den Tod des einen zu beschleunigen und sodann den andern mit der Pistole zusammenzuschießen. Auf der andern Seite war auch Julio nicht ohne Mißtrauen. Er dachte, sein Herr könnte nach Lizanas Ermordung wohl auf den Gedanken kommen, auch ihn seiner Sicherheit aufzuopfern, und nahm sich daher vor, des Nachts einmal zu entwischen und alles, was sich leicht fortschaffen ließe, mitzunehmen.

Solche Plänchen schmiedeten die beiden Ehrenmänner ganz im stillen für sich, als sie eines Tags hundert Schritte vom Schlosse auf einmal von fünfzehn bis zwanzig Häschern der heiligen Hermandad überrascht und mit dem Rufe: ›Im Namen des Königs!‹ umzingelt wurden. Bei diesem Anblick erblaßte Don Wilhelm und entsetzte sich; doch faßte er sich bald wieder und fragte den Anführer der Häscher, wen er suche? ›Niemand anders, als Euch selbst‹, antwortete der Häscher; ›es liegt die Klage gegen Euch vor, Ihr habet den Don Kimen de Lizana fortschleppen lassen. Ich habe nun Befehl, genaue Nachsuchung in Euerm Schlosse anzustellen und mich sogar Eurer Person zu versichern.‹ Stephani, der sein Verderben vor Augen sah, wurde wütend, zog zwei Pistolen aus der Tasche und erklärte, er werde nicht zugeben, daß man ihm sein Haus durchsuche, sondern im Gegenteil den Anführer über den Haufen schießen, wenn er sich nicht alsbald mit seiner Schar zurückziehe. Der Anführer der heiligen Brüderschaft ver-

achtete diese Drohung und ging auf den Sizilianer zu, der eine Pistole nach ihm abfeuerte und ihn im Gesicht verwundete. Dies kam jedoch den Verwegenen teuer zu stehen, denn zwei oder drei Häscher gaben, um ihren Hauptmann zu rächen, sogleich Feuer auf ihn, so daß er tot zu Boden stürzte. Julio ließ sich ohne Widerstand gefangennehmen; man brauchte ihn nicht lange zu fragen, ob Don Kimen im Schloß sei, er gestand alles, schob jedoch, als er seinen Herrn tot sah, die ganze Schuld auf ihn.

Endlich führte er den Befehlshaber samt seinen Häschern in den Keller, wo sie den armen Lizana, gefesselt und geknebelt, auf Stroh liegen sahen. Der Unglückliche, der in beständiger Todesangst schwebte, glaubte nicht anders, als daß diese vielen Bewaffneten kommen, um ihn zu töten. Welch angenehme Überraschung daher, als er erfuhr, daß die vermeintlichen Henker ihn befreien wollten! Als sie ihn losgebunden und aus dem Keller geführt hatten, dankte er ihnen für seine Befreiung und fragte sie, wie sie seine Gefangenschaft im Schlosse erfahren hätten. ›Das will ich Euch mit wenigen Worten erzählen‹, sagte der Kommandant.

›In der Nacht, als Ihr fortgeschleppt wurdet, war einer von Euren Räubern, der ein paar Schritte von Don Wilhelms Hause eine Liebschaft hatte, unvorsichtig genug, ihr beim Abschied Stephanis Vorhaben zu entdecken. Das Mädchen behielt diese Sache zwei oder drei Tage für sich; als sich aber in Siguenza das Gerücht von dem Brande in Miedes verbreitete und es jedermann sehr seltsam vorkam, daß sämtliche Bediente des Sizilianers bei diesem Unglück umgekommen sein sollen, so kam sie auf den Gedanken, diese Feuersbrunst könnte wohl ein Werk Stephanis sein. Um nun ihren Geliebten zu rächen, ging sie zu Don Felix, Euerm Herrn Vater, und erzählte ihm alles, was sie wußte. Don Felix erschrak gewaltig über die Nachricht, daß Ihr in der Gewalt eines Mannes seiet, der zu allem fähig war. Er führte das Mädchen zum Korregidor, der nach einem kurzen Verhör sich dahin aussprach, Stephani werde Euch lange und grausame Martern erstehen lassen, und ohne Zweifel sei er auch der teuflische Urheber der Feuersbrunst. Um nun der Sache auf den Grund zu kommen, schickte er mir heute früh nach Retortillo, wo ich stationiert bin, Befehl, zu Pferde zu steigen, mich mit meiner Brigade auf das Schloß zu verfügen, Euch aufzusuchen und Don Wilhelm tot oder lebendig zurückzubringen. In Ansehung Eurer habe ich meinen Auftrag glücklich vollzogen, aber sehr leid tut es mir, daß ich den Bösewicht nicht lebendig nach Siguenza liefern kann. Er hat uns durch seinen Widerstand genötigt, ihn zu töten.‹

›Jetzt aber, Señor Caballero‹, fuhr der Alguazil fort, ›will ich über alles, was hier vorgegangen ist, ein Protokoll aufsetzen; dann wollen wir schnell abreisen, denn Ihr sehnet Euch ohne Zweifel sehr darnach, Eure Familie aus ihrer Unruhe zu reißen?‹ – ›Nur noch eine kleine Geduld‹, rief

Julio, ›ich kann Euch gar viel sagen, was auch in Euer Protokoll passen wird: es gibt noch einen Gefangenen zu befreien: Doña Emerenciana ist in eine dunkle Kammer eingesperrt, wo eine unbarmherzige Dueña ihr unaufhörlich mit kränkenden Worten das Leben verbittert und keinen Augenblick Ruhe läßt.‹ – ›Gerechter Gott!‹ rief Lizana, ›dem grausamen Stephani war es also nicht genug, mich allein seine Unmenschlichkeit fühlen zu lassen. Geschwind, geschwind! laßt uns die Unglückliche von der Tyrannei ihrer Aufseherin befreien.‹

Hierauf führte Julio den Alguazil und Don Kimen nebst fünf bis sechs Häschern nach der Kammer, wo Don Wilhelms Tochter eingekerkert war. Sie pochten an die Türe, die Dueña öffnete. Ihr könnt Euch denken, welch Entzükken sich Lizana von dem Wiedersehen seiner Geliebten versprach, woran er bereits gezweifelt hatte. Er faßte jetzt neue Hoffnungen, ja er glaubte zuverlässig an sein Glück, da die einzige Person, die Einsprache tun konnte, nicht mehr lebte. Kaum erblickte er seine Emerenciana, als er sich zu ihren Füßen stürzte: allein, wer vermöchte seinen Schmerz zu beschreiben, als er statt einer Geliebten, die sein Entzükken teilen sollte, eine Wahnsinnige fand! Die Dueña hatte sie so lange gequält, bis sie von Sinnen gekommen war. Sie war lange in düsteres Nachdenken versunken, dann aber kam sie auf einmal auf den Wahn, als wäre sie die schöne Angelika, die in der Festung Albaraka von den Tartaren belagert wurde, und betrachtete alle die Männer, die in ihr Zimmer kamen, als Paladine, die zu ihrer Unterstützung erschienen seien. Den Anführer der heiligen Brüderschaft hielt sie für Roland, Lizana für Brandimar, Julio für Hubert mit dem Löwen, die Häscher aber waren Antifort, Clarion, Adrian und die beiden Söhne Oliviers. Sie empfing sie mit viel Höflichkeit und sagte zu ihnen: ›Ihr tapfern Ritter, jetzt fürchte ich niemand mehr, weder den Kaiser Agrigant, noch die Königin Marphisa. Eure Tapferkeit vermag mich vor allen Kriegern des Erdkreises zu schützen.‹

Bei dieser seltsamen Anrede konnten sich die Häscher und ihr Anführer des Lachens nicht enthalten. Ganz anders war es Don Kimen zumute: er war tief gebeugt, die Geliebte seines Herzens in diesem elenden Zustande zu sehen, und es fehlte nicht viel, so wäre er auch wahnsinnig geworden. Dennoch gab er die Hoffnung nicht auf, daß sie wieder zu sich kommen könnte, und sagte in zärtlichem Tone zu ihr: ›Meine teuerste Emerenciana, erkennt Ihr denn Euern Lizana nicht mehr? Unsere Leiden sind jetzt zu Ende; der Himmel will zwei Herzen, die er füreinander geschaffen hat, nicht länger trennen, und Euer grausamer Vater, der uns so sehr quälte, kann uns nicht mehr im Wege stehen.‹

Darauf antwortete die Tochter des Königs Galafron abermals mit einer Anrede an die tapfern Verteidiger der Burg Albaraka, welche jetzt doch nicht mehr darüber lachten. Selbst der Anführer der Häscher, sonst ein sehr hartháutiger Kamerad, fühlte ein menschliches Rühren und sagte zu Don Kimen, der in dumpfen Schmerz versunken dastand: ›Señor Caballero, gebt nicht alle Hoffnung auf, das Fräulein kann vielleicht noch gerettet werden. Es gibt geschickte Ärzte in Siguenza, doch wollen wir uns nicht länger hier aufhalten. Ihr, Hubert mit dem Löwen‹, fügte er gegen Julio hinzu, ›wißt, wo die Ställe dieser Burg sind; führt Antifort und die beiden Söhne Oliviers dahin, sucht die besten Pferde aus und spannt sie an den Wagen der Prinzessin. Ich will indes mein Protokoll aufsetzen.‹

So sprechend zog er sein Schreibzeug und Papier aus der Tasche, und als er fertig war, bot er Angelika die Hand, um sie in den Hof hinab zu führen, wo sie infolge des Diensteifers der Paladine einen mit vier Mauleseln bespannten Wagen bereit fand. Er stieg mit dem Fräulein und Don Kimen hinein und ließ auch die Dueña mitfahren, da er glaubte, der Korregidor werde sie gerne verhören wollen. Julio wurde in Ketten geschlagen und nebst dem Leichnam des Don Stephani in einem andern Wagen fortgeschafft. Die Häscher setzten sich nun wieder zu Pferde, und so ging der Zug fort nach Siguenza.

Unterwegs sagte Stephanis Tochter noch mancherlei Albernheiten, die für ihren Liebhaber ebenso viele Dolchstiche waren. Er konnte die Dueña nicht ohne Zorn ansehen. ›Ihr, grausames Weib‹, sagte er oft, ›Ihr seid an allem Schuld. Ihr habt durch Eure Verfolgungen die arme Emerenciana aufs äußerste getrieben und um ihren Verstand gebracht.‹ Die Alte rechtfertigte sich mit heuchlerischen Tränen und schob alles auf den Verstorbenen. ›Don Wilhelm‹, sagte sie, ›hat ganz allein diesen Jammer angerichtet: er war gar zu hart und erschreckte das arme Mädchen jeden Augenblick so sehr mit Drohungen, daß sie endlich wahnsinnig werden mußte.‹

Als sie nach Siguenza kamen, ging der Häscher zum Korregidor, um ihm Bericht abzustatten. Dieser verhörte sogleich Julio und die Dueña und schickte darauf beide in das Stadtgefängnis, wo sie noch sind. Auch Lizana wurde vernommen, verabschiedete sich aber bald, um zu seinem tiefgebeugten Vater zurückzukehren und ihm nach langer Betrübnis die Freude des Wiedersehens zu bereiten. Die unglückliche Emerenciana ließ der Korregidor nach Ma-

drid bringen, wo sie einen Oheim von mütterlicher Seite hat. Dieser vortreffliche Vetter, der keinen sehnlichern Wunsch hatte, als das Vermögen seiner Nichte verwalten zu dürfen, wurde zu ihrem Vormund ernannt. Da er sich ehrenhalber den Anschein geben mußte, als läge ihm alles an ihrer Wiederherstellung, so wandte er sich an die berühmtesten Ärzte und hatte auch keine Ursache, dies zu bereuen; sie verschwendeten ihr Latein umsonst und erklärten dann die Krankheit als unheilbar. Auf ihren Ausspruch hin hat nun der Vormund seine Pflegbefohlene hier einsperren lassen, wo sie allem Anschein nach den Rest ihrer Tage verbleiben wird.«

»Gerechter Gott!« rief Don Kleophas, »das ist wirklich sehr traurig. Doña Emerenciana hätte ein besseres Los verdient. Und was ist denn aus Don Kimen geworden? Ich bin sehr neugierig, was er angefangen hat.« – »Das Vernünftigste, was hier zu tun war«, antwortete Asmodi; »als er sah, daß sich an der Sache nichts mehr ändern ließe, ist er nach Neuspanien gesegelt. Er hofft sich durch Reisen zu zerstreuen und nach und nach eine Dame zu vergessen, an die er aus Liebe zu seiner Vernunft und Ruhe nicht mehr denken darf... Doch«, fuhr der Dämon fort, »ich habe Euch jetzt genug eingesperrte Narren gezeigt, nun sollt Ihr auch solche zu sehen bekommen, welche eingesperrt zu werden verdienten.«

Zehntes Kapitel

Dessen Stoff unerschöpflich ist

»Sehen wir nun einmal wieder nach der Stadt, ob wir nicht Leute entdecken, die wohl wert wären, hier eine Stelle einzunehmen: ich will Euch dann näher mit ihnen bekanntmachen. Da kommt schon einer, den wir nicht hinauslassen dürfen. Es ist ein junger Ehemann. Vor acht Tagen hörte er viel von den Koketterien einer Abenteurerin sprechen, in die er sich vergafft hatte; voll Wut lief er zu ihr hin, zerschlug einen Teil ihrer Möbel, warf die andern zum Fenster hinaus, und den Tag darauf führte er sie zum Altar.« – »Dieser Mann«, sagte Zambullo, »verdient offenbar die erste Stelle, welche erledigt wird.«

»Sein Nachbar«, fuhr Asmodi fort, »ist nicht viel gescheiter. Er ist ein Junggeselle von fünfundvierzig Jahren, hat Vermögen genug, um davon leben zu können, und will durchaus in einen Herrendienst gehen. Ei, da bemerke ich ja auch die Witwe eines Rechtsgelehrten. Die gute Frau hat sechzig volle Jahre auf dem Rücken; vor einigen Tagen ist ihr Mann gestorben und nun will sie in ein Kloster gehen, um, wie sie sagt, ihren Ruf vor bösen Zungen zu schützen.

Auch zwei Jungfern erblicke ich, oder vielmehr zwei Mädchen von fünfzig Jahren. Sie flehen zum Himmel, daß er die Güte haben möge, ihren Vater abzurufen, der sie noch ebenso eingeschlossen hält, wie in ihrem sechzehnten Jahre; sie hoffen nämlich mit Bestimmtheit, nach seinem Tode artige Männer zu finden, die sie aus Neigung heiraten werden.« – »Warum nicht?« sagte der Student, »es gibt wohl so sonderbare Käuze.« – »Allerdings«, antwortete Asmodi, »sie können wohl noch Männer finden, aber sie sollten sich nicht damit schmeicheln. Eben darin besteht ihre Narrheit.

Es wird nicht wohl ein Land geben, wo die Frauen in Beziehung auf ihr Alter ehrlich sind. Vor etwa einem Monate mußten in Paris ein Mädchen von achtundvierzig und eine Frau von neunundsechzig Jahren vor einem Kommissar erscheinen, um für eine ihnen befreundete Witwe, deren Tugend angegriffen wurde, Zeugnis abzulegen. Der Kommissar vernahm zuerst die Verheiratete und fragte nach ihrem Alter. Obschon ihr nun der Taufschein auf die Stirne geschrieben war, so sagte sie dennoch keck und dreist, sie sei erst vierzig Jahre alt. Nachdem er sie verhört hatte, wandte er sich an die Ledige und fragte: ›Wie alt seid Ihr, mein Fräulein?‹ – ›Wir wollen auf andere Fragen übergehen, Herr Kommissar‹, antwortete sie, ›darnach muß man uns nicht fragen.‹ – ›Was fällt Euch ein?‹ versetzte er, ›wißt Ihr nicht, daß bei Gericht...‹ – ›Ei, was geht das die Ge-

richte an, wie alt ich bin?‹ unterbrach sie ihn hastig. ›Darum haben sie sich nicht zu bekümmern.‹ – ›Aber‹, sagte der Kommissar, ›ich kann ja Eure Aussage nicht annehmen, wenn Euer Alter nicht angegeben ist; dies wird ganz unumgänglich erfordert.‹ – ›Nun, wenn es denn durchaus sein muß‹, sagte sie, ›so seht mich einmal genau an und bemerkt dann mein Alter auf gut Gewissen.‹

Der Kommissar sah sie an und war galant genug, ihr nur achtundzwanzig Jahre zu geben. Hierauf fragte er sie, ob sie die Witwe schon lange kenne. – ›Ja‹, antwortete sie, ›schon vor ihrer Verheiratung.‹ – ›Demnach‹, versetzte er, ›hätte ich Euer Alter falsch beurteilt; ich habe Euch bloß achtundzwanzig Jahre gegeben und die Witwe hat sich vor neunundzwanzig verheiratet.‹ – ›Nun gut!‹ rief das Mädchen, ›so schreibt dreißig, ich habe ja die Witwe möglicherweise schon als einjähriges Kind gekannt.‹ – ›Das läßt sich nicht wohl annehmen, schreiben wir noch ein Dutzend hinzu.‹ – ›Um Gottes willen nicht!‹ sagte sie; ›alles, was ich zur Befriedigung des Gerichts tun kann, ist, daß ich noch *ein* Jahr zugebe, auch nicht einen Monat mehr, und wenn meine Ehre darauf beruhte.‹

Auf dem Heimweg sagte die Verheiratete zur Ledigen: ›Seht doch einmal diesen Gimpel, der uns für dumm genug hält, ihm unser Alter richtig anzugeben. Schlimm genug, daß es im Taufbuche steht; er braucht es nicht auch noch in seine Papiere zu schreiben, damit jedermann es erfährt. Das wäre doch höchst unangenehm für uns, wenn öffentlich vor Gericht abgelesen würde: Madame Richard, so und soviel sechzig Jahre alt, und Jungfer Perinella, achtundvierzig Jahre alt, bezeugen das und das. Ich muß lachen darüber, ich habe zwanzig Jahre unterschlagen: Ihr habt wohl daran getan, es ebenso zu machen.‹

›Wie meint Ihr das?‹ antwortete die Jungfer in auffahrendem Tone. ›Eure gehorsamste Dienerin, Madame, ich bin höchstens fünfunddreißig Jahre alt.‹ – ›Ha ha, mein liebes Kind‹, antwortete die andere boshaft, ›wem wollt Ihr das weismachen? Ich war dabei, als Ihr geboren wurdet, und das ist schon lange Zeit her. Ich erinnere mich auch, Euern Vater gesehen zu haben: als er starb, war er nicht mehr jung, und nun ist er seit etwa vierzig Jahren tot.‹ – ›O mein Vater‹, fiel ihr die Jungfer, ärgerlich über die Freimütigkeit der andern, schnell ins Wort; ›als mein Vater meine Mutter heiratete, so war er schon so alt, daß er keine Kinder mehr zeugen konnte.‹

Nicht weit davon«, fuhr der Dämon fort, »bemerke ich zwei Menschen, die auch nicht besonders gescheit sind. Der eine ist ein Muttersohn, der sein Geld weder zusammenhalten, noch ohne Geld leben kann; nun ist er auf ein gutes Mittel geraten, immer bei Kasse zu sein. Wenn er gerade viel beisammen hat, so kauft er Bücher, und sobald er auf dem Trocknen ist, schlägt er sie um die Hälfte des Ankaufspreises wieder los. Der andere ist ein fremder Porträtmaler, hauptsächlich für das schöne Geschlecht. Er ist geschickt, seine Zeichnung ist richtig, sein Kolorit vortrefflich und dabei trifft er aufs Haar. Allein er schmeichelt nicht und bildet sich dennoch ein, man werde ihn sehr suchen. Inter stultos referatur.« »Ihr sprecht auch lateinisch?« rief der Student. – »Darüber dürft Ihr Euch nicht wundern«, antwortete der Teufel: »ich verstehe alle Sprachen aus dem ff; ich kann hebräisch, türkisch, griechisch, arabisch, was man nur will, und dennoch bilde ich mir nichts darauf ein und bin nichts weniger als ein Pedant. Diesen Vorzug habe ich vor Euren gelehrten Schulfüchsen voraus.

In dem großen Hotel hier linker Hand werdet Ihr eine kranke Dame sehen und mehrere Frauen, die ihrer warten. Es ist die Witwe eines berühmten und reichen Baumeisters und auf die abgeschmackteste Art adelsstolz. Sie hat soeben ihr Testament gemacht. Ihr ungeheures Vermögen hinterläßt sie Personen vom höchsten Rang, die sie nicht einmal kennen, bloß wegen der großen Namen, welche sie führen. Man hat sie gefragt, ob sie einem gewissen Manne, der ihr bedeutende Dienste geleistet hat, nicht auch etwas aussetzen wolle? ›Ach nein‹, antwortete sie mit trauriger Miene; ›es tut mir zwar leid, allein es ist nicht möglich. Ich bin nicht so undankbar, meine Verbindlichkeit gegen ihn verkennen zu wollen; allein er ist aus dem Pöbel und es wäre eine Schande für mich, wenn sein Name in meinem Testamente stünde.‹«

»Señor Asmodi«, unterbrach hier Leandro den Kleinen, »sagt mir doch einmal, ob der alte Mann, den ich dort in einem Kabinette lesen sehe, nicht auch ein Plätzchen hier verdiente.« – »Ganz gewiß«, antwortete der Dämon: »es ist ein alter Lizentiat, der einen Druckbogen von einem Buche liest, das er unter der Presse hat.« – »Vermutlich ein moralisches oder theologisches Werk?« fragte Don Kleophas. – »Nein«, antwortete Asmodi, »es sind lustige Gedichte, die er in seiner Jugend gemacht hat. Statt sie zu verbrennen oder wenigstens mit sich zu Grabe gehen zu lassen, gibt er sie noch bei seinen Lebzeiten heraus, aus Furcht, seine Erben möchten nach seinem Tode in Versuchung geraten, sie bekanntzumachen, und aus schuldiger Rücksicht für sein Andenken ihnen alles Salz und alle Anmut nehmen.

Es wäre nicht recht, wenn ich ein Dämchen vergessen wollte, das bei dem Lizentiaten wohnt; sie ist so vollkommen überzeugt, daß sie allen Männern gefalle, daß sie jeden, der nur einmal ein Wörtchen mit ihr gesprochen hat, in das Verzeichnis ihrer Liebhaber einträgt.

Jetzt kommen wir zu einem reichen Kanonikus, den ich zwei Schritte von da sehe. Ein ganz besonderer Heiliger! Er lebt äußerst frugal, aber nicht um sich zu kasteien und auch nicht aus Mäßigkeit; er hält keine Equipage, aber nicht aus Geiz.« – »Ei warum hält er denn seine Sachen so zusammen?« – »Um Geld aufzuhäufen.« – »Was will er damit tun? etwa Almosen austeilen?« – »Nein, er kauft Gemälde, kostbare Möbel und Schmucksachen zusammen. Und meint Ihr vielleicht, er wolle dies alles, um sich sein Leben angenehm zu machen? Ganz und gar nicht: er will bloß sein Inventarium damit zieren.« – »Ihr tragt wohl etwas zu dick auf«, sagte Zambullo, »wie kann man annehmen, daß es einen solchen Narren gebe?« – »Und doch«, versetzte der Dämon, »ist es wirklich so, er hat nun einmal diese Grille; sein angenehmster Gedanke ist, man werde dereinst sein Inventar bewundern. Hat er z.B. ein schönes Schreibpult gekauft, so läßt er es gar säuberlich einpacken und in der Möbelkammer aufheben, damit die Trödler, die es nach seinem Tode kaufen werden, es noch für ganz neu halten sollen.

Bei einem seiner Nachbarn ist es ebenfalls nicht richtig unter der Kappe: es ist ein alter Hagestolz, der vor kurzem von den Philippinischen Inseln nach Madrid kam mit einer reichen Erbschaft, die ihm sein Vater, weiland Auditor bei der Audiencia zu Manila, hinterlassen hat. Er führte eine ganz absonderliche Lebensweise. Den ganzen Tag sieht man ihn in den Vorzimmern des Königs und des ersten Ministers stehen. Ihr dürft ihn nicht für einen Ehrgeizigen halten, der um einen hohen Posten nachsucht; er wünscht sich gar keinen und verlangt auch sonst nichts. Also, werdet Ihr sagen, geht er nur hin, um seine Aufwartung zu machen? Noch weniger. Er spricht niemals mit dem Minister; er ist ihm gar nicht bekannt und wünscht es auch nicht zu werden.« – »Was hat er denn für eine Absicht?« – »Er möchte gern die Leute auf den Glauben bringen, daß er etwas gelte.«

»Ein drolliger Bursche!« rief der Student laut auflachend; »viel Mühe um nichts! Er gehört mit Recht auf die Liste der Narren, die noch nicht eingesperrt sind.« – »Oh«, versetzte Asmodi, »ich kann Euch noch eine Menge anderer zeigen, denen Ihr kein Quentchen Verstand mehr zutrauen dürft. Seht einmal dort in dem großen Hause, wo so viele Wachskerzen schimmern, die drei Herren und die zwei Damen, die um einen Tisch sitzen. Sie haben miteinander soupiert und spielen jetzt Karten, um die Nacht vollends hinzubringen; dann werden sie auseinandergehen. So leben diese Herren und Damen beständig! Jeden Abend kommen sie regelmäßig zusammen, verlassen sich erst mit Anbruch der Morgenröte und schlafen dann, bis der Tag der Dunkelheit wieder weichen muß. Dem Anblick der Sonne und den Schönheiten der Natur haben sie längst entsagt. Wenn man sie so mit Lichtern umgeben sieht, so könnte man sie für Tote halten, die ihren Leichenzug erwarten.« – »Diese Narren«, sagte Don Kleophas, »braucht man nicht einzusperren, sie sind es bereits.«

»Dort«, sagte der Dämon, »sehe ich in den Armen des

Schlafs einen Mann, den ich wohl leiden mag und der auch mir sehr zugetan ist; ein Herrchen ganz nach meinem Herzen. Es ist ein alter Bakkalaureus, und der Gott, den er anbetet, ist das schöne Geschlecht. Sobald Ihr ihm von einer hübschen Dame sagt, könnt Ihr Freude und Wohlgefallen aus seinen Augen leuchten sehen. Sagt Ihr ihm, sie habe einen zartgeschnittenen Mund, rosenrote Lippen, Zähne von Elfenbein und eine Haut wie Alabaster; kurz, malt Ihr ihm die Schöne Zug für Zug, dann seufzt er bei jedem Zuge, verdreht die Augen, die Wollust treibt ihm das Blut schneller durch die Adern. Vor zwei Tagen kam er in der Alkala-Straße am Laden eines Frauen-Schusters vorbei. Auf einmal blieb er stehen, um einen kleinen Pantoffel zu betrachten, der ihm in die Augen fiel. ›Ach!‹ sagte er, nachdem er ihn mit unverdienter Aufmerksamkeit lange beschaut hatte, mit schmachtendem Tone zu einem Herrn, der bei ihm stand: ›ach, mein Freund, dieser allerliebste Pantoffel bezaubert meine Phantasie! Wie niedlich muß nicht der Fuß sein, für den er gemacht ist! Laßt uns geschwind weitergehen, dieser Anblick macht mich ganz wollüstig. Eine gefährliche Straße das!‹«

»Dem Bakkalaureus einen schwarzen Strich!« sagte Leandro Perez. »Jawohl, von Rechts wegen«, versetzte Asmodi; »ebenso auch für seinen nächsten Nachbar, ein Original von einem Auditor, der eigene Equipage hat und sich deswegen fast zu Tode schämt, wenn er zufällig einmal in einer Mietkutsche fahren muß. Zum Stubenburschen gebe ich ihm seinen Vetter, einen Lizentiaten, der an einer Kirche hier eine sehr einträgliche Pfründe besitzt, aber fast immer in Mietkutschen fährt, um seine eigenen prachtvollen zwei Wagen sowie seine schönen vier Maultiere zu schonen.

In der Nachbarschaft von dem Auditor und dem Bakkalaureus entdecke ich einen Mann, dem gleichfalls eine Stelle im Narrenhaus ohne Unbilligkeit nicht versagt werden kann. Er ist sechzig Jahre alt und hat sich neuerdings in eine junge Dame verliebt; er besucht sie täglich und glaubt sie nicht besser unterhalten zu können, als wenn er ihr von dem Glücke erzählt, das er in den Tagen seiner Blüte bei den Damen gemacht haben will. Sie soll ihn, meint er, jetzt dafür belohnen, daß er in seiner Jugend einmal liebenswürdig war.

Zu dem alten Gecken könnte man einen andern sperren, der etwa zehn Schritte von uns schläft. Es ist ein französischer Graf, der hierher kam, um den spanischen Hof zu sehen. Dieser alte Herr steht bereits in seinem vierzehnten Jahrfünft. In seinen schönen Tagen hat er am Hofe seines

Königs geglänzt; da bewunderte jedermann seinen Wuchs, seine Artigkeit, und ganz besonders wurde sein Geschmack im Anzug gerühmt. Er hat alle seine Kleider aufgehoben und trägt sie seit fünfzig Jahren immer noch zum Trotze der Mode, die sich in seinem Lande mit jedem Tage ändert. Das Lustigste aber dabei ist, daß er sich einbildet, er besitze noch immer dieselbe Anmut, die man in seiner Jugend bei ihm fand.«

»Ganz unbedenklich«, sagte Don Kleophas, »gehört dieser Herr auch in das Verzeichnis unserer Pensionäre für die casa de los locos.« – »Noch ein Zimmer«, versetzte der Dämon, »muß ich für eine Dame bestimmen, die neben dem Hotel des Grafen auf einem Speicher wohnt. Es ist eine alte Witwe, die aus allzu großer Zärtlichkeit für ihre Kinder die Güte hatte, ihnen ihr sämtliches Vermögen durch eine Schenkung gegen eine kleine Leibrente zu überlassen, welche ihr besagte Kinder bezahlen sollten, aber aus Dankbarkeit nicht zu bezahlen für gut finden.

Auch einen alten Hagestolz können wir dahin schicken. Er ist von guter Familie, bekommt aber kaum einen Dukaten in die Hand, so hat er ihn schon vertan; weil er nun durchaus Geld haben muß, so ist er zu allem fähig, um sich welches zu verschaffen. Vor vierzehn Tagen kam seine Wäscherin, der er dreißig Louisdor schuldig war, und mahnte ihn darum, weil sie ihr Geld zur Heirat mit einem Kammerdiener, der sich um sie bewerbe, notwendig brauche. ›Du mußt also noch außerdem Geld haben‹, sagte er zu ihr, ›denn wo beim Teufel wäre der Kammerdiener, der für dreißig Louisdor dein Mann werden wollte?‹ – ›Nun ja‹, antwortete sie, ›ich habe auch sonst noch zweihundert Dukaten.‹ – ›Zweihundert Dukaten!‹ wiederholte er hastig; ›mein Seel, das ist kein Spaß. Gib sie her, ich heirate dich und wir sind glücklich.‹ Sie nahm ihn beim Wort und seine Wäscherin ist jetzt seine Frau.

Noch drei Plätze müssen wir für die drei Herren aufbewahren, die vom Abendessen zurückkommen und in dieses Hotel da rechter Hand gehen, wo sie wohnen. Der eine ist ein Graf und affektierter Beschützer der schönen Wissenschaften; der andere, sein Bruder, ist ein Lizentiat; der dritte, ein Schöngeist, ihr Günstling. Sie stecken fast immer beisammen und gehen nie ohne einander aus. Des Grafen einziges Geschäft ist, sich selbst zu loben; sein Bruder lobt ihn auch und sich zugleich; dem Schöngeist aber liegt die dreifache Mühwaltung ob, die beiden Herren zu loben und in ihr Lob zugleich sein eigenes zu mischen.

Noch zwei Plätze! Den ersten für einen alten Spießbürger, einen Blumenliebhaber, der nichts zu leben hat, aber gleichwohl einen Gärtner und eine Gärtnerin halten will, um ein Dutzend Blumen in seinem Gärtchen zu pflegen. Den andern für einen Komödianten, der sich neulich über die mancherlei mit dem Bühnenleben verbundenen Beschwerlichkeiten beklagt und unter anderem zu einigen von seinen Kameraden sagte: ›Meiner Seel, Brüder, mir ist die Sache verleidet; ja ich wollte lieber ein kleiner Landedelmann mit 1000 Dukaten Einkünfte sein.‹

Wohin ich nur blicke«, fuhr Asmodi fort, »entdecke ich überall kranke Gehirne. Dort fällt mir ein Calatrava-Ritter in die Augen, der auf seine geheimen Zusammenkünfte mit der Tochter eines Granden so stolz und eitel ist, daß er sich den ersten Personen am Hofe gleichdünkt. Er hat etwas Ähnliches mit jenem Villius, der sich einbildete, Sullas Schwiegersohn zu sein, weil er mit der Tochter des Diktators gut stand. Die Vergleichung ist um so treffender, weil der Ritter wie der Römer ebenfalls einen Longarenus, d.h. einen höchst unbedeutenden Menschen, zum Nebenbuhler hat, der noch mehr begünstigt wird, als er.

Man sollte fast glauben, von Zeit zu Zeit kommen dieselben Menschen, nur unter neuen Gestalten, wieder auf die Welt. In diesem Kommissar des Ministers erkenne ich den Bollanus, der allen Leuten Grobheiten machte und jedem, dessen Gesicht ihm mißfiel, geradezu seine Meinung sagte. In dem alten Präsidenten dort sehe ich den Fusidius wieder, der sein Geld gegen fünf Prozent monatlich auslieh, und Marsäus, der sein väterliches Haus der Schauspielerin Origo schenkte, lebt wieder auf in dem jungen Herrn dort, der sein Haus in der Nähe des Escurials mit einer Theater-Prinzessin durchjagt.«

Asmodi wollte fortfahren, als er auf einmal Instrumente stimmen hörte. Er hielt ein wenig an und sagte dann zu Kleophas: »Da unten in der Straße sind Musikanten, die der Tochter eines Alkalde de Corte ein Ständchen bringen wollen. Wenn Ihr Lust habt, die Herrlichkeit in der Nähe mit anzuhören, so dürft Ihr nur befehlen.« – »Jawohl«, antwortete Zambullo, »ich habe eine große Freude an Serenaden; laßt uns näher hinzutreten, vielleicht wird auch gesungen.« Er hatte noch nicht ausgesprochen, so befand er sich schon auf dem Nachbarhause des Alkalde.

Zuerst wurden einige italienische Arien gespielt, hernach sangen zwei Sänger wechselweise folgende Verse:

Si de tu hermosura quieres
Una copia con mil gracias;
Escucha, porque pretendo
El pintarla.

Willst du deine Lieblichkeit
Schauen in getreuen Bildern,
Lausche mir! ich bin bereit,
Sie zu schildern.

Es tu frente tota nieve
Y el alabastro, batallas
Offrecio al Amor, haziendo
En ella vaya.

Nicht gefärbt hat Amor je
Deine Stirn: sie leuchtet reiner
Als der Marmor, als der Schnee,
Spottet seiner.

Amor labro de tus cejas
Dos arcos para su aljava;
Y debaxo ha descubietto
Quien le mata.

Deine Brau'n hat Amor kühn
Sich als Bogen zugerichtet,
Deren Pfeilgeschoß doch ihn
Selbst vernichtet.

Eres duena de el lugar,
Vandolera de las almas,
Iman de los alvedrios,
Linda alhaja.

Herrin bist du, die's versteht,
Herzen aus der Brust zu stehlen,
Bist der mächtige Magnet
Aller Seelen.

Un rasgo de tu hermosura
Quisiera yo retratarla.
Que es estrella, es cielo, es sol;
Nos es sino el alva.

Daß dem Abbild eine Spur
Deiner Herrlichkeit sich böte!
Stern du! Sonne! nein erst nur
Morgenröte!

»Recht hübsche und artige Verse«, versetzte der Musensohn. »Ja, sie gefallen Euch«, sagte der Dämon, »weil Ihr ein Spanier seid; aber z.B. ins Französische übersetzt, würden sie sich nicht besonders gut ausnehmen. Die Franzosen können so kühnen Figuren keinen Geschmack abgewinnen und würden eine bizarre Phantasie darin finden, worüber sie lachen müßten. Jedes Volk hat seinen eigenen Geschmack und seinen eigenen Genius, den es für den besten hält. Doch lasen wir die Verse jetzt gut sein, Ihr sollt sogleich eine andere Musik hören.

Folgt mit den Augen diesen vier Männern, die auf einmal auf der Straße erschienen sind. Seht, jetzt greifen sie die Musiker an. Diese machen sich Schilde aus ihren Instrumenten, die aber den Hieben und Stößen nicht widerstehen können, sondern in Stücke zerfahren. Schaut, jetzt kommen ihnen zwei Kavaliere entgegen, von denen der eine die Sere-

nade veranstaltet hat. Mit welcher Wut sie auf die Angreifer losstürzen! Allein die letzteren sind nicht minder gewandt und stark und empfangen sie unerschrockenen Mutes. Wie das Feuer aus den Degen sprüht! Seht, eben fällt einer von den Verteidigern der Serenade, eben der, welcher sie gab; er ist tödlich verwundet. Sein Gefährte springt davon, die Angreifer flüchten sich und die Musikanten laufen auseinander. Auf dem ganzen Platze bleibt niemand, als der unglückliche Kavalier, der den Tod als Lohn für seine Serenade empfängt. Zu gleicher Zeit könnt Ihr die Tochter des Alkalde beobachten. Sie steht am Fenster, von wo aus sie alles mitangesehen hat. Sie ist so stolz und eitel auf ihre ziemlich mittelmäßige Schönheit, daß sie, statt den unseligen Vorgang zu beweinen, eine grausame Freude darüber empfindet und sich nur um so liebenswürdiger vorkommt.

Es ist noch nicht genug! Da kommt ein anderer Herr und bleibt bei dem Unglücklichen, der in seinem Blute schwimmt, stehen, um ihm womöglich noch zu helfen; während er aber diese Pflicht der Menschenliebe erfüllt, kommt die Scharwache dazu und führt ihn ins Gefängnis, wo er lange wird bleiben müssen. Die Geschichte kann ihm leicht soviel kosten, als wenn er selbst der Mörder wäre.«

»Wieviel Unglück in einer einzigen Nacht!« sagte Zambullo. »Dies ist noch nicht das letzte«, antwortete der Teufel; »wäret Ihr jetzt beim Sonnentore, so würdet Ihr über ein Schauspiel, das eben beginnen wird, Euch entsetzen. Durch die Nachlässigkeit eines Bedienten ist in einem Hotel Feuer ausgebrochen und hat schon eine Menge kostbarer Möbel verzehrt. Allein alle seine Reichtümer werden den Besitzer dieses prachtvollen Hotels, Don Pedro de Escolano, nicht schmerzen, wenn er nur seine einzige Tochter Seraphine, die ebenfalls in Todesgefahr ist, retten kann.«

Don Kleophas wünschte den Brand in der Nähe zu sehen, und der Dämon setzte ihn im Augenblick auf ein Haus neben dem Sonnentor, gegenüber von dem, welches brannte.

Elftes Kapitel

Von der Feuersbrunst und was Asmodi bei dieser Gelegenheit dem Don Kleophas zuliebe tut

Im Anfang tönte ihnen nur wildes, verworrenes Geschrei entgegen: Feuer! riefen die einen, andere schrien nach Wasser. Bald darauf sahen sie eine große Treppe, die zu den vornehmsten Zimmern in Don Pedros Hotel führte, in vollen Flammen stehen. Aus den Fenstern drang in Wirbeln Rauch und Feuer heraus.

»Jetzt wütet das Feuer am ärgsten«, sagte Asmodi; »schon ist es bis unters Dach gedrungen und bald wird es durchbrechen; überall sprühen Funken umher. Die Flamme nimmt so überhand, daß das von allen Seiten herbeiströmende Volk nicht mehr löschen, sondern bloß zusehen kann. Bemerkt Ihr vielleicht im Gewühl einen alten Mann im Schlafrock? Es ist der Herr von Escolano, der die Luft mit seinen Wehklagen erfüllt. Er wendet sich an die Leute um ihn her, beschwört sie, seine Tochter zu retten, verspricht ihnen alles, aber umsonst: Niemand will für diese Dame, die erst sechzehn Jahre alt ist und alle ihres Geschlechts an Schönheit übertrifft, sein Leben wagen. Da er sieht, daß seine Bitten vergebens sind, zerrauft er sich Kopf- und Barthaare, schlägt sich an die Brust und gebärdet sich in seinem unnennbaren Schmerz wie ein Wahnsinniger. Auf der andern Seite liegt Seraphine, von allen ihren Frauen verlassen, ohnmächtig vor Schreck in ihrem Zimmer, wo bald ein dicker Rauch sie ersticken wird. Kein Sterblicher vermag ihr Hülfe zu bringen.«

»Ach, Señor Asmodi!« rief Leandro Perez, von edlem Mitleid dahingerissen, »laßt Euch erweichen und ver-

schmäht meine Bitte nicht. Rettet diese junge Dame aus der augenscheinlichen Todesgefahr: dies sei mein Lohn dafür, daß ich Euch befreit habe. Wenn Ihr mir es abschlüget, ich könnte Euch nie wieder gut werden.«

Der Teufel lächelte bei diesen Worten des Musensohnes. »Señor Zambullo«, sagte er hierauf zu ihm, »Ihr habt alle Eigenschaften eines wackern fahrenden Ritters: Ihr seid mutig, mitfühlend bei den Leiden anderer und stets bereit zum Dienste junger Damen. Wäret Ihr wohl Manns genug, Euch wie ein zweiter Amadis in die Flammen zu stürzen, um Seraphine zu retten und gesund und unversehrt ihrem Vater zurückzubringen?« – »Wollte Gott, es wäre möglich!« antwortete Don Kleophas, »ich würde mich nicht lange besinnen.« – »Euer Tod«, erwiderte der Dämon, »wäre der Lohn für diese schöne Tat. Wie gesagt, menschlicher Mut vermag hier nichts auszurichten, und Euch zu gefallen werde ich mich wohl selbst in die Sache mischen müssen. Seht einmal zu, wie ich es anfangen werde, und gebt acht auf alle meine Operationen.«

Kaum hatte er diese Worte gesprochen, so nahm er zum

großen Erstaunen des Musensohns dessen ganze Gestalt an, mischte sich unter das Volk, drängte sich hindurch und sprang ins Feuer, wie in sein Element. Die Zuschauer entsetzten sich darüber und mißbilligten sein Beginnen durch ein allgemeines Geschrei. »Dieser Narr!« sagte der eine; »wie konnte ihn Gewinnsucht so blenden? Er muß im höchsten Grade verrückt sein, sonst hätte ihn die versprochene Belohnung gewiß nicht gereizt.« – »Ohne allen Zweifel«, sagte ein anderer, »ist der junge Wagehals ein Liebhaber von Don Pedros Tochter, und in der Verzweiflung wird er sich vorgenommen haben, entweder seine Geliebte zu retten oder mit ihr unterzugehen.«

Kurz, jedermann glaubte, es würde ihm um kein Haar besser gehen, als dem Philosophen Empedokles*; aber es währte kaum eine Minute, so sah man ihn mit Seraphine in den Armen aus den Flammen herauskommen. Jetzt erscholl die Luft von jauchzendem Beifall, und alles überhäufte den braven Kavalier, der eine so schöne Tat gewagt hatte, mit Lobsprüchen. Sobald ein verwegenes Unternehmen gelingt, findet es keine Tadler mehr, und das Wunder hier war jetzt in den Augen des Volks eine sehr natürliche Wirkung spanischer Hochherzigkeit.

Seraphine war indes immer noch ohnmächtig, daher ihr Vater seine Freude mäßigen mußte. Er fürchtete, sie möchte nach dieser glücklichen Rettung vor seinen Augen sterben, da Schrecken und Angst zu gewaltsam auf das zarte Wesen gewirkt haben könnten. Doch beruhigte er sich bald; denn es gelang den angestrengten Bemühungen ihrer Angehörigen, sie ins Leben zurückzurufen. Ihr erster Blick fiel auf ihren alten Vater. »Señor«, sagte sie in zärtlichem Tone zu ihm, »ich würde mich über die Erhaltung meines Lebens mehr betrüben, als freuen, wenn das Eurige nicht auch erhalten wäre.« – »Ach, meine geliebte Tochter«, antwortete er, sie umarmend, »da ich dich wiederhabe, so kann ich alles andere verschmerzen. Laß uns diesem jungen Kavalier unsern Dank sagen«, setzte er hinzu, indem er ihr den falschen Don Kleophas vorstellte: »er hat dich errettet, ihm verdankst du dein Leben. Wir können nicht erkenntlich genug gegen ihn sein, und die Summe, die ich versprach, entbindet mich noch lange nicht von meiner Verpflichtung.«

»Señor«, erwiderte der Teufel gar höflich, »die Belohnung, die Ihr aussetztet, hat keinen Teil an dem Dienste, den ich so glücklich war, Euch zu leisten. Ich bin von Adel und ein Kastilianer; das Vergnügen, Eure Tränen getrocknet und Eure reizende Tochter den Flammen entrissen zu haben, ist hinreichender Lohn für mich.«

Die Uneigennützigkeit und der Großmut des Erretters er-

* Ein sizilianischer Dichter und Philosoph, der sich in den Ätna stürzte.

warben ihm die ganze Hochachtung des Herrn von Escolano, der ihn auch bat, ihn zu besuchen und sein Freund zu werden. Nach vielen Komplimenten von beiden Seiten begaben sich Vater und Tochter in ein Haus am Ende des Gartens; der Dämon aber ging in seiner ursprünglichen Gestalt zu dem Studenten zurück, der voll Verwunderung zu ihm sagte: »Wie! Señor Diablo, entweder haben mich meine Augen getäuscht, oder Ihr waret soeben in meiner Gestalt aufgetreten.« – »Allerdings«, antwortete Asmodi; »ich bitte

um Verzeihung und will Euch sogleich die Ursache dieser Verwandlung mitteilen. Ich habe nämlich einen großen Plan im Kopfe. Seraphine muß Eure Frau werden; ich habe ihr in Eurer Gestalt bereits eine ungeheure Leidenschaft für Eure Herrlichkeit eingeflößt. Auch Don Pedro ist Euch sehr gewogen, weil ich sehr höflich zu ihm sagte, – ich habe seine Tochter nur deswegen befreit, um ihnen beiden eine Freude zu machen, und die Ehre, ein so gefährliches Abenteuer so glücklich durchgeführt zu haben, sei Lohns genug für einen spanischen Edelmann. Der gute Mann denkt edel;

er wird an Großmut nicht zurückbleiben wollen, und unter uns gesagt, in diesem Augenblick denkt er bei sich selbst nach, ob die Wohltat, die er von Euch empfangen zu haben glaubt, gehörig belohnt sei, wenn er Euch seine Tochter gebe.

Bis er indes einen Entschluß faßt«, setzte der Dämon hinzu, »wollen wir einen andern Ort suchen, wo wir unsere Beobachtungen mit mehr Muße fortsetzen können.« So sprechend versetzte er den Studenten auf eine hohe Kirche, worin eine Menge Grabmäler waren.

Zwölftes Kapitel

Von den Gräbern, den Schatten und dem Tode

Asmodi fuhr hier also fort: »Wir wollen nun die Lebendigen einige Augenblicke in Ruhe lassen und die stillen Wohnungen der Toten in dieser Kirche durchwandern; ich will Euch enthüllen, wen diese Gräber in sich verschließen und wer die Denkmäler hier alle errichten ließ.

Das erste rechter Hand enthält die traurigen Reste eines Generals, der wie Agamemnon bei seiner Rückkehr aus dem Kriege einen Ägisth in seinem Hause fand. Im zweiten liegt ein junger Kavalier von vornehmer Herkunft, der einstmals bei einem Stiergefechte seiner Dame zeigen wollte, wie geschickt und tapfer er sei, aber von einem solchen wütenden Tiere jämmerlich getötet wurde. Das dritte bewohnt ein alter Prälat, der ziemlich schnell diese Welt verlassen mußte, weil er bei bester Gesundheit sein Testament gemacht und seinen Bedienten vorgelesen hatte, denen er als ein guter Herr allen etwas aussetzte. Der Koch konnte es nicht erwarten, bis er sein Vermächtnis erhielt.

Im vierten Mausoleum ruht ein Herr vom Hofe, der von keinem andern Geschäfte wußte, als dem König seine Aufwartung zu machen. Sechzig Jahre lang sah man ihn täglich beim Aufstehen, bei der Mittags- und Abendtafel und beim Schlafengehen des Königs, der seinen Eifer auch anerkannte und ihn mit Wohltaten überhäufte.« – »Ohne Zweifel«, sagte Don Kleophas, »hat er andern Leuten gern einen Dienst erwiesen?« – »Keiner lebendigen Seele«, antwortete der Teufel: »er war zwar sehr freigebig mit Versprechungen, hielt aber niemals sein Wort.« – »Der Elende!« rief Don Leandro. »Wenn man die bürgerliche Gesellschaft von überflüssigen Mitgliedern befreien wollte, mit Höflingen dieses Gelichters müßte der Anfang gemacht werden.«

»Das fünfte Grab«, fuhr Asmodi fort, »verschließt die sterbliche Hülle eines vornehmen Herrn, der für die Ehre der spanischen Nation und ihres Beherrschers großen Eifer an den Tag gelegt hat. Er war sein ganzes Leben lang Gesandter in Rom, Frankreich, England oder Portugal und ruinierte sich auf seinen hohen Posten so gründlich, daß er nach seinem Tode nicht einmal die Begräbniskosten hinterließ. Der König übernahm sie zur Anerkennung seiner Dienste.

Gehen wir nun auf die andere Seite. Das erste Grab gehört einem reichen Handelsmann, der seinen Kindern ein unermeßliches Vermögen hinterließ. Damit sie ihre Herkunft nie vergessen möchten, ließ er seinen Namen und Stand auf seinen Leichenstein eingraben, was den reichen Erben keineswegs behagen will.

Das folgende Grab, das alle andern an Pracht übertrifft, ist ein Werk, das die Reisenden mit Bewunderung anschauen.« – »Und mit Recht«, sagte Zambullo, »mir gefällt es auch ungemein wohl, besonders die beiden knienden Figuren; sie sind herrlich und von wahrer Meisterhand gearbeitet. Aber sagt einmal, wer waren die Personen, die sie vorstellen?«

»Ein Herzog und seine Gemahlin«, antwortete der Dämon. »Er war Oberkellermeister und stand seinem Posten mit vieler Ehre vor; seine Frau dagegen galt für sehr fromm. Von dieser guten Herzogin muß ich Euch doch eine Geschichte erzählen, die Ihr für eine Betschwester ziemlich lustig finden werdet.

Sie hatte seit langer Zeit zum Gewissensrat einen Mönch vom Orden de la Mercede, Don Geronimo d'Aguilar mit Namen, einen rechtschaffenen Mann und berühmten Prediger, mit dem sie auch immer sehr wohl zufrieden war, bis ein Dominikaner in Madrid auftrat, dessen Predigten das ganze Volk bezauberten. Bruder Placido hieß der neue Redner.

Man drängte sich zu seinen Predigten, wie beim Kardinal Ximenes; sein Ruf drang auch an den Hof, und er gefiel dort noch besser als in der Stadt.

Unsere Herzogin hielt es im Anfang für eine Ehrensache, sich von der öffentlichen Meinung nicht hinreißen zu lassen, und widerstand lange der Versuchung ihrer Neugierde, sich selbst von der Beredsamkeit des Bruders Placido zu überzeugen. Sie wollte damit ihrem Gewissensrate beweisen, daß sie als zartfühlendes Beichtkind aufrichtigen Anteil an der Eifersucht und dem Verdruß nehme, den der neue Ankömmling ihm verursachen mußte. Gleichwohl war es nicht möglich, beständig zu widerstreben; der Dominikaner machte so viel Lärm, daß sie nicht umhin konnte, ihn zu sehen. Sie sah ihn, hörte ihn predigen, und er gefiel ihr wie noch kein Priester; kurz und gut, der kleine Flattergeist beschloß, sich seiner geistlichen Führung anzuvertrauen.

Zuvor aber mußte sie den Pater de la Mercede los sein, und das war nicht leicht. Ein geistlicher Führer läßt sich nicht abdanken wie ein Liebhaber; eine Betschwester aber will sich nicht für flatterhaft ansehen lassen und sich immer wenigstens die Hochachtung des Gewissensrates sichern, den sie verabschiedet. Was tat die Herzogin? Sie ging zu Don Geronimo und sagte zu ihm im Tone wahrhafter Niedergeschlagenheit: ›Ehrwürdiger Vater, ich bin in Verzweiflung; Ihr seht mich in einem Erstaunen, in einer Betrübnis, einer Verlegenheit, wovon Ihr Euch keinen Begriff machen könnt.‹ – ›Was ist Euch denn, Señora?‹ fragte Don d'Aguilar. ›Würdet Ihr es wohl glauben?‹ versetzte sie. ›Mein Gemahl, der jederzeit ein unbedingtes Vertrauen auf meine Tugend gesetzt hatte, nachdem er mich so lange unter Eurer Führung gesehen, mein Gemahl, der bisher nie eine Spur von Besorgnis verriet, gibt jetzt auf einmal eifersüchtigem Argwohne Raum und verlangt durchaus, ich solle einen andern Gewissensrat annehmen. Habt Ihr jemals von einer solchen Grille gehört? Alle meine Vorstellungen, daß er dadurch einen wahrhaft frommen und von der

Tyrannei der Leidenschaften freien Mann empfindlich beleidigen würde, waren vergebens; er wurde nur noch mißtrauischer, als ich mich Eurer so warm annahm.‹

Don Geronimo war ein sehr gescheiter Mann, glaubte aber dennoch das Märchen; sie hatte es ihm auch mit einem Schein von Aufrichtigkeit vorgetragen, der die ganze Welt hätte hintergehen können. So leid es ihm nun tat, ein Beichtkind von ihrem Stande zu verlieren, so ermahnte er sie doch, sich den Launen ihres Gemahls zu unterwerfen. Bald aber gingen Sr. Hochwürden die Augen auf, als er erfuhr, daß die Dame den Bruder Placido zum Gewissensrat gewählt hatte.

Neben dem Oberkellermeister und seiner abgefeimten Gemahlin ruht von einem etwas bescheidenern Grabmahl bedeckt ein seltsames Paar: ein Präsident des Rates von Indien und seine junge Frau. Dieser Präsident heiratete in seinem dreiundsechzigsten Jahre ein Mädchen von zwanzig. Er hatte aus seiner ersten Ehe zwei Kinder, die er zu enterben im Begriff war, als ein Schlagfluß ihn hinwegriß. Seine Frau starb vierundzwanzig Stunden nach ihm aus Verdruß, daß er nicht drei Tage später gestorben war.

Nun kommen wir an das ehrwürdigste Denkmal in der ganzen Kirche. Den Spaniern ist dies Grab so heilig, als den Römern das Grab des Romulus.« – »Nun, wer ist denn der hochansehnliche Mann, dessen Asche es verschließt?« fragte Leandro Perez. »Ein Premierminister der spanischen Krone«, antwortete Asmodi, »ein Mann, desgleichen die Monarchie vielleicht nie wieder bekommen wird. Auf seine kräftigen Schultern legte der König alle Regierungsgeschäfte nieder und er wußte sich die höchste Zufriedenheit sowohl des Monarchen als der Untertanen zu erwerben. Solange er am Ruder stand, war der Staat immer blühend und das Volk glücklich. Dieser gewandte Minister war wahrhaft fromm und ein vortrefflicher Mensch: keine Gewissensbisse verbitterten seine letzte Stunde und dennoch zitterte er bei dem Gedanken an die Schwierigkeit seines Postens.

Etwas entfernt von dem Grabmale dieses würdigen Mi-

nisters werdet Ihr in einem Winkel eine Tafel von schwarzem Marmor sehen, die an einem Pfeiler befestigt ist. Soll ich Euch vielleicht das Grab darunter öffnen und zeigen, was von einem Mädchen bürgerlichen Standes übriggeblieben ist, das in der Blüte seiner Tage starb und dessen Schönheit alle Augen entzückte? Nichts als ein bißchen Staub. Und doch war dies einstens ein so liebreizendes Mädchen, daß sein Vater in beständiger Angst schwebte, irgendein Liebhaber möchte es ihm entführen, was auch wohl geschehen wäre, wenn es länger gelebt hätte. Drei Kavaliere beteten es an, und untröstlich über ihren Verlust töteten sie sich selbst aus Verzweiflung.

Die tragische Geschichte ist mit goldenen Buchstaben in diese Marmortafel eingegraben. Die drei kleinen Figuren sind die verzweifelnden Liebhaber, wie sie im Begriff stehen, Abschied von dieser Welt zu nehmen. Der eine verschluckt Gift, der andere durchbohrt sich mit dem Degen, und der dritte legt sich einen Strick um den Hals.«

Hier fing der Student an herzlich zu lachen, und fand es sehr lustig, daß man die Grabschrift des Bürgermädchens mit diesen drei Figuren geschmückt hatte. »Gefällt Euch das?« sagte der Dämon zu ihm. »Ich hätte fast Lust, Euch im Augenblick an das Ufer des Tajo zu versetzen und das Grabmal zu zeigen, das ein dramatischer Schriftsteller in der Kirche eines Dorfes bei Almaraz setzen ließ, wo er still und einsam wohnte, nachdem er in Madrid lange Zeit in Saus und Braus gelebt hatte. Dieser Autor hat die Bühne mit einer großen Menge derber und zotiger Lustspiele beschenkt, kroch aber vor seinem Tode noch zum Kreuz, und um das von ihm gestiftete Ärgernis abzubüßen, ließ er auf sein Grab eine Art Scheiterhaufen aus Büchern malen, die einige seiner Arbeiten vorstellen; die Göttin der Schamhaftigkeit steht mit einer Fackel in der Hand bereit, sie anzuzünden.

Außer den Toten in diesen Grabmälern hier gibt es deren noch sehr viele, die ganz einfach in die Erde verscharrt wurden. Ich sehe ihre Schatten umherirren; sie streifen unaufhörlich aneinander vorüber, ohne die tiefe Stille zu stören, die an diesem ehrwürdigen Orte herrscht. Sie sprechen nichts miteinander, aber in ihrem Schweigen lese ich alle ihre Gedanken.« – »Ei!« rief der Student, »wenn ich nur auch das Vergnugen haben könnte, sie zu sehen!« – »Das kann wohl sein«, sagte Asmodi: »Es ist mir eine Kleinigkeit.« Mit diesen Worten berührte ihm der Dämon die Augen und ließ ihn durch ein Blendwerk eine große Schar weißer Gestalten sehen.

Zambullo schauderte beim Anblick der Gespenster. »Wie?« sagte Asmodi, »Ihr schaudert? Ihr fürchtet Euch vor diesen Schatten? Die weißen Gewänder müssen Euch nicht erschrecken; gewöhnt Euch nur sogleich an diese Kleidung, Ihr werdet sie auch einmal tragen. Es ist die Uniform der Schatten. Deshalb beruhigt Euch und fürchtet nichts. Wie könnte es Euch jetzt an Festigkeit fehlen, da Ihr

Mut genug hattet, meinen Anblick zu ertragen? Die Leutchen hier sind alle nicht so schlimm als ich.«

Der Musensohn ermannte sich und sah unverzagten Blicks nach den Gestalten. »Betrachtet sie alle aufmerksam«, sagte der Dämon zu ihm. »Diejenigen, denen Mausoleen errichtet wurden, sind jetzt mit solchen vermengt, die nur eine elende Bahre bekamen. Jetzt weiß man nichts mehr von dem Verhältnis der Unterordnung, das sie zu ihren Lebzeiten voneinander fern hielt. Der Oberkellermeister und der Premierminister gelten hier nicht mehr als der Bettler. Die Herrlichkeit dieser vornehmen Schatten hat mit ihrem Leben aufgehört, wie die Herrlichkeit eines Theaterhelden, wenn der Vorhang fällt.«

»Ei!« sagte Don Leandro, »dort bemerke ich etwas, das mir auffällt: ein Schatten, der ganz allein hin und her geht und die Gesellschaft der andern zu fliehen scheint.« – »Im Gegenteil«, antwortete der Dämon, »die andern weichen ihm aus. Es ist dies der Schatten eines alten Notars, der die Eitelkeit hatte, sich in einem bleiernen Sarge begraben zu lassen. Dies hat die andern bürgerlichen Schatten, deren Gräber bescheidener sind, sehr verdrossen, und nun wollen sie, um den Stolzen zu demütigen, seinen Schatten nicht in ihre Gesellschaft lassen.«

»Noch etwas«, sagte Don Leandro: »soeben sind zwei Schatten im Vorbeigehen einen Augenblick stehengeblieben, haben einander angesehen, und sind dann erst weitergegangen.« – »Dies sind«, antwortete der Dämon, »zwei Busenfreunde, von denen der eine Maler, der andere Musiker war: beide sahen etwas gern ins Glas, waren aber im übrigen recht gute Leutchen. Sie starben in einem Jahre. Wenn ihre Schatten sich begegnen, so überkommt sie die Erinnerung froh durchlebter Stunden, und sie sagen sich durch ihr trauriges Stillschweigen: ›Ach, bester Freund! hier gibt es nichts mehr zu trinken!‹«

»Himmel, was sehe ich dort!« rief der Student. »Am Ende der Kirche bemerke ich zwei Schatten, die miteinander auf und ab gehen. Sie scheinen nicht sehr zusammen zu passen, denn sie sind in Wuchs und Gang auffallend unterschieden: der eine ist übermäßig groß und schreitet sehr gravitätisch einher, der andere ist klein und hat einen tänzelnden Gang.« – »Der Große«, antwortete Asmodi, »ist der Schatten eines Deutschen, der ums Leben kam, weil er in einer lustigen Nacht drei Gesundheiten mit Tabak im Weine trank; der kleine gehört einem Franzosen an, welcher vermöge der seinem Volke angeborenen Galanterie sich einfallen ließ, einer jungen Dame an der Kirchtüre höflich das Weihwasser zu reichen: noch an demselben Tage wurde er zum Lohne für seine Artigkeit durch einen Büchsenschuß aus der Welt geschickt.

Ich meinerseits«, fuhr Asmodi fort, »bemerke drei Schatten, die ich im Gewühle unterscheiden muß. Soll ich Euch sagen, wie sie von ihrer irdischen Hülle getrennt wurden?

Sie belebten die hübschen Körperchen von drei Komödiantinnen, die zu ihrer Zeit in Madrid so viel Aufsehen machten, als Origo, Citheris und Arbuscula einstens in Rom; auch besaßen sie ebenso gut wie diese die Kunst, die Männer öffentlich zu belustigen und unter vier Augen zu ruinieren. Das Lebensende dieser drei Kronen der spanischen Bretterwelt war folgendes: die eine platzte vor Neid über das Klatschen des Parterres beim ersten Auftreten einer neuen Schauspielerin; die andere fand in zügellosen Schmausereien den Tod, der ihnen unfehlbar folgt; die dritte endlich hatte sich in der Rolle einer Vestalin zu stark angegriffen und starb an einer frühzeitigen Niederkunft hinter der Bühne.

Doch lassen wir alle diese Schatten jetzt in Ruhe, wir haben sie zur Genüge betrachtet. Dagegen will ich Euch ein Schauspiel neuer Art zeigen, das gewiß noch einen stärkern Eindruck auf Euch machen wird. Kraft derselben Macht, die Euch diese Schatten sehen ließ, werde ich Euch nun den Tod sichtbarlich vor Augen führen. Ihr sollt ihn mit eigenen Augen schauen, diesen grausamen Feind Euers Geschlechtes, der beständig unter den Menschen umherwandelt, ohne daß sie ihn sehen, der alle Teile des Erdbodens in einem Nu durchläuft und die verschiedenen Völker, die ihn bewohnen, in demselben Augenblicke seine Gewalt fühlen läßt.

Blickt zuerst gegen Morgen; dort wird er sich Euch zeigen. Eine große Schar von Unglücksvögeln fliegt vor ihm her und verkündet sein Kommen durch klägliches Geschrei. Seine nimmermüde Hand ist mit einer furchtbaren Sense bewaffnet, die alle Generationen nacheinander zu Boden mäht. Auf einem seiner Flügel sind Gemälde von Krieg, Pest, Hunger, Brand, Schiffbruch und andern Schrecknissen, die ihm jeden Augenblick neue Beute liefern. Auf dem andern Flügel sieht man junge Mediziner, die sich in seiner Gegenwart zu Doktoren kreieren lassen. Er setzt ihnen den Doktorshut auf und läßt sie schwören, daß sie ihre Kunst niemals anders als nach der gegenwärtig eingeführten Praxis ausüben werden.«

Wiewohl nun Don Kleophas recht gut wußte, daß alles, was er sah, nichts weniger als wirklich war, und der Dämon ihm nur Spaßes halber den Tod in dieser Gestalt gezeigt hatte, so konnte er ihn doch nicht ohne Entsetzen betrachten. Bald faßte er sich jedoch wieder und sagte zu seinem Führer: »Ohne Zweifel wird diese schreckliche Gestalt über

Madrid nicht bloß hinfliegen, sondern auch Spuren ihres Flugs hinterlassen?« – »Ganz gewiß«, antwortete Asmodi; »sie kommt nie vergebens, und wenn es Euch Vergnügen macht, so könnt Ihr ihr Tun und Treiben selbst mit ansehen.« – »Ich nehme Euch beim Wort«, sagte der Student. »Laßt uns ihm nachfliegen und sehen, auf welche unglückliche Familie seine schwere Hand fallen wird. O wie viele Tränen werden nicht fließen!« – »Das glaube ich wohl«, erwiderte Asmodi; »aber auch viele falsche darunter. Sehr oft bringt der Tod trotz des Schreckens, womit er sich umgibt, ebensoviel Freude als Trauer.«

Unsere beiden Beobachter flogen also dem Tode nach. Er trat zuerst in ein Bürgershaus, wo der Hausvater in den letzten Zügen dalag. Er berührte ihn mit seiner Sense, und der Mann starb mitten unter seiner Familie, die sofort ein herzzerreißendes Klagegeschrei anhob. »Hier«, sagte der Dämon, »ist keine Verstellung. Das Weib und die Kinder dieses Bürgers liebten ihn zärtlich; auch bedurften sie seiner Arbeit, um ihr Leben zu fristen. Ihre Tränen kommen wirklich aus dem Herzen.

Nicht so verhält es sich in dem andern Hause dort, wo der Tod einen bettlägerigen Greis anrührt. Es ist dies ein Ratspräsident, ein alter Hagestolz, der sich alles versagte, um nur recht viel Gold aufzuhäufen. Er hinterläßt sein Vermögen drei Neffen, die sogleich in sein Haus rannten, als sie erfuhren, daß es mit ihm zu Ende gehen wollte. Sie haben sich äußerst betrübt gestellt und ihre Rollen sehr gut gespielt. Jetzt werfen sie ihre Masken weg, vergessen die verwandtschaftlichen Rücksichten und zeigen sich als Erben. Sie schicken sich an, alles zu durchsuchen, und werden auch eine Menge Gold und Silber vorfinden. ›Welch ein Vergnügen‹, sagte soeben einer von ihnen zu den andern, ›welch ein Vergnügen für Neffen, alte filzige Oheime zu haben, die den Süßigkeiten des Lebens entsagen, um sie ihnen zu verschaffen!‹« – »Eine schöne Leichenrede!« sagte Don Leandro Perez. »Mein Seel«, antwortete Asmodi, »die meisten Väter, die reich sind und lange leben, dürfen von ihren eigenen Kindern keine andere erwarten.

Indes diese Erben voll Freude nach den Schätzen des Verstorbenen spähen, fliegt der Tod nach einem großen Hotel, wo ein junger Herr an den Blattern darnieder liegt. Dieser junge Kavalier, der liebenswürdigste von allen bei Hof, muß in seinen schönsten Tagen sterben, obgleich der berühmteste Arzt sich alle Mühe um ihn gibt; vielleicht stirbt er gerade deswegen, weil er diesen Arzt hat.

Da seht, wie reißend schnell der Tod zu Werke geht. Schon hat er den Lebensfaden des jungen Kavaliers abgeschnitten und ist bereits wieder an einem andern Geschäfte. Er verweilt über einem Kloster, senkt sich in eine Zelle hinab auf einen guten Mönch und macht einem bußfertigen, strengen Leben, das dieser seit vierzig Jahren führte, ein Ende. So schrecklich der Tod ist, so hat er diesen Ordensmann doch nicht geängstigt; dagegen kommt er jetzt in ein Hotel, das er mit Grausen und Schrecken erfüllen wird. Er nähert sich einem Lizentiaten von Stande, der erst kürzlich zum Bischof von Albarazin ernannt wurde. Dieser Prälat ist ganz mit den Zurüstungen zur Abreise nach seiner Diözese beschäftigt, wo er mit aller Pracht, die heutzutage die Fürsten der Kirche umgibt, aufzuziehen gedenkt. Nichts ist seinen Gedanken ferner als der Tod, und dennoch muß er jetzt sogleich in die andere Welt abziehen, wo er wie der arme Mönch ohne Gefolge ankommen wird, und ich weiß nicht, ob er dort einen so guten Empfang zu gewärtigen hat wie dieser.«

»Himmel!« rief Zambullo, »da fliegt der Tod über den Palast des Königs hin. Wenn der Grausame nur nicht mit einem Sensenhieb ganz Spanien in Trauer versetzt!« – »Ihr fürchtet mit Recht«, sagte Asmodi; »er schont die Könige sowenig als ihre Bedienten. Doch beruhigt Euch«, setzte er nach einem Augenblick hinzu, »er sucht den König noch nicht heim, sondern hat sich nur einen von seinen Höflingen ausersehen, deren ganzes Geschäft darin besteht, ihm nachzugehen und ihre Aufwartung zu machen. Das sind eben nicht diejenigen Leute im Staat, die am schwersten zu ersetzen wären.«

»Aber es dünkt mich doch«, versetzte Don Kleophas, »als ob sich der Tod damit nicht begnügte: er verweilt noch über dem Palast auf dem Flügel, den die Königin bewohnt.« – »Ganz richtig«, antwortete Asmodi, »und zwar, um ein recht gutes Werk zu tun. er will eine böse Frau zum Schweigen bringen, die ihre größte Freude daran hatte, am Hofe der Königin den Samen der Zwietracht auszustreuen, und aus Ärger krank wurde, als sie sah, daß zwei Damen, die sie gegeneinander aufgehetzt hatte, sich aufrichtig versöhnten.

Jetzt«, fuhr der Dämon fort, »werdet Ihr sogleich ein herzzerbrechendes Geschrei hören. Soeben ist der Tod in dem schönen Hotel dort linker Hand eingezogen, um daselbst den traurigsten Auftritt herbeizuführen, den man nur auf dem Welttheater sehen kann. Betrachtet einmal diese Szene des Jammers und der Betrübnis.« – »Ja«, sagte Don Kleophas, »ich sehe eine Dame, welche sich die Haare ausrauft und ohnmächtig ihren Frauen in die Arme sinkt. Warum mag sie wohl so betrübt sein?« – »Seht einmal in das Zimmer gegenüber«, antwortete Asmodi, »so wird Euch die Ursache klar werden. Der Tote, der auf dem prachtvollen Bette dort liegt, war ihr Gemahl und hat soeben den

Geist aufgegeben. Sie ist untröstlich darüber. Die Geschichte dieses Paares ist rührend und verdient zu ewigem Gedächtnisse aufgezeichnet zu werden: ich will sie Euch doch erzählen.«

»Ihr werdet mich sehr verbinden«, antwortete Leandro; »so herzlich ich über lustige Affären lachen kann, so innigen Anteil nehme ich auch an traurigen Begebenheiten.« – »Meine Erzählung«, versetzte Asmodi, »ist zwar nicht gerade kurz, aber doch viel zu interessant, als daß sie Euch langweilen könnte. Überdies muß ich Euch gestehen, daß ich trotz meiner teuflischen Natur dem Tode nicht länger nachfolgen mag. Lassen wir ihn allein auf neue Opfer ausgehen.« – »Ganz gut«, sagte Zambullo, »ich höre viel lieber die Geschichte an, die Ihr mir versprecht, als daß ich einen Menschen um den andern tot dahinsinken sehe.« Hierauf versetzte der Dämon den Studenten auf eines der höchsten Häuser in der Alkala-Straße und begann dann seine Erzählung folgendermaßen:

Dreizehntes Kapitel

Die Macht der Freundschaft
Eine Erzählung

Ein junger Kavalier von Toledo entfernte sich, von seinem Kammerdiener begleitet, in großen Tagreisen von seiner Geburtsstadt, um den Folgen eines tragischen Abenteuers auszuweichen. Zwei kleine Meilen von der Stadt Valencia begegnete ihm am Eingang eines Waldes eine Dame, die sehr hastig aus ihrem Wagen stieg. Kein Schleier bedeckte das von Schönheit strahlende Gesicht, und das holde Kind sah so verstört um sich, daß der Kavalier sie für eine Hilfsbedürftige hielt und ihr unbedenklich seine Dienste anbot.

»Großherziger Unbekannter!« sagte die Dame zu ihm, »ich nehme Euer Anerbieten an; gewiß hat der Himmel Euch hierher gesandt, um das Unglück, das ich fürchte, abzuwenden. Zwei Kavaliere haben sich in diesen Wald zu einem Zweikampfe beschieden und ich habe sie soeben hineingehen sehen. Habt die Gefälligkeit, mir zu folgen und sie trennen zu helfen.« Mit diesen Worten ging sie schnell in den Wald: der Toledaner aber übergab sein Pferd dem Bedienten und eilte ihr nach.

Kaum waren sie hundert Schritte gegangen, so tönte ihnen Degengeklirr entgegen, und bald erblickten sie zwei Männer in wütendem Kampfe begriffen. Der Jüngling lief auf sie zu und nach vielen Bitten und Anstrengungen gelang es ihm, sie zu trennen. Hierauf fragte er sie nach der Ursache ihres Streites.

»Tapferer Unbekannter«, antwortete ihm einer der beiden Kavaliere: »ich heiße Don Fadriquez de Mendoza und mein Gegner Don Alvaro Ponce. Wir lieben beide Doña Theodora, die Dame, die mit Euch gekommen ist; sie hat

aber von jeher unsere Bewerbungen sehr wenig beachtet, und mit allen nur erdenklichen Bemühungen, ihr zu gefallen, vermochten wir der Grausamen keinen freundlichen Blick abzugewinnen. Was mich betrifft, so hatte ich im Sinn, ihr trotz ihrer Gleichgültigkeit auch fernerhin fortwährend meine Dienste zu weihen, nicht so aber mein Nebenbuhler, der mich forderte.«

»Es ist wahr«, fiel Don Alvaro ein, »ich habe diesen Schritt nötig gefunden; denn ich glaube, wenn ich keinen Nebenbuhler hätte, so würde mich Doña Theodora möglicherweise erhören. Deshalb will ich Don Fadriquez zu töten suchen, um einen Mann loszuwerden, der meinem Glück im Wege steht.«

»Edle Herren«, sagte hierauf der Toledaner: »ich kann Euern Kampf nicht gutheißen, da er für Doña Theodora beleidigend ist. Bald wird man im ganzen Königreich Valencia erfahren, daß ihr Euch ihretwegen geschlagen habt, und die Ehre Eurer Dame sollte Euch doch teurer sein, als Eure Ruhe und euer Leben. Überdies, welchen Lohn hat der Sieger zu erwarten? Glaubt er vielleicht, seine Geliebte werde ihn mit günstigeren Augen betrachten, wenn er ihren Ruf bloßgestellt habe? Laßt Euch einen Rat geben, dessen Befolgung Eurer edlen Namen würdiger ist. Bemeistert Eure wütende Erbitterung und verpflichtet Euch durch einen unverbrüchlichen Eid, den Vergleich einzugehen, den ich Euch vorschlagen will: Euer Streit kann ohne Blutvergießen entschieden werden.«

»Wie denn?« rief Don Alvaro. »Die edle Dame«, versetzte der Toledaner, »soll unter euch beiden wählen, und der verkürzte Liebhaber seinem Nebenbuhler das Feld räumen.« – »Ich bin's zufrieden«, sagte Don Alvaro, »und schwöre es bei allem, was heilig ist. Doña Theodora möge nun entscheiden: wenn sie auch meinem Nebenbuhler den Vorzug gibt, so wird mir dies doch weniger unerträglich sein, als diese schreckliche Ungewißheit!« – »Auch ich«, sagte Don Fadriquez, »rufe den Himmel zum Zeugen an: wenn die

Göttin, die ich anbete, nicht zu meinen Gunsten entscheidet, so will ich ihre Reize zu vergessen suchen und, gelingt es mir nicht, sie wenigstens nie mehr sehen.«

Sofort wandte sich der Toledaner zu Doña Theodora und sagte zu ihr: »Jetzt, Señora, ist es an Euch zu sprechen. Ihr könnt mit einem einzigen Worte diese zwei Nebenbuhler entwaffnen und braucht nur denjenigen zu nennen, dessen Beständigkeit Ihr belohnen wollt.« – »Señor Caballero«, antwortete die Dame, »sucht einen andern Ausweg. Warum soll ich das Opfer ihrer Versöhnung werden? Ich schätze sowohl Don Fadriquez als Don Alvaro hoch, aber ich liebe sie nicht, und es wäre durchaus unbillig, wenn ich bloß aus Rücksicht auf den Schaden, den meine Ehre durch ihren Kampf leiden könnte, Hoffnungen erwecken müßte, die mein Herz nicht anzuerkennen vermöchte.«

»Señora«, erwiderte der Toledaner, »Verstellung ist hier nicht mehr am Platze: Ihr müßt die Gefälligkeit haben, Euch zu erklären. Obwohl die beiden Kavaliere gleich stattlich sind, so bin ich doch überzeugt, daß Ihr zum einen mehr Zuneigung habt, als zum andern. Der deutlichste Beweis ist die Todesangst, in der ich Euch soeben noch sah.«

»Ihr deutet diese Angst falsch«, versetzte Doña Theodora. »Der Tod des einen oder andern der beiden Herren würde mir allerdings nahegehen, und ich müßte mir ewig Vorwürfe darüber machen, obwohl ich nur die unschuldige Ursache desselben wäre; aber wenn ich Euch ängstlich vorkam, so bezog sich dies einzig und allein auf die Gefahr, die meiner Ehre drohte.«

Don Alvaro Ponce, ein brutaler Sterblicher, verlor endlich die Geduld und sagte in barschem Tone: »Schon gut! Da Doña Theodora sich weigert, die Sache in Güte beizulegen, so mag also das Los der Waffen entscheiden.« So sprechend schickte er sich an, Don Fadriquez zu Leibe zu gehen, der seinerseits bereits Anstalten traf, ihn gehörig zu empfangen.

Jetzt rief die Dame mehr aus Angst über diese drohenden

Bewegungen, als um ihr Herz sprechen zu lassen: »Haltet ein, Señores; ich will euern Willen tun. Wenn es kein anderes Mittel gibt, einen Kampf zu verhindern, bei dem meine Ehre beteiligt ist, so erkläre ich, daß ich Don Fadriquez de Mendoza den Vorzug gebe.«

Kaum hatte sie diese Worte gesprochen, als der hintangestellte Ponce, ohne ein Wort zu sagen, auf sein Pferd zulief, es abband und mit wütenden Blicken auf seinen Nebenbuhler und seine Geliebte davonsprengte. Der glückliche Men-

doza dagegen wußte sich vor Freude kaum zu fassen; bald warf er sich vor Doña Theodora auf die Knie, bald umarmte er den Toledaner und konnte nicht Worte genug finden, um die Dankbarkeit auszudrücken, von der sein Herz überströmte.

Indessen bereute es die Dame, die nach Don Alvaros Entfernung ruhiger geworden war, daß sie sich verpflichtet hatte, die Bewerbungen eines Liebhabers zu dulden, dessen gute Eigenschaften sie zwar anerkannte, für den aber ihr Herz nichts fühlte.

»Señor Don Fadriquez«, sagte sie zu ihm, »ich hoffe, daß Ihr den Vorzug, den ich Euch gegeben habe, nicht mißbrauchen werdet; Ihr verdankt ihn einzig der Notwendigkeit, zwischen Euch und Don Alvaro zu wählen. Nicht als ob ich Euch nicht von jeher höher gestellt hätte, als ihn; ich weiß recht gut, daß er bei weitem nicht alle die Vorzüge hat, die Euch auszeichnen; auch lasse ich Euch die Gerechtigkeit widerfahren, daß Ihr der vortrefflichste Kavalier von ganz Valencia seid. Ich will sogar hinzusetzen, die Bewerbung eines Mannes, wie Ihr, könne der Eitelkeit einer Frau schmeicheln; aber so ehrenvoll sie auch für mich sein mag, so muß ich doch gestehen, daß sie durchaus nicht nach meinem Sinn ist, und Ihr seid zu beklagen, wenn Ihr mich so zärtlich liebt, wie Ihr Euch den Anschein gebet. Gleichwohl will ich Euch nicht alle Hoffnung nehmen, mein Herz zu rühren; meine Unempfindlichkeit ist vielleicht nur eine Nachwirkung des noch nicht ganz geheilten Schmerzes über den Verlust meines Gemahls, Don Andre de Cifuentes, der vor einem Jahre starb. Obgleich wir nicht lange miteinander lebten und er schon im vorgerückten Alter war, als meine Eltern, durch seine Reichtümer geblendet, mich zwangen, ihn zu heiraten, so betrübte mich dennoch sein Tod sehr, und ich weihe seinem Andenken täglich einige Augenblicke.

Und warum sollte ich es nicht?« fuhr sie fort; »er war keiner von den griesgrämigen, eifersüchtigen, alten Männern, die einer jungen Frau nicht Leidenschaftslosigkeit genug zutrauen, um ihnen ihre Schwäche zu verzeihen, und sie daher auf jedem Schritt und Tritt entweder selbst belauern oder von einer Dueña, dem blinden Werkzeug ihrer Tyrannei, belauern lassen. Ach! er vertraute auf meine Tugend, wie kaum ein angebeteter junger Ehemann zu vertrauen vermöchte. Dabei war er in allen Stücken so gefällig gegen mich, und ich darf wohl sagen, daß dieser gute Don Andre de Cifuentes es zum einzigen Bestreben seines Lebens machte, allen meinen Wünschen zuvorzukommen. Ihr könnt Euch denken, Mendoza, daß man einen so liebenswürdigen Mann nicht leicht vergißt; er schwebt mir beständig vor Augen und ohne Zweifel trägt das nicht wenig dazu bei, meine Aufmerksamkeit von allem abzulenken, wodurch andere mir zu gefallen suchen.«

Don Fadriquez konnte nicht umhin, Doña Theodora hier zu unterbrechen: »Ach, Señora«, rief er, »wie wohl tut es mir, aus Euerm eigenen Munde zu vernehmen, daß Ihr nicht aus persönlicher Abneigung gegen mich meine Bewerbung bisher verschmähtet! Ich hoffe, Ihr werdet dereinst doch meine Beständigkeit anerkennen.« – »Von meiner Seite soll kein Hindernis in den Weg gelegt werden«, antwortete die Dame. »Ich erlaube Euch hiemit, mich zu besuchen und manchmal von Eurer Liebe zu sprechen. Gebt Euch Mühe, daß ich an Euren Galanterien Geschmack finden und Euch lieben muß; ich werde Euch keinen Hehl daraus machen, sobald Ihr mich zu Euren Gunsten gestimmt haben werdet. Wenn Euch aber dies trotz aller Bemühungen nicht gelingen will, dann, Mendoza, bedenket, daß Ihr kein Recht habt, mir Vorwürfe zu machen.«

Don Fadriquez wollte etwas darauf erwidern, hatte aber nicht mehr Zeit, denn die Dame nahm des Toledaners Arm und ging schnell nach ihrem Wagen zurück; er band sein Pferd ab, führte es am Zügel und folgte seiner Angebeteten, die in ebenso großer Aufregung wieder in ihren Wagen stieg, als sie herausgestiegen war, wiewohl aus ganz andern Gründen. Die beiden Kavaliere ritten neben ihrem Wagen her bis an die Tore von Valencia, wo sich die Gesellschaft trennte. Die Dame fuhr nach ihrer Wohnung, Don Fadriquez aber nahm den Toledaner mit in die seinige.

Nachdem er seinem Gast einige Ruhe gegönnt und ein tüchtiges Mahl vorgesetzt hatte, fragte er ihn unter vier Augen, was ihn nach Valencia führe, und ob er sich lange hier aufzuhalten gedenke? »Nein«, antwortete der Toledaner, »so kurz als nur immer möglich. Ich reise bloß durch, um das Meer zu erreichen und mich auf dem nächsten besten Fahrzeug, das die spanische Küste verläßt, einzuschiffen. Es liegt mir nichts daran, an welchem Orte der Welt ich mein unglückseliges Dasein vollenden soll; nur muß ich dieses Land des Jammers fliehen.«

»Was sagt Ihr?« versetzte Don Fadriquez höchlich erstaunt; »wie mögt Ihr gegen Euer Vaterland zu aufgebracht sein, und hassen, was alle Menschen unwillkürlich lieben müssen!« – »Nach dem, was mir begegnet ist«, antwortete der Toledaner, »verabscheue ich mein Geburtsland und hege keinen sehnlicheren Wunsch, als es auf immer zu verlassen.« – »Ach, Señor Caballero!« rief Mendoza gerührt, »wie sehr wünschte ich die Geschichte Euers Unglücks zu kennen! vermag ich Euer Leid auch nicht zu versüßen, so würde ich es doch wenigstens teilen. Eure Physiognomie hat mich auf den ersten Blick für Euch eingenommen, Euer ganzes Wesen gefällt mir ungemein gut, und ich fühle, daß ich mich schon jetzt lebhaft für Euch interessiere.«

»Ein sehr großer Trost für mich«, antwortete der Toledaner, »und um das Wohlwollen, das Ihr mir bezeigt, wenigstens einigermaßen zu vergelten, will ich Euch offen gestehen, daß auch Ihr mir gleich im ersten Augenblick besser gefielet, als Don Alvaro Ponce. Ich fühlte mich, wie noch bei niemand, auf den ersten Anblick sogleich zu Euch hingezogen und war daher sehr in Angst, Doña Theodora möchte Euerm Nebenbuhler den Vorzug geben; um so größer war aber auch meine Freude, als sie zu Euren Gunsten entschied. Ihr habt mich nun in diesem ersten Eindruck so vollkommen bestärkt, daß ich Euch alles offenbaren will, und es mir eine Art Vergnügen machen wird, mein Herz gegen Euch auszuschütten. So vernehmt denn die Geschichte meines Unglücks.

Ich bin in Toledo geboren und heiße Don Juan de Zarata. Meine Eltern starben, als ich noch ein kleines Kind war, und so kam ich sehr früh in den Besitz von 4000 Dukaten jährlicher Renten, die sie mir hinterließen. Da ich ganz unabhängig war und mich reich genug glaubte, um bei der Wahl einer Gemahlin nur auf die Stimme meines Herzens hören zu können, so heiratete ich ein ausgezeichnet schönes Mädchen, aber arm und von niedriger Herkunft. Ich fühlte mich überglücklich in seinem Besitze, und um meine Freude desto ungestörter genießen zu können, führte ich es einige Tage nach der Vermählung auf mein Landgut in der Nähe von Toledo.

Hier lebten wir froh wie Engel miteinander, als der Herzog von Naxera, der ebenfalls ein Schloß in dieser Gegend hatte, nach einer Jagdpartie bei mir einsprach. Er sah meine Frau und verliebte sich in sie; wenigstens glaubte ich so, und es wurde mir immer klarer, als er sich bald darauf sehr angelegentlich um meine Freundschaft bewarb, die ihm bisher höchst gleichgültig gewesen war. Er lud mich zu seinen Jagden ein, machte mir eine Menge Geschenke und erbot sich zu allen nur möglichen Gefälligkeiten.

Dies machte mich im Anfang etwas unruhig, und ich hatte eine Zeitlang im Sinn, mit meiner Frau nach Toledo zurückzugehen. Gewiß hatte mir diesen Gedanken ein guter Engel eingegeben, denn hätte ich dem Herzog jede Gelegenheit genommen, meine Frau zu sehen, so wäre mir all dies Unglück nicht zugestoßen; allein im Vertrauen auf ihre Tugend beruhigte ich mich wieder. Es schien mir unmöglich, daß eine Frau, die ich ohne Mitgift geheiratet und aus der Niedrigkeit hervorgezogen hatte, undankbar genug sein sollte, meine Güte zu vergessen. Aber ach, ich kannte sie schlecht. Ehrgeiz und Eitelkeit, diese zwei Erbfehler weiblicher Natur, waren auch meiner Frau im höchsten Grade zuteil geworden.

Sobald der Herzog Gelegenheit fand, ihr seine Empfindungen mitzuteilen, so bildete sie sich Wunder was auf diese wichtige Eroberung ein. Die Aufmerksamkeiten eines Mannes, der Exzellenz betitelt wurde, kitzelten ihren Stolz und erregten ihren Hochmut. Sie bekam eine viel höhere Meinung von sich, aber ihre Liebe zu mir erkaltete immer mehr. Statt das, was ich für sie getan, dankbar anzuerkennen, verachtete sie mich: sie glaubte, ich sei ihrer Schönheit nicht würdig, und wenn dieser vornehme Herr, der sich jetzt in ihre Reize vergafft, sie vor ihrer Vermählung mit mir gesehen hätte, so würde er sie unfehlbar auch geheiratet haben. In diesem tollen Wahn und verführt durch einige Geschenke, die ihr schmeichelten, pflegte sie geheimen Umgang mit dem Herzog.

Sie schrieben einander ziemlich häufig, ohne daß ich die geringste Ahnung von ihrem Einverständnis hatte; endlich aber war ich unglücklich genug, aus meinem Schlafe zu erwachen. Eines Tags kam ich früher als gewöhnlich von der Jagd zurück und ging geradezu aufs Zimmer meiner Frau, die mich nicht so bald erwartete: sie hatte soeben einen Brief vom Herzog erhalten und war im Begriff, ihn zu beantworten. Als sie mich sah, geriet sie in augenscheinliche Verlegenheit; ich zitterte vor Zorn, denn das Papier und die Tinte auf dem Tisch waren mir Beweis genug, daß sie meine Ehre verkaufte. Ich bestand darauf, sie solle mir zeigen, was sie schreibe, allein, sie weigerte sich so hartnäckig, daß ich Gewalt brauchen mußte, um meine eifersüchtige Neugierde zu befriedigen. So sehr sie sich auch wehrte, so zog ich ihr doch folgenden Brief aus dem Busen:

›Werde ich noch lange nach einer zweiten Zusammenkunft schmachten müssen? Wie mögt Ihr doch so grausam sein, die süßesten Hoffnungen in mir zu erwecken, aber mit ihrer Erfüllung so lange zu zögern! Don Juan geht täglich auf die Jagd oder nach Toledo; und wir sollten diese Gelegenheiten benützen. Bedenkt, Señora, welche Liebesglut mich verzehrt, und habt Mitleiden mit mir. Wenn es eine Götterwonne ist, seinen heißesten Wunsch erfüllt zu sehen, so ist es Höllenqual, lange darauf warten zu müssen.‹

Dieser Brief machte mich rasend. Schon griff ich nach meinem Dolche und wollte in der ersten Hitze die Ungetreue, die meine Ehre stahl, niederstoßen; allein der Gedanke, daß dies nur eine halbe Rache wäre und daß diese Beleidigung noch ein zweites Opfer fordere, dämpfte meine

Wut. Ich verstellte mich also und sagte mit der möglichsten Ruhe zu meiner Frau: ›Señora, es ist unrecht von Euch, daß Ihr den Herzog anhört; sein hoher Rang sollte Euch nicht blenden. Doch ich weiß, junge Damen lieben den Glanz und Schimmer, und will gerne glauben, daß darin Euer ganzes Verbrechen besteht, und Ihr mir noch nicht den letzten Schimpf angetan habt. Deshalb entschuldige ich Eure Unvorsichtigkeit, wenn Ihr auf dem Weg der Pflicht zurückkehren, mir allein Eure Zärtlichkeit widmen und die meine zu verdienen suchen wollt.‹

Nach diesen Worten verließ ich ihr Zimmer, damit sie sich von ihrem Schreck erholen konnte; ich selbst aber suchte die Einsamkeit auf, deren ich bedurfte, um den Zorn, der in mir raste, wenigstens einigermaßen zu beschwichtigen. Zwei Tage lang stellte ich mich ruhig und gelassen, wenn ich es auch nicht sein konnte; am dritten aber sagte ich zu meiner Frau, ich habe ein Geschäft von äußerster Wichtigkeit in Toledo und müsse sie daher auf einige Zeit verlassen; indessen ersuche ich sie, während meiner Abwesenheit auf ihre Ehre Bedacht zu nehmen.

Ich reiste wirklich ab, ging aber nicht nach Toledo, sondern schlich mit Anbruch der Nacht heimlich wieder in mein Schloß und versteckte mich auf dem Zimmer eines treuen Bedienten, von wo aus ich alles sehen konnte, was in mein Haus kam. Ich zweifelte nicht daran, man werde den Herzog von meiner Abreise benachrichtigt haben, und er werde unfehlbar die Gelegenheit benutzen wollen. Ich hoffte sie dann beide beisammen zu überraschen und versprach mir volle Rache.

Gleichwohl täuschte ich mich in meiner Erwartung: ich bemerkte durchaus keine Anstalten zum Empfang eines Liebhabers, sondern sah im Gegenteil, daß die Tore immer gehörig verschlossen waren. Da nun drei Tage lang weder der Herzog, noch jemand von seinen Leuten kam, so schloß ich daraus, meine Frau werde ihren Fehltritt bereut und allen Verkehr mit ihrem Liebhaber abgebrochen haben.

Dieser Glaube machte mich wieder versöhnlich und sanft wie ein Lamm, und die durch Zorn unterbrochene Liebe trat aufs neue in alle ihre Rechte ein. Ich lief aufs Zimmer meiner Frau, umarmte sie zärtlich und sagte zu ihr: ›Señora, ich schenke Euch meine ganze Hochachtung und Freundschaft wieder. Ich will es nur gestehen, daß ich nicht in Toledo war, sondern diese Reise bloß vorgeschützt habe, um Euch auf die Probe zu stellen. Verzeiht diesen Fallstrick einem Ehemann, dessen Eifersucht nicht unbegründet war. Ich fürchtete, Euer Herz möchte sich durch falsche Vorspiegelungen von Glanz und Herrlichkeit vom rechten Wege abbringen lassen; aber Gott sei's gedankt, Ihr habt Euern Irrtum eingesehen, und ich hoffe, von nun an soll nichts mehr unsere Einigkeit stören.‹

Meiner Frau schienen diese Worte sehr zu Herzen zu gehen; sie ließ sogar einige Tränen fallen und rief: ›Ach! wie unglücklich bin ich, daß ich Euch Veranlassung gegeben habe, an meiner Treue zu zweifeln! So sehr ich nun verabscheue, was Euch so mit Recht gegen mich aufgebracht hat, obschon ich mir diese zwei Tage her die Augen krank geweint habe, all mein Schmerz, all meine Gewissensbisse werden mir zu nichts helfen, ich werde nie mehr Euer Vertrauen gewinnen.‹ – ›O freilich, Señora‹, unterbrach ich sie, im Innersten gerührt durch ihre augenscheinliche Betrübnis; ›ich will alles Frühere vergessen, da Ihr es so aufrichtig bereut.‹

Wirklich schenkte ich ihr von diesem Augenblicke an meine ganze Zärtlichkeit wieder und begann aufs neue, Freuden mit ihr zu genießen, die so grausam gestört worden waren. Sie wurden jetzt nur noch um so pikanter, denn meine Frau schien alle Spuren der mir angetanen Kränkung aus meinem Gedächtnis verwischen zu wollen und gab sich weit mehr Mühe, mir zu gefallen, als bisher. Ich fand sie viel lebhafter in ihren Liebkosungen, und wenig fehlte, so hätte ich ihr noch für den Kummer gedankt, den sie mir verursacht hatte.

Um diese Zeit wurde ich krank. Mein Leiden war zwar nicht gefährlich, aber dennoch zeigte meine Frau die ängstlichste Besorgnis. Sie brachte den ganzen Tag bei mir zu und in der Nacht kam sie wenigstens zwei- bis dreimal aus ihrem Zimmer, um nach mir zu sehen: kurz, sie war ganz außerordentlich bemüht, allen meinen Wünschen und Bedürfnissen entgegenzukommen, wie wenn ihr Leben an das meinige geknüpft wäre. Ich meinerseits war hocherfreut über diese Beweise von Zärtlichkeit und gab ihr auch meinen Dank zu erkennen. Aber ach! Señor Mendoza, ich hatte mich bitter getäuscht.

Eines Nachts, als ich schon wieder auf dem Wege der Besserung war, weckte mich mein Kammerdiener und sagte in sehr bewegtem Tone zu mir: ›Gnädiger Herr, es tut mir sehr leid, daß ich Euch in der Ruhe stören muß; allein meine Treue gegen Euch erlaubt mir nicht, Euch zu verschweigen, was in diesem Augenblicke in Euerm Hause vorgeht: der Herzog von Naxera ist bei der gnädigen Frau.‹

Ich war wie vom Himmel gefallen und konnte eine Zeitlang meinen Bedienten bloß starr ansehen, ohne ein Wort zu sprechen; je mehr ich über seine Meldung nachdachte, je schwieriger wurde es mir, daran zu glauben. ›Nein, Fabio!‹ rief ich, ›es ist unmöglich; meine Frau kann sich dieser schändlichen Verräterei nicht schuldig machen! Du bist dei-

ner Sache nicht gewiß.‹ – ›Señor‹, antwortete Fabio, ›wollte Gott, ich dürfte daran zweifeln! Aber ich habe mich durch falschen Schein nicht hintergehen lassen. Seit Eurer Krankheit habe ich Verdacht, daß man beinahe jede Nacht den Herzog ins Schlafzimmer der gnädigen Frau einläßt; ich verstecke mich, um darüber ins klare zu kommen, und weiß es nur zu gewiß, daß ich recht vermutet habe.‹

Jetzt stand ich wütend auf, warf meinen Schlafrock um und lief mit dem Degen in der Hand gerade aufs Zimmer meiner Frau zu. Fabio mußte leuchten. Als wir ins Zimmer traten, stand der Herzog, der auf ihrem Bette saß, schnell auf, zog ein Pistol aus seinem Gürtel, ging auf mich zu und drückte los; allein er hatte vor Schreck so den Kopf verloren, daß er mich fehlte. Ich lief nun schnell auf ihn zu und stieß ihm meinen Degen ins Herz. Sofort wandte ich mich zu meiner Frau, die mehr tot als lebendig war, und schrie ihr zu: ›Auch du, Ehrlose, sollst jetzt den Lohn deiner Verräterei empfangen.‹ So sprechend, durchbohrte ich sie mit meinem vom Blute ihres Galans noch rauchenden Degen.

Ich sehe wohl ein, Señor Don Fadriquez, daß ich mich vom Zorn zu sehr hinreißen ließ, und daß ich eine ungetreue Gemahlin auch sonst hätte strafen können, ohne ihr gerade das Leben zu nehmen; allein, welcher Mann könnte in einem solchen Falle kalt bleiben! Stellt Euch einmal vor, wie zärtlich das treulose Weib in meiner Krankheit um mich zu

sorgen schien, wie liebevoll sie mich pflegte und wie schändlich sie mich verriet: dann sprecht, ob ich nicht mit Recht wütend wurde und sie tötete.

Ich kann meine tragische Geschichte jetzt vollends kurz fassen. Nachdem ich meine Rache sattsam gekühlt hatte, kleidete ich mich in aller Eile an, denn ich dachte wohl, ich werde keine Zeit zu verlieren haben, und die Verwandten des Herzogs werden mich in ganz Spanien verfolgen lassen. Da nun seine Familie weit mächtiger ist als die meinige, und ich bloß im Ausland Sicherheit hoffen zu können glaubte, so steckte ich all mein bares Geld und meine Juwelen zu mir, wählte meine zwei besten Pferde und verließ in Begleitung des Bedienten, der seine Treue so schön bewährt hatte, vor Tagesanbruch mein Schloß. Ich schlug den Weg nach Valencia ein, in der Absicht, mich aufs erste beste Schiff zu werfen, das nach Italien segeln würde. Heute nun, als ich an dem Walde vorbeiritt, wo Ihr waret, begegnete mir Doña Theodora: sie bat mich, sie zu begleiten und Euch trennen zu helfen.«

Als der Toledaner seinen Vortrag beendet hatte, sagte Don Fadriquez zu ihm: »Señor Don Juan, Ihr habt dem Herzog von Naxera nur sein Recht angetan. Seid unbesorgt über die allenfallsigen Verfolgungen vonseiten seiner Verwandten und tut mir den Gefallen, so lang bei mir zu bleiben, bis sich eine günstige Gelegenheit nach Italien zeigt. Mein Oheim ist Gouverneur von Valencia; Ihr werdet hier sicherer sein als überall sonst, und überdies bei einem Manne, der Euch hiemit seine aufrichtigste Freundschaft anbietet.«

Zarata bezeigte seinen gerührtesten Dank und nahm das ihm angebotene Asyl an. »Hier, Señor Don Kleophas«, fuhr Asmodi fort, »habt Ihr Gelegenheit, die Macht der Sympathie zu bewundern; diese zwei jungen Kavaliere fühlten sich so zueinander hingezogen, daß sich binnen weniger Tage ein Freundschaftsband zwischen ihnen festknüpfte, das nur mit der Freundschaft des Orestes und Pylades verglichen werden kann. Neben gleichen geistigen Vorzügen hatten sie ganz dieselbe Gemüts- und Denkungsart, und alles, was dem Don Fadriquez gefiel, war sicherlich auch Don Juan angenehm: mit einem Wort, sie waren recht eigentlich füreinander geschaffen. Don Fadriquez besonders war ganz entzückt über das Benehmen seines Freundes und konnte nicht umhin, seine Liebenswürdigkeit jeden Augenblick gegen Doña Theodora zu rühmen.

Oft gingen sie beide zusammen zu dieser Dame, die Mendozas Galanterien und Huldigungen fortwährend mit Gleichgültigkeit erwiderte. Dies schmerzte ihn tief, und er klagte es häufig seinem Freunde, der ihn dann durch allerlei Vorstellungen zu trösten suchte. Auch die kieselherzigsten Frauen, sagte er zu ihm, lassen sich endlich doch erweichen, und es fehle den Liebhabern in der Regel nur an der nötigen Geduld, um diesen günstigen Zeitpunkt abzuwarten; er solle nur den Mut nicht sinken lassen, seine Dame werde ihn gewiß früher oder später belohnen. So wahr diese Erfahrungssätze auch sind, so vermochten sie doch den verzagten Mendoza nicht zu beruhigen, und er fürchtete immer, er möchte der Witwe des Cifuentes nie gefallen können. Dies machte ihn so unglücklich, daß Don Juan ihn von ganzem Herzen bemitleidete, und doch war Don Juan bald noch beklagenswerter als sein Freund.

So gerechte Ursachen der Toledaner hatte, nach dem schändlichen Verrate seiner Frau über ihr ganzes Geschlecht erbittert zu sein, so verliebte er sich doch unwillkürlich in Doña Theodora. Er hing übrigens dieser Leidenschaft, die seinen Freund beleidigen mußte, nicht nach, sondern gab sich alle Mühe, sie zu bekämpfen, und da er wohl einsah, daß dies nur dann möglich sei, wenn er die Augen, welche das Feuer der Liebe in ihm entzündet hatten, auf immer fliehe, so beschloß er, die Witwe nie mehr zu besuchen. Sooft ihn daher Mendoza zu ihr führen wollte, wußte er immer eine Entschuldigung zu finden.

Auf der andern Seite kam Don Fadriquez nie zu seiner

Angebeteten, ohne daß sie ihn fragte, warum denn Don Juan sich nicht mehr sehen lasse. Eines Tags, als sie abermals diese Frage an ihn richtete, antwortete er lächelnd, sein Freund habe seine Gründe. »Und welche Gründe kann er haben, mich zu fliehen?« fragte Doña Theodora weiter. »Señora«, antwortete Mendoza, »ich wollte ihn heute zu Euch führen, allein er weigerte sich, mich zu begleiten; als ich ihm nun meine Verwunderung darüber zu erkennen gab, gestand er mir etwas, was ich Euch zu seiner Rechtfertigung auch mitteilen muß. Er sagte mir nämlich, er habe eine Eroberung gemacht, und da er sich nicht mehr lange hier aufzuhalten gedenke, so sei ihm jeder Augenblick kostbar.«

»Faule Fische«, gab die schöne Witwe errötend zur Antwort; »man darf seine Freunde nie verlassen, wenn man auch noch so verliebt ist.« Don Fadriquez bemerkte die Röte auf ihren Wangen, schrieb sie aber bloß beleidigter Eitelkeit einer Dame zu, die sich vernachlässigt glaubte. Der liebe Mann irrte sich aber gewaltig: es war ein weit lebhafteres Gefühl, als Eitelkeit, was sich in diesem Augenblick so gewaltsam im Busen seiner Schönen regte. Um sich nicht zu verraten, brach sie schnell das Gespräch ab und affektierte, solange Mendoza bei ihr war, eine solche Lustigkeit, daß sein Scharfsinn notwendig daran hätte scheitern müssen, wenn er nicht schon zum voraus einer irrigen Ansicht gewesen wäre.

Als Doña Theodora allein war, dachte sie ernstlich über die Sache nach und jetzt erst wurde sie sich der ganzen Gewalt der Leidenschaft bewußt, die sie für Don Juan gefaßt hatte. Da sie nun ihre Liebe schlechter belohnt glaubte, als sie es wirklich war, so sagte sie seufzend: »Welche ungerechte und barbarische Macht mag wohl ihre Freude daran finden, Herzen zu entflammen, die nicht füreinander passen! Don Fadriquez betet mich an und ich kann ihn nicht lieben; dagegen glühe ich für Don Juan und diesem steckt eine andere im Kopf! Ach, Mendoza, schilt mich nicht länger wegen meiner Gleichgültigkeit; dein Freund rächt dich bitter genug.«

Sie weinte sogar vor Schmerz und Eifersucht, aber die Hoffnung, welche unglückliche Liebende nie verläßt, führte ihr bald angenehmere Bilder vor die Augen. Sie dachte sich, ihre Nebenbuhlerin könne nicht sehr gefährlich sein: Don Juan sei vielleicht weniger durch ihre Reize gefesselt, als daß ihre zuvorkommende Güte ihm einige Unterhaltung gewähre, und so schwache Bande werden sich unschwer zerreißen lassen. Um nun darüber ins klare zu kommen, beschloß sie, den Toledaner unter vier Augen zu sprechen. Sie ließ ihn zu sich bitten; er kam, und als sie allein waren, nahm Doña Theodora folgendermaßen das Wort:

»Ich hätte nie geglaubt, daß die Liebe einen Ritter wie Euch seine Pflichten gegen die Damen ganz vergessen ließe, und doch, Don Juan, kommt Ihr nimmer zu mir, seit Ihr verliebt seid. Ich habe gewiß Ursache, mich über Euch zu beklagen. Doch will ich glauben, daß Ihr nicht aus eigenen Stücken und aus freier Wahl mich fliehet; ohne Zweifel hat Eure Dame Euch verboten, mich zu besuchen. Gesteht es mir, Don Juan, und ich will Euch entschuldigen. Ich weiß, verliebte Herren können nicht immer tun, wie sie wollen, und dürfen es nicht wagen, ihren Damen ungehorsam zu sein.«

»Señora«, antwortete der Toledaner, »ich gebe zu, daß mein Benehmen Euch auffallend erscheinen muß, aber habt die Güte, mir meine Rechtfertigung zu erlassen, und begnügt Euch mit der Erklärung, daß ich meine Gründe habe, Euch zu fliehen.« – »Diese Gründe mögen sein, welche sie wollen«, versetzte Doña Theodora sehr aufgeregt, »ich verlange, daß Ihr sie mir sagt.« – »So muß ich Euch denn gehorchen, Señora«, erwiderte Don Juan; »aber beklagt Euch nicht, wenn Ihr mehr hören müsset, als Ihr zu wissen begehret.

Don Fadriquez«, fuhr er fort, »hat Euch erzählt, warum ich Kastilien verlassen mußte. Bei meiner Abreise von

Toledo war ich über das ganze weibliche Geschlecht so erbittert, daß ich glaubte, keine einzige werde mir je wieder etwas anhaben können. In dieser stolzen Gemütsstimmung näherte ich mich Valencia; ich begegnete Euch, und was vielleicht noch niemandem gelungen ist, ich vermochte Eure ersten Blicke auszuhalten, ohne meine Ruhe darüber zu verlieren. Ich habe Euch sogar nachher noch einige Male ungestraft gesehen; aber ach! Wie schwer mußte ich einige wenige Tage des Stolzes büßen! Ihr habt endlich meinen Widerstand überwunden; Eure Schönheit, Euer Geist, alle Eure Reize haben den Rebellen gezähmt. Mit einem Wort, ich liebe Euch mit all der Liebe, die Ihr und nur Ihr einzuflößen imstande seid.

Dies, Señora, sind meine Gründe, warum ich Euch ferne blieb. Die Person, von der Ihr glaubtet, daß sie meine Aufmerksamkeit auf sich gezogen habe, lebt nur in der Phantasie meines Freundes Mendoza, dem ich dies weismachte, damit er sich über meine beharrliche Weigerung, Euch in seiner Gesellschaft zu besuchen, keine Gedanken machen sollte.«

Doña Theodora war hocherfreut über diese Erklärung, zumal da sie nicht im mindesten darauf gefaßt war. Sie konnte ihr Vergnügen darüber nicht verbergen, wollte es aber auch nicht, und statt ihre Augen mit kalter Strenge zu wappnen, blickte sie den Toledaner gar zärtlich an und sagte zu ihm: »Ihr habt mir Euer Geheimnis geoffenbart, Don Juan, nun will ich Euch das meinige auch mitteilen. Hört mich einmal an.

Gleichgültig gegen die Seufzer Alvaro Ponces, ungerührt durch die flammende Liebe Mendozas, führte ich ein heiteres und ruhiges Leben, als der Zufall Euch an dem Walde vorbeiführte, wo wir uns begegneten. Trotz meiner damaligen Aufregung bemerkte ich recht gut, daß Ihr mir mit ungemein viel Anstand Eure Hilfe anbotet, und die Art, wie Ihr die zwei wütenden Nebenbuhler zu trennen wußtet, flößte mir einen hohen Begriff von Eurer Gewandtheit und

Tapferkeit ein. Der Vergleich aber, den Ihr vorschluget, wollte mir gar nicht gefallen. Es kam mich sehr sauer an, mich für den einen oder den andern auszusprechen, und um alles geradezu zu sagen, ich glaube, daß Ihr ein wenig Schuld daran waret; denn in demselben Augenblick, da mein Mund notgedrungen den Namen Don Fadriquez aussprach, fühlte ich, daß mein Herz sich für den Unbekannten erklärte. Von diesem Tage an, den ich nach dem Geständnis, welches Ihr soeben ablegtet, unter die glücklichen zählen darf, hat sich meine Hochachtung für Euch fortwährend gesteigert.

Ich will Euch«, fuhr sie fort, »kein Geheimnis aus meinen Empfindungen machen, sondern gestehe sie mit derselben Offenherzigkeit, womit ich Mendoza sagte, daß ich ihn nicht liebe. Eine Frau, die das Unglück hat, ihrem Geliebten nicht angehören zu können, mag sich mit Recht Zwang antun und ihre Schwachheit wenigstens durch ewiges Schweigen rächen; einem Manne aber, der nur ehrliche Absichten hat, kann man, glaube ich, eine unschuldige Zärtlichkeit ohne alles Bedenken entdecken. Ja, es freut mich herzlich, daß Ihr mich liebt, und ich danke dem Himmel, der uns ohne Zweifel füreinander bestimmt hat.«

Die Dame schwieg jetzt, um Don Juan sprechen zu lassen und ihm Gelegenheit zu den wärmsten Ergießungen der Freude und Dankbarkeit zu geben, wozu sie ihn verpflichtet zu haben glaubte; allein er schien durchaus nicht so entzückt, wie sie hoffte, sondern versank in düsteres Nachdenken.

»Was sehe ich, Don Juan!« sagte sie endlich zu ihm. »Wenn ich, um Euch ein Los zu bereiten, das jeder andere als Ihr beneidenswert finden könnte, den Stolz meines Geschlechtes vergesse und Euch mein ganzes Entzücken sehen lasse, wie könnt Ihr da noch der Freude widerstehen, die eine so verbindliche Erklärung Euch machen muß? Warum dieses starre Stillschweigen? Ja, ich sehe sogar Schmerz in

Euren Augen. Ach, Don Juan, ich hatte mir einen ganz andern Erfolg von meiner Güte versprochen!«

»Señora«, antwortete der Toledaner traurig, »von einem Herzen, wie das meinige, konntet Ihr nichts anderes erwarten. Ich bin um so unglücklicher, je gewisser ich Eurer Neigung sein darf. Es ist Euch nicht unbekannt, was Mendoza für mich getan hat; Ihr wißt, wie fest die zärtlichste Freundschaft uns aneinander knüpft; wie könnte ich auf den Ruin seiner süßesten Hoffnungen mein Glück gründen wollen?« – »Ihr seid gar zu delikat«, sagte Doña Theodora. »Ich habe Don Fadriquez nichts versprochen; ich kann Euch meine Hand anbieten, ohne seine Vorwürfe zu verdienen, und Ihr könnt sie annehmen, ohne einen Raub an ihm zu begehen. Ich gestehe, daß der Gedanke an einen unglücklichen Freund Euch einigen Kummer bereiten kann: aber, Don Juan, darf er wohl gegen das glückliche Los in Betracht kommen, das Euch erwartet?«

»Allerdings, Señora«, erwiderte er in festem Tone; »ein Freund, wie Mendoza, hat mehr Gewalt über mich, als Ihr glaubt. Wenn es Euch möglich wäre, unsere Freundschaft in ihrer ganzen Zärtlichkeit, ihrer ganzen Kraft zu begreifen, so würdet Ihr mich sehr beklagenswert finden. Don Fadriquez hat nicht das mindeste Geheimnis vor mir und meine Interessen sind die seinigen geworden: seiner Aufmerksamkeit entgeht nichts, was nur die entfernteste Beziehung auf mich haben könnte; mit einem Wort, ich teile seine Seele mit Euch.

Ach! wenn Ihr gewollt hättet, daß ich von Eurer Güte Nutzen ziehen soll, so hättet Ihr sie zeigen müssen, bevor sich diese Freundschaftsbande so fest geknüpft hatten. Entzückt über das Glück, Euch zu gefallen, hätte ich dann Mendoza nur als meinen Nebenbuhler betrachtet; mein Herz wäre vor seiner liebevollen Zuneigung auf der Hut gewesen und hätte sie nicht erwidert; ich würde ihm nicht verdanken, was ich ihm verdanke. Jetzt aber, Señora, ist es nicht mehr Zeit: ich habe so viele Gefälligkeiten von ihm

angenommen und mich von meiner Neigung zu ihm gänzlich hinreißen lassen. Dankbarkeit und Trieb des Herzens binden mir die Hände und versetzen mich in die grausame Notwendigkeit, dem glorreichen Lose zu entsagen, das Ihr mir anbietet.«

Der Doña Theodora traten die Tränen in die Augen und sie nahm ihr Tuch, um sie zu trocknen. Dieser Anblick war für den Toledaner zu stark: er fühlte, daß sein Mut wankte und fing an, für nichts mehr gut zu stehen. »Lebt wohl, Señora«, fuhr er unter vielen Seufzern fort; »lebt wohl, ich muß Euch fliehen, um meine Tugend zu retten. Ich kann Eure Tränen nicht ansehen; sie machen Euch zu furchtbar. Ich will mich auf ewig von Euch entfernen und den Verlust dieser göttlichen Reize beweinen, die meine unerbittliche Freundschaft durchaus als Opfer verlangt.« So sprechend entfernte er sich mit einem mühsam zusammengehaltenen Rest von Festigkeit.

Tausend Empfindungen bestürmten jetzt die Brust der schönen Witwe. Sie schämte sich, daß sie sich gegen einen Mann erklärt hatte, den sie nicht fesseln konnte; da sie aber an seiner glühenden Gegenliebe nicht zweifeln durfte und er die angebotene Hand nur aus Rücksicht auf seinen Freund ausgeschlagen hatte, so war sie vernünftig genug, sich nicht darüber zu ärgern, sondern eine so seltene Aufopferung zu bewundern. Weil es jedoch in der Natur jedes Menschen liegt, daß er sich betrübt, wenn seine Angelegenheiten nicht den gewünschten Fortgang nehmen, so beschloß sie, gleich am andern Morgen aufs Land zu gehen, um ihren Kummer zu zerstreuen oder vielmehr zu vermehren; denn die Einsamkeit ist weit geeigneter, die Liebe zu verstärken, als sie zu schwächen.

Don Juan seinerseits hatte sich, da er Mendoza nicht zu Hause fand, auf sein Zimmer verschlossen, um ungestört seinem Schmerz nachzuhängen. Nach dem, was er für seinen Freund getan hatte, glaubte er wenigstens seufzen zu dürfen; aber Don Fadriquez unterbrach ihn bald in seiner Träumerei, und da er auf seinem Gesichte Spuren von Unwohlsein zu bemerken glaubte, so zeigte er sich darüber so besorgt und ängstlich, daß Don Juan ihn mit der Erklärung beruhigen mußte, er bedürfe lediglich nur einiger Ruhe. Mendoza entfernte sich sogleich, um ihn nicht zu stören, aber er ging so traurig von dannen, daß dem Toledaner sein Unglück immer schwerer aufs Herz fiel. »O Gott!« sagte er bei sich selbst, »warum muß die zärtlichste Freundschaft von der Welt das ganze Elend meines Lebens machen!«

Am andern Morgen war Don Fadriquez noch nicht aufgestanden, als man ihm meldete, Doña Theodora sei mit ihrer ganzen Dienerschaft nach ihrem Schlosse Villareal abgereist und werde allem Anschein nach sobald nicht zurückkehren. Diese Nachricht kränkte ihn tief, nicht sowohl weil es einem Liebhaber überhaupt unangenehm ist, vom Gegenstand seiner Liebe entfernt zu sein, sondern hauptsächlich, weil man ihm kein Wort davon gesagt hatte. Er wußte nicht, was er davon denken sollte, konnte sich aber einer düstern Ahnung nicht erwehren.

Er stand schnell auf, um zu seinem Freunde zu gehen: denn er wollte sich nach seinem Befinden erkundigen und ihm dann sein Leid klagen. Aber, als er eben mit seinem Anzuge fertig war, trat Don Juan in sein Zimmer und sagte zu ihm: »Ich komme, um Euch nicht länger meinetwegen in Unruhe zu lassen; ich befinde mich heute wieder recht wohl.« – »Diese gute Nachricht«, antwortete Mendoza, »tröstet mich wieder einigermaßen für die schlimme, die ich soeben erhalten habe.« Der Toledaner fragte, was er damit sagen wolle, worauf Don Fadriquez alle seine Leute hinausgehen hieß und zu ihm sagte: »Doña Theodora ist heute früh aufs Land abgereist und man glaubt, sie werde lange dort bleiben. Die Sache ist mir sehr auffallend. Warum hat man mir denn kein Wörtchen davon gesagt? Was haltet Ihr davon, Don Juan? habe ich nicht alle Ursache, unruhig zu sein?«

Zarata hütete sich wohl, ihm seine wahre Meinung zu offenbaren, und suchte ihn zu überreden, daß Doña Theodora wohl aufs Land gegangen sein könne, ohne daß er darob zu erschrecken brauche. Mendoza aber begnügte sich nicht mit den Beruhigungsgründen seines Freundes, sondern fiel ihm ins Wort und sagte: »Dies alles kann den Verdacht nicht entkräften, der mir gleich im Anfang aufgestiegen ist. Wahrscheinlich habe ich unbesonnenerweise etwas getan, was Doña Theodora mißfiel, und nun verläßt sie mich zur Strafe und hält es nicht einmal der Mühe wert, mir mein Vergehen vorzuhalten.

Wie dem auch sein mag, diese Ungewißheit ist mir so peinlich, daß ich sie nicht länger aushalten kann. Kommt, Don Juan, und laßt uns sie aufsuchen; ich will sogleich satteln lassen.« – »Ich rate Euch«, sagte der Toledaner, »niemand mitzunehmen; eine Erklärung dieser Art geschieht immer am besten ohne Zeugen.« – »Don Juan wird nie überflüssig sein«, antwortete Don Fadriquez; »Doña Theodora weiß recht gut, daß Euch nichts verborgen ist, was in meinem Herzen vorgeht: sie schätzt Euch hoch und Ihr werdet mich nicht nur nicht belästigen, sondern mir auch behilflich sein, sie zu meinen Gunsten wieder zu beruhigen.«

»Nein, Don Fadriquez«, antwortete dieser, »meine Gegenwart könnte Euch zu nichts helfen. Ich beschwöre Euch, gehet allein dahin.« – »Nein, mein lieber Don Juan«, erwiderte Mendoza, »wir müssen zusammen gehen; ich erwarte diese Gefälligkeit von Eurer Freundschaft.« – »Welche Tyrannei!« rief der Toledaner ärgerlich; »warum verlangt Ihr durchaus gerade das von meiner Freundschaft, was sie Euch nicht gewähren darf!«

Don Fadriquez begriff diese Worte nicht, und der heftige Ton, womit sie gesagt wurden, war ihm sehr auffallend. Er blickte seinen Freund scharf an und sagte dann zu ihm: »Don Juan, was soll ich davon denken? Welch entsetzlicher Verdacht steigt in mir auf! Ihr dürft nicht länger mit der Sprache zurückhalten und müßt jetzt sprechen. Warum weigert Ihr Euch so bestimmt, mich zu begleiten?«

»Ich wollte Euch meine Gründe verschweigen«, antwortete der Toledaner; »da Ihr mich aber genötigt habt, offen zu sprechen, so darf ich mich nicht länger verstellen. Mein lieber Don Fadriquez, hören wir auf, uns zur Gleichheit unserer beiderseitigen Neigungen Glück zu wünschen; diese Gleichheit geht nur zu weit: die Pfeile, die Euch verwundet, haben auch Euern Freund nicht verschont. Doña Theodora...« – »Ihr wäret also mein Nebenbuhler!« unterbrach ihn Mendoza erblassend. »Sobald ich mir dieser Liebe bewußt wurde«, antwortete Don Juan, »so habe ich sie zu bekämpfen gesucht. Ihr wißt selbst, wie beharrlich ich die Witwe floh, und habt mir sogar Vorwürfe darüber gemacht. Ich triumphierte wenigstens über meine Leidenschaft, wenn ich sie auch nicht zerstören konnte.

Gestern aber ließ sie mir sagen, sie wünsche mich zu sprechen. Ich ging zu ihr. Sie fragte mich, warum ich ihr aus dem Wege zu gehen scheine. Ich erfand allerhand Ausflüchte, allein sie ließ keine einzige gelten. Endlich sah ich mich genötigt, ihr den wahren Grund zu entdecken. Ich glaubte, sie würde nach dieser Erklärung mein Benehmen gutheißen, allein das seltsame Gestirn, unter dem ich geboren bin... Ja, Mendoza, ich muß es Euch sagen, Theodora war für mich eingenommen.«

So sanftmütig und vernünftig Don Fadriquez sonst war, so geriet er doch bei diesen Worten in Wut. Er unterbrach seinen Freund abermals und sagte zu ihm: »Haltet ein, Don Juan, und stoßt mich lieber nieder, als daß Ihr diese unglückselige Erzählung fortsetzet. Ihr gesteht nicht bloß, daß Ihr mein Nebenbuhler seid, sondern sagt mir auch noch, daß man Euch liebe! Bei allen Heiligen, wie mögt Ihr mir das bieten! Ihr stellt unsere Freundschaft auf eine gar zu harte Probe. Doch was sage ich Freundschaft? Ihr habt sie selbst verletzt, indem Ihr die verräterischen Gefühle in Euch aufkommen ließet, die Ihr soeben bekanntet.

Ach! ich habe mich grausam getäuscht! Ich hielt Euch für großherzig, für edelmütig, und entdecke nun einen falschen Freund, der imstande ist, eine Liebe zu nähren, die mich beschimpft. Dieser unerwartete Schlag stürzt mich zu Boden: ich fühle ihn um so lebhafter, als er mir von einer Hand versetzt wurde, die...« – »Seid nicht so ungerecht gegen mich«, rief der Toledaner, »und habt nur noch einen Augenblick Geduld: ich bin nichts weniger, als ein falscher Freund. Hört mich an, und Ihr werdet bereuen, mich so geschmäht zu haben.«

Er erzählte ihm hierauf umständlich, was zwischen der

Witwe und ihm vorgegangen war, wie sie ihm zärtlich ihre Liebe gestanden und ihn zu veranlassen gesucht habe, ohne weiteres Bedenken auf ihre Leidenschaft einzugehen. Er wiederholte, was er darauf geantwortet hatte, und als er auf die Festigkeit zu sprechen kam, die er dabei an den Tag gelegt, wurde Don Fadriquez allmählich wieder ruhiger. »Kurz und gut«, setzte Don Juan hinzu, »die Freundschaft hat über die Liebe gesiegt, ich schlug Theodoras Hand aus. Sie weinte vor Verdruß, und großer Gott! welchen Sturm haben diese Tränen nicht in meinem Herzen erregt! Noch jetzt kann ich nicht ohne Zittern an die Gefahr denken, in der ich schwebte. Ich fing an, mich selbst grausam zu schelten, und einige Augenblicke, Mendoza, wurde mein Herz Euch untreu. Gleichwohl ließ ich mich nicht von meiner Schwachheit hinreißen, sondern entzog mich durch schleunige Flucht diesen gefährlichen Tränen. Es ist übrigens noch nicht genug, daß ich dieser Gefahr entgangen bin: auch für die Zukunft ist noch alles zu fürchten. Ich muß meine Abreise beschleunigen und will mich Theodoras Blicken nie mehr aussetzen. Wird mich Don Fadriquez noch immer des Undanks und der Verräterei beschuldigen?«

»Nein«, antwortete Mendoza, ihn umarmend, »ich erkenne jetzt Eure ganze Unschuld an, und es fällt mir wie Schuppen von den Augen. Verzeiht diese ungerechten Vorwürfe der ersten Aufwallung eines Liebenden, der sich alle seine Hoffnungen entreißen sieht. Ach! wie mochte ich auch glauben, daß Theodora Euch längere Zeit sehen könnte, ohne Euch zu lieben, ohne sich diesem Zauber hinzugeben, dessen Macht ich an mir selbst verspürt habe? Ja, Ihr seid ein wahrer Freund. Ich schreibe mein Unglück fortan nur noch dem feindseligen Schicksal zu, und statt Euch zu hassen, schenke ich Euch wieder meine vollste Zärtlichkeit. Wie? Ihr wolltet mir zu Liebe dem Besitz Theodoras entsagen! Ihr bringt unsrer Freundschaft dies ungeheure Opfer, und ich sollte nicht dadurch gerührt werden? Ihr vermögt Eure Liebe zu bezwingen, und ich sollte mich nicht bemühen, die meinige zu überwinden? Nein, Don Juan, ich muß Eure Großmut vergelten. Folget immerhin dem süßen Triebe Euers Herzens und heiratet die Witwe: mag mein Herz auch darob brechen, ich bitte Euch darum.«

»Alles umsonst!« erwiderte Zarata. »Ich gestehe, daß ich leidenschaftlich in sie verliebt bin, aber doch ist mir Eure Ruhe weit teurer, als mein Glück.« – »Und Theodoras Ruhe?« versetzte Don Fadriquez: »darf diese Euch gleichgültig sein? Wir wollen einander nicht schmeicheln; ihre Neigung zu Euch entscheidet über mein Schicksal. Wenn Ihr Euch auch von ihr entfernen, wenn Ihr, um sie mir abzutreten, fern von ihren Augen ein beklagenswertes Dasein hinschleppen wolltet, so würde mir dies alles doch zu nichts helfen. Da ich ihr bis jetzt nicht gefallen konnte, so werde ich ihr nie gefallen; der Himmel hat diesen Ruhm nur Euch allein vorbehalten. Sie hat Euch vom ersten Augenblick an, da sie Euch sah, geliebt und sich unwillkürlich zu Euch hingezogen gefühlt; mit einem Wort, sie könnte nur mit Euch glücklich sein. Deshalb nehmt die Hand an, die sie Euch bietet; erfüllet ihre und Eure eigenen Wünsche, und überlasset mich meinem Unglück. Machet nicht drei Menschen elend, da ein einziger die ganze Härte des Schicksals auf sich allein ablenken kann.«

Hier wurde Asmodi in seinem Vortrag von dem Studenten unterbrochen, der zu ihm sagte: »Eure Erzählung ist sehr merkwürdig; sollte es in der Wirklichkeit so herrliche Charaktere geben? Ich sehe überall nur Freunde, die sich, ich will nicht sagen, wegen Damen wie Doña Theodora, sondern sogar wegen ganz gewöhnlicher Dirnen entzweien. Kann auch ein Liebender, nur um seinen Freund nicht unglücklich zu machen, einer Dame entsagen, die er anbetet und von der er geliebt wird? Ich hielt dies nur in Romanen für möglich, wo man die Menschen schildert, wie sie sein sollen, nicht wie sie sind.« – »Sehr wahr«, antwortete der Teufel, »dies ist einer von den seltneren Fällen; doch gehört diese Erscheinung nicht bloß dem Roman, sondern wirklich der edleren Natur des Menschen an. Ja, ich habe seit der Sündflut zwei solche Beispiele mitangesehen, das vorliegende dazu gerechnet. Kommen wir indes auf meine Geschichte zurück.

Die beiden Freunde bestanden also darauf, einander ihre Leidenschaft zum Opfer zu bringen, und da keiner dem andern an Großmut nachstehen wollte, so blieben ihre verliebten Empfindungen einige Tage hindurch ganz eingestellt. Sie sprachen nicht mehr von Theodora und wagten es nicht einmal, ihren Namen zu nennen. Während indes in der Stadt Valencia die Freundschaft auf diese Art über die Liebe triumphierte, herrschte die Liebe, gleich als wolle sie sich rächen, andern Ortes mit tyrannischer Gewalt und erzwang sich widerstandslosen Gehorsam.

Doña Theodora gab sich auf ihrem Schlosse Villareal, das nahe am Meere liegt, ganz ihrer Zärtlichkeit hin. Sie dachte unaufhörlich an Don Juan und konnte sich von der Hoffnung nicht lossagen, dereinst die Seinige zu werden, sowenig Aussichten auch nach obengedachter Erklärung ihres Angebeteten in betreff seines Freundschaftsverhältnisses zu Don Fadriquez vorhanden waren.

Eines Abends, als sie noch nach Sonnenuntergang mit einer ihrer Frauen am Meeresufer spazierenging, bemerkte sie eine kleine Schaluppe, die stark auf das Land zusteuerte. Die sieben bis acht Männer, die darin saßen, kamen ihr etwas häßlich vor; als sie dieselben aber mehr in der Nähe sah und aufmerksamer betrachtete, erkannte sie, daß sie Masken für Gesichter gehalten hatte. Wirklich waren es maskierte Leute, sämtlich mit Degen und Bajonetten bewaffnet.

Sie erschrak, und da sie sich von der Landung dieser Kameraden, wozu sie sich eben anschickten, nichts Gutes versprach, so kehrte sie schnell nach ihrem Schlosse um. Von Zeit zu Zeit sah sie zurück, um die Fremden zu beobachten, und da sie bemerkte, daß sie festen Fuß gefaßt hatten und anfingen sie zu verfolgen, so lief sie aus Leibeskräften; weil sie aber minder leichtfüßig war, als Atalanta, die Masken dagegen flinke und muntere Burschen, so wurde sie vor dem Tore ihres Schlosses eingeholt und festgenommen.

Die beiden Frauen schlugen ein lautes Geschrei auf, das sogleich einige Bedienten herbeizog, und da diese im Schlosse Lärm machten, so kam bald die gesamte männliche Dienerschaft Theodoras mit Stecken und Stangen auf den Platz gesprungen. Gleichwohl nahmen zwei der stärksten Masken Gebieterin und Zofe in ihre Arme und trugen sie trotz alles Sträubens und Widerstrebens nach der Schaluppe, indes die übrigen den Leuten vom Schlosse standhielten, die ihnen lebhaft zuzusetzen anfingen. Der Kampf dauerte lang; endlich aber führten die Masken ihr Unternehmen glücklich aus und erreichten kämpfend die Scha-

luppe. Es war hohe Zeit, daß sie sich zurückzogen; denn noch waren nicht alle auf dem Schiffe, als sie von der Straße nach Valencia her vier bis fünf Reiter erblickten, die im stärksten Galopp auf sie lossprengten und Theodora zu Hilfe kommen zu wollen schienen. Bei diesem Anblick sputeten sich die Räuber, und es gelang ihnen, noch vor der Ankunft ihrer neuen Gegner die offene See zu gewinnen.

Die Reiter waren niemand anders als Don Fadriquez und Don Juan. Der erstere hatte an demselben Tage einen Brief erhalten, worin ihm gemeldet wurde, man habe aus guter Quelle in Erfahrung gebracht, daß Alvaro Ponce sich auf der Insel Mallorca aufhalte und eine Art Tartane ausgerüstet habe, um mit etwa zwanzig Burschen, die nichts zu verlieren haben, die Witwe des Cifuentes zu entführen, sobald sie sich auf ihrem Schlosse zeige. Auf diese Nachricht hin waren der Toledaner und er sogleich von Valencia abgereist, um Doña Theodora zu warnen. Sie hatten schon von ferne am Ufer ziemlich viele Leute bemerkt, die miteinander zu kämpfen schienen, und da sie nun fürchteten, das Entsetzliche möchte eben jetzt geschehen, so sprengten sie mit verhängtem Zügel heran, um Don Alvaro zu bekämpfen. Allein umsonst: sie kamen nur noch, um Zeugen der Entführung zu sein, die sie verhindern wollten.

Indes entfernte sich Alvaro Ponce, stolz auf den glücklichen Erfolg seiner Verwegenheit, mit der schönen Beute, und seine Schaluppe vereinigte sich mit einem wohlausgerüsteten kleinen Schiffe, das ihn in offener See erwartete. Man kann sich keinen größern Schmerz denken, als den der beiden Freunde. Sie verfluchten Don Alvaro zur Hölle, und erfüllten die Lüfte mit ebenso jammervollem als nutzlosem Klagegeschrei. Die gesamte Dienerschaft Theodoras folgte diesem schönen Beispiel und ließ es ebenfalls nicht an Tränen und Wehklagen fehlen. Das ganze Ufer widerhallte von ihrem Geschrei: Wut, Verzweiflung und Jammer schienen ihren Wohnsitz allda aufgeschlagen zu haben. Helenas Raub hat am Hof von Sparta keine größere Bestürzung verursacht.«

Vierzehntes Kapitel

Wichtiger Streit eines Tragödiendichters mit einem Lustspielschreiber

Der Student unterbrach hier den Teufel aufs neue und sagte zu ihm: »Señor Asmodi, so ausnehmend mir auch Eure Geschichte gefällt, so zieht doch in diesem Augenblick etwas anderes meine Aufmerksamkeit auf sich, und ich kann der Neugierde nicht widerstehen, zu erfahren, was es bedeuten solle. Ich bemerke dort in einem Zimmer zwei Leute im bloßen Hemde, die sich an der Kehle und bei den Haaren halten, und verschiedene andere Leute im Schlafrock, die sich alle Mühe geben, sie auseinander zu bringen. Sagt mir doch, was soll ich davon denken?« Der Dämon, der seinem Freund in allem gefällig war, gab ihm hierauf folgende Erklärung:

»Die beiden Raufer«, sagte er, »sind zwei französische Autoren, und die Leute, die sie auseinander zu bringen suchen, sind zwei Deutsche, ein Flamländer und ein Italiener. Sie wohnen alle in diesem Hause, das ein Hôtel garni ist, wo fast nur Ausländer ihr Quartier nehmen. Der eine der Autoren verfertigt Tragödien, der andere Komödien. Ersterer ging nach Spanien, weil er in Frankreich allerhand Verdruß hatte; dem letzteren wollte es in Paris ebenfalls nicht recht gefallen, und er machte daher dieselbe Reise, in der Hoffnung, in Madrid ein besseres Los zu finden.

Der Tragiker ist ein eitler und aufgeblasener Mensch, der sich dem besseren Teile des Publikums zum Trotz in seinem Heimatlande einigen Ruf zu erwerben gewußt hat. Um seine Muse beständig in Atem zu erhalten, dichtet er alle Tage, und heute nacht fing er, weil er nicht schlafen konnte,

ein neues Stück an, dessen Stoff er aus der Ilias entlehnt hat. Er ist bereits mit einer Szene fertig, und da sein kleinster Fehler darin besteht, daß ihn, wie seine übrigen Brüder in Apoll, beständig der Kitzel sticht, die Leute mit Vorlesung seiner Werke zutode zu quälen, so stand er auf, nahm sein Licht und klopfte im bloßen Hemde gewaltig an die Türe des komischen Dichters, der seine Zeit besser anwandte und in tiefem Schlafe lag.

Der Komikus erwachte von dem Lärmen und öffnete seinem Kollega, der wie ein Besessener auf ihn losging und ihm zurief: ›Zu meinen Füßen, Freund, zu meinen Füßen! Verehret ein Genie, dem Melpomene lächelt. Ich habe soeben Verse gemacht... Doch was sage ich, ich? Apollo selbst hat sie mir in die Feder diktiert. Wäre ich in Paris, ich würde sie heute noch von Haus zu Haus vorlesen. Ich warte nur bis es Tag wird, um unsern Herrn Gesandten und überhaupt alle Franzosen in Madrid damit zu entzücken. Bevor ich sie aber jemand zeige, will ich sie Euch vorlesen.‹

›Ich danke sehr für die Auszeichnung‹, antwortete der Komikus, aus Leibeskräften gähnend. ›Es ist schlimm, daß Ihr Eure Zeit so übel wählet; ich bin spät zu Bette gegangen und sehr schläfrig, kann daher nicht dafür stehen, daß ich alle Eure Verse ohne einzuschlafen anhören werde.‹ – ›Oh, dafür stehe ich gut‹, erwiderte der Tragiker; ›die Szene, die ich soeben gemacht habe, müßte Euch sogar vom Tode wiedererwecken. Meine Verse sind nicht etwa eine Zusammenstoppelung von alltäglichen Gedanken und trivialen Ausdrücken, denen nur der Reim einigen Reiz verleihen kann; nein, es ist eine männliche Poesie, die das Herz rührt und dem Verstand gefällt. Ich gehöre nicht zu den Dichterlingen, deren jammervolle neue Geburten nur wie Schatten über die Szene gleiten und dann nach Utika wandern, um die Afrikaner zu ergötzen. Meine Stücke verdienen zugleich mit meiner Bildsäule in der palatinischen Bibliothek aufgestellt zu werden; denn nach dreißig Vorstellungen füllen sie

immer noch das Schauspielhaus. Kommen wir indes‹, fügte der bescheidene Dichter hinzu, ›auf die Verse, womit ich Euch erfreuen will.

Meine Tragödie führt den Titel: *Der Tod des Patroklus.* Erste Szene. Briseis und die übrigen Gefangenen Achills treten auf. Sie zerraufen sich die Haare und zerschlagen sich die Brust, um ihre Teilnahme an dem Tod des Patroklus an den Tag zu legen. Ja, sie können sich nicht mehr auf den Beinen halten und sinken, durch Verzweiflung niedergebeugt, aufs Theater hin. Ihr werdet sagen, dies sei etwas gewagt; allein das suche ich eben. Kleine Geister mögen sich immerhin in den engen Schranken der Nachahmung halten und es nicht wagen, sie zu überschreiten; meinetwegen! sie tun wohl daran, daß sie so schüchtern sind. Ich aber, ich liebe das Neue, und um die Zuschauer zu rühren und zu entzücken, muß man ihnen, glaube ich, Bilder vor die Augen führen, deren sie sich nicht versahen.

Die gefangenen Frauen liegen also auf dem Boden. Phönix, Achills Hofmeister, ist bei ihnen; er hilft einer nach der andern wieder aufstehen und beginnt dann die Protasis mit folgenden Versen:

So muß denn Hektor, muß das stolze Troja fallen,
Denn des Patroklus Tod schreit Rache laut bei allen.
Sieh, Agamemnon naht, der stattliche Camel,
Nestor, den Göttern gleich, der tapfere Eumel,
Leontes, der besiegt den Mars im Speerwurf hätte,
Der starke Diomed, Odysseus der Beredte.
Achilles rüstet sich: schon jagt er sein Gespann,
Das göttliche, im Zorn gen Ilium hinan.
Kaum folgen mag der Blick der Rosse jähem Lauf,
Noch langsam für Achill, ihn spornt die Rache auf;
Drum herrscht er ihnen zu: Balius, Xanthus, eilt,
Und wenn ihr lang genug im Blutbad euch verweilt,
Wenn Trojas Macht verkriecht sich hinter Wall und Wehren,

Dann mögt ins Lager ihr, doch mit Achill nur kehren!
Und sieh, gesenkten Haupts erwidert Xanthus nun:
Wir werden, o Achill, nach dem Gebote tun,
Und deine Ungeduld mit raschem Eifer stillen:
Doch das Verhängnis naht, dein Los wird sich erfüllen.
Weissagend aus dem Pferd sprach Juno dies, die Hohe:
Doch wie ein Sturmwind flog zur Schlacht nun der Heroe.
Bei diesem Anblick schallt der Jubel der Hellenen,
Daß Trojas Ufer bang vom Widerhalle stöhnen,
Hephästos Rüstung sieht man um Achilles prangen,
Gleichwie den Morgenstern, wenn hell er aufgegangen;
Gleichwie die Sonne, wenn sie aus dem Meer gestiegen
Und strahlend durch die Luft nun ihre Blitze fliegen,
Gleichwie ein Feuer, das, vom Landmann angefacht,
Auf des Gebirges Kamm auflodert in der Nacht.

›Ich halte ein‹, fuhr der tragische Dichter fort, ›um Euch einen Augenblick zu Odem kommen zu lassen; denn wollte ich Euch die ganze Szene hersagen, die Schönheit meiner Versifikation, sowie die große Menge schimmernder Gedanken und erhabener Einfälle, welche sie enthält, würde Euch betäuben. Wie treffend nur die Vergleichung ist: *Gleichwie ein Feuer, das vom Landmann angefacht!* Freilich merkt dies nicht jedermann, aber ein Mann von Geist und Geschmack, wie Ihr, muß davon ganz bezaubert sein.‹ – ›Das bin ich auch‹, antwortete der Komikus boshaft lächelnd; ›es kann in der Tat nichts Schöneres geben, und ich bin überzeugt, daß Ihr nicht ermangeln werdet, in Euerm Trauerspiel auch zu rühmen, wie sorgfältig Thetis die trojanischen Fliegen von des Patroklus Leiche weggescheucht habe.‹ – ›Keinen Spott!‹ versetzte der Tragiker; ›ein gewandter Dichter darf sich alles erlauben. Diese Stelle ist vielleicht im ganzen Stücke die geeignetste, um prächtige Verse anzubringen; auf Ehre und Seligkeit, ich streiche keine Silbe.

Alle meine Werke‹, fuhr er ohne Umstände fort, ›tragen

das Gepräge der Meisterschaft auf der Stirn. Ihr solltet aber auch sehen, wie sie immer beklatscht werden, wenn ich sie vorlese. Bei jedem Verse muß ich innehalten, um Lobsprüche in Empfang zu nehmen. Ich erinnere mich noch, wie ich einmal in Paris ein Trauerspiel in einem Hause vorlas, wo alle Tage zur Zeit des Mittagessens eine Menge Schöngeister zusammenkommen und wo man mich – ich kann das ohne Eitelkeit sagen – für keinen Pradon hält. Die lange Gräfin von Vieille-Brune war da, eine Dame von ausgezeichnet feinem Geschmack: ich bin ihr Lieblingsdichter. Gleich bei der ersten Szene weinte sie heiße Tränen; im zweiten Akt mußte sie ein anderes Schnupftuch nehmen; im dritten schluchzte sie unaufhörlich, im vierten wurde sie unwohl und bei der Katastrophe glaubte ich, sie würde mit meinem Helden sterben.‹

Bei diesen Worten war es dem komischen Dichter unmöglich, länger ernsthaft zu bleiben, und er schlug ein schallendes Gelächter auf. ›Ja, ja‹, sagte er endlich, ›daran erkenne ich die liebe Gräfin. Die edle Frau kann die Komödie nicht ausstehen und hat einen solchen Widerwillen dagegen, daß sie gewöhnlich nach dem großen Stücke fortgeht, um ihren ganzen Schmerz mit nach Hause zu nehmen. Das Trauerspiel ist ihre noble Passion. Das Stück mag gut oder schlecht sein, wenn nur unglückliche Verliebte darin sprechen, so wird sie unfehlbar gerührt. Aufrichtig gestanden, wenn ich Gedichte ernsthaften Inhalts machte, so wünschte ich mir andere Verehrer als sie.‹

›Daran fehlt es mir auch nicht‹, erwiderte der Tragiker. ›Tausend Personen von Stand, sowohl Herren als Damen, beehren mich mit ihrem Beifall...‹ – ›Ich gebe keinen Pfifferling um das Lob dieser Leute‹, unterbrach ihn der Komikus, ›und halte nichts auf ihre Urteilsfähigkeit. Wollt Ihr wissen warum? Weil Zuhörer dieser Art während einer Vorlesung meistens zerstreut sind. Sie lassen sich leicht von einem einzigen schönen Reim oder artigen Gedanken bestechen und loben dann das ganze Stück, wenn es auch sonst an allen möglichen Fehlern leidet. Auf der andern Seite ist es ihnen eine Kleinigkeit, ein gutes Stück zu verschreien, das vielleicht bloß einige harte Reime hat.‹

›Nun gut‹, entgegnete der Günstling Melpomenes, ›da Ihr mir jene Richter verdächtig zu machen gesucht, so darf ich mich doch vielleicht auf den Beifall des Parterres verlassen?‹ – ›Tut Euch ja darauf nichts zugut‹, erwiderte der andere, ›denn es ist gar zu launisch und grillenhaft. Auch beträgt es sich zuweilen bei Vorstellungen neuer Stücke so plump und abgeschmackt, daß es wohl zwei Monate lang von einem elenden Machwerke bezaubert ist. Nach und nach verschwindet dann der erste Eindruck, und der beklatschte Autor wird mit Schmach überhäuft.‹

›Ein Unglück, das ich nicht zu fürchten habe‹, sagte der Tragiker. ›Meine Stücke werden ebensooft neu gedruckt als aufgeführt. Mit den Komödien ist's freilich nicht so: der Druck deckt ihre Schwächen auf und da Komödien nur Kleinigkeiten, geringfügige Produkte des Witzes sind...‹ – ›Nur sachte, lieber Herr‹, unterbrach ihn der andere, ›Ihr erhitzt Euch ja ganz; im übrigen muß ich bitten, in meiner Gegenwart etwas ehrerbietiger von der Komödie zu sprechen. Meint Ihr denn, ein komisches Stück sei leichter als ein Trauerspiel? Glaubt nur das nicht: es ist ebenso schwer, ehrliche Leute zum Lachen zu bringen, als zum Weinen. Ein sinnreiches Sujet aus dem gemeinen Leben sinnreich zu bearbeiten kostet soviel Mühe, als die schönste Tragödie.‹

›Ei wahrhaftig!‹ rief der Tragiker in spöttischem Tone, ›es freut mich ungemein, dies von Euch zu hören. Nun gut, bester Señor Calidas, um allen Streit zu vermeiden, will ich künftig alle Eure Werke so hoch stellen, als ich sie bisher geringgeschätzt hatte.‹ – ›An Eurer Geringschätzung, bester Giblet‹, antwortete der Komiker hastig, ›ist mir durchaus nichts gelegen; da Ihr aber unverschämt zu werden beginnt, so will ich Euch geradezu sagen, was ich von den Versen halte, die Ihr soeben vorlaset. Sie sind im höchsten Grade abgeschmackt, und die Gedanken, obwohl aus Homer gestohlen, aufs jammervollste verflacht. Achill spricht mit seinen Pferden, diese antworten ihm, und darin liegt ein niedriges Bild, ebenso wie auch in der Vergleichung mit dem Feuer, das die Bauern auf einem Berge anfachen. Wenig Ehre für die Alten, wenn man sie auf diese Art ausplündert. Es ist wahr, sie haben herrliche Sachen, aber man muß mehr Geschmack als Ihr besitzen, um unter dem, was man von ihnen entlehnen will, eine glückliche Wahl zu treffen.‹

›Weil Ihr also‹, erwiderte Giblet, ›nicht genug Schwung und Erhabenheit des Geistes habt, um die Schönheiten meiner Poesie zu fühlen, und zugleich zur Strafe, daß Ihr Euch unterstanden, mein Stück zu tadeln, lese ich Euch auch die Fortsetzung nicht vor.‹ – ›Strafe genug für mich, daß ich den Anfang hören mußte‹, erwiderte Calidas. ›Wahrhaftig, es steht Euch wohl an, meine Komödien verachten zu wollen. Die schlechteste, die ich hinschmiere, ist noch immer besser als alle Trauerspiele miteinander, denn es ist weit leichter, mit schwülstigen Redensarten zu prangen, als einen feinen und artigen Scherz zutage zu fördern.‹

›Gott sei gedankt!‹ erwiderte der Tragiker in verächtlichem Tone; ›wenn ich das Unglück habe, Eure Achtung nicht zu besitzen, so glaube ich mich darüber trösten zu können. Der Hof urteilt günstiger über mich als Ihr, und der Jahrsgehalt, den er mir gnädigst ausgesetzt hat...‹ – ›Schweigt mir von Euerm Jahrsgehalt und vom Hof!‹ fiel Calidas ein; ›ich weiß zu gut, wie man dergleichen Jahrsgehalte bekommt, als daß ich deshalb Eure Werke höher schätzen sollte. Noch einmal, bildet Euch ja nicht ein, als ob Ihr mehr verständet als ein komischer Dichter. Ich wenigstens bin vollkommen überzeugt, daß es nichts Leichteres gibt, als Tragödien zu schreiben, und wenn ich wieder nach Frankreich zurückgehe und es mir im Komischen nicht mehr gelingt, so werde ich mich wohl auch noch dazu erniedrigen.‹

›Für einen Farcenmacher‹, sagte der Tragiker, ›besitzet

Ihr eine große Dosis Eitelkeit.‹ – ›Für einen Reimer, der seinen ganzen Ruf nur falschem Glanze verdankt‹, erwiderte der Komikus, ›macht Ihr gewaltig viel Rühmens von Euch selbst.‹ – ›Ihr werdet unverschämt‹, replizierte Giblet. ›Wäre ich nicht auf Euerm Zimmer, mein liebes Herrlein, so wollte ich Euch schon Ehrfurcht vor dem Kothurn beibringen.‹ – ›Laßt Euch dadurch nicht abhalten, großer Meister Giblet‹, antwortete Calidas; ›wenn Euch der Rücken

juckt, so kann ich Euch auf meinem Zimmer so gut durchprügeln, als anderswo.‹

Auf dieses hin faßten sich beide an den Haaren und bei der Kehle und keiner ließ es an Faustschlägen und Rippenstößen fehlen. Ein Italiener, der im Zimmer daneben schlief, hörte das ganze Zwiegespräch mit an und schloß aus dem Lärmen, daß sie einander in den Haaren liegen müssen. Er stand auf und, obschon Italiener, hatte er doch soviel Mitleid, daß er um Hilfe rief. Ein Flamländer und zwei Deutsche, sämtlich, wie Ihr sehet, im Schlafrock, helfen dem Italiener die Kämpfenden auseinander bringen.«

»Ein lustiger Streit!« sagte Don Kleophas. »Aber wie ich sehe, halten sich die Tragödiendichter in Frankreich für viel wichtigere Leute als andere, die bloß Komödien schreiben.« – »Sehr wahr«, antwortete Asmodi. »Jene dünken sich über diese ebenso hoch erhaben, als die Helden im Trauerspiel über die Bedienten im Lustspiel.« – »Und worauf gründen sie denn diesen Stolz?« fragte Don Kleophas. »Sollte wirklich eine Tragödie schwerer sein als eine Komödie?« – »Diese Frage«, antwortete der Teufel, »ist schon hundertmal in Anregung gebracht worden und wird es noch immer täglich. Ich für mein Teil entscheide sie – andere mögen davon denken, was sie wollen, – so: Ich sage, es ist nicht leichter, ein Lustspiel zu verfassen als ein Trauerspiel; denn wäre das letztere schwerer, so würde daraus folgen, daß ein Tragödienschreiber fähiger wäre, eine Komödie zu liefern, als der beste komische Dichter: dem widerspricht aber die Erfahrung aufs schlagendste. Diese beiden Dichtungsarten erfordern zwei Genies von verschiedener Art, aber gleicher Geschicklichkeit.

Indes«, fügte der Dämon hinzu, »ist es Zeit, den Faden der unterbrochenen Geschichte wiederaufzunehmen.

Fünfzehntes Kapitel

Fortsetzung und Schluß der Erzählung von der Macht der Freundschaft

Theodoras Dienerschaft hatte, wenn sie auch die Entführung ihrer Gebieterin nicht verhindern konnte, doch wenigstens mutigen Widerstand geleistet und einige von Alvaro Ponces Leuten übel zugerichtet. Einer von ihnen war so gefährlich verwundet, daß er seinen Kameraden nicht mehr folgen konnte und beinahe leblos auf dem Sande liegenblieb.

Man erkannte den Unglücklichen für einen Bedienten des Don Alvaro, und da man merkte, daß er noch atmete, trug man ihn ins Schloß und bot alles auf, um ihn wieder zu sich zu bringen. Endlich gelang es auch, obschon er durch starken Blutverlust ungemein geschwächt war. Um ihm einige Geständnisse abzulocken, versprach man ihm, für sein Aufkommen besorgt zu sein und ihn nicht der Strenge der Gerichte preiszugeben, wenn er sagen wolle, wohin sein Gebieter die Doña Theodora zu führen gedenke.

Dieses Versprechen lockte ihn an, obschon sein Zustand ihm wenig Hoffnung ließ, davon Nutzen ziehen zu können. Er sammelte seine wenigen noch übriggebliebenen Kräfte und bestätigte mit schwacher Stimme die Nachricht, die Don Fadriquez erhalten hatte. Dann fügte er hinzu, Don Alvaro beabsichtige, die Witwe des Cifuentes nach Saffari auf der Insel Sardinien zu bringen, wo er einen Verwandten habe, dessen Schutz und Einfluß ihm eine sichere Zufluchtsstätte verspreche.

Bei dieser Angabe wurde es Mendoza und dem Toledaner wieder etwas leichter ums Herz: sie ließen den Verwundeten im Schloß, wo er einige Stunden darauf starb, und ritten nach Valencia zurück, um die nötigen Vorbereitungen zur Verfolgung zu treffen. Sie beschlossen, ihren gemeinschaftlichen Feind in seinem Schlupfwinkel aufzusuchen, und schifften sich daher bald darauf ohne Gefolge in Denia ein, von wo sie in den Hafen von Mahon fuhren, in der sichern Hoffnung, daselbst in Bälde eine Gelegenheit nach Sardinien zu finden. Wirklich waren sie kaum dort angelangt, als sie erfuhren, ein nach Cagliari bestimmtes Frachtschiff werde unverzüglich absegeln: eine Gelegenheit, die sie nicht hinauslassen wollten.

Im Anfang hatten sie den besten Wind, den man sich nur wünschen kann; aber nach fünf oder sechs Stunden trat Windstille ein, und in der Nacht drehte sich der Wind vollständig, so daß sie lavieren mußten, bis er wieder eine andere Richtung annahm. So segelten sie drei Tage lang fort; am vierten aber um zwei Uhr nachmittags entdeckten sie ein Schiff, das mit vollen Segeln gerade auf sie zukam. Im Anfang hielten sie es für ein Kauffahrteischiff; als sie aber sahen, daß es beinahe bis auf Schußweite herbeikam, ohne eine Flagge aufzustecken, so zweifelten sie nicht mehr daran, es werde ein Korsar sein.

Ihre Erwartung wurde nicht betrogen: es war ein Pirat aus Tunis, welcher im Anfang glaubte, die Christen werden sich ohne Kampf ergeben. Als er aber sah, daß sie ihre Segel einzogen und ihre Kanonen in Bereitschaft setzten, so schloß er daraus, die Sache müsse wohl ernsthafter sein, als er sich gedacht hatte, hielt daher an, zog gleichfalls seine Segel ein und rüstete sich zum Kampfe.

Die beiden Schiffe ließen ihre Geschütze gegeneinander spielen, und die Christen schienen im Vorteil zu sein, als ein algerischer Korsar mit einem noch größeren und besser ausgerüsteten Schiff, als die beiden andern, mitten im Kampfe dazu kam und die Partie des Tunesiers ergriff. Er steuerte mit vollen Segeln auf das spanische Schiff zu, das somit zwischen zwei Feuer geriet.

Bei diesem Anblick verloren die Christen den Mut, und da sie den allzu ungleichen Kampf nicht länger fortsetzen wollten, so hörten sie auf zu schießen. Hierauf zeigte sich auf dem Hinterteil des algerischen Schiffes ein Sklave, der den Christen auf spanisch zurief, sie sollen nach Algier umkehren, wenn sie Gnade wünschen. Nach dieser Aufforderung erschien ein Türke mit einer Fahne aus grünem Taft, worauf eine Menge silberner Halbmonde ineinander verschlungen waren, und schwang sie in die Luft. Die Christen überzeugten sich nun von der völligen Erfolglosigkeit jedes weiteren Widerstandes und fochten nicht länger, sondern überließen sich dem ganzen Schmerz, den der Gedanke an die Sklaverei freien Männern verursachen muß. Der Kapitän, der durch längere Zögerung die barbarischen Sieger zu erbittern fürchtete, nahm die Fahne vom Hinterteil des Schiffes herab, stieg mit einigen seiner Matrosen in das Boot und übergab sich dem algerischen Korsaren.

Der Seeräuber schickte einen Teil seiner Mannschaft ab, um das spanische Schiff zu untersuchen, d.h. mit andern Worten, rein auszuplündern. Der tunesische Korsar seinerseits erteilte einigen seiner Leute denselben Befehl, so daß sämtliche Passagiere des unglücklichen Schiffes in

einem Augenblicke entwaffnet und durchsucht waren. Hierauf schleppte man sie in das algerische Schiff, wo die beiden Piraten das Los warfen und sich in den Raub teilten.

Es wäre für Mendoza und seinen Freund wenigstens ein Trost gewesen, wenn sie beide miteinander einem Korsaren in die Hände gefallen wären. Gewiß hätten sie ihre Ketten weniger schwer gefunden, wenn es ihnen vergönnt gewesen wäre, sie gemeinschaftlich zu tragen; allein sie sollten nun einmal den Kelch des Leidens bis auf den Grund leeren, und so fiel Don Fadriquez dem tunesischen, Don Juan dem algerischen Korsaren zu. Denkt Euch die Verzweiflung der Freunde, als sie sich verlassen mußten. Sie baten die Seeräuber fußfällig, sie nicht zu trennen, allein die Unholde, deren Grausamkeit bei den rührendsten Schauspielen sich nicht gemildert hatte, schlossen aus allem, die beiden Gefangenen müßten vornehme Leute sein, die wohl ein schweres Lösegeld bezahlen könnten, und nahmen sich daher vor, sie zu teilen.

Mendoza und Zarata, die wohl einsahen, daß sie es mit Unmenschen zu tun hatten, konnten sich ihre Betrübnis nur durch Blicke zu verstehen geben. Nach der Teilung der Beute aber und als der tunesische Seeräuber mit den ihm zugefallenen Sklaven nach seinem Schiffe zurückfahren wollte, da glaubten die beiden Freunde, sie müßten unter ihrem Schmerze erliegen. Mendoza näherte sich dem Toledaner, schloß ihn fest in seine Arme und sagte zu ihm: »So müssen wir uns denn trennen! Welch gräßliche Notwendigkeit! Nicht genug, daß die Verwegenheit eines Räubers ungestraft bleibt, man raubt uns auch noch den Trost, beieinander zu sein. Ach, Don Juan, was haben wir dem Himmel getan, daß er uns seinen Zorn so grausam empfinden läßt!« – »Ihr braucht nach der Ursache unsers Unglücks nicht weit zu suchen«, antwortete Don Juan; »ich bin allein daran Schuld. Die Ermordung meiner Frau und ihres Liebhabers, so entschuldbar sie in den Augen der Menschen erscheint, hat ohne Zweifel den Himmel gereizt und er straft nun auch Euch für Eure Freundschaft gegen einen Elenden, den seine Gerechtigkeit verfolgt.«

Dabei weinten die beiden Freunde bitterlich und schluchzten so laut, daß die andern Sklaven ihr eigenes Unglück beinahe darüber vergaßen. Die tunesischen Räuber aber, noch gefühlloser als ihr Hauptmann, machten nicht viel Umstände; als sie sahen, daß Mendoza sich nicht sehr beeilte, das Schiff zu verlassen, rissen sie ihn mit Gewalt aus des Toledaners Armen und schleppten ihn unter Schlägen und Stößen fort. »Lebe wohl, geliebtester Freund!« rief er, »ich werde Euch nie wiedersehen: Doña Theodora ist nicht gerächt. Die Leiden, die diese Unmenschen mir bereiten, werden mein geringster Kummer in der Sklaverei sein.«

Don Juan vermochte nichts darauf zu antworten. Er hatte sich über die Mißhandlung seines Freundes so entsetzt, daß er nicht sprechen konnte. Da indes die Ordnung

dieser Geschichte verlangt, daß wir den Toledaner begleiten, so wollen wir Don Fadriquez einstweilen auf dem tunesischen Schiffe lassen.

Der algerische Korsar kam glücklich in seinen Hafen zurück. Er stellte seine neuen Sklaven dem Pascha vor und führte sie von da auf den gewöhnlichen Menschenmarkt. Ein Offizier des Deis Mezomorto kaufte Don Juan für seinen Herrn, bei welchem der neue Sklave zu Arbeiten in den Gärten des Harems verwendet wurde. So peinlich nun auch diese Beschäftigung für einen Edelmann sein mußte, so hatte sie doch auch etwas Angenehmes, weil er dabei allein sein durfte. In seiner jetzigen Lage war ihm nichts lieber, als wenn er frei und ungestört über sein Unglück nachdenken konnte. Dies tat er auch unaufhörlich, und statt solche betrübenden Bilder zu vergessen zu suchen, fand er eine Art Vergnügen darin, sie immer aufs neue seinem Geiste vorzuführen.

Eines Tags sang er eben über seiner Arbeit ein trauriges Lied, als der Dei, den er nicht bemerkt hatte, im Garten spazierenging. Mezomorto blieb stehen, die Stimme seines Sklaven gefiel ihm, und er ging aus Neugierde auf ihn zu und fragte nach seinem Namen. Der Toledaner antwortete, er heiße Alvaro. Er hatte nämlich gleich anfangs für gut gefunden, seinen Namen, wie andere Sklaven auch, zu verändern und den eben erwähnten hatte er angenommen, weil ihm die Entführung Theodoras durch Alvaro Ponce beständig vor den Augen schwebte und er ihm deshalb zuerst in den Mund gekommen war. Mezomorto, der etwas spanisch verstand, fragte ihn mehreres über die Sitten und Gewohnheiten Spaniens, besonders über die Art, wie sich die Männer den Frauen angenehm zu machen suchen, und Don Juans Antworten gefielen ihm sehr wohl.

»Alvaro«, sagte er hierauf zu ihm, »du scheinst ein verständiger Bursche zu sein und stammst gewiß auch von vornehmen Leuten ab; dem sei übrigens, wie ihm wolle, du hast das Glück, mir zu gefallen, und ich will dich mit meinem Vertrauen beehren.« Bei diesen Worten fiel Don Juan dem Dei zu Füßen und stand erst wieder auf, nachdem er den Saum seines Kleides an seinen Mund, seine Augen und zuletzt an seinen Kopf geführt hatte.

»Um dir sogleich Beweise meines Wohlwollens zu geben«, fuhr Mezomorto fort, »so sage ich dir hiemit, daß ich die allerschönsten Frauen von Europa in meinem Serail habe. Besonders eine leuchtet unter allen anderen hervor; ich glaube nicht, daß selbst der Großherr eine so vollendete Schönheit besitzt, obgleich seine Schiffe ihm täglich aus allen Gegenden der Erde welche zuführen. Ihr Gesicht gleicht der zurückgestrahlten Sonne, ihre Gestalt dem Rosenstengel im Garten Eram. Kurz, ich bin ganz bezaubert von ihr.

Allein dieses Wunder der Natur, diese seltene Schönheit ist so traurig, daß weder die Zeit, noch meine Liebe sie aufheitern kann. Obschon das Schicksal sie ganz in meine Hände gegeben hat, so habe ich doch meine Begierden nach ihr noch nicht befriedigt, sondern bisher immer bezähmt. Ganz gegen die Gewohnheit von meinesgleichen, die immer nur Sinnenlust begehren, habe ich mir Mühe gegeben, ihr Herz durch eine Gefälligkeit und eine Ehrerbietung zu gewinnen, die selbst der niedrigste Muselmann nicht gegen eine Christensklavin haben würde.

Indes haben alle meine Bemühungen ihre Betrübnis nur vermehrt und ich fange nachgerade an, dieses Eigensinns

müde zu werden. Der Gedanke an die Sklaverei ist in den Geist der andern nicht mit so tiefen Zügen eingegraben; meine freundlichen Blicke haben ihn bald verwischt: diese lange Betrübnis aber ermüdet meine Geduld. Ehe ich jedoch der Stimme der Leidenschaft gehorche, will ich noch einen Versuch mit ihr machen und mich dazu deiner Vermittlung bedienen. Da die Sklavin eine Christin und sogar Landsmännin von dir ist, so wird sie vielleicht Zutrauen zu dir fassen und du wirst sie besser überreden können, als jeder andere. Rühme ihr meinen Rang und meine Reichtümer: stelle ihr vor, daß ich sie vor allen meinen Sklavinnen auszeichnen werde, mache ihr nötigenfalls Hoffnung, dereinst Mezomortos Gemahlin zu werden, und sage ihr,

daß ich ihr mit mehr Hochachtung begegnen wolle, als einer Sultanin, deren Hand mir der Großherr selbst anböte.«

Don Juan warf sich zum zweiten Male vor dem Dei nieder, und sowenig ihm dieser Auftrag behagte, so versicherte er doch, daß er sein möglichstes tun wolle, um ihn gut zu Ende zu führen. »Genug«, antwortete Mezomorto, »laß dein Geschäft liegen und folge mir jetzt: ich will dich gegen unsere Gebräuche mit der schönen Sklavin allein reden lassen. Hüte dich aber wohl, mein Vertrauen zu mißbrauchen; Martern, die selbst den Türken unbekannt sind, würden deine Verwegenheit strafen. Suche ihre Betrübnis zu verscheuchen und bedenke, daß deine Freiheit an das Ende meines Schmachtens geknüpft ist.« Don Juan folgte dem Dei, der einige Schritte vorausging, um die traurige Gefangene auf den Besuch seines Agenten vorzubereiten.

Es waren zwei alte Sklavinnen bei ihr, die sich sogleich zurückzogen, als sie Mezomorto erscheinen sahen. Die schöne Sklavin begrüßte ihn mit vieler Ehrerbietung, konnte sich aber eines Schauders nicht erwehren, wie es ihr jedesmal erging, sooft er sich zeigte. Er bemerkte dies und suchte sie zu beruhigen. »Liebenswürdige Gefangene«, sagte er zu ihr, »ich komme bloß, um dich zu benachrichtigen, daß sich unter meinen Sklaven ein Spanier befindet, mit dem du vielleicht gerne sprechen würdest. Wünschest du ihn zu sehen, so werde ich ihm die Erlaubnis geben, sogar ohne Zeugen mit dir zu reden.«

Die schöne Sklavin bezeigte Lust, ihren Landsmann zu sehen, worauf der Dei sagte: »Ich werde ihn sogleich zu dir schicken. Möchte er die Wolke des Kummers von deiner Stirne bannen können!« So sprechend ging er hinaus und sagte zu dem Toledaner, der ihm vor der Türe begegnete, ganz leise: »Du kannst hineingehen und dich mit der Gefangenen unterhalten; dann aber komm in meine Wohnung und berichte mir, was ihr miteinander gesprochen habt.«

Zarata ging sogleich hinein, begrüßte die Sklavin, ohne sie genau anzusehen, und sie empfing seinen Gruß ebenfalls,

ohne ihn lange zu betrachten. Als sie einander aber näher ins Auge faßten, schrien beide laut auf vor Überraschung und Freude. »Gerechter Gott!« sagte der Toledaner, auf sie zugehend, »ist es Schein oder ist es in Wirklichkeit Doña Theodora?« – »Ach! Don Juan!« rief die schöne Sklavin, »seid Ihr's?« – »Ja, Señora«, antwortete er, zärtlich ihre Hand küssend, »Don Juan steht vor Euch. Erkennt mich an diesen Tränen, die meine entzückten Augen nicht zurückhalten können, an dieser Begeisterung, die nur Eure Gegenwart hervorzurufen vermag. Jetzt klage ich nicht mehr über das Schicksal, da es Euch meinen Wünschen zurückgibt... Doch wohin führt mich eine übermäßige Freude? Ich vergesse, daß Ihr in Fesseln seid. Durch welche neue Laune des tückischen Geschicks seid Ihr hierher geraten? Wie habt Ihr Euch vor der Verwegenheit Alvaros retten können? Ach! sie hat mir unendlichen Kummer bereitet und ich fürchte sehr, hören zu müssen, daß der Himmel die Tugend vielleicht nicht mächtig genug beschützt hat.«

»Der Himmel«, sagte Doña Theodora, »hat mich an Alvaro Ponce gerächt. Wenn ich Zeit hätte, Euch zu erzählen...« – »Zeit genug«, fiel Don Juan ein; »der Dei erlaubt mir, bei Euch zu sein und, was sehr auffallend ist, ohne Zeugen mit Euch zu sprechen. Benützen wir diese glücklichen Augenblicke; berichtet mir alles, was Euch seit Eurer Entführung bis jetzt geschehen ist.« – »Woher wißt Ihr denn«, fragte Doña Theodora, »daß ich von Don Alvaro entführt worden bin?« – »Das weiß ich nur zu genau«, erwiderte Don Juan, und erzählte ihr hierauf in kurzen Worten, wie er es erfahren, wie Don Mendoza und er sich eingeschifft haben, um ihren Räuber aufzusuchen, und wie sie von Korsaren gefangen worden seien. Als er mit seiner Erzählung zu Ende war, begann Theodora die ihrige mit folgenden Worten:

»Ich brauche Euch nicht erst zu sagen, in welchen Schrekken ich geriet, als ich auf einmal von einer Schar maskierter Leute aufgegriffen wurde. Ich fiel auf den Armen dessen, der mich trug, in Ohnmacht, und als ich, ohne Zweifel erst nach sehr langer Zeit, wieder erwachte, sah ich mich mit Ines, einer meiner Frauen, allein auf offenem Meere im hintern Zimmer eines Schiffes, das schnell dahinsegelte.

Die unglückliche Ines fing an, mich zur Geduld zu ermahnen, und ich schloß aus ihren Äußerungen, daß sie mit meinem Räuber im Einverständnis sein mußte. Er hatte die Frechheit, sich vor mir zu zeigen. Er warf sich zu meinen Füßen und sagte: ›Señora, verzeiht Don Alvaro das Mittel, dessen er sich bedient, um Euch zu besitzen. Ihr wißt, wie eifrig ich mich um Euch bemüht und mit welcher Beharrlichkeit ich Don Fadriquez Euer Herz streitig gemacht habe bis auf den Tag, wo Ihr ihm den Vorzug gabet. Wäre meine Leidenschaft für Euch nur eine gewöhnliche, so würde ich sie überwunden und mich über mein Unglück getröstet haben. Nun ist es aber einmal mein Schicksal, Eure Reize anbeten zu müssen, und so sehr Ihr mich auch verachtet, so könnte ich mich doch nie von ihrer Macht befreien. Fürchtet jedoch nichts von dem Ungestüm meiner Liebe. Ich habe Euch die Freiheit nicht geraubt, um Eure Tugend durch unwürdige Versuche zu erschrecken, sondern ich wünsche und hoffe, daß an dem Zufluchtsorte, wohin ich Euch führen will, ein ewiges und heiliges Band unsere Herzen verknüpfen werde.‹

Er sprach noch mehreres der Art, worauf ich mich nicht mehr besinnen kann; übrigens schien aus seinen Äußerungen hervorzugehen, daß er mich zwar zur Heirat zwingen, aber nicht tyrannisieren wollte, und daß ich ihn weniger als einen unverschämten Räuber, denn als einen leidenschaftlichen Liebhaber betrachten müsse. Solange er mit mir sprach, weinte ich beständig und gebärdete mich verzweiflungsvoll; er ging daher, ohne mit weitern Überredungsversuchen seine Zeit zu verlieren, und an der Türe gab er Ines ein Zeichen, das ohne Zweifel zu bedeuten hatte, sie solle die Gründe, womit er mich bestechen wollte, mit ihrer geläufigen Zunge unterstützen.

Dies tat sie auch und stellte mir sogar vor, wie ich nach einer Entführung, die so großes Aufsehen gemacht habe, nicht umhin könne, trotz allen Widerwillens Alvaro Ponces Hand anzunehmen; mein guter Ruf fordere dieses Opfer von meinem Herzen. So bewies sie mir zwar die Notwendigkeit dieser abscheulichen Heirat, vermochte aber meine Tränen nicht zu trocknen, und ich blieb untröstlich. Ines wußte nicht mehr, was sie sagen sollte, als wir auf einmal

vom obersten Verdeck her einen großen Lärm hörten, der unsere ganze Aufmerksamkeit auf sich zog.

Don Alvaros Leute hatten nämlich ein großes Schiff erblickt, das mit vollen Segeln auf uns zusteuerte, und dem wir, da das unsrige kein so guter Segler war, unmöglich ausweichen konnten. Es kam auf uns zu und wir hörten bald rufen: Ergebt euch! Alvaro Ponce und seine Leute aber wollten lieber sterben, als sich ergeben, und waren kühn genug, den Kampf zu wagen. Das Gefecht war sehr lebhaft; ich will es Euch nicht ausführlich schildern, sondern nur hinzusetzen, daß Don Alvaro und alle seine Leute nach verzweifelter Gegenwehr auf dem Platze blieben. Wir wurden auf das große Schiff geführt, das Mezomorto gehörte und von Abi Ali Osman, einem seiner Offiziere, befehligt war.

Abi Ali betrachtete mich lange mit einiger Überraschung, und da er mich an meinen Kleidern für eine Spanierin erkannte, sagte er auf spanisch zu mir: ›Sei nicht so betrübt und tröste dich über dein Schicksal. Dieses Unglück war unvermeidlich für dich; doch, was sage ich, Unglück? Es ist vielmehr ein Glück, worüber du dich von Herzen freuen solltest. Du bist viel zu schön, um dich mit den Huldigungen der Christen zu begnügen. Der Himmel hat dich nicht für diese elenden Erdensöhne geschaffen; du verdienst den ersten Menschen der Welt anzugehören und die Muselmänner allein sind würdig, dich zu besitzen. Ich werde‹, fügte er hinzu, ›sogleich nach Algier zurückkehren. Obgleich ich keine andere Beute gemacht habe, so bin ich doch überzeugt, der Dei, mein Herr, wird mit meinem Ausfluge zufrieden sein. Ich fürchte nicht, daß er mich schelten wird, wenn ich vor Ungeduld brenne, ihm eine Schönheit zu überliefern, welche die Freude seiner Augen und die Zierde seines ganzen Serails sein wird.‹

Aus diesen Worten erkannte ich, was ich zu fürchten hatte, und meine Tränen flossen immer reichlicher. Abi Ali aber, der die Ursache meines Schrecks mit einem ganz andern Auge betrachtete, als ich, lachte bloß darüber und segelte nach Algier, indes ich mich maßloser Betrübnis hingab. Bald schickte ich meine Seufzer zum Himmel und flehte um seinen Beistand; bald wünschte ich, einige christliche Schiffe möchten uns angreifen oder die Fluten uns verschlingen; zuletzt aber wünschte ich, meine Tränen und mein Schmerz möchten mich so entstellen, daß der Dei bei meinem Anblick erschrecken müsse. Vergebliche Wünsche meiner bedrohten Tugend! Wir kamen im Hafen an und man führte mich in diesen Palast vor Mezomorto.

Ich weiß nicht, was Abi Ali zu seinem Herrn sagte, als er mich vorstellte, und ebensowenig, was dieser antwortete, denn sie sprachen türkisch miteinander; doch glaubte ich aus den Gebärden des Deis schließen zu können, daß ich das Unglück hatte, ihm zu gefallen, und die Worte, die er auf spanisch zu mir sagte, brachten mich vollends in Verzweiflung, da sie meine Meinung nur zu sehr bestätigten.

Vergebens warf ich mich ihm zu Füßen und versprach ihm so viel Lösegeld, als er nur wolle; vergebens führte ich seinen Geiz in Versuchung, indem ich ihm mein ganzes Vermögen anbot: er sagte, er schätze mich höher als alle Reichtümer der Welt. Hierauf ließ er diese Wohnung hier, die prächtigste in seinem ganzen Palaste, für mich in Bereitschaft setzen, und seit dieser Zeit hat er alles getan, um die Traurigkeit zu verscheuchen, die mich zu Boden drückt. Oft bringt er alle seine Sklaven und Sklavinnen, die singen oder ein Instrument spielen können, zu mir. Ines hat er mir genommen in der Meinung, sie würde mich in meinem Kummer bestärken; dagegen werde ich von alten Sklavinnen bedient, die mir unaufhörlich von der Liebe ihres Herrn vorschwatzen und von all den verschiedenen Freuden und Vergnügungen, welche er mir zudenke.

Aber alles, was man anfängt, um mich zu zerstreuen und aufzuheitern, bringt gerade die entgegengesetzte Wirkung hervor; nichts vermag mich zu trösten. Eine Gefangene in diesem abscheulichen Palast, der täglich von dem Geschrei der unterdrückten Unschuld widerhallt, fühle ich mich weniger unglücklich durch den Verlust meiner Freiheit, als durch den Schreck, den mir die verhaßte Zärtlichkeit des Deis einjagt. Obgleich er sich bis auf diese Stunde immer nur wie ein überaus gefälliger und ehrerbietiger Liebhaber gegen mich betragen hat, so zittere ich doch an Leib und Seele: denn diese Ehrerbietung ist ihm vielleicht schon jetzt lästig und dann wird er ohne Zweifel Gewalt brauchen. Diese gräßliche Angst läßt mir Tag und Nacht keine Ruhe und verbittert mir jeden Augenblick meines Lebens.«

Doña Theodora brach bei diesen Worten in einen Strom von Tränen aus, so daß Don Juan im Innersten gerührt

wurde. »Señora«, sagte er zu ihr: »nicht ohne Grund entwerft Ihr Euch ein so schauderhaftes Bild von der Zukunft; auch ich fürchte dasselbe wie Ihr. Der Dei ist nur zu geneigt, andere Saiten gegen Euch aufzuziehen; ich weiß es aus seinem eigenen Munde, daß der bisher so unterwürfige Liebhaber demnächst seine angenommene Sanftmut abzulegen gedenkt, und ich sehe alle die Gefahren voraus, denen Ihr entgegengeht.

Aber«, fuhr er in einem andern Tone fort, »ich werde kein müßiger Zeuge dabei sein. Obschon ich Sklave bin, so ist doch meine Verzweiflung zu fürchten. Ehe Mezomorto Euch beschimpft, stoße ich ihn nieder.« – »Ach, Don Juan«, fiel ihm die schöne Witwe ins Wort, »welch ein verwegener Plan! Hütet Euch wohl, ihn auszuführen. Bedenkt, welche Grausamkeiten der Tod des Deis zur Folge hätte. Die schrecklichen Qualen... Mich schaudert, wenn ich nur daran denke! Überdies würdet Ihr Euch ganz unnötig in Gefahr stürzen; denn wenn Ihr auch den Dei tötet, so bin ich dadurch noch nicht frei. Ach! dann würde ich vielleicht an irgendeinen Schurken verkauft, der nicht so ehrerbietig wäre, wie Mezomorto. Gerechter Gott, tritt du dazwischen! du kennst das viehische Gelüste des Deis, du verbietest mir Dolch und Gift; so verhindere denn ein Verbrechen, das dich beleidigen würde!«

»Ja, Señora«, antwortete Zarata, »Gott wird helfen; ich fühle bereits seine Nähe. In diesem Augenblick kommt mir ein Gedanke, der ohne Zweifel ein geheimer Wink von ihm ist. Der Dei hat mir bloß deswegen erlaubt, Euch zu besuchen, damit ich Euch für seine Liebe günstig stimmen soll. Ich muß ihm dann von unserer Unterhaltung Rechenschaft ablegen und ihn dabei notwendig täuschen. Ich werde ihm sagen, Ihr seiet nicht so ganz untröstlich; sein höfliches Betragen fange an Eindruck auf Euch zu machen, und wenn er so fortfahre, könne er alles hoffen. Ihr müßt mir hierin beistehen, und wenn er Euch wieder besucht, etwas heiterer sein, als gewöhnlich. Stellt Euch, als ob Ihr an seiner Unterhaltung einiges Vergnügen fändet.«

»Unmöglich!« erwiderte Doña Theodora. »Wie kann eine freie und aufrichtige Seele sich so verraten und was hätten wir von dieser peinlichen Verstellung zu hoffen?« – »Der Dei«, antwortete Zarata, »wird sich über diese Veränderung freuen und durch Gefälligkeit Euer Herz vollends zu gewinnen suchen; einstweilen aber werde ich für Eure Freiheit arbeiten. Ich gestehe, daß das Unternehmen schwierig ist; doch kenne ich einen gewandten Sklaven, von dessen Mitwirkung ich mir viel versprechen darf.

Ich verlasse Euch jetzt«, fuhr er fort; »mein Plan verlangt große Eile: doch werden wir uns wiedersehen. Ich gehe stehenden Fußes zum Dei und will seine ungestüme Liebesglut durch allerlei Märchen zu ergötzen suchen. Ihr aber, Señora, bereitet Euch, ihn zu empfangen; ruft alle Künste der Verstellung zu Hilfe. Eure durch seine Gegenwart beleidigten Augen seien ohne Haß und Strenge; Euer Mund, der sich immer nur zu bittern Klagen öffnet, führe eine liebkosende Sprache: fürchtet nicht, ihm in allzu günstigem Lichte zu erscheinen; Ihr müsset alles versprechen, um nichts zu gewähren.« – »Schon gut«, erwiderte Theodora; »ich will alles tun, was Ihr sagt, da das Unglück, das mich bedroht, diese grausame Notwendigkeit auferlegt. Gehet, Don Juan, und laßt alle Minen springen, um meiner Sklaverei ein Ende zu machen; es wird meiner Freude die Krone aufsetzen, wenn ich meine Freiheit Euch verdanke.«

Der Toledaner begab sich sofort zu Mezomorto, um ihm den verlangten Bericht abzustatten. »Nun, Alvaro!« rief ihm der Dei sehr lebhaft entgegen, »was für Nachrichten bringst du mir von der schönen Sklavin? Hast du sie freundlicher gegen mich gestimmt? Wenn du glaubst, ich dürfe mir nicht schmeicheln, ihren hartnäckigen Schmerz überwinden zu können, so schwöre ich beim Haupte des Großherrn, meines Gebieters, daß ich mir heute noch mit Gewalt verschaffen werde, was man meiner Gefälligkeit verweigert.« – »Herr«, antwortete Don Juan, »dieses unverbrüchlichen Eides bedarf es nicht; Ihr werdet nicht in den Fall kommen, die Befriedigung Eurer Liebe durch Gewalt erzielen zu müssen. Die Sklavin ist eine junge Dame, die noch nie geliebt hat, und so stolz, daß sie die Huldigungen der vornehmsten Herren Spaniens abwies. Sie lebte in ihrem Lande wie eine Königin und sieht sich nun auf einmal gefangen: eine ihrer Würde bewußte Seele kann einen solchen Glückswechsel nicht so leicht verschmerzen. Gleichwohl wird diese hochfahrende Spanierin, wie alle anderen, sich an die Sklaverei gewöhnen, und ich darf wohl sagen, daß sie bereits anfängt, ihre Fesseln weniger drückend zu finden. Eure Aufmerksamkeiten und Höflichkeiten, die sie nicht erwartet hatte, trösten sie einigermaßen und triumphieren über ihren Stolz. Sucht sie in dieser günstigen Stimmung zu erhalten, mein Herr und Gebieter, und bezaubert die schöne Sklavin vollends ganz durch fortgesetztes ehrerbietiges Benehmen, dann wird sie sich in Bälde mit Vergnügen in Eure Wünsche fügen und in Euren Armen die Liebe zur Freiheit vergessen.«

»Du machst mich zum glücklichsten Menschen!« rief der Dei, »diese Hoffnung vermag alles über mich. Ja, ich werde meine ungestüme Liebesglut zurückhalten, um sie desto besser zu befriedigen; aber täuschest du mich nicht, oder hast du dich nicht selbst getäuscht? Ich gehe auf der Stelle zur Sklavin und will sehen, ob ich die schmeichelhaften Hoffnungen, wovon du sprichst, ebenfalls in ihren Augen entdecken kann.« Mit diesen Worten ging er zu Theodora, der Toledaner aber kehrte in den Garten zurück, wo ihm der Gärtner begegnete. Dies war eben der gewandte Sklave, durch dessen Mitwirkung er die schöne Witwe zu befreien hoffte.

Er hieß Francisco, und stammte aus Navarra. In Algier war er sehr gut bekannt, weil er hier schon mehreren Herren gedient hatte, ehe er in die Dienste des Deis kam. »Francisco, mein Freund«, sagte Don Juan zu ihm, »ich bin in der fürchterlichsten Not. Im Palaste hier befindet sich eine junge Dame aus einem der angesehensten Geschlechter von Valencia. Sie hat Mezomorto gebeten, ihr Lösegeld selbst zu bestimmen, allein er ist in sie verliebt und will sie durchaus nicht freigeben.« – »Und warum bekümmert Euch das so sehr?« fragte Francisco. »Weil ich aus einer Stadt mit ihr bin«, antwortete der Toledaner. »Ihre Eltern und die meinigen sind die besten Freunde, und ich werde alles aufs Spiel setzen, um sie zu befreien.«

»Die Sache ist nicht so leicht«, versetzte Francisco, »doch glaube ich, ich könnte sie ausführen, wenn die Verwandten der Dame geneigt wären, einen solchen Dienst tüchtig zu bezahlen.« – »Darauf dürft Ihr Euch verlassen«, antwortete Don Juan. »Ich bürge Euch für die Erkenntlichkeit der ganzen Familie, besonders aber für die der jungen Dame selbst. Sie heißt Doña Theodora, ist die Witwe eines Mannes, der ihr ein unermeßliches Vermögen hinterlassen hat, und ebenso freigebig als reich: kurz ich bin Spanier und Edelmann; mein Wort muß Euch genügen.«

»Nun gut«, antwortete der Gärtner, »auf Euer Versprechen hin will ich einen Renegaten aus Katalonien aufsuchen und ihm den Vorschlag machen...« – »Was sagt Ihr?« unterbrach ihn der Toledaner sehr verwundert; »Ihr wolltet Euch einem Elenden anvertrauen, der sich nicht entblödet hat, seiner Religion abtrünnig zu werden?« – »Er ist zwar allerdings Renegat«, erwiderte Francisco, ihn ebenfalls unterbrechend, »aber dennoch ein rechtschaffener Mann; er scheint mir mehr Mitleid als Haß zu verdienen, und ich würde ihn entschuldigen, wenn sein Verbrechen überhaupt eine Entschuldigung zuließe. Seine Geschichte ist kurz folgende:

Er stammt aus Barcelona und ist von Profession ein Chirurg. Da es ihm in seiner Vaterstadt nicht recht gelingen wollte, so beschloß er, sich in Carthagena niederzulassen, wo er sich ein besseres Glück versprach. Er schiffte sich mit seiner Mutter dahin ein, wurde aber von einem algerischen Seeräuber gefangen und hierher gebracht. Sie wurden beide verkauft: seine Mutter an einen Mauren und er an einen Türken, der ihn so entsetzlich mißhandelte, daß er aus Verzweiflung zum Mohammedanismus überging. Er glaubte dies um so eher mit gutem Gewissen tun zu können, als er dadurch seiner Mutter, die bei ihrem maurischen Herrn ebenfalls sehr schlecht behandelt wurde, die Freiheit zu verschaffen hoffte. Im Solde des Paschas machte er mehrere Raubzüge mit, auf denen er vierhundert Piaster erbeutete, mit einem Teil davon kaufte er seine Mutter los, mit dem übrigen setzte er sich instand, auf eigene Rechnung das Meer zu durchstreifen.

Er kaufte ein kleines Schiff, dessen Hauptmann er selbst war, kreuzte mit einigen türkischen Soldaten, die sich freiwillig an ihn anschlossen, zwischen Alicante und Carthagena, und kam mit großem Raube zurück. Dies gelang ihm mehrere Male so gut, daß er sich zuletzt imstande sah, ein bedeutendes Schiff auszurüsten, mit dem er ansehnliche Beute machte. Endlich aber verließ ihn das Glück. Eines Tags griff er eine französische Fregatte an, die sein Schiff dergestalt mißhandelte, daß er nur mit Mühe den Hafen von Algier wieder erreichte. Da man nun hierzulande einen Seeräuber bloß nach dem Erfolge seiner Unternehmungen beurteilt, so sank der Renegat durch sein Unglück auf einmal sehr tief in der Achtung der Türken. Dies verdroß ihn dermaßen, daß er sein Schiff verkaufte und sich in ein Haus außerhalb der Stadt zurückzog, wo er seither von den Trümmern seines Vermögens mit seiner Mutter und einigen Sklaven lebt.

Ich besuche ihn öfter: wir waren früher bei demselben Herrn zusammen und sind sehr gute Freunde. Er entdeckt mir seine geheimsten Gedanken, und erst vor drei Tagen sagte er mit Tränen in den Augen zu mir, er könne nimmer ruhig sein, seitdem er das Unglück gehabt habe, seinen Glauben abzuschwören; er werde unaufhörlich so sehr von Gewissensbissen geplagt, daß er zuweilen in Versuchung gerate, den Turban mit Füßen zu treten und auf Gefahr des Scheiterhaufens hin durch ein öffentliches Bekenntnis seiner Reue das Ärgernis wiedergutzumachen, das er den Christen gegeben habe.

Dies«, fuhr Francisco fort, »ist der Renegat, an den ich mich wenden will; ein Mann solcher Art darf Euch nicht verdächtig sein. Ich will mich unter irgendeinem Vorwand wegbegeben und zu ihm gehen. Ich stelle ihm dann vor, er solle sich nicht vom Kummer darüber, daß er sich aus dem Schoß der Kirche entfernt habe, verzehren lassen, sondern vielmehr auf Mittel denken, dahin zurückzukehren. Er brauche zu diesem Behuf nur ein Schiff auszurüsten, wie wenn er, des müßigen Lebens müde, wieder einmal auf Raub ausziehen wollte, und mit diesem Schiff können wir die Küste von Valencia erreichen, wo Doña Theodora ihm die Mittel geben werde, den Rest seiner Tage behaglich in Barcelona zu verleben.«

»Ja, mein lieber Francisco«, rief Don Juan, dem die zuversichtliche Art des navarresischen Sklaven neue Hoffnungen einflößte, »Ihr könnt diesem Renegaten alles versprechen und dürft beide einer ansehnlichen Belohnung gewiß sein. Glaubet Ihr übrigens auch, unser Plan werde sich auf die Art, wie Ihr es im Sinn habt, ausführen lassen?« – »Es können sich«, antwortete Francisco, »allerdings Schwierigkeiten in den Weg stellen, an die ich bis jetzt nicht gedacht habe; übrigens hoffe ich im Verein mit dem Renegaten alle zu lösen. Alvaro«, fügte er beim Abschied hinzu, »unser Unternehmen muß gewiß gelingen, und ich hoffe, Euch bei meiner Rückkunft gute Nachrichten mitbringen zu können.«

Voll Unruhe erwartete Zarata den Gärtner, der nach drei oder vier Stunden zurückkam und zu ihm sagte: »Ich habe den Renegaten gesprochen und ihm unsern Plan mitgeteilt. Nach langer Beratung sind wir dahin übereingekommen, daß er ein vollkommen ausgerüstetes kleines Schiff kaufen soll, und da es erlaubt ist, Sklaven als Matrosen mitzunehmen, so will er die seinigen alle dazu brauchen. Um sich nicht verdächtig zu machen, nimmt er zehn türkische Soldaten in seinen Sold, wie wenn er wirklich auf Raub ausziehen wollte, und bestimmt ihnen den Tag zur Abfahrt. Zwei Tage vorher aber schifft er sich bei Nacht mit seinen Sklaven ein, lichtet ohne alles Geräusch die Anker und holt uns an einer kleinen Türe dieses Gartens ganz nahe am Meere mit seinem Nachen ab. Dies ist unser Plan: Ihr könnt ihn der Dame mitteilen, und sie versichern, daß sie längstens binnen vierzehn Tagen frei sein solle.«

Welche Freude für Don Juan, seiner Doña Theodora diese angenehme Nachricht überbringen zu können! Um die Erlaubnis zu einem Besuche bei ihr zu erhalten, suchte er am andern Tag Mezomorto auf und sagte zu ihm: »Verzeiht, Herr, wenn ich so frei bin, Euch zu fragen, wie Ihr die schöne Sklavin gefunden habt? Seid Ihr diesmal besser zufrieden…?« – »O vollkommen!« unterbrach ihn der Dei; »ihre Augen sind gestern meinen zärtlichen Blicken nicht ausgewichen; ihre Reden, bisher beständige Betrachtungen über ihr Schicksal, waren mit keiner Klage vermischt, und sie hörte alles, was ich zu ihr sagte, sehr artig und aufmerksam an. Deinen Bemühungen, Alvaro, verdanke ich diese Veränderung, und ich sehe, daß du die Frauen deines Landes gut kennst. Du mußt heute wiederum mit ihr sprechen, um zu vollenden, was du so glücklich begonnen hast. Erschöpfe all deine Überredungsgabe und deine Gewandtheit, um mein Glück zu beschleunigen, dann werde ich sogleich deine Fesseln brechen; ja, ich schwöre dir beim Barte unsers großen Propheten, ich will dich mit so viel Wohltaten überhäuft in dein Vaterland zurückschicken, daß die Christen, wenn sie dich wiedersehen, nicht glauben sollen, du seist in der Sklaverei gewesen.«

Der Toledaner ermangelte nicht, Mezomorto auf seinem Irrtum zu erhalten: er bezeigte sich sehr dankbar für seine Versprechungen, und unter dem Vorwand, ihre Erfüllung zu beschleunigen, machte er einen neuen Besuch bei der schönen Sklavin. Er fand sie allein in ihren Gemächern – die alten Weiber, die sie bedienten, waren anderswo beschäftigt – und sagte ihr sogleich, was der Navarrese und der Renegat auf seine Versprechungen hin mit ihm ausgemacht hatten.

Es war ein großer Trost für die Dame, als sie hörte, daß so gute Maßregeln zu ihrer Befreiung getroffen waren. »Ist's möglich?« rief sie voll Freude aus; »darf ich mich der Hoffnung hingeben, meine geliebte Vaterstadt Valencia wiederzusehen? Welch ein Glück, nach so viel Gefahren und Schrecknissen dort mit Euch in Ruhe zu leben! Ach! Don Juan, wie angenehm ist mir dieser Gedanke! Seid Ihr nicht auch ebenso vergnügt wie ich? Bedenkt Ihr wohl, daß Ihr, wenn Ihr mich dem Dei entreißet, ihm Eure eigene Frau entführet?«

»Ach!« antwortete Zarata mit einem tiefen Seufzer, »wie angenehm wären mir diese schmeichelhaften Worte, wenn nicht die Erinnerung an einen unglücklichen Freund eine Bitterkeit darein mischte, die alle ihre Süßigkeit verderbt! Verzeiht mir, Señora, Ihr müßt selbst gestehen, daß Mendoza Euer Mitleid verdient. Euch zuliebe hat er Valencia

verlassen, seine Freiheit verloren, und ich zweifle nicht, daß ihn in Tunis die Last seiner Ketten weniger drücken wird, als die Verzweiflung, Euch nicht gerächt zu haben.«

»Allerdings«, sagte Doña Theodora, »hätte er ein besseres Schicksal verdient, und ich rufe den Himmel als Zeugen an, daß ich ihm für alles, was er meinetwegen getan und gelitten hat, im innersten Herzen danke: allein sein Unstern will, daß mein Herz nie der Lohn seiner Dienste sein kann.«

Diese Unterhaltung wurde durch die Ankunft der mehrerwähnten zwei alten Sklavinnen unterbrochen. Don Juan fing ein anderes Gespräch an und sagte ganz in der Rolle als Vertrauter des Deis zu Theodora: »Ja, reizende Sklavin, Ihr habt denjenigen gefesselt, der Euch in seinen Fesseln zurückhält. Mezomorto, Euer und mein Gebieter, der verliebteste und liebenswürdigste aller Türken, ist sehr wohl mit Euch zufrieden. Seid fortwährend freundlich gegen ihn und Ihr werdet bald das Ende allen Euers Kummers sehen.« Mit diesen Worten, deren wahren Sinn nur die Dame erraten konnte, entfernte er sich.

Dies war der Stand der Dinge acht Tage lang im Palaste des Deis. Inzwischen hatte der katalonische Renegat ein beinahe ganz ausgerüstetes kleines Schiff gekauft und traf alle Anstalten zur Abfahrt; aber sechs Tage, ehe er imstande war, abzusegeln, kam Don Juan abermals in gewaltige Angst.

Mezomorto ließ ihn zu sich rufen und in sein Zimmer treten. »Alvaro«, sagte er zu ihm, »du bist frei und kannst nach Spanien zurückreisen, wann du willst; die Geschenke, die ich dir versprochen habe, liegen bereit. Ich war heute bei der schönen Sklavin, und sie kam mir ganz anders vor als damals, wo ihre Traurigkeit mir so vielen Kummer machte. Jeden Tag weiß sie sich besser in ihre Gefangenschaft zu fügen und sie erscheint mir so liebenswürdig, daß ich soeben beschlossen habe, sie zu heiraten. In zwei Tagen ist sie meine Gemahlin.«

Bei diesen Worten erblaßte Don Juan und konnte trotz aller Anstrengung seine Unruhe und Überraschung nicht verbergen, so daß der Dei nach der Ursache fragte.

»Gnädigster Herr«, antwortete ihm der Toledaner in seiner Verlegenheit, »ich muß mich allerdings sehr wundern, daß einer der vornehmsten Männer im ottomanischen Reich sich erniedrigen will, eine Sklavin zu heiraten. Ich weiß wohl, daß dies bei Euch nicht ohne Beispiele ist, aber der hochberühmte Mezomorto, der auf die Töchter der ersten Beamten der Pforte Anspruch machen kann...« – »Dies ist wahr«, unterbrach ihn der Dei; »ich könnte mich um die Hand einer Tochter des Großwesirs bewerben und dürfte mir schmeicheln, dereinst der Nachfolger meines Schwiegervaters zu werden; aber ich besitze unermeßliche Reichtümer und nur wenig Ehrgeiz; die Ruhe und die Vergnügungen, die ich hier genieße, sind mir weit lieber als das Wesirat, diese gefährliche Ehre, wo man vor der Furcht der Sultane und der Eifersucht neidischer Höflinge keinen

Augenblick mehr sicher ist. Überdies liebe ich meine Sklavin, und ihre Schönheit macht sie des Rangs, wozu meine Zärtlichkeit sie beruft, vollkommen würdig.

Aber«, fügte er hinzu, »sie muß heute noch ihre Religion ändern, um die Ehre, die ich ihr antun will, zu verdienen. Glaubst du wohl, sie könnte sich durch lächerliche Vorurteile bestimmen lassen, dieselbe nicht gehörig zu schätzen?« – »O nein, gnädigster Herr«, antwortete Don Juan; »ich bin überzeugt, daß sie diesem schönen Range alles opfern wird. Erlaubt mir jedoch die Bemerkung, daß Ihr sie nicht so schnell heiraten und überhaupt nichts übereilen solltet. Ohne allen Zweifel wird der Gedanke, einer Religion zu entsagen, die sie mit der Muttermilch eingesaugt hat, etwas Entsetzliches für sie haben; gebt ihr daher Zeit, darüber nachzudenken. Wenn sie bedenkt, daß Ihr sie nicht schmählich behandeln und unter Euren übrigen Gefangenen verwelken und verkümmern lassen, sondern auf die ehrenvollste Weise zu Eurer Gemahlin erheben wollet, dann werden Dankbarkeit und Eitelkeit allmählich über alle ihre Bedenklichkeiten den Sieg davon tragen. Schiebt die Ausführung Euers Planes nur noch acht Tage hinaus.«

Der Dei war einige Augenblicke in Nachdenken versunken, denn die Frist, die sein Vertrauter verlangte, wollte ihm durchaus nicht behagen, und doch erschien ihm sein Rat sehr verständig. »Alvaro«, sagte er endlich, »ich lasse mich überreden; so sehr ich mich auch nach dem Besitze der Sklavin sehne, so will ich gleichwohl noch acht Tage warten. Gehe sogleich zu ihr und bereite sie vor, daß sie nach dieser Zeit meine Wünsche erfüllt. Ich wünsche, daß derselbe Alvaro, der mir so gute Dienste bei ihr geleistet, auch die Ehre habe, ihr meine Hand anzubieten.«

Don Juan ging sofort zu Theodora und meldete ihr diese Unterredung, damit sie sich darnach einrichten sollte. Zugleich sagte er ihr, in sechs Tagen werde das Schiff des Renegaten segelfertig sein, und da sie sehr unruhig war über die Art, wie sie ihre Gemächer verlassen könnte, indem die

Zimmer, durch welche sie gehen müßte, um auf die Treppe zu kommen, sämtlich wohl verschlossen waren, so sagte er zu ihr: »Seid darüber ohne Sorgen, Señora; von Euerm Zimmer geht ein Fenster auf den Garten und ich will Euch eine Leiter besorgen, um hinabzusteigen.«

Wirklich meldete Francisco nach Verfluß von sechs Tagen dem Toledaner, der Renegat sei bereit, in der nächsten Nacht abzusegeln: man kann sich daher denken, mit welcher Ungeduld diese erwartet wurde. Endlich kam sie und war zum Glück sehr finster. Sobald der Augenblick zur Ausführung des Unternehmens erschienen war, stellte Don Juan eine Leiter unter das Zimmerfenster der schönen Sklavin, die ihn erwartete und alsbald mit großer Hast hinabstieg. Sie stützte sich sodann auf den Toledaner und ließ sich von ihm nach der kleinen Gartentüre gegen das Meer zu führen.

Unsere Liebenden gingen sehr schnell und genossen schon zum voraus die Wonne der wiedererlangten Freiheit; allein, das Schicksal hatte sich immer noch nicht vollkommen mit ihnen ausgesöhnt, denn gerade in diesem Augenblick sollte sie das gräßlichste und unvorhergesehenste Unglück treffen.

Sie waren schon außerhalb des Gartens und schritten auf das Ufer zu, um den sie erwartenden Nachen zu erreichen, als ein Mann, den sie für einen Genossen ihrer Flucht hielten und von dem sie nichts Böses fürchteten, mit bloßem Degen auf Don Juan zuging und ihm denselben in die Brust stieß. »Schändlicher Alvaro Ponce!« rief er, »also muß Don Fadriquez de Mendoza einen feigen Räuber bestrafen; du verdienst nicht, daß ich dich im ehrlichen Kampfe angreife.«

Der Toledaner sank sogleich zur Erde, und Doña Theodora, die an seinem Arme hing, fiel, überwältigt von Bestürzung, Schmerz und Entsetzen, in demselben Augenblick in Ohnmacht. »Ach, Mendoza!« sagte Don Juan, »was habt Ihr getan? Ihr habt Euern Freund getötet.« – »Gerechter Himmel!« rief Don Fadriquez, »wär's möglich? Hätte ich wirklich...« – »Ich verzeihe Euch meinen Tod«, unterbrach ihn Zarata; »das Schicksal allein ist daran Schuld, oder

vielmehr es hat auf diese Art unserm Unglück ein Ende machen wollen. Ja, mein lieber Mendoza, ich sterbe vergnügt, da ich Euch Doña Theodora übergebe, die Euch versichern kann, daß meine Freundschaft gegen Euch sich keinen Augenblick verleugnet hat.«

»Allzu großmütiger Freund!« sagte Don Fadriquez in Verzweiflung, »Ihr sollt nicht allein sterben; derselbe Stahl, der Euch getroffen, wird auch Euern Mörder bestrafen. Kann mein Verbrechen auch durch Irrtum entschuldigt werden, so vermöchte ich mich doch nie darüber zu trösten.« Mit diesen Worten stieß er sich seinen Degen bis ans Heft in den Leib und fiel über Don Juan hin, der weniger aus Schwäche infolge seines Blutverlustes, als aus Entsetzen über die Raserei seines Freundes in Ohnmacht fiel.

Francisco und der Renegat, die zehn Schritte davon standen und ihre guten Gründe hatten, dem Sklaven Alvaro nicht zu Hülfe zu kommen, wunderten sich sehr über die letzten Worte und die letzte Tat des Don Fadriquez. Sie sahen ein, daß er sich geirrt hatte und daß die Verwundeten zwei Freunde, nicht, wie sie geglaubt, Todfeinde waren. Sie

eilten daher jetzt herbei; da sie aber beide, sowie auch die noch immer ohnmächtige Theodora, ganz regungslos fanden, so wußten sie nicht, was sie tun sollten. Francisco war der Meinung, man solle bloß die Dame fortschaffen, die Kavaliere aber auf dem Ufer lassen, denn allem Anschein nach könnten sie jeden Augenblick sterben, wenn sie nicht jetzt schon tot seien. Der Renegat dagegen sagte, man dürfe die Verwundeten nicht verlassen, ihre Verletzungen seien vielleicht nicht tödlich und er wolle sie auf seinem Schiffe verbinden, wo er alle Instrumente seines früheren Gewerbes habe, das er noch nicht vergessen. Francisco war damit einverstanden.

Da sie wohl wußten, daß die höchste Eile notwendig war, so trugen der Renegat und der Navarrese mit Hilfe einiger Sklaven die unglückliche Theodora nebst ihren noch unglücklicheren beiden Liebhabern in das Boot. In wenigen Augenblicken hatten sie ihr Schiff erreicht, wo sogleich nach ihrer Ankunft ein Teil der Mannschaft die Segel ausspannte, während der andere auf den Knien lag und mit den inbrünstigsten Gebeten, welche ihnen nur die Furcht vor Mezomortos Verfolgung eingeben konnte, die Gunst des Himmels anflehte.

Der Renegat machte jetzt einen französischen Sklaven, der ihn vollkommen verstand, zu seinem ärztlichen Gehilfen und wandte seine erste Aufmerksamkeit der schönen Witwe zu: es gelang ihm auch mit seinen Heilmitteln sowohl sie, als die beiden Kavaliere wieder zum Leben zu bringen. Doña Theodora, die in dem Augenblick, wo sie Don Juan verwundet sah, in Ohnmacht gefallen war, wunderte sich sehr, Mendoza hier zu treffen, und obgleich sie sich auf den ersten Anblick überzeugen mußte, daß er sich aus Schmerz über die Verletzung seines Freundes selbst verwundet hatte, so konnte sie doch nicht umhin, ihn als den Mörder ihres Geliebten zu betrachten.

Man kann sich nichts Rührenderes denken, als wie diese drei Leute aus ihrer Ohnmacht wieder zu sich kamen; der todesähnliche Zustand, aus dem man sie gezogen hatte, war bei weitem nicht so beklagenswert. Doña Theodora sah Don Juan mit Augen an, worin der ganze Sturm einer von Schmerz und Verzweiflung überwältigten Seele sich spiegelte, und die beiden Freunde hefteten, tiefe Seufzer ausstoßend, ihre sterbenden Blicke auf sie.

Nach langer düsterer Pause nahm endlich Don Fadriquez das Wort und sagte zu der Witwe: »Señora, bevor ich sterbe, habe ich doch noch das Vergnügen, Euch aus der

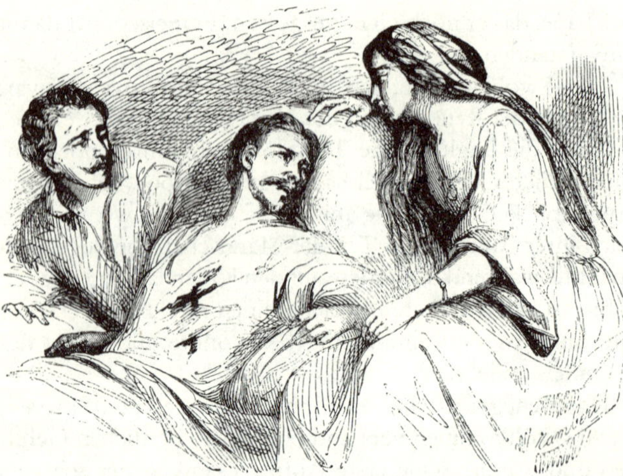

Sklaverei befreit zu sehen. Wollte Gott, Ihr hättet Eure Freiheit mir zu verdanken, allein nach seinem Ratschlusse sollte Euch nur derjenige von Euern Liebhabern, den Euer Herz gewählt, diesen Dienst erweisen. Ich liebe diesen Nebenbuhler zu sehr, als daß ich darüber klagen könnte, und wünsche von Herzen, daß der Stoß, den ich ihm unglücklicherweise beigebracht habe, ihn nicht verhindern möge, Eure Dankbarkeit zu genießen.« Die Dame antwortete darauf keine Silbe. Das traurige Los des Don Fadriquez rührte sie in diesem Augenblick nicht im mindesten, denn der Zustand des Toledaners flößte ihr wahren Abscheu vor ihm ein.

Indes traf der Chirurg Anstalten, die Wunden zu besehen und zu untersuchen. Er fing mit Zarata an und fand seine Verletzung nicht gefährlich. Der Stoß war unter der linken Brustwarze ausgeglitten und hatte keinen von den edleren Teilen verletzt. Der Bericht des Chirurgen tröstete Theodora ein wenig und machte dem Don Fadriquez große Freude. Er drehte jetzt seinen Kopf nach der Dame und sagte zu ihr: »Ich bin zufrieden und sterbe ohne Kummer, da mein Freund außer Gefahr ist; ich werde nicht mit Euerm Hasse beladen sterben.«

Er sprach diese Worte in so rührendem Tone, daß die Witwe im Innersten bewegt wurde. Da sie für Don Juans Leben nichts mehr zu fürchten hatte, so haßte sie auch Don Fadriquez nicht mehr und sah in ihm nur noch einen Mann, der ihr ganzes Mitleid verdiente. »Ach, Mendoza«, antwortete sie ihm voll edlen Mitgefühls, »erlaubt doch, daß man Eure Wunde verbindet; vielleicht ist sie ebenso ungefährlich wie die Euers Freundes. Gestattet, daß man für Eure Gesundheit sorgt, und lebet; wenn ich Euch nicht glücklich machen kann, so werde ich wenigstens auch nicht das Glück eines andern machen. Aus Mitleid und Freundschaft für Euch werde ich die Hand, die ich Don Juan schenken wollte, zurückhalten und Euch dasselbe Opfer bringen, das er Euch gebracht hat.«

Don Fadriquez wollte etwas erwidern, allein der Chirurg, welcher fürchtete, durch vieles Sprechen möchte sich sein Übel verschlimmern, legte ihm Stillschweigen auf und untersuchte seine Wunde. Er fand sie tödlich, denn der Degen war in den obern Teil der Lunge gedrungen, wie man aus dem starken Blutverlust ersehen konnte, dessen Folge das Schlimmste fürchten ließ. Sobald er den ersten Verband aufgelegt hatte, ließ er die beiden Kavaliere im hintern Zimmer auf zwei Betten nebeneinander legen; der Doña Theodora aber wies er ein anderes Zimmer an, da er glaubte, ihre

Gegenwart bei den Verwundeten könne nur nachteilig wirken.

Trotz all dieser Vorsichtsmaßregeln bekam Mendoza das Fieber, und gegen Abend wurde der Blutfluß immer stärker. Der Chirurg erklärte ihm jetzt, es sei keine Rettung möglich, und wenn er seinem Freunde oder Doña Theodora noch etwas sagen wolle, so habe er keine Zeit zu verlieren. Diese Nachricht versetzte den Toledaner in die schrecklichste Aufregung: Don Fadriquez aber nahm sie kalt und gleichgültig auf. Er ließ die Witwe zu sich bitten, und sie erschien auch in einem Zustande, der sich leichter denken, als beschreiben läßt.

Ihr Gesicht war in Tränen gebadet und dabei schluchzte sie so laut, daß es Mendoza tief zu Herzen ging. »Señora«, sagte er zu ihr, »ich bin der kostbaren Tränen, die Ihr weinet, nicht wert; beruhigt Euch doch und hört mich einen Augenblick an. Auch Euch, mein lieber Zarata«, fügte er gegen den Toledaner hinzu, der seinen lebhaften Schmerz nicht unterdrücken konnte, »auch Euch bitte ich darum. Ich weiß wohl, daß diese Trennung Euch schmerzen wird: Eure Freundschaft ist mir zu gut bekannt, als daß ich daran zweifeln könnte. Aber wenn Ihr mich beide mit so rührenden Beweisen von Zärtlichkeit und Mitleid beehren wollet, so wartet doch wenigstens, bis ich wirklich tot bin.

Bis dahin schiebt Euer Trauern auf; es geht mir tiefer zu Herzen, als der Verlust meines Lebens. Vernehmet jetzt, auf welchen Wegen das Schicksal, das mich verfolgt, mich heute nacht nach dem unglückseligen Ufer führte, das ich mit dem Blute meines Freundes und meinem eigenen befleckt habe. Ohne Zweifel seid Ihr begierig zu erfahren, wie ich Don Juan für Don Alvaro halten konnte. Ich will Euch diesen traurigen Aufschluß geben, wenn die kurze Zeit, die mir noch zu leben übrigbleibt, es gestattet.

Einige Stunden nach meiner Trennung von Don Juan begegneten wir einem französischen Korsaren, der uns angriff. Er bemächtigte sich des tunesischen Schiffes und landete mit uns bei Alicante. Als ich frei war, war mein erster Gedanke, meinen Freund loszukaufen. Zu diesem Behuf begab ich mich nach Valencia, machte eine bedeutende Summe zusammen und ging nach Barcelona, da ich gehört hatte, daß einige Brüder vom Erlöserorden von da nach Algier reisen wollten. Ehe ich aber Valencia verließ, bat ich den Gouverneur, Francisco de Mendoza, meinen Oheim, allen seinen Einfluß am spanischen Hofe aufzuwenden, um Zaratas Begnadigung und Wiedereinsetzung in seine Güter auszuwirken, die gleich nach dem Tode des Herzogs von Naxera konfisziert worden waren. Ich hoffte nämlich, glücklich und gesund mit meinem Freunde nach Spanien zurückzukehren.

Sobald wir in Algier angelangt waren, besuchte ich all die Orte, wohin die Sklaven gewöhnlich kommen, allein, so lange ich auch umherstreifte, so fand ich doch nicht, was ich suchte. Da begegnete mir der katalonische Renegat, dem dieses Schiff gehört: ich erkannte ihn als einen Mann, der früher meinen Oheim bedient hatte, sagte ihm den Grund meiner Reise und bat ihn, sich wegen meines Freundes genau auf Kundschaft zu legen. ›Es tut mir sehr leid‹, antwortete er, ›daß ich Euch nicht dienen kann: ich reise noch heute nacht mit einer Dame von Valencia, einer Sklavin des Deis, von Algier ab.‹ – ›Und wie heißt diese Dame?‹ fragte ich. – ›Theodora‹, gab er zur Antwort.

Ich war über diese Nachricht so überrascht, daß der Renegat sogleich daraus schloß, ich müsse mich für die Dame interessieren. Er entdeckte mir seinen ganzen Plan zu ihrer Befreiung, und da er mehrere Male des Sklaven Alvaro Erwähnung tat, so zweifelte ich nicht daran, es könne niemand anders sein, als Alvaro Ponce. Voll Freude sagte ich zu dem Renegaten: ›Helft mir und gebt mir die Mittel an die Hand, mich an meinem Feinde zu rächen.‹ – ›Dies kann bald geschehen‹, antwortete er; ›Ihr müßt mir aber zuvor sagen, weßhalb Ihr Euch über diesen Alvaro beklagt.‹ Ich erzählte ihm nun die ganze Geschichte, worauf er zu mir sagte:

›Genug, Ihr braucht mich heute nacht nur zu begleiten; man wird Euch Euern Nebenbuhler zeigen, und wenn Ihr ihn gezüchtigt habt, so tretet an seine Stelle und fahret mit uns und Doña Theodora nach Valencia zurück.‹

Gleichwohl ließ mich meine Ungeduld Don Juan nicht vergessen. Ich übergab einem in Algier ansässigen italienischen Kaufmann, namens Francisco Capati, ein Lösegeld, und dieser versprach mir auch ihn loszukaufen, sobald er auf seine Spur käme. Endlich brach die Nacht an und ich ging zum Renegaten, der mich ans Ufer führte. Wir blieben vor einer kleinen Türe stehen, aus welcher jemand gerade auf uns zukam und mit dem Finger auf einen Mann und eine Frau zeigte, die hinter ihm herging. Er sagte: ›Dies sind Alvaro und Doña Theodora.‹

Bei diesem Anblick wurde ich wütend. Ich zog den Degen, lief auf den unglücklichen Alvaro zu und in der festen Überzeugung, meinen verhaßten Nebenbuhler vor mir zu haben, stieß ich den treuen Freund nieder, den zu suchen ich gekommen war. Aber, Gott sei Dank!« fuhr er in zärtlichem Tone fort, »mein Irrtum wird ihn nicht das Leben und Doña Theodora nicht ewige Tränen kosten.«

»Ach, Mendoza!« unterbrach ihn hier die Dame, »Ihr beurteilt meinen Kummer falsch. Ich werde mich niemals über Euern Verlust trösten und wenn ich auch Euern Freund heiraten würde, so geschähe es bloß, um Euch gemeinschaftlich zu beklagen. Eure Liebe, Eure Freundschaft, Euer Unglück würde immer der Gegenstand unserer Unterhaltung sein.« – »Ihr seid allzu gütig, Señora«, antwortete Don Fadriquez; »ich verdiene nicht, daß Ihr so lange um mich trauern würdet. Nun aber beschwöre ich Euch, gebt Zarata Eure Hand, sobald er Euch an Alvaro Ponce gerächt haben wird.« – »Don Alvaro lebt nicht mehr«, sagte die Witwe; »er wurde am nämlichen Tage, da er mich entführte, von dem Korsaren, der mich hierher brachte, getötet.«

»Señora«, versetzte Mendoza, »diese Nachricht macht mir große Freude, denn sie kann für das Glück meines

Freundes nur förderlich sein. Hört nun beide ohne allen Zwang auf die Stimme Euers Herzens. Mit Freuden sehe ich den Augenblick herbeikommen, der das letzte Hindernis beseitigen wird, das Euer Mitleid und seine Großmut Euerm gemeinschaftlichen Glücke noch in den Weg legen. Mögen alle Eure Tage ruhig dahinfließen in einer Einigkeit, welche die Eifersucht des Glücks nicht zu stören vermag! Lebt wohl, Señora! lebt wohl, Don Juan! Erinnert Euch zuweilen beide eines Mannes, der nichts so sehr geliebt hat als Euch.«

Da die Dame und der Toledaner, statt etwas zu antworten, nur noch mehr weinten, so fuhr Don Fadriquez, der dies bemerkte und sich sehr unwohl fühlte, also fort: »Doch ich werde allzu weich; schon umgeben mich die Schatten des Todes und ich denke nicht daran, die göttliche Güte um Verzeihung anzuflehen, daß ich meinem Leben, worüber nur sie allein verfügen durfte, mit eigener Hand das Ziel gesteckt habe.« Nach diesen Worten hob er mit allen Anzeichen aufrichtiger Reue seine Augen zum Himmel und starb bald darauf an einem neuen Blutsturz.

Nun geriet Don Juan in Verzweiflung: er riß den Verband seiner Wunde ab und wollte sie unheilbar machen; Francisco aber und der Renegat warfen sich auf ihn und widersetzten sich seiner Wut. Theodora, in der entsetzlichsten Angst, vereinigte ihre Bitten mit dem Renegaten und Navarresen, um Don Juan von seinem Vorsatz abzubringen. Sie sprach in so rührendem Tone zu ihm, daß er wieder zur Besinnung kam und sich seine Wunde aufs neue verbinden ließ; und so siegte am Ende das Interesse des Liebhabers über die Wut des Freundes. Er enthielt sich sofort solcher unsinnigen Ausbrüche seines Schmerzes, ohne daß sich jedoch das Gefühl desselben im mindesten geschwächt hätte.

Der Renegat, der unter vielem andern auch vortrefflichen arabischen Balsam und köstliche Wohlgerüche auf seinem Schiffe hatte, balsamierte auf die Bitten der Dame und Don

Juans, die ihren Freund in Valencia beerdigen lassen wollten, Mendozas Leiche ein. Während der ganzen Überfahrt, seufzten und schluchzten die beiden unaufhörlich. Die übrigen Leute auf dem Schiff waren heiterer, zumal da sie fortwährend günstigen Wind hatten und die Küsten Spaniens in Bälde sichtbar wurden.

Bei diesem Anblick überließen sich die Sklaven alle ihrer Freude und als das Schiff glücklich im Hafen von Denia angelangt war, faßte jeder seinen Entschluß. Die Witwe und der Toledaner schickten einen Kurier nach Valencia mit Briefen an den Gouverneur und an die Familie der Doña Theodora, deren Rückkehr von allen ihren Verwandten mit großer Freude begrüßt wurde. Don Francisco de Mendoza aber war tief gebeugt über die Nachricht von dem Tode seines Neffen.

Er verhehlte es auch nicht, als er mit den Verwandten der Witwe nach Denia kam und die Leiche des unglücklichen Don Fadriquez sah. Der gute Greis benetzte sie mit seinen Tränen und brach in so wehmütige Klagen aus, daß alle Zuschauer gerührt wurden. Endlich fragte er, wie sein Neffe gestorben sei?

»Das will ich Euch erzählen, Señor«, antwortete der Toledaner. »Ich suche seine Gestalt nicht aus meinem Gedächtnisse zu tilgen, sondern finde vielmehr ein bittersüßes Vergnügen darin, sie mir unaufhörlich vor die Augen zu rufen und meinen Schmerz dadurch zu nähren.« Er erzählte hierauf die traurige Geschichte unter vielen Tränen, denen der alte Oheim die seinigen beimischte. Theodoras Verwandte aber bezeigten große Freude, sie wiederzusehen, und wünschten ihr Glück zu ihrer wunderbaren Errettung aus der Tyrannei Mezomortos.

Nachdem endlich genug gefragt und erzählt war, wurde der Leichnam des Don Fadriquez auf einen Wagen gelegt und nach Valencia geführt. Don Francisco ließ ihn aber nicht dort, sondern in Madrid beerdigen, weil seine Zeit als Vizekönig ihrem Ablaufe nahe war und er ohnehin im Sinn hatte, nach Madrid zurückzukehren.

Während man die Zurüstungen zur Leichenfeierlichkeit machte, überhäufte Doña Theodora den Navarresen und den Renegaten mit Geschenken. Francisco kehrte in seine Provinz zurück und der Renegat mit seiner Mutter nach Barcelona, wo er sich wieder umtaufen ließ und noch bis auf die jetzige Stunde ein sehr behagliches Leben führt. Um diese Zeit erhielt auch Don Francisco vom Hof das Begnadigungspatent für Don Juan, das der König, trotz seiner Rücksichten für das Haus Naxera, den vereinigten Bitten der gesamten Familie Mendoza nicht hatte abschlagen können. Dem Toledaner war dies um so angenehmer, als er nun die Leiche seines Freundes begleiten konnte, was er sonst nicht hätte wagen dürfen.

Endlich ging der Leichenzug in Begleitung einer Menge Leute aus den vornehmsten Ständen ab, und sobald er nach Madrid kam, wurde die sterbliche Hülle des Don Fadriquez in einer Kirche beigesetzt, wo Zarata und Doña Theodora ihm mit Erlaubnis der Familie Mendoza ein prachtvolles Grabmal errichten ließen. Außerdem trugen sie noch ein ganzes Jahr lang Trauer um ihren Freund.

Nach solchen glänzenden Beweisen ihrer Zärtlichkeit gegen Mendoza heirateten sie einander; aber so groß ist die Macht der Freundschaft, daß Don Juan lange in tiefe Melancholie versunken blieb, die nichts bannen konnte. Don Fadriquez, sein geliebter Don Fadriquez, stand ihm beständig vor Augen: er sah ihn alle Nacht im Traume, und zwar meistens so, wie er sterbend dagelegen war. Endlich gelang es jedoch, ihn von diesen traurigen Bildern abzuziehen.

Theodoras Reize, von denen er fortwährend bezaubert war, triumphierten über eine unglückselige Erinnerung; kurz, Don Juan fing an, glücklich und zufrieden zu leben: aber dieser Tage stürzte er auf einer Jagd vom Pferde und verletzte sich am Kopf; es bildete sich ein Abszeß, die Ärzte konnten ihn nicht retten und er ist soeben gestorben. Seine Theodora, dieselbe Dame, die Ihr dort verzweiflungsvoll in die Arme ihrer zwei Frauen sinken sehet, wird ihm wohl in Bälde nachfolgen.«

Sechzehntes Kapitel

Die Träume

Als Asmodi mit dieser Geschichte zu Ende war, sagte Don Kleophas zu ihm: »Fürwahr ein herrliches Gemälde von der Freundschaft! Aber wenn eine solche Liebe wie zwischen Don Juan und Don Fadriquez schon unter Männern sehr selten ist, so halte ich es beinahe für unmöglich, zwei Freundinnen zu finden, die großmütig genug wären, einen Liebhaber, den beide anbeten, einander zu opfern.«

»Sehr richtig«, antwortete der Teufel: »dies ist noch nie erlebt worden und wird vielleicht auch nie erlebt werden. Die Weiber lieben einander nicht. Ich will einmal den Fall setzen, es stehen zwei sehr gut mit einander, ja sogar so, daß keine der andern, wenn sie abwesend ist, im mindesten etwas Böses nachsagt. Ihr sehet sie beide und neigt Euch mehr zu der einen hin, dann wird die andere sogleich wütend, nicht weil sie Euch liebte, sondern weil sie den Vorzug für sich in Anspruch nimmt. Dies liegt nun einmal in der Natur der Weiber: sie sind zu eifersüchtig aufeinander, als daß sie einer Freundschaft fähig wären.«

»Etwas romantisch«, versetzte Leandro Perez, »ist die Geschichte dieser beiden Freunde sondergleichen denn doch. Indes ist es schon spät: wir werden bald die ersten Strahlen der Morgenröte sehen und dann erwarte ich eine neue Gefälligkeit von Euch. Ich bemerke eine große Menge Leute, die schlafen, und möchte gar zu gerne wissen, was sie wohl träumen mögen.« – »Sehr gern«, antwortete der Dämon. »Ihr liebt Abwechslung in den Gemälden; ich werde Euern Wunsch befriedigen.«

»Da wird es wohl viel zum Lachen geben«, sagte Zambullo. – »Warum?« antwortete der Kleine: »ein Mann, wie

Ihr, der seinen Ovid auswendig kann, sollte doch wissen, daß diesem Dichter zufolge die Träume gegen Tagesanbruch am wahrsten sind, weil die Seele um diese Zeit von den Dünsten der leiblichen Nahrung am wenigsten belästigt ist.« – »Ich für meine Person«, versetzte Don Kleophas, »glaube nicht an Träume, Herr Ovidius mag sagen, was er will.« – »Da seid Ihr falsch berichtet«, antwortete Asmodi: »man darf sie weder ganz verwerfen, noch alle glauben. Es sind Lügner, die aber doch manchmal die Wahrheit sagen. Sogar der Kaiser Augustus, der gewiß so gescheit war, als ein Student, verachtete die Träume, bei denen er selbst beteiligt war, nicht, und in der Schlacht bei Philippi bekam es ihm recht wohl, daß er auf die Erzählung eines ihn betreffenden Traumes hin sein Zelt verließ. So könnte ich Euch noch tausend andere Beispiele für meine Behauptung anführen; ich übergehe sie jedoch mit Stillschweigen, um Euern neuen Wunsch zu erfüllen.

Machen wir einmal mit diesem schönen Hotel rechter Hand den Anfang. Der Herr des Hauses, den Ihr in dem prächtigen Zimmer dort schlafen sehet, ist ein sehr freigebiger Graf und großer Verehrer des schönen Geschlechts. Er träumt, im Opernhause zu sein und eine junge Sängerin zu hören, deren Sirenenstimme er nicht widerstehen kann.

Im anstoßenden Zimmer schläft seine Frau Gemahlin, die das Spiel bis zur Raserei liebt. Im Traum ist ihr das Geld ausgegangen und sie versetzt eben ihren Schmuck bei einem Juwelier, der ihr gegen einen recht artigen Zins dreihundert Pistolen vorschießt.

Im nächsten Hotel nebenan wohnt ein Marquis vom selben Schlage wie der Graf, der in eine bekannte Kokette verliebt ist. Er borgt jetzt im Traum eine beträchtliche Summe, um sie ihr zu schenken; sein Haushofmeister, der über ihm schläft, träumt, er bereichere sich in eben dem Maße, wie sein Herr sich ruiniere. Nun, was haltet Ihr von diesen Träumen? Scheinen sie Euch wirklich lächerlich?« – »Nein, gewiß nicht«, antwortete Don Kleophas; »ich sehe ein, daß Ovid recht hat. Aber sagt mir einmal, wer ist der Mann dort mit dem gewickelten Schnurrbarte, der auch im Schlafe noch ein so gravitätisches Gesicht schneidet, daß man ihm ansieht, er müsse keiner von den gewöhnlichen Kavalieren sein?« – »Das ist ein Landedelmann«, antwortete der Dämon, »ein aufgeblasener eitler Graf aus Arragonien. In diesem Augenblick schwimmt seine Seele in Freude. Er träumt nämlich, er stehe neben einem Granden, der ihm bei einer öffentlichen Feierlichkeit den Vorrang lasse.

In demselben Hause bemerke ich zwei Brüder, die beide

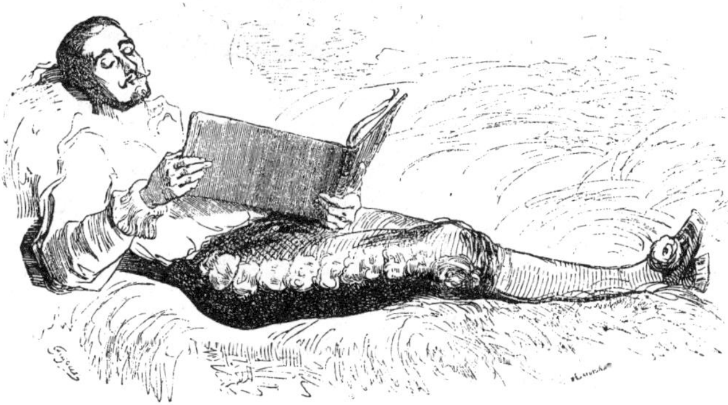

Ärzte sind und sehr unangenehme Träume haben. Dem einen kommt es vor, es werde eine Verordnung bekanntgemacht, derzufolge die Ärzte keine Bezahlung ansprechen dürfen, wenn sie ihre Patienten nicht kuriert haben; sein Bruder träumt, es sei ein neuer Befehl ergangen, daß die Herren Doktoren für alle Kranken, die ihnen unter den Händen sterben, Trauer anlegen müssen.« – »Ich wünschte«, sagte Zambullo, »dies wäre wirklich so; wenn ich zu befehlen hätte, müßte jeder Arzt dem Leichenbegängnis seines Kranken anwohnen, wie in Frankreich der Kriminal-Aktuar bei der Hinrichtung des Verbrechers, dem er das Urteil gesprochen hat, zugegen sein muß«. – »Die Verglei-

chung gefällt mir«, sagte der Teufel: »man könnte noch hinzusetzen, der eine wolle seinen Ausspruch exequieren lassen, der andere habe es bereits getan.«

»Ho ho!« rief der Student, »wer mag wohl der Mann sein, der so hastig aufsteht und sich die Augen reibt?« – »Ein vornehmer Herr«, antwortete der Dämon; »der in Neuspanien eine Gouverneurstelle sucht. Er ist soeben an einem fürchterlichen Traume erwacht: es war ihm nämlich, als ob der erste Minister ihn scheel ansähe. Auch eine junge Dame erblicke ich, die eben erwacht und mit ihrem Traume nicht zufrieden ist. Sie ist noch ledig, von vornehmem Stande und ebenso tugendhaft als schön. Zwei Liebhaber bewerben sich um ihre Gunst. Den einen liebt sie zärtlich, gegen den andern aber hat sie eine Abneigung, die bis zum Abscheu geht. Diesen verabscheuten Liebhaber sah sie soeben im Traume zu ihren Füßen. Er war so zärtlich, so dringend, daß sie ihm günstiger geantwortet hätte, als jemals dem Bevorzugten, wenn sie nicht noch zu rechter Zeit erwacht wäre. Im Schlaf schüttelt die Natur gar häufig das Joch der Vernunft und der Tugend ab.

Auch das Eckhaus in dieser Straße bitte ich nicht zu übersehen: es ist die Wohnung eines Prokurators. Er schläft neben seiner Frau in dem Zimmer dort mit den alten bemalten Tapeten und den zwei gleichen Betten. Es träumte ihm, er wolle eben einen seiner Klienten im Spital besuchen und ihm von seinem vormaligen Vermögen eine dürftige Beisteuer geben. Seiner Ehehälfte ist es indessen, als jage ihr Mann einen großen starken Schreiber, über den er eifersüchtig geworden, zum Hause hinaus.«

»Ich höre in der Nähe schnarchen«, sagte Don Leandro Perez; »ohne Zweifel ist es der dicke Herr dort in dem kleinen Seitengebäude, das an die Wohnung des Prokurators stößt?« – »Ganz richtig«, antwortete Asmodi: »es ist ein Kanonikus, der im Schlaf sein *Benedicite* hersagt.

Sein Nachbar ist ein Seidehändler, der vornehmen Leuten seine Waren sehr teuer, aber auf Kredit verkauft. Er hat mehr als 100000 Dukaten in seinem Buche stehen. Ihm träumt, alle seine Schuldner kommen und bringen ihm Geld. Seinen Gläubigern hingegen träumt es, er stehe auf dem Punkt, Bankrott zu machen.« – »Diese zwei Träume«, sagte der Studiosus, »sind aus dem Tempel des Schlafs nicht zu einem und demselben Tore herausgeflogen.« – »Ganz gewiß nicht«, antwortete der Dämon: »der erste kam ohne Zweifel aus dem elfenbeinernen Tore, der andere aus dem von bloßem Horn.

Neben dem Kaufmann wohnt ein berühmter Buchhändler. Er hat kürzlich ein Buch gedruckt, das reißend abging. Als er den Verlag übernahm, versprach er dem Verfasser für eine neue Auflage fünfzig Pistolen; jetzt träumt er, er veranstalte dieselbe, ohne ihn etwas davon merken zu lassen.«

»Bei diesem Traume«, sagte Zambullo, »braucht man nicht lange zu fragen, aus welchem Tore er gekommen ist; auch zweifle ich ganz und gar nicht, daß er buchstäblich in Erfüllung gehen wird. Ich kenne die Herren Buchhändler: es ist ihnen eine Kleinigkeit, einen armen Autor übers Ohr zu hauen.« – »Das ist leider nur zu wahr«, antwortete der

Dämon; »übrigens sind die Herren Autoren auch nicht viel besser als die Buchhändler. Zum Beweis dafür will ich Euch ein Geschichtchen erzählen, das sich vor nicht ganz hundert Jahren in Madrid zutrug.

Drei Buchhändler speisten abends in einem Gasthause zusammen und das Gespräch fiel auf die Seltenheit guter neuer Bücher. ›Meine Herren‹, sagte einer von ihnen, ›ich will Euch im Vertrauen gestehen, daß ich dieser Tage einen guten Fund getan habe. Ich habe ein Manuskript gekauft, freilich etwas teuer, aber auch von einem Autor ... ! Es ist so gut als bar Geld.‹ Ein anderer ergriff das Wort und rühmte sich gleichfalls, erst gestern einen herrlichen Kauf getan zu haben. ›Ein Vertrauen ist des andern wert!‹ rief der dritte; ›auch ich war heute so glücklich, ein Manuskript zu kaufen, von dem ich mir goldene Berge versprechen darf.‹ Zugleich zog er das kostbare Stück aus der Tasche. Es war ein neues Lustspiel mit dem Titel: *Der ewige Jude*. Aber wie sehr erstaunten sie nicht, als sie sich überzeugten, daß jeder von ihnen ein und dasselbe Manuskript gekauft hatte.

Dort in jenem Hause«, fuhr der Teufel fort, »ist soeben ein sehr schüchterner und ehrfurchtsvoller Liebhaber aufgewacht. Er liebt eine rasche Witwe und träumte eben, er sei mit ihr mitten in einem Walde, wo er die zärtlichsten Sachen zu ihr sage. ›Ach‹, antwortete sie, ›wie verführerisch Ihr doch seid! Von Euch ließe ich mich beschwatzen, wenn ich nicht gegen alle Männer samt und sonders auf der Hut wäre. Allein sie sind Betrüger, ich traue ihren glatten Worten nicht und verlange Taten.‹ – ›Was für Taten, Señora?‹ fragte der Amoroso, ›soll ich, um Euch die Glut meiner Liebe zu beweisen, die zwölf Arbeiten des Herkules unternehmen?‹ – ›O nicht doch, nicht doch, Don Nicolo!‹ antwortete die Dame, ›soviel verlange ich nicht.‹ Darüber ist er erwacht.«

»Nun sagt mir aber auch«, fuhr der Student fort, »warum sich der Mensch dort in dem braunen Bette wie ein Besessener gebärdet?« – »Es ist«, antwortete der Dämon, »ein geschickter Lizentiat, der einen entsetzlichen Traum hat. Er disputiert und verteidigt die Unsterblichkeit der Seele gegen einen Doktor der Medizin, der ein ebenso guter Katholik als guter Arzt ist. Im zweiten Stock bei dem Lizentiaten wohnt ein Edelmann aus Estremadura, namens Don Balthazar Fanfarronico, der mit Extrapost an den Hof gefahren ist, um eine Belohnung dafür anzusprechen, daß er einen Portugiesen mit einer Büchse erschossen hat. Jetzt träumt

ihm, man ernenne ihn zum Gouverneur von Antequerra; damit ist er aber noch nicht zufrieden, sondern er glaubt, ihm gebühre eine Vizekönigsstelle.

In dem Hôtel garni da entdecke ich zwei bedeutsame Erdensöhne, die sehr unangenehme Träume haben. Der eine, ein Festungskommandant, träumt, er werde belagert und müsse sich nach kurzem Widerstande mit seiner ganzen Besatzung ergeben. Der andere ist der Bischof von Murcia. Dieser beredte Prälat hat vom Hofe den Auftrag bekommen, in zwei Tagen einer Prinzessin die Leichenrede zu halten.

Jetzt träumt ihm, er stehe schon auf der Kanzel und bleibe gleich beim Eingange stecken.« – »Das könnte wohl wahr werden!« sagte Don Kleophas. »Allerdings«, antwortete der Teufel; »es ist noch nicht sehr lange her, daß Sr. Eminenz bei einer ähnlichen Gelegenheit dasselbe Unglück widerfuhr.

Soll ich Euch auch einmal einen Nachtwandler zeigen? Ihr dürft nur in die Ställe dieses Hotels blicken. Bemerkt Ihr nichts?« – »O freilich«, sagte Leandro; »ich sehe einen Mann, der im bloßen Hemde herumläuft und, wie mir scheint, einen Pferdestriegel in der Hand hat.« – »Ganz recht«, erwiderte der Dämon: »es ist ein schlafender Stallknecht. Er steht jede Nacht von seinem Bette auf, striegelt schlafend die Pferde und legt sich dann wieder nieder. Jedermann im Hotel glaubt, irgendein neckischer Poltergeist tue es, und der Stallknecht selbst würde darauf schwören.

In dem großen Hause gegenüber wohnt ein alter Ritter vom goldenen Vliese, der früher Vizekönig von Mexiko war. Er ist krank geworden und da er zu sterben fürchtet, so macht ihn sein vormaliges Amt sehr unruhig. Er hat aber auch auf eine Art gehaust, daß ihm mit allem Recht bange ist. Die Jahrbücher von Neuspanien tun seiner keine ehrenvolle Erwähnung. Soeben hat er einen Traum gehabt, dessen schauerliche Bilder noch nicht ganz verflogen sind, und der ihn leicht sein Leben kosten kann. Es war ihm nämlich, als stünde er im Tale des Todes, wo alle Mexikaner, die als Opfer seiner Ungerechtigkeit und Grausamkeit gefallen sind, mit Vorwürfen und Schimpfreden auf ihn eindrangen und ihn sogar in Stücke zu zerreißen drohten, so daß er sich nur durch schleunige Flucht ihrer Wut entziehen konnte. Darauf kam er in einen großen mit schwarzem Tuche ausgeschlagenen Saal, wo sein Vater und Großvater an einem für drei Personen gedeckten Tische saßen. Beide winkten ihm, näher zu kommen, und sein Vater sagte zu ihm mit der ganzen Gravität der abgeschiedenen Seelen:

Schon lange warten wir auf dich; komm und setze dich zu uns.«

»Ein abscheulicher Traum!« rief der Student: »kein Wunder, wenn er dem armen Kranken das Hirn verrückt!« – »Um so lustiger«, sagte der Dämon, »träumt seine Nichte, die gerade über ihm schläft: die reizendsten Bilder umgaukeln sie. Sie ist ledig, fünfundzwanzig bis dreißig Jahre alt, dabei häßlich von Gesicht und schlecht gewachsen. Sie träumt, ihr Oheim, dessen einzige Erbin sie ist, lebe nicht mehr, und sie sehe sich von einer Menge liebenswürdiger Herren umschwärmt, die sich um die Ehre streiten, ihr zu gefallen.«

»Wenn mich nicht alles täuscht«, sagte Don Kleophas, »so höre ich hinter uns lachen.« – »Allerdings«, antwortete der Teufel; »ein paar Schritte von da lacht eine Frau im Schlaf. Sie ist Witwe, spielt die Spröde und das Lästern geht ihr über alles. Im Traum unterhält sie sich mit einer alten Betschwester, deren Geschwätz ihr ungemein viel Vergnügen macht.

Nun aber muß ich selbst ob einem Bürgersmann lachen, der gerade unter ihr wohnt und sich mit dem Wenigen, das er hat, kaum ehrlich durchschlagen kann. Er träumt, er raffe ganze Haufen von Gold und Silber zusammen, und je mehr er aufhäuft, um so mehr findet er noch dazu. Schon hat er einen großen Kasten damit angefüllt.« – »Der arme Junge!« sagte Leandro: »er wird sich seines Schatzes nicht lange erfreuen.« – »Freilich«, erwiderte Asmodi; »beim Erwachen wird es ihm gehen wie einem wirklich Reichen, wenn er stirbt; seine Reichtümer werden ihm vor seinen Augen verschwinden.

Wünschet Ihr vielleicht auch die Träume zweier Komödiantinnen zu belauschen, die in der Nähe wohnen? Die eine fängt Vögel mit der Lockpfeife, rupft sie und gibt sie dann einem schönen Kater zu fressen, in den sie närrisch verliebt ist und der allein den ganzen Nutzen davon hat. Die andere jagt im Traum alle Hühnerhunde und englischen Doggen,

die ihr bisher das Liebste auf der Welt waren, aus dem Hause, und will bloß noch ein kleines niedliches Bastardmöpschen behalten, an dem sie einen Narren gefressen hat.«

»Zwei sehr spaßhafte Träume!« rief der Musensohn. »Ich glaube, wenn es in Madrid so viele Traumdeuter gäbe, wie ehemals in Rom, sie würden sehr in Verlegenheit kommen, wenn sie diese erklären müßten.« – »Nicht sonderlich«, antwortete der Dämon; »wären sie nur einigermaßen davon unterrichtet, wie es bei dem Komödiantenvolke hergeht, so würden sie bald eine klare und bestimmte Deutung finden.«

»Ich für meine Person«, erwiderte Don Kleophas, »verstehe nichts davon, bekümmere mich aber auch nicht sehr darum. Weit lieber wünschte ich zu erfahren, wer die schlafende Dame dort in dem prächtigen Bette von gelbem Samt und mit silbernen Fransen ist, die neben sich auf einem Nachttischchen ein Buch und eine Kerze hat.« – »Eine sehr vornehme Dame«, antwortete Asmodi, »die eine überaus prachtvolle Equipage hat, und besonderes Vergnügen daran findet, hübsche junge Leute in ihrer Livree zu sehen. Sie hat unter anderem die Gewohnheit, nachts im Bette zu lesen: ohne das könnte sie kein Auge zutun. Gestern abend las sie Ovids Metamorphosen, und dieser Lektüre verdankt sie jetzt einen etwas närrischen Traum. Sie meint nämlich, Jupiter sei in sie verliebt und wolle sich in Gestalt eines hochgewachsenen hübschen Pagen in ihre Dienste begeben.

Da bemerke ich indes eine andere noch drolligere Verwandlung. Ein Schauspieler liegt im tiefen Schlafe und erfreut sich eines höchst angenehmen Traumes. Er ist so alt und dient schon so lange, daß sich keine menschliche Seele in Madrid erinnern kann, ihn bei seinem ersten Auftreten

gesehen zu haben; man kann wohl sagen, er sei theatrifiziert. Er ist nicht ohne Talent, aber auch so eitel darauf, daß er sich über alle anderen Menschenkinder unendlich erhaben dünkt. Wißt Ihr auch, was dieser stolze Kulissenheld eben jetzt träumt? Es ist ihm, als sei er gestorben und sehe sämtliche Gottheiten des Olymps versammelt, um einen Beschluß zu fassen, was sie mit diesem hochansehnlichen Manne anfangen sollen. Er hört, wie Merkur im Rate der Götter auseinandersetzt, dieser berühmte Schauspieler, der so oft die Ehre gehabt, Jupiter und die übrigen Fürsten der Unsterblichen auf der Bühne vorzustellen, dürfe dem gemeinen Lose der Menschen nicht unterworfen sein, sondern verdiene geradezu, in die himmlische Schar aufgenommen zu werden. Momus unterstützt Merkurs Antrag, aber einige andere Götter und Göttinnen weisen mit Unwillen den Vorschlag einer solch neuen Apotheose zurück, und um dem Streit ein Ende zu machen, verwandelte Jupiter den alten Komödianten in eine Dekorationenfigur.«

Der Dämon wollte fortfahren, allein Zambullo unterbrach ihn mit den Worten: »Haltet ein, Señor Asmodi; Ihr bemerkt wahrscheinlich nicht, daß es schon Tag ist. Ich fürchte, man möchte uns hier oben entdecken. Wenn der Pöbel einmal Eurer Herrlichkeit ansichtig wird, so dürfen wir für Spott und Hohn nicht sorgen.«

»Man wird uns nicht sehen«, antwortete der Dämon. »Ich besitze dieselbe Macht wie die Götter des Altertums, von denen wir eben gesprochen haben, und gleichwie der verliebte Sohn Saturns auf dem Berge Ida sich in eine Wolke hüllte, um die Liebkosungen, die er der Frau Juno zudachte, den Beobachtungen der Welt zu entziehen, so will ich einen dichten Dunst um uns bilden, den kein menschliches Auge durchdringen soll, der aber gleichwohl Euch nicht hindern wird, alles zu sehen, worauf ich Euch aufmerksam machen will.« Wirklich umgab sie auf einmal ein schwarzer Rauch, der aber den Augen des Musensohns nicht das geringste verhüllte.

»Kehren wir indes«, fuhr Asmodi fort, »zu den Träumen zurück... Doch ich vergesse, daß Ihr die ganze Nacht hindurch ohne Zweifel müde geworden seid. Ich dächte also, Ihr ließet Euch von mir nach Hause bringen und ruhtet ein paar Stündchen aus. Inzwischen will ich die vier Teile des Erdkreises durchstreifen und einiges auf meinem Handwerke arbeiten; dann komme ich wieder und wir machen uns aufs neue lustig.« – »Ich bin weder schläfrig, noch müde«, antwortee Don Kleophas. »Deswegen tut mir den Gefallen, bei mir zu bleiben und mich in die verschiedenen Pläne der Leute da unten einzuweihen, die bereits aufgestanden sind und ausgehen zu wollen scheinen. Was haben sie denn so in aller Frühe vor?« – »Was Ihr zu wissen wünschet«, erwiderte der Dämon, »verdient allerdings eine genauere Beobachtung. Es ist das Gemälde der mancherlei Sorgen, Bestrebungen und Bemühungen, womit die armen Sterblichen sich den ihnen vergönnten kleinen Zwischenraum zwischen Geburt und Grab auszufüllen suchen.«

Siebzehntes Kapitel

Wo man mehrere Originale findet,
denen es nicht an Kopien fehlt

»Offenbar können wir nicht besser anfangen, als mit dieser Gruppe von Bettlern, die schon auf den Straßen sind. Es sind liederliche Burschen, meistens aus guten Familien, die in Gemeinschaft leben, wie die Mönche, und dann fast alle Nächte in ihrem Hause durchschwelgen, wo immer reichliche Vorräte an Brot, Fleisch und Wein anzutreffen sind. Jetzt gehen sie auseinander, um ihre Rollen vor den Kirchen zu spielen, und auf den Abend kommen sie dann wieder zusammen, um auf die Gesundheit der mitleidigen Seelen zu trinken, die aus christlicher Milde ihnen das Geld zu ihrem schwelgerischen Leben geben. Es ist wirklich bewundernswert, wie sich diese Gauner zu verkleiden und anzustellen wissen, um Mitleid zu erregen. Dirnen, die auf Eroberungen ausgehen, können sich nicht besser und künstlicher aufputzen.

Betrachtet einmal aufmerksam die drei, die zusammen nach einer Seite gehen. Derjenige, der sich auf Krücken stützt, mit dem ganzen Leibe zittert und sich nur mühsam fortzuschleppen scheint, so daß man mit jedem Schritte glaubt, er falle auf die Nase – dieser ist ungeachtet seines langen weißen Barts und seines abgelebten Aussehens ein munterer, leichtfüßiger Bursche und könnte einen Hirsch einholen. Der andere mit dem grindigen Kopf ist ein hübscher Junge, und das Fell, womit er seinen Kopf bedeckt hat, verbirgt eine recht artige Pagenfrisur. Der dritte, dem Ansehen nach ein Muldenrutscher, ist ein Taugenichts, der Euch so jammervolle Töne aus der tiefsten Brust ausstoßen kann, daß bei seinem Ächzen und Wimmern jedes alte Weib

aus dem Dachstübchen herabkommt, um ihm einen Maravedi zu bringen.

Indes diese Tagdiebe unter der Maske der Armut dem Publikum sein Geld abschwatzen, bemerke ich auch eine Menge Handwerker und Taglöhner, die zwar ebenfalls Spanier, aber doch fleißig sind, und sich anschicken, im Schweiße ihres Angesichtes ihr Brot zu verdienen. Auf allen Seiten sehe ich die Leute aufstehen und sich anziehen, um ihren verschiedenen Geschäften nachzugehen. Wie viele heute nacht ausgebrütete Entwürfe werden den Tag über Wirklichkeit erlangen, oder aber zu Wasser werden! Welche Sprünge werden nicht Eigennutz, Liebe und Ehrgeiz machen!«

»Was sehe ich dort auf der Straße?« fragte Don Kleophas. »Wer ist diese mit Schaumünzen behangene Frau, die am Arme eines Lakaien so schnell dahinwandelt? Sie hat ohne Zweifel ein sehr dringendes Geschäft?« – »Ja gewiß«, antwortete der Dämon; »diese ehrwürdige Matrone eilt nach einem Hause, wo man ihrer Hülfe bedarf. Sie geht zu einer Komödiantin, die einmal übers andere laut aufschreit und zwei Kavaliere bei sich hat, welche in nicht geringer Verlegenheit sind. Der eine ist der Ehemann, der andere ein vornehmer Herr, den das, was hier geschehen soll, ebenfalls sehr interessiert: denn, wenn eine Schauspielerin niederkommt, so sind, wie bei Alkmene, in der Regel zwei Personen schuld daran, ein Jupiter und ein Amphitryo.

Sollte man nicht glauben, der Kavalier dort zu Pferd, mit

der Flinte unter dem Arm, wolle gegen die Rebhühner und Hasen um Madrid herum zu Felde ziehen? Und doch denkt er keineswegs an die Jagd: ein ganz anderer Plan beschäftigt ihn. Er will nach einem Dorfe, um sich dort als Bauer zu verkleiden und so in eine Meierei einzuschleichen, wo sein Feinsliebchen unter der Aufsicht einer strengen und wachsamen Mutter wohnt.

Der junge Bakkalaureus, der so schnell vorbeieilt, pflegt jeden Morgen seinem Oheim, einem alten Kanonikus, dessen Pfründe er auf dem Korn hat, die Aufwartung zu machen. Im Hause gegenüber von uns werdet Ihr einen Mann sehen, der seinen Mantel nimmt und ausgehen will: es ist ein ehrsamer, reicher Bürger, den eine sehr ernsthafte Angelegenheit beunruhigt. Er hat eine einzige, mannbare Tochter und weiß nicht, ob er sie einem jungen Prokurator geben soll, oder einem stolzen Hidalgo, die sich beide um ihre Hand bewerben. Deshalb will er jetzt seine Freunde um Rat fragen, und es ist in der Tat auch eine bedenkliche Sache. Wählt er den Edelmann, so befürchtet er, einen Schwiegersohn zu bekommen, der ihn über die Achseln ansieht: gibt er aber dem Prokurator den Vorzug, so besorgt er, sich einen Wurm ins Haus zu setzen, der ihm alle Möbel durchnagt.

Sein Nachbar in dem prächtig möblierten Hauptgebäude dort und in dem Schlafrock von goldgeblümtem roten Brokat ist ein Schöngeist, der trotz seiner niedrigen Herkunft den vornehmen Herrn spielt. Vor zehn Jahren hatte er nicht über zwanzig Maravedis zu gebieten, und jetzt besitzt er eine jährliche Rente von zehntausend Dukaten. Er hält eine sehr hübsche Equipage, zieht sich aber die Kosten derselben am eigenen Munde ab, denn er ißt in der Regel ganz allein und sehr schlecht. Gleichwohl kann er nicht umhin, aus Prahlerei hie und da vornehmen Leuten einen Schmaus zu geben. Auf heute z.B. hat er einige Staatsräte eingeladen, und deshalb läßt er eben jetzt einen Pastetenbäcker und einen Koch holen. Mit diesen wird er um jeden Maravedi markten und ihnen sodann die besprochenen Speisen aufschreiben.« – »Ein garstiger Knicker!« sagte Zambullo. »Mein Freund«, antwortete Asmodi, »es geht in der Regel so: alle armen Schlucker, die auf einmal, ohne selbst zu wissen wie und warum, zu Reichtümern gelangten, werden entweder Geizhälse oder Verschwender.«

»Nun sagt mir aber auch«, fragte der Studiosus, »wer die schöne Dame dort ist, die eben ihre Toilette macht und sich dabei mit einem sehr hübschen Kavalier unterhält.« – »Diese«, erwiderte Asmodi, »verdient allerdings Eure Aufmerksamkeit. Sie ist eine deutsche Witwe, die ihren Witwengehalt in Madrid verzehrt und immer die beste Gesellschaft bei sich sieht. Der junge Herr heißt Don Antonio de Monsalva.

Obgleich er einer der ersten Familien Spaniens angehört, so hat er doch der Witwe die Ehe versprochen und ihr sogar dreitausend Pistolen darauf verschrieben. Seine Eltern aber wollen dies Verhältnis durchaus nicht dulden, und drohen sogar, ihn einsperren zu lassen, wenn er nicht allen Umgang mit der deutschen Dame abbreche, die sie für eine bloße Abenteurerin halten. Dieser Widerwille der Seinigen macht dem Jüngling vielen Kummer. Gestern abend kam er zu seiner Dame, die ihm sogleich ansah, daß er irgendeinen Verdruß haben müsse, und nach der Ursache fragte. Er gestand ihr alles, versicherte sie aber zugleich, daß kein Widerspruch von seiten seiner Familie ihn jemals wankend machen werde. Die Witwe schien sich über seine Festigkeit sehr zu freuen, und sie trennten sich um Mitternacht, beide wohl miteinander zufrieden.

Heute früh kam Monsalva wieder, als die Dame gerade am Putztisch saß, und fing aufs neue an, sie seiner Liebe zu versichern. Während des Gesprächs wickelte sie ihre Papilloten ab. Monsalva nahm in Gedanken eine davon, machte sie auseinander und erkannte seine Hand. ›Ei wie! Señora?‹ rief er lachend, ›wendet Ihr meine Briefchen dazu an?‹ – ›Nicht anders‹, erwiderte sie; ›da seht Ihr, wozu mir die

Versprechungen von Liebhabern dienen, die mich gegen den Willen ihrer Familien heiraten wollen: ich mache Papilloten daraus.‹ Monsalva sah sich das Papier genauer an und erkannte seine Verschreibung, welche die Witwe zerrissen hatte. Diese Uneigennützigkeit rührte ihn dermaßen, daß er ihr eben jetzt aufs neue ewige Treue schwört.

Jetzt«, fuhr der Dämon fort, »betrachtet einmal den langen, hagern Mann, der mit einem großen Buch unter dem Arm, einem Schreibzeug am Gürtel und einer Zither auf dem Rücken da unten vorbeigeht.« – »Allem Anschein nach ein sonderbarer Heiliger?« fragte der Student. »Ja, gewiß«, antwortete Asmodi, »dies ist ein Sterblicher von ganz eigentümlichem Schlag. Es gibt auch in Spanien zynische Philo-

sophen, wie Figura zeigt. Jetzt geht er gegen Buen Retiro zu auf eine Wiese, wo eine Quelle ist, deren silberhelles Wasser einen Bach bildet und sich durch lauter duftende Blumen schlängelt. Dort wird er den ganzen Tag bleiben, die Schönheiten der Natur betrachten, auf der Zither spielen und allerhand Bemerkungen in sein Tagebuch eintragen. In den Taschen hat er seine gewöhnliche Nahrung: ein paar Zwiebeln und ein Stück Brot. Dieses nüchterne Leben führt er schon seit zehn Jahren, und wenn irgendein Aristipp zu ihm sagte, wie zu Diogenes: ›Verständest du es, den Großen den Hof zu machen, so brauchtest du keine Zwiebeln zu essen‹, der moderne Philosoph würde ihm antworten: ›Ich könnte den Großen so gut den Hof machen, als du, wenn ich einen Menschen so weit erniedrigen wollte, daß er vor einem andern Menschen kröche.‹

In der Tat stand der seltsame Mann vormals mit mehreren vornehmen Herren in Verbindung, die ihm auch namhafte Summen schenkten. Da er aber sah, daß ihre Freundschaft für ihn nur eine anständige Art von Knechtschaft war, so brach er allen Verkehr mit ihnen ab. Seinen Wagen gab er weg, um nicht Leute mit Kot zu bespritzen, die besser seien, als er selbst. Beinahe sein ganzes Vermögen verschenkte er an dürftige Freunde und behielt für sich nur so viel zurück, um auf die gegenwärtige Weise davon leben zu können; denn in seinen Augen ist es für einen Philosophen ebenso schimpflich, unter dem gemeinen Volke sein Brot zu erbetteln, als bei den Großen.

Wirkliches Mitleid verdient der Kavalier, der hinter dem Philosophen hergeht und, wie Ihr sehet, einen Hund bei sich hat. Er darf sich rühmen, einem der ersten Häuser Kastiliens anzugehören. Er war reich, hat sich aber dadurch zugrunde gerichtet, daß er, wie Lukians Timon, tagtäglich seine Freunde bewirtete und bei allen möglichen Geburtstagen und Vermählungen von Prinzen und Prinzessinnen, kurz, bei jeder nur erdenklichen Gelegenheit zu öffentlichen Lustbarkeiten kostbare Festmahle gab. Kaum sahen die Schmarotzer, daß sein Vermögen durchgebracht war, so kehrten sie ihm den Rücken. Auch seine Freunde verließen ihn. Nur ein einziger blieb ihm treu – sein Hund.«

»Señor Diablo!« rief Leandro Perez; »sagt mir einmal, wem die Equipage gehört, die vor dem Hause dort hält.« – »Einem reichen Contador«, antwortete dieser, »der jeden Morgen vor dieses Haus fährt: es wohnt nämlich eine schöne Galizierin da, die der alte Sünder aus maurischem Geschlecht unterhält, und in die er sterblich verliebt ist. Gestern abend erfuhr er, sie habe sich eine Untreue gegen ihn erlaubt, und schrieb ihr in der Wut sogleich einen flammenden Brief voll Vorwürfe und Drohungen. Was tat die Spitzbübin? Statt unverschämterweise das Faktum zu leugnen, schrieb sie heute früh an den Schatzmeister: er habe alles Recht, gegen sie aufgebracht zu sein; sie verdiene seine vollständige Verachtung, da sie imstande gewesen sei, einen so wackern Herrn zu hintergehen; sie erkenne ihr Verbrechen an, verabscheue es und habe sich zur Strafe bereits ihre schönen Haare abgeschnitten, von denen er wisse, wie lieb sie ihr seien; kurz, sie sei entschlossen, den Rest ihrer Tage büßend in einem Kloster zuzubringen.

Die erheuchelte Reue seiner Geliebten bezwang das Herz des alten Amoroso. Er stand sogleich auf, fuhr zu ihr und fand sie in Tränen gebadet. Die gewandte Schauspielerin hat ihre Rolle so gut gespielt, daß er ihr nicht nur alles Geschehene verziehen hat, sondern auch, um sie für den Verlust ihrer Haare zu trösten, ein schönes Landhaus in der Nähe vom Escurial, das gegenwärtig feil ist, kaufen und als freies Besitztum schenken will.«

»Jetzt öffnen sich allmählich die Läden«, sagte der Student, »und schon sehe ich einen Kavalier zu einem Traiteur hineingehen.« – »Dieser junge Mensch«, versetzte Asmodi, »stammt aus guter Familie, ist aber von der Schreibwut befallen und will mit aller Gewalt für einen Dichter gehalten werden. Es fehlt ihm nicht ganz an Geist: er hat genug, um sämtliche Werke, die auf die Bühne kommen, kritisieren, nicht aber, um selbst ein erträgliches Stück schreiben zu können. Bei dem Traiteur hier bestellt er auf heute mittag ein großes Mahl für vier Schauspieler, damit sie eines seiner schlechten Stücke, das er nächster Tage von ihrer Gesellschaft aufführen lassen will, in Schutz nehmen sollen.

Weil wir gerade von Autoren sprechen: eben begegnen sich zwei auf der Straße. Gebt einmal acht, wie sie sich mit spöttischem Lächeln grüßen. Sie verachten einander von ganzem Herzen und mit allem Recht. Der eine schreibt so rasch und flüchtig, wie der Dichter Crispin, den Horaz mit einem Schmiedbalge verglich; der andere aber braucht lange Zeit, um frostige und unschmackhafte Geburten zutage zu fördern.«

»Wer ist der kleine Mann dort, der bei der Kirche aus dem Wagen steigt?« fragte Zambullo. – »Auch dieser«, antwortete der Dämon, »verdient genauer ins Auge gefaßt zu werden. Es sind noch nicht zehn Jahre, daß er die Kanzlei eines Notars, bei dem er Schreiber war, mit der Karthause in Saragossa vertauschte. Nach halbjährigem Noviziat verließ er sein Kloster, erschien wieder in Madrid und wurde zum größten Erstaunen aller seiner Bekannten auf einmal eines der angesehensten Mitglieder des Rates von Indien. Noch immer spricht man von diesem plötzlichen Glückswechsel. Einige sagen, er habe sich dem Teufel ergeben; andere behaupten, er sei der Günstling einer reichen Witwe; wieder andere, er habe einen Schatz gefunden.« – »Ihr wißt aber, was an der Sache ist?« fragte Don Kleophas. – »Versteht sich«, antwortete der Dämon, »und ich will Euch das Geheimnis aufdecken.

Solange unser Mönch noch Novize war, grub er einmal in

seinem Garten ein tiefes Loch, um einen Baum darein zu setzen, und stieß dabei auf ein kupfernes Kästchen. Er öffnete es und fand darin eine goldene Dose mit dreißig Diamanten von ganz ausnehmender Schönheit. Obgleich er sich nicht gerade auf Pretiosen verstand, so sah er doch soviel, daß er keinen üblen Fang getan hatte, und gleich dem Gripus in einem Lustspiel von Plautus, der, als er einen Schatz gefunden, sogleich der Fischerei Lebewohl sagte, warf er die Kutte ab und ging nach Madrid zurück. Ein Juwelier, den er gut kannte, verwandelte ihm seine Edelsteine in Goldstücke, und diese setzte er in eine Stelle um, die ihm einen bedeutenden Rang in der bürgerlichen Gesellschaft sichert.«

Achtzehntes Kapitel

Was der Teufel dem Don Kleophas ferner zeigt

»Ich will Euch«, fuhr Asmodi fort, »doch auch etwas zu lachen geben und ein Stückchen von dem Mann dort erzählen, der eben zu einem Schnapsprofessor hineingeht. Er ist ein Arzt aus Biskaya und will nur eine Tasse Schokolade trinken: dann aber wird er seinen ganzen Tag mit Schachspielen zubringen.

Fürchtet indes nichts für seine Kranken, denn er hat gar keine, und wenn er auch welche hätte, so würden doch die Stunden, die er beim Spiele sitzt, nicht die schlimmsten für sie sein. Abends besucht er regelmäßig eine schöne und reiche Witwe, die er gern heiraten möchte und bei der er den schmachtenden Liebhaber spielt. Wenn er bei ihr ist, so muß ihm ein Gauner von Bedienten, der einzige, den er hat, verabredetermaßen eine falsche Liste von vornehmen Leuten bringen, die alle den Doktor zu sich bitten lassen. Die Witwe nimmt dies immer buchstäblich, und unser Schachspieler steht auf dem Punkt, seine Partie zu gewinnen.

Bleiben wir einen Augenblick vor diesem Hotel da stehen: ich mag es nicht übergehen, ohne Euch mit seinen Bewohnern bekanntzumachen. Seht Euch einmal in den Zimmern um und sagt, was Ihr entdecket.« – »Lauter wunderschöne Damen«, antwortete der Student. »Die einen stehen eben auf, andere sind schon aufgestanden. Welche Reize! So müssen sich die alten Dichter Diana mit ihren Nymphen gedacht haben.«

»Diese Dämchen hier«, antwortete der Kleine, »mögen zwar so schön sein als Dianas Nymphen, so keusch sind sie gewiß nicht. Es sind vier oder fünf Abenteurerinnen, die auf gemeinschaftliche Kosten zusammenleben. Nicht minder gefährlich als die schönen Fräulein aus der Ritterzeit, deren Reize die an ihren Schlössern vorbeiziehenden Ritter fesselten, ziehen sie eine Menge junger Leute an sich. Aber wehe denen, die sich von ihnen bestricken lassen! Man sollte von Obrigkeits wegen ein warnendes Merkzeichen vor dieses Haus setzen, wie in den Flüssen bei Untiefen, denen man nicht zu nahe kommen darf.«

»Ich brauche wohl nicht zu fragen«, sagte Leandro Perez,

»wohin diese Herren dort in ihren prächtigen Wagen fahren. Ohne Zweifel zum Lever des Königs?« – »Ihr sagt es«, antwortete der Teufel, »und wenn Ihr auch dahin gehen wollt, so stehe ich zu Diensten: wir können dort manche lustige Bemerkung machen.« – »Mir ist alles angenehm, was Ihr vorschlaget«, erwiderte Zambullo; »ich freue mich schon im voraus darauf.«

Sofort versetzte der allzeit fertige Dämon unsern Musensohn auf den Palast des Königs; unterwegs jedoch hielt sich der Student bei Handwerkern auf, die an einem sehr hohen

Tore arbeiteten, und fragte seinen Begleiter, ob dies Portal für eine Kirche bestimmt sei. – »Nein«, antwortete Asmodi, »dies soll das Tor zu einem neuen Markte werden. Es ist, wie Ihr sehet, sehr großartig angelegt. Sie könnten es jedoch bis in die Wolken hinein bauen, es würde doch nie der zwei lateinischen Verse würdig, die man darüber setzen sollte.«

»Was meint Ihr da für Verse?« rief Leandro. »Bitte, sagt sie mir.« – »Hört und bewundert!« antwortete der Dämon; »sie lauten folgendermaßen:

Quam bene Mercurius nunc merces vendit opimas,
Momus ubi fatuos vendidit ante sales!

Wie Merkurius jetzt so herrliche Waren da preisgibt,
Wo nur schmackloses Salz Momus dereinsten verkauft!

In diesen zwei Versen liegt das schönste Wortspiel von der Welt.« – »Ich muß gestehen«, sagte der Student, »diese Schönheit ist mir noch nicht ganz klar; ich sehe nicht ein, was das schmacklose Salz bedeuten soll.« – »So wißt denn«, antwortete Asmodi, »daß der Platz, den man jetzt in einen Warenmarkt verwandelt, in früheren Zeiten ein Kollegium von Mönchen war, welche unsrer Jugend die Humaniora beibringen mußten. Diese ehrwürdigen Lehrer ließen hier durch ihre Schüler die fadesten und langweiligsten Theaterstücke aufführen, mit so abgeschmackten Balletten, daß man selbst die Präterita und Supina tanzen sah.« – »Schon genug«, unterbrach Zambullo den Redner; »ich weiß, was für Stücke in den Kollegien fabriziert werden. Die Aufschrift paßt vortrefflich.«

Kaum waren Asmodi und Don Kleophas im königlichen Palaste, so sahen sie mehrere Herren vom Hofe die Treppe heraufkommen. Der Teufel nannte sie seinem Begleiter alle mit Namen, als sie an ihm vorbeigingen, und zeigte sie ihm mit dem Finger. »Dies hier«, sagte er, »ist der Graf Villalonso aus dem Hause Puebla d'Ellerena; hier der Marquis von Castro Fueste; da Don Lopez de Los Rios, Finanzminister; hier der Graf von Villa Hombrosa.« Er begnügte sich übrigens nicht mit der trockenen Aufzählung des Namens, sondern sagte auch manches zu ihrem Lobe; aber immer wußte der boshafte Geist einen satirischen Zug hinzuzufügen, und jeder bekam seinen Treff.

»Dieser Herr«, sagte er von dem einen, »ist herablassend und gefällig. Er hört Euch gütig an; wenn Ihr ihn um seinen Schutz bittet, so gibt er Euch die gnädigsten Versicherungen und verspricht seinen ganzen Einfluß. Nur schade, daß dieser Mann, der so gerne Gefälligkeiten erweist, ein so kurzes Gedächtnis hat; nach einer Viertelstunde weiß er nicht mehr, was Ihr zu ihm gesagt habt.

Dieser Herzog«, hieß es von einem andern, »ist einer der gutmütigsten Menschen am ganzen Hof. Während die meisten seines Rangs jeden Augenblick etwas anderes wollen, so hat er durchaus keine Launen und bleibt sich immer gleich. Auch lohnt er die Anhänglichkeit an seine Person und Dienste, die man ihm erwiesen hat, nicht mit Undank; allein zum Unglück erkennt er sie zu spät. Er läßt auf das, was man von ihm wünscht, so lange warten, daß man es teuer genug erkauft zu haben glaubt, wenn man es endlich erlangt.«

Nachdem der Dämon auf diese Art den Studenten mit den guten und schlechten Eigenschaften einer Menge von Höflingen bekanntgemacht hatte, führte er ihn in einen Saal, wo Herren von allen Ständen, vornehmlich aber so viele Ritter waren, daß Don Kleophas sich nicht genug darüber verwundern konnte. »Dies darf Euch nicht befremden, sagte der Dämon, »denn um St. Jago- oder Calatrava-Ritter zu werden, muß man nicht, wie vormals in Rom, fünfundzwanzigtausend Taler Vermögen aufweisen können. Auch werdet Ihr auf den ersten Blick erkennen, daß es sehr vermischte Ware ist.

Seht einmal«, fuhr er fort, »dieses platte Gesicht gerade hinter uns.« – »Sprecht doch leiser«, sagte Zambullo; er kann uns ja hören.« – »Ganz und gar nicht«, antwortete der Teufel; »derselbe Zauber, der uns unsichtbar macht, läßt auch nichts von uns hören. Betrachtet einmal die Gestalt hier. Es ist ein Katalonier, der von den Philippinen zurückkommt, wo er Flibustier war. Würdet Ihr ihm wohl den Kriegsmann ansehen? Und doch hat er Wunder der Tapferkeit verrichtet. Er will diesen Morgen dem König eine Supplik überreichen, worin er als Belohnung für seine Dienste einen gewissen Posten verlangt. Ich zweifle übrigens sehr, ob er ihn erhalten wird, weil er sich nicht zuvor an den ersten Minister wendet.«

»Ihm zur Rechten«, sagte Leandro Perez, »sehe ich einen großen und starken Mann, der sich gewaltig in die Brust wirft. Nach seiner stolzen Haltung zu urteilen, muß es ein reicher Herr sein.« – »Nichts weniger«, antwortete Asmodi. »Es ist einer der ärmsten Hidalgos, der, um nur sein Leben fristen zu können, unter der Protektion eines Granden einige Spieltische hält.

Doch ich bemerke einen Lizentiaten, der wohl verdient, von Euch ins Auge gefaßt zu werden. Dort am ersten Fenster unterhält er sich mit einem Herrn in einem hellgrauen Samtrock. Ihr Gespräch betrifft eine Sache, die gestern von dem König entschieden wurde.

Vor zwei Monaten gab dieser Lizentiat, ein Mitglied der Akademie von Toledo, ein moralisches Buch heraus, das alle alten Autoren von Spanien in Harnisch brachte. Die Ausdrücke waren ihnen zu kühn, die Worte zu neu. Sie verschworen sich alsbald gegen das seltsame Produkt und überreichten dem König ein gemeinschaftlich abgefaßtes Schreiben, worin sie ihn baten, dieses Buch konfiszieren zu lassen, weil es der Reinheit und Zierlichkeit der spanischen Sprache Eintrag tue.

Se. Majestät fand diese Vorstellung Ihrer Allerhöchsten Aufmerksamkeit würdig und ernannte drei Kommissare, um das Werk zu prüfen. Diese fanden die Schreibart wirklich verwerflich und um so gefährlicher, je glänzender sie sei. Auf ihr Gutachten hin hat nun der König folgenden Bescheid getan: Bei Strafe des Ungehorsams solle allen Akademikern von Toledo, welche im Geschmack des Lizentiaten schreiben, verboten sein, künftig Bücher abzufassen, und um die Reinheit der kastilianischen Sprache um so gewisser zu bewahren, sollen diese Akademiker nach dem Tode nur von Personen aus den höchsten Ständen ersetzt werden können.«

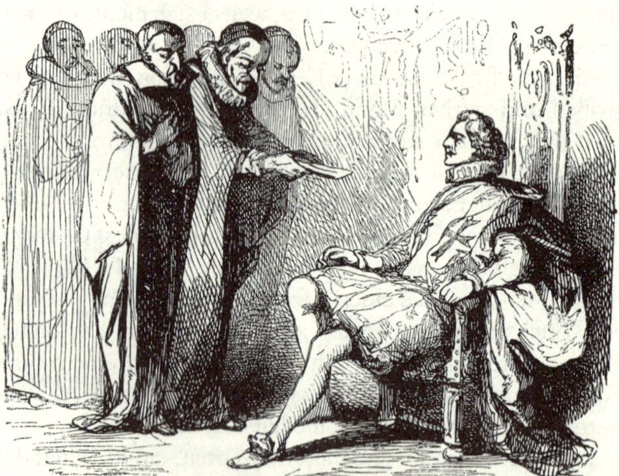

»Bei meiner Seele, eine herrliche Entscheidung!« rief Zambullo lachend. »Die Freunde der gewöhnlichen Schreibart haben also nichts mehr zu fürchten?« – »Um Vergebung«, versetzte der Dämon; »nicht alle Autoren, die jene edle, für den vernünftigen Leser so anziehende Einfachheit hassen, gehören der Akademie von Toledo an.«

Don Kleophas fragte nun auch, wer der Herr im hellgrünen Samtrock sei, der mit dem Lizentiaten sprach. – »Niemand anders«, antwortete Asmodi, »als ein Offizier der spanischen Garde, ein jüngerer Sohn aus Katalonien und, auf Ehre, ein sehr gescheiter Bursche. Als Probe von seinem Witz will ich Euch eine Antwort mitteilen, die er gestern in vornehmer Gesellschaft einer Dame gab. Um sie übrigens verstehen zu können, muß ich vorausschicken, daß er einen Bruder, namens Don Andre de Prada, hat, der vor einigen Jahren ebenfalls Offizier bei demselben Regiment war.

Zu diesem Don Andre kam eines Tags ein wohlbeleibter Pächter der königlichen Domänen und sagte zu ihm: ›Señor de Prada, ich führe denselben Namen wie Ihr, und doch gehören wir nicht zu einer Familie. Ich weiß, daß Ihr aus einem der edelsten Häuser Kataloniens stammt, zugleich aber auch, daß Ihr nicht reich seid. Ich dagegen bin reich, aber nicht vornehm. Könnten wir nicht vielleicht einander gegenseitig aushelfen? Ihr habt doch wohl Urkunden, die Euern Adel beweisen?‹ – ›Versteht sich‹, sagte Don Andre. ›Nun gut‹, fuhr der Pächter fort, ›wenn Ihr mir diese mitteilen wolltet, so würde ich sie einem geschickten Genealogen in die Hand geben, der die Sache auseinandersetzen und uns trotz unserer Urgroßväter zu Vettern machen könnte. Aus Erkenntlichkeit dafür schenke ich Euch dann dreißigtausend Pistolen. Seid Ihr's zufrieden?‹ – Dem Don Andre stach die Summe in die Augen, er nahm den Vorschlag an, gab dem Pächter seine Papiere und kaufte sich mit dem Geld, das er dafür erhielt, ein schönes Gut in Katalonien, wo er sich seither aufhält. Sein jüngerer Bruder, der bei dem Handel nichts gewonnen hat, war gestern bei einer Tafel, wo das Gespräch zufällig auch auf den Señor de Prada, königlichen Domänen-Pächter, kam. ›Seid Ihr nicht mit ihm verwandt?‹ fragte eine Dame den jungen Offizier. ›Nein, Señora‹, gab er zur Antwort, ›ich habe nicht die Ehre: aber mein Bruder.‹«

Unserm Musensohn gefiel dieser Witz so gut, daß er laut auflachte. Das nächste, was ihm auffiel, war ein kleines Männchen, das hinter einem stolzen Höfling herging und an einem fort Bücklinge und Kratzfüße machte. Er sagte zu dem Dämon, dieser werde sich wohl irgendeine Gnade ausbitten? – »Allerdings«, antwortete Asmodi; »umsonst ist der kleine Mann nicht so höflich. Er ist ein ehrsamer Bürgersmann und Besitzer eines sehr hübschen Landgutes in der Nähe von Madrid an einem Orte, wo berühmte Mineralquellen sind. Diesem Herrn, der das Wasser dort brauchen wollte, hat er sein Haus unentgeltlich auf drei Monate abgetreten und jetzt bittet er ihn demütigst, ihm eine kleine Gefälligkeit zu erweisen, und der vornehme Herr weigert sich sehr höflich, dies zu tun.

Auch diesen Kavalier dort muß ich Euch näher bezeichnen, der sich mit hochwichtiger Miene durch die Menge hindurchdrängt. Er stammt aus dem gemeinen Volke und ist durch bloße Zahlenkenntnis in kurzer Zeit unermeßlich reich geworden: seine Dienerschaft ist so zahlreich wie die des vornehmsten Granden, seine Tafel mit so köstlichen und ausgesuchten Speisen besetzt, wie die des ersten Ministers. Er hat eine Equipage für sich, eine für seine Frau und eine für seine Kinder. In seinen Ställen findet man die schönsten Maultiere und die herrlichsten Pferde von der Welt. Erst dieser Tage kaufte er um bares Geld ein prächtiges Gespann, zu welchem der Kronprinz Lust hatte, dem es aber zu teuer war.« – »Welche Anmaßung!« sagte Leandro. »Wenn ein Türke diesen Burschen in so blühenden Umständen sähe, so würde er jedenfalls glauben, es stehe demselben ein bedeutendes Unglück bevor.« – »Ich kann zwar die Zukunft nicht voraussehen«, sagte Asmodi, »bin aber doch derselben Ansicht, wie der Türke.

Ei, was sehe ich da!« fuhr der Dämon voll Verwunderung fort; »kaum kann ich meinen Augen trauen. Wie kommt denn dieser Poet hierher? Wie kann er es wagen, sich hier sehen zu lassen, nachdem er mehrere Granden in seinen Versen beleidigt hat? Ohne Zweifel verläßt er sich darauf, daß sie ihn bloß mit Verachtung strafen werden.

Jetzt betrachtet einmal aufmerksam diesen ehrwürdigen Mann, der, auf einen Escudero gestützt, hereintritt. Seht nur, wie ihm alles hochachtungsvoll Platz macht. Dies ist

der edle Herr Don Giuseppe de Reynasta, Oberpolizeirichter der guten Stadt Madrid. Er kommt, um dem Könige Bericht abzustatten, was sich heute nacht hier zugetragen hat. Vor diesem wackern Greise müßt Ihr wahre Ehrfurcht hegen.«

»Allerdings«, sagte Zambullo: »seine Miene verkündigt einen rechtschaffenen Mann.« – »Es wäre sehr zu wünschen«, fuhr der Dämon fort, »daß alle Korregidors ihn zum Muster nähmen. Er ist keiner von den gewalttätigen Beamten, die immer nur nach Laune und Willkür verfahren und sich von ihrer Leidenschaft hinreißen lassen. Nie wird er auf den bloßen Bericht eines Alguazils, Sekretärs oder Kommissars hin einen Menschen verhaften lassen: er weiß zu gut, daß dies in der Regel feile Seelen sind, denen es nicht darauf ankommt, mit seiner Gewalt einen schändlichen

Handel zu treiben. Wenn es sich um eine Verhaftung handelt, so prüft er selbst die Sachen so genau als möglich, und so geschieht den Unschuldigen kein Unrecht, sondern bloß Schuldige werden ins Gefängnis geworfen. Aber auch diese schützt er vor den Unmenschlichkeiten, die in den Kerkern gewöhnlich vorkommen. Er besucht die Unglücklichen selbst und verhütet sorgfältig, daß die gerechte Strenge der Gesetze nicht durch Grausamkeit erschwert werde.«

»Ein vortrefflicher Mann!« rief Don Leandro. »Ich wäre begierig, ihn mit dem Könige reden zu sehen.« – »Es tut mir sehr leid«, antwortete der Teufel, »daß ich Euern Wunsch nicht befriedigen kann, ohne mich Beleidigungen auszusetzen. Den Königen darf ich nicht zu nahe kommen: dies wäre ein Eingriff in die Rechte Leviathans, Belfegors und Astaroths. Ich habe Euch ja schon gesagt, daß diesen drei Geistern allein es vergönnt ist, die unsichtbaren Gefährten der Fürsten zu sein. Kein anderer Dämon darf sich an den Höfen blicken lassen, und ich weiß wirklich nicht, wo ich den Kopf hatte, als ich Euch hierher brachte. Es war sehr verwegen. Wenn diese drei Teufel mich erblickten, sie würden mich wütend anfallen und, unter uns gesagt, ich wäre ihnen nicht gewachsen.« – »Wenn dem so ist«, versetzte der

Student, »so wollen wir den Palast sogleich räumen. Es würde mir unendlich leid tun, wenn ich Euch von Euern Confratribus herumgezaust sehen müßte, ohne helfen zu können; denn mein Beistand würde Euch wahrscheinlich doch zu nichts nützen.« – »Sehr wahr«, antwortete Asmodi; »sie würden von Euern Streichen nichts spüren, aber Ihr unter den ihrigen umkommen.

Um Euch jedoch dafür zu trösten, daß ich Euch nicht in das Kabinett Euers großen Monarchen blicken lassen konnte, so will ich Euch ein anderes Vergnügen bereiten, das jedenfalls ebensoviel wert ist.« Mit diesen Worten nahm er Don Kleophas bei der Hand und durchschnitt mit ihm die Luft nach dem Kloster de la Mercede.

Neunzehntes Kapitel

Von den Gefangenen

In der Nähe dieses Klosters setzen sie sich miteinander auf ein Dach, von wo aus sie vor dem Tore desselben eine große Menschenmenge sich drängen sahen. »Was rennt das Volk?« fragte Leandro Perez erstaunt. »Wegen einer Zeremonie«, antwortete der Dämon, »die Ihr noch nie gesehen habt, obgleich sie in Madrid von Zeit zu Zeit vorkommt. Dreihundert Sklaven, sämtlich Untertanen des Königs von Spanien, werden in einem Augenblicke erscheinen. Sie kommen von Algier zurück, wo die Väter vom Erlöserorden sie losgekauft haben. Alle Straßen, durch die sie ziehen, füllen sich dicht mit Zuschauern.«

»Es ist wahr«, sagte Zambullo, »ich war bisher nicht besonders neugierig, dies zu sehen, und, aufrichtig gestanden, wenn Eure Herrlichkeit mir sonst nichts mehr zu zeigen hat, so hättet Ihr nicht so viel Rühmens davon zu machen gebraucht.« – »Ich kenne Euch zu gut«, antwortete der Teufel, »um nicht zu wissen, daß der Anblick von Unglücklichen kein angenehmer Zeitvertreib für Euch ist. Wenn ich Euch aber sage, daß ich Euch zugleich allerhand zu erzählen gedenke, was den einen während ihrer Gefangenschaft Merkwürdiges begegnet ist, und wie andere bei ihrer Rückkehr nach Hause in Verlegenheit geraten, so bin ich überzeugt, daß Ihr Euch dabei nicht schlecht unterhalten werdet.« – »Ganz gewiß nicht«, sagte der Student; »jetzt gewinnt die Sache ein ganz anderes Ansehen, und Ihr werdet mir ein wahres Vergnügen machen, wenn Ihr Euer Versprechen haltet.«

Während sie so sprachen, hörten sie auf einmal ein sehr großes Geschrei, das der Pöbel beim Anblick der Gefangenen aufschlug. Sie zogen zu Fuße, paarweise, in ihren Sklavenkleidern und mit den Ketten auf den Schultern einher. Voraus ritten eine Menge Mönche von diesem Kloster, die sie auch eingeholt hatten, auf Maultieren, die wie bei einem Trauerzuge mit schwarzem Etamin behangen waren, und einer von den ehrlichen Vätern trug die Fahne des Klosters. Die jüngsten Gefangenen kamen zuerst, dann folgten die Alten: den Zug schloß auf einem kleinen Pferdchen ein Pater aus demselben Orden, der ganz aussah wie

ein Prophet. Er war das Haupt der Gesandtschaft gewesen. Durch seine Gravität, sowie durch seinen langen grauen Bart, der ihm etwas Ehrwürdiges gab, zog er die allgemeine Aufmerksamkeit auf sich, und auf dem Gesichte dieses spanischen Moses spiegelte sich seine unaussprechliche Freude darüber, daß es ihm gelungen war, so viele Christen in ihr Vaterland zurückzuführen.

»Indessen«, sagte Asmodi, »sind diese Gefangenen über die Wiedererlangung ihrer Freiheit nicht gleich erfreut. Einzelne zwar können den Augenblick kaum erwarten, wo sie ihre Verwandten wiedersehen werden; andere aber fürchten sehr, während ihrer Abwesenheit möchten sich in ihren Familien Sachen zugetragen haben, die ihnen noch weit empfindlicher sein müssen als die Sklaverei.

In dem letzten Fall sind z.B. gleich die beiden ersten. Der eine ist aus der kleinen Stadt Belilla in Arragonien gebürtig und war zehn Jahre lang in türkischer Gefangenschaft, ohne eine Nachricht von seiner Frau zu erhalten; jetzt findet er sie zum zweiten Male verheiratet und als Mutter von fünf Kindern, die nicht auf seine Rechnung gehören. Der andere

ist der Sohn eines Wollehändlers aus Segovia und wurde vor etwa zwanzig Jahren von einem Seeräuber weggekapert. Jetzt fürchtet er, in dieser langen Zeit möchten sich seine Familienangelegenheiten bedeutend verändert haben, und es ist ihm mit Recht bange. Seine Eltern sind gestorben, seine Brüder aber haben das ganze Vermögen unter sich verteilt und bereits verschleudert.«

»Dort«, sagte Don Kleophas, »bemerke ich einen Sklaven, der sich sehr darüber zu freuen scheint, daß er der Bastonnade nicht mehr unterworfen ist.« – »Dieser«, antwortete der Teufel, »hat auch alles Recht, guter Dinge zu sein. Er weiß, daß eine Tante, die er allein beerbt, gestorben ist, und daß er nun in sehr angenehme Umstände kommen wird. Daher die Freude, die sein Gesicht verklärt.

Ganz anders verhält es sich mit dem unglücklichen Kavalier, der ihm zur Seite geht. Ein quälender Kummer beunruhigt ihn ohne Unterlaß. Als ihn auf seiner Fahrt von Spanien nach Italien ein algerischer Seeräuber wegnahm, liebte er eine Dame und wurde von ihr wiedergeliebt. Jetzt ist er in großer Furcht, die Treue der Schönen möchte während seiner Gefangenschaft nicht unerschütterlich gewesen sein.« – »War er lange in der Sklaverei?« fragte Zambullo. – »Anderthalb Jahre«, sagte der Dämon. – »Nun dann«, versetzte Leandro, »quält sich der junge Mann zuverlässig mit vergeblichen Zweifeln. Diese Probe war wohl nicht stark genug für seine Dame, daß er so ängstlich sein sollte?« – »Da irrt Ihr Euch«, sagte der Dämon. »Kaum hatte seine Prinzessin erfahren, daß er als Gefangener nach Afrika gebracht wurde, so sah sie sich sogleich nach einem andern Liebhaber um.

Solltet Ihr es wohl glauben«, fuhr der Dämon fort, »daß der Mensch, der unmittelbar auf ihn folgt und den ein dichter roter Bart so scheußlich macht, sonst ein recht hübscher Junge war? Und doch ist es nicht anders; Ihr erblickt in dieser häßlichen Gestalt zugleich den Helden einer ziemlich sonderbaren Geschichte, die ich Euch erzählen will.

Er heißt Fabrizio und war kaum fünfzehn Jahre alt, als sein Vater, ein reicher Bauer aus Cinquello, einem großen Flecken im Königreich Leon, starb. Auch seine Mutter verlor er bald darauf. So war er denn als einziger Sohn Herr von einem ansehnlichen Vermögen, dessen Verwaltung einem seiner Oheime, einem rechtschaffenen Manne, anvertraut wurde. Fabrizio vollendete seine bereits angefangenen Studien in Salamanca, wo er auch reiten, fechten und überhaupt alles lernte, was dazu beitragen konnte, ihn eines günstigen Blicks von einer gewissen Doña Hippolita würdig zu machen. Diese Hippolita war die Schwester eines Landedel-

manns, der ungefähr zwei Büchsenschüsse von Cinquello ein Gütchen besaß.

Sie war ausgezeichnet schön und ungefähr im selben Alter wie Fabrizio, der sie von Kindheit auf gesehen und sozusagen mit der Muttermilch glühende Liebe für sie eingesogen hatte. Auch Hippolita hatte bemerkt, daß er nicht übel von Gestalt war, aber als den Sohn eines bloßen Bauern würdigte sie ihn keiner großen Aufmerksamkeit. Sie war unerträglich hochmütig, wie auch ihr Bruder Thomas de Xaral, der in Beziehung auf Armut und Adelstolz in ganz Spanien seinesgleichen nicht hatte.

Dieser stolze Landjunker bewohnte ein Häuschen, das er sein Schloß nannte, während es im Grunde nur eine baufällige Hütte war, die über Nacht einstürzen konnte. Indessen, ob er gleich zu arm war, es ausbessern zu lassen, und obschon er kaum zu leben hatte, hielt er doch für sich einen Bedienten und für seine Schwester eine maurische Kammerfrau.

Es war eine Lust, den stolzen Baron an Sonn- und Festtagen ins Dorf kommen zu sehen. Er hatte einen abgeschabten karmesinroten Samtrock an, und auf dem Kopf ein kleines Hütchen mit einem alten vergilbten Federbusch sitzen: lauter Reliquien, welche die Woche über sorgfältig aufbewahrt wurden. Mit diesen Lumpen, die er als Beweise seiner edlen Herkunft hochschätzte, aufgeputzt, stolzierte er wie ein großer Herr einher und hielt es für eine außerordentliche Gnade und Herablassung, wenn er die tiefen Bücklinge, die man vor ihm machte, mit einem Blicke erwiderte. Seine Schwester gründete auf das Alter ihres Geschlechts einen ebenso lächerlichen Hochmut und war dabei so eitel auf ihre Schönheit, daß sie der stolzen Hoffnung lebte, es könne alle Tage ein Grande von Spanien kommen und um ihre Hand anhalten.

Fabrizio kannte die Schwäche der beiden Geschwister wohl. Um sich also bei ihnen beliebt zu machen, hielt er es fürs Beste, ihrer Eitelkeit durch erheuchelte Ehrfurchtsbezeigungen zu schmeicheln. Dies tat er auch mit so viel Geschicklichkeit, daß Bruder und Schwester sich endlich veranlaßt fanden, ihm von Zeit zu Zeit untertänige Aufwartungen bei ihnen zu erlauben. Da ihm ihre Dürftigkeit so gut bekannt war als ihr Hochmut, so hatte er immer Lust, ihnen seine Börse anzubieten, konnte es aber aus Furcht, ihren Stolz zu beleidigen, nicht wagen. Gleichwohl fand seine sinnreiche Großmut ein Mittel, ihnen zu helfen, ohne daß sie darüber erröten mußten. ›Gnädiger Herr‹, sagte er eines Tags unter vier Augen zu dem Edelmann: ›Hier sind zweitausend Dukaten, die ich gerne in Sicherheit bringen möchte. Wolltet Ihr vielleicht die Güte haben, sie mir aufzubewahren?‹

Ihr braucht nicht zu fragen, ob Xaral ja sagte. Er hatte kein Geld und dabei das Gewissen eines Depositarius. Mit Vergnügen nahm er also die Summe an und verwandte ohne Umstände einen Teil derselben zu Ausbesserung seiner Hütte, sowie zur Anschaffung allerhand kleinerer Bequemlichkeiten. Ein neues Kleid von sehr schönem blauen Samt wurde in Salamanca ausgenommen und vom besten Schneider ihm angefertigt; ebendaselbst kaufte er einen grünen Federbusch, der dem alten gelben die Ehre raubte, in deren Besitz er seit unvordenklichen Zeiten gewesen war, das edle Haupt des erlauchten Don Thomas de Xaral zu schmücken. Auch die schöne Hippolita wurde nicht vergessen und aufs prächtigste gekleidet. So verschwendete Xaral die ihm anvertrauten Dukaten, ohne zu bedenken, daß sie ihm nicht gehörten und daß er niemals imstande sein würde, sie zu ersetzen. Er machte sich durchaus kein Gewissen daraus und glaubte, es sei nicht mehr als billig, daß ein Bürgerssohn die Ehre, mit einem Edelmann umgehen zu dürfen, bezahle.

Fabrizio hatte dies alles vorausgesehen, aber sich auch geschmeichelt, Don Thomas würde aus Rücksicht auf seine Dukaten vertraulicher mit ihm zu leben anfangen und Hippolita sich nach und nach gewöhnen, seine Huldigungen zu dulden, und ihm die Kühnheit verzeihen, seine Wünsche bis zu ihr erhoben zu haben. Wirklich hatte er auch seitdem freieren Zutritt zu ihnen und sie waren weit freundschaftlicher, als je zuvor. Ein reicher Mann ist bei den Vornehmen immer gut gelitten, sobald er sich zu ihrer Milchkuh hergibt. Xaral und seine Schwester, die den Reichtum bisher nur vom Hörensagen gekannt, hatten seine Nützlichkeit kaum erprobt, so sahen sie ein, daß sie es mit Fabrizio nicht verderben durften, und behandelten ihn mit einer Rücksicht und Aufmerksamkeit, die den jungen Mann überglücklich machte. Er glaubte, seine Person mißfalle ihnen nicht, und sie werden endlich überlegt haben, daß schon sehr häufig Edelleute, um standesgemäß leben zu können, sich mit bürgerlichen Familien in Verbindungen eingelassen haben. In dieser Meinung, die seiner Liebe so sehr schmeichelte, faßte er sich das Herz, um Hippolitas Hand zu bitten.

Er sagte also bei der ersten besten Gelegenheit geradewegs zu Don Thomas: er habe keinen sehnlicheren Wunsch, als sein Schwager zu werden, und wenn er ihm diese Ehre gestatten wolle, so überlasse er ihm nicht nur die deponierte Summe, sondern schenke ihm noch tausend Pistolen dazu. Der stolze Xaral errötete bei diesem Vorschlag, der seinen Hochmut wieder aufstachelte, und in der ersten Hitze war er im Begriff, dem Bauernsohn sogleich seine ganze Verachtung zu erkennen zu geben. So sehr ihn indes Fabrizios Verwegenheit empörte, so tat er sich doch soviel Gewalt an, daß er ihm ohne Beleidigung zur Antwort gab, er könne in einer so wichtigen Sache nicht augenblicklich einen Entschluß fassen; er müsse erst Hippolita und seine Verwandten darüber fragen.

Mit dieser Antwort wurde der Liebhaber abgefertigt und wirklich ein Familienrat zusammenberufen, bestehend aus einigen in der Nähe wohnenden Hidalgos, die ebenso wie Don Xaral an der Adelsmanie krank lagen. Er beriet sich mit ihnen nicht, ob er Fabrizio seine Schwester geben solle, sondern nur, wie man den Unverschämten bestrafen müsse, der trotz seiner niedrigen Geburt es gewagt habe, um die Hand eines Fräuleins von Hippolitas Stande zu werben.

Kaum hatte er der Versammlung von dieser Verwegenheit Meldung getan: bei den bloßen Worten Fabrizio und Bauernsohn hättet Ihr sehen sollen, wie die Augen der Junker vor Wut funkelten; sie spien Feuer und Flammen gegen den Tollkühnen und verlangten im ersten Augenblick alle, man solle ihn mit Prügeln totschlagen und so für die Schmach büßen lassen, die er ihrer Familie angetan. Nach reiflicherer Überlegung kamen sie jedoch dahin überein, den Frevler zwar am Leben zu lassen, aber zur Warnung, damit er sich künftig nicht mehr überhebe, ihm einen Streich zu spielen, an den er wohl lange Zeit denken werde.

Es wurde mehreres vorgeschlagen, endlich aber zum Beschlusse erhoben, Hippolita solle sich stellen, als wäre sie gegen Fabrizios Liebe nicht unempfindlich, und den unglücklichen Liebhaber unter dem Vorwand, ihn wegen der abschlägigen Antwort ihres Bruders trösten zu wollen, des Nachts einmal auf das Schloß bescheiden; während dann die Mohrin ihn hereinlasse, sollen einige Leute aus dem Hinterhalt hervorbrechen, ihn mit dieser Kammerfrau überraschen und zwingen, sie zu heiraten.

Xarals Schwester war im Anfang sehr bereitwillig, zu diesem Bubenstück die Hand zu bieten, denn sie glaubte, ihre Ehre erfordere es, daß sie die Bewerbung eines so tief unter ihr stehenden Mannes für eine Beleidigung ansehe. Bald aber wich diese hochmütige Stimmung den sanfteren Gefühlen des Mitleids, oder vielmehr die Liebe gewann auf einmal die Oberhand über Hippolitas Stolz.

Von diesem Augenblick sah sie die Sache mit ganz andern Augen an. Sie entdeckte an Fabrizio eine Menge schöner Eigenschaften, die seine niedrige Herkunft vergessen ließen, und erblickte in ihm nur noch einen Kavalier, der ihre vollste Zuneigung verdiene. Hier, Señor Studioso, habt Ihr Gelegenheit, die erstaunliche Veränderung zu bewundern, die diese Leidenschaft hervorzubringen vermag: dieselbe Jungfrau, die sich dem Wahne hingegeben, kaum ein Prinz sei ihrer würdig, verliebt sich Knall und Fall in einen Bauernsohn und wünscht sich Glück zu seiner Bewerbung, die sie soeben noch für einen Schimpf gehalten hatte.

Sie überließ sich also dem süßen Triebe ihres Herzens und statt den Racheplan ihres Bruders zu unterstützen, unterhielt sie mit Fabrizio ein geheimes Einverständnis durch Vermittlung der Mohrin, die ihn zuweilen nachts einließ. Endlich bekam Don Thomas Verdacht; er beobachtete seine Schwester und überzeugte sich mit eigenen Augen, daß sie nicht nur nicht für den Plan der Familie arbeitete, sondern ihn sogar zu vereiteln suchte. Sogleich gab er zweien von seinen Vettern Nachricht davon. Diese schrien laut um Rache, und Don Xaral, der nicht erst dazu aufgereizt zu werden brauchte, sagte mit spanischer Bescheidenheit, sie sollten sehen, welchen Gebrauch er von seinem Degen zu machen wisse, wenn es sich darum handle, seine Ehre

zu rächen. Schließlich bat er sie, mit Einbruch einer bestimmten Nacht sich bei ihm einzufinden.

Sie erschienen pünktlich. Er verbarg sie in einem Kämmerchen, ohne daß jemand im Hause es merkte, und ließ sie dann allein mit dem Versprechen, sogleich wieder zu ihnen zu kommen, sobald der Galan ins Schloß geschlichen sein würde, vorausgesetzt, daß er sich heute nacht zeigte. Dies geschah auch wirklich, denn der böse Stern unsrer Liebenden wollte, daß sie gerade diese Nacht zu ihrer Zusammenkunft gewählt hatten.

Schon war Fabrizio bei seiner teuren Hippolita, schon fingen sie an, sich Sachen zu sagen, die sie sich schon hundertmal gesagt hatten, die aber, wenn man sie auch noch so oft wiederholt, immer den Reiz der Neuheit behalten, als sie auf eine höchst unangenehme Art von den Edelleuten unterbrochen wurden. Don Thomas und seine beiden Vettern drangen zu dritt mutig auf Fabrizio ein, der kaum Zeit hatte, sich zur Wehr zu setzen, und, da er aus allem schloß, daß es auf sein Leben abgesehen war, wie verzweifelt um sich schlug. Er verwundete alle drei, und indem er ihnen beständig die Spitze seines Degens vor die Augen hielt, gelang es ihm, die Türe zu erreichen und zu entwischen.

Als nun Xaral sah, daß sein Feind ihm entging und ungestraft sein Haus entehrt hatte, wendete er seine ganze Wut gegen die unglückliche Hippolita und stieß ihr seinen Degen ins Herz. Die beiden Vettern aber kehrten sehr ärgerlich

über den schlechten Erfolg ihres Komplotts und ihre Wunden nach Hause zurück.

Hier«, sagte Asmodi, »wollen wir einstweilen stehenbleiben, bis wir die Gefangenen alle gemustert haben. Dann will ich Euch diese Geschichte vollends auserzählen und zu wissen tun, wie infolge dieser traurigen Begebenheit die Justiz Fabrizios ganzes Vermögen in Beschlag nahm und ihn selbst das Unglück traf, auf einer Seereise zum Sklaven gemacht zu werden.«

»Während Eurer Erzählung«, sagte Don Kleophas, »habe

ich unter diesen Unglücklichen einen jungen Mann ausfindig gemacht, der so traurig und so schmachtend aussieht, daß ich Euch beinahe unterbrochen hätte, um nach der Ursache zu fragen.« – »Ihr könnt sie auch jetzt noch erfahren«, antwortete der Dämon; »ich bin imstand, Euch über alles Auskunft zu geben. Dieser gramerfüllte Jüngling ist aus Valladolid und gehört einer guten Familie an. Er war seit zwei Jahren Sklave bei einem Herrn, der eine sehr hübsche Frau hatte. Sie verliebte sich leidenschaftlich in ihn und er erwiderte ihre Liebe mit der lebhaftesten Zärtlichkeit. Der Herr witterte Unrat und verkaufte den jungen Christen eilig, damit er nicht bei ihm an der Fortpflanzung der Türken arbeiten möchte. Seit dieser Zeit weint der zärtliche Kastilianer unaufhörlich um seine Gebieterin: die Freiheit vermag ihn nicht zu trösten.«

»Dagegen«, sagte Don Kleophas, »bemerke ich dort einen alten Mann, der um so vergnügter dreinsieht. Wer mag er wohl sein?« – »Ein Barbier aus Guipuscoa«, erwiderte Asmodi, »der nach vierzigjähriger Gefangenschaft nach Biskaya zurückkehren will. Er geriet auf einer Reise von Valencia nach Sardinien in die Gewalt eines Seeräubers, und hatte damals eine Frau, zwei Söhne und eine Tochter. Jetzt lebt nur noch ein einziger Sohn, der, glücklicher als sein Vater, in Peru war und von da mit unermeßlichen Reichtümern in sein Vaterland zurückkehrte, wo er sich zwei schöne Landgüter gekauft hat.« – »Welche Freude«, sagte der Student, »wird es nicht für diesen Sohn sein, wenn er seinen Vater wieder sieht und imstande ist, ihm den Abend seiner Tage auf jede nur erdenkliche Art zu versüßen!«

»Ihr sprecht wie ein gutgearteter, zärtlicher Sohn«, erwiderte Asmodi; »der des baskischen Barbiers aber ist etwas zäherer Natur. Die unerwartete Ankunft seines Vaters wird ihm mehr Ärger als Freude machen, und statt ihn in Guipuscoa bei sich zu behalten und auf jede mögliche Weise seine Freude über die Wiedervereinigung mit ihm zu erkennen zu geben, wird er ihn wahrscheinlich als Verwalter auf eines von seinen Gütern setzen.

Hinter dem heitern Alten kommt ein anderer, der vor Freundlichkeit grinst, wie ein alter Affe. Es ist ein arragonischer Arzt, der nicht vierzehn Tage in Algier war. Sobald die Türken seine Profession erfuhren, wollten sie ihn nimmer unter sich dulden, sondern schickten ihn lieber ohne Lösegeld den heiligen Vätern zu. Diese hätten ihn sicherlich nicht losgekauft und nahmen ihn nur sehr ungern wieder nach Spanien mit.

Da Ihr für fremde Leiden so mitfühlend seid, so würdet Ihr den Sklaven dort, der ein brauntuchenes Käppchen auf seinem kahlen Kopfe trägt, sehr bemitleiden, wenn Ihr wüßtet, wieviel Ungemach er in Algier zwölf Jahre lang bei seinem Herrn, einem englischen Renegaten, auszustehen hatte.« – »Wer ist denn der arme Schelm?« fragte Zambullo. – »Ein Franziskaner aus Navarra«, antwortete der Dämon; »ich muß übrigens gestehen, daß ich ihm sein Unglück von Herzen gönne, denn er hat durch seine langweilige Moral mehr als hundert Christensklaven abgehalten, den Turban zu nehmen.«

»Und ich«, versetzte Don Kleophas, »gestehe ebenso aufrichtig, daß ich ihn aus dem Grund meiner Seele bedaure.« – »Wir haben beide unrecht«, sagte Asmodi. »Dieser ehrliche Mönch hat seine zwölfjährigen Leiden sehr gut benutzt, und es ist weit vorteilhafter für ihn, daß er diese ganze Zeit über in Not und Trübsal war, als wenn er in seiner Zelle hätte Anfechtungen bekämpfen müssen, die er gewiß nicht immer bemeistert hätte.«

»Der Hintermann des Franziskaners«, sagte Don Leandro, »sieht für einen Menschen, der aus der Sklaverei zurückkehrt, sehr ruhig aus; wer mag er wohl sein?« – »Ihr kommt mir zuvor«, antwortete der Teufel: »ich wollte Euch eben auf ihn aufmerksam machen. Ihr erblickt in ihm einen Bürger von Salamanca, einen unglücklichen Vater, einen Mann, der durch vieles Unglück endlich ganz unempfind-

lich dagegen geworden ist. Ich dachte, ich erzähle Euch seine traurige Geschichte und überlasse die übrigen ihrem Schicksal, zumal da außer ihm fast keiner mehr da ist, von dem etwas Merkwürdiges zu vermelden wäre.«

Der Student, dem es bereits langweilig wurde, so viele traurige Gestalten an sich vorbeischleichen zu sehen, war damit wohl zufrieden, worauf der Teufel folgende Geschichte preisgab, die im nächsten Kapitel verzeichnet ist.

Zwanzigstes Kapitel

Von der letzten Geschichte, welche Asmodi erzählt. Wie er am Schluß seines Vortrags plötzlich unterbrochen wird und die beiden Freunde zu gegenseitigem großem Leidwesen sich trennen müssen

»Pablos von Bahabon, Sohn eines Dorfalkaden in Altkastilien, reiste, nachdem er sich mit einem Bruder und einer Schwester in die geringe Hinterlassenschaft eines sehr geizigen Vaters geteilt hatte, nach Salamanca, um daselbst die Zahl der Studierenden zu vermehren. Er war dreiundzwanzig Jahre alt, hübsch und dabei ein offener Kopf. – Mit tausend Dukaten, die er besaß, und guten Anlagen, sie bald zu verzehren, machte er in der Stadt bald von sich reden. Alle jungen Leute wetteiferten um seine Freundschaft und drängten sich scharenweise zu den lustigen Gesellschaften, die Don Pablos täglich veranstaltete: ich sage Don Pablos, weil er das Don angenommen hatte, um mit solchen Studierenden, deren Adel ihm vielleicht einigen Zwang aufgelegt hätte, desto vertraulicher umgehen zu können. Er lebte herrlich und in Freuden, und wußte sein Geld so wenig zu Rat zu halten, daß er binnen fünf Vierteljahren auf dem Trockenen war. Gleichwohl spielte er immer noch den reichen Herrn, teils weil man ihm Kredit gab, teils weil er von Zeit zu Zeit etliche Pistolen entlehnte. Allein in die Länge konnte dies nicht währen, und so sah er sich bald ohne alle Hilfsmittel.

Jetzt hörten die Besuche seiner Freunde mit einem Male auf, dagegen fingen seine Gläubiger an, ihn zu quälen. Obgleich er nun diese versicherte, er könne jeden Augenblick neue Wechsel von Hause bekommen, so verklagten ihn doch einige und wollten ihn sogar ins Gefängnis setzen lassen. Unter diesen Umständen ging er eines Tags am Ufer des Tormes spazieren, als ihm ein Bekannter begegnete und zu ihm sagte: ›Señor Don Pablos, seid wohl auf Eurer Hut. Ein Alguazil und mehrere Häscher sind Euch auf der Spur und wollen Euch verhaften, sobald Ihr wieder in die Stadt kommt.‹

Sehr erschrocken über diese Nachricht, die zu seinen Verhältnissen nur zu genau paßte, ergriff Bahabon eilig die Flucht und schlug den Weg nach Corita ein. Bald bog er jedoch von der Hauptstraße ab und lief in einen seitwärts liegenden Wald, wo er sich so lange zu verbergen beabsichtigte, bis die Schatten der Nacht seiner Flucht mehr Sicherheit geben würden. Es war gerade um die Zeit, wo die Bäume am dichtesten mit Blättern bewachsen sind. Er

suchte sich einen passenden Baum aus, stieg hinauf und setzte sich auf einige Äste, die ihn mit ihren Blättern verbargen.

Hier hielt er sich für völlig sicher, und die Furcht vor den Häschern verschwand nach und nach. Gemeiniglich stellen die Menschen ihre schönsten Betrachtungen dann an, wann der Fehler gemacht ist und sich nicht wieder hereinbringen läßt. So hielt sich jetzt auch unser Student eine derbe Strafpredigt wegen seiner schlechten Aufführung und gelobte in seinem Innern, wenn er je wieder zu Kräften komme, einen bessern Gebrauch von seinem Gelde zu machen. Besonders nahm er sich fest vor, sich nie mehr von falschen Freunden übertölpeln zu lassen, die junge Leute zu Ausschweifungen verleiten, und deren Freundschaft nachher verfliegt, wie die Dünste des Weins.

Während er sich abwechselnd mit solchen Gedanken und Entwürfen beschäftigte, brach die Nacht heran. Er machte sich nun von den Zweigen und Blättern, die ihn bedeckten, los und wollte eben hinabsteigen, als er beim blassen Scheine des Mondes eine Mannsgestalt zu erkennen glaubte. Bei diesem Anblick geriet er aufs neue in Furcht; er glaubte, es sei niemand anders, als der Alguazil, der ihm auf der Ferse bis in den Wald nachgeschlichen sein müsse. Sein Schrecken wurde um so größer, als er sah, daß die Gestalt zwei- bis dreimal um seinen Baum herumging und sich dann darunter setzte.«

Hier unterbrach der hinkende Teufel sich selbst und sagte zu Don Kleophas: »Señor Zambullo, erlaubt, daß ich Euch einen Augenblick in der Spannung erhalte, in die Euch meine Geschichte versetzt hat. Ihr seid sehr begierig, zu erfahren, wer der Mann war, der sich so zur ungeschickten Zeit einfand, und was ihn herführte; ich will auch Eure Geduld nicht länger in Anspruch nehmen und Euch alles haarklein erzählen.

Der Mann ruhte einige Augenblicke unter dem Baume aus, dessen dichtes Blätterwerk ihn hinderte, Don Pablos zu

sehen. Darauf fing er an, mit einem Dolche in die Erde zu graben und machte ein tiefes Loch, in das er einen büffelledernen Beutel legte. Sodann füllte er das Loch wieder auf, deckte es hübsch mit Rasen zu und ging wieder von dannen.

Bahabon, der alles mit der größten Aufmerksamkeit beobachtet hatte, und dessen Angst sich nun in die größte Freude verwandelte, konnte kaum erwarten, bis der Mann sich auf eine gehörige Strecke entfernt hatte und er von seinem Baume herabsteigen durfte, um den Beutel wieder auszugraben: denn er zweifelte nicht daran, er müsse voll Gold und Silber sein. Sein Messer tat ihm dabei herrliche Dienste; hätte er aber auch keines gehabt, so war doch seine Begierde so stark, daß er mit den bloßen

Händen die Eingeweide der Erde aufgewühlt haben würde.

Sobald der Beutel in seiner Hand war, fing er an, ihn zu befühlen, und da er sich überzeugte, daß er Geld enthielt, lief er so schnell, als möglich, mit seiner Beute zum Wald hinaus; denn jetzt fürchtete er den Alguazil weit weniger, als den Mann, welchem der Beutel gehörte. Voll Freude über diesen herrlichen Fang marschierte unser Student die ganze Nacht weiter, ohne sich an einen bestimmten Weg zu halten, ohne Müdigkeit zu fühlen und ohne daß ihn die Last im mindesten gedrückt hätte. Erst mit Tagesanbruch machte er in der Nähe des Flecken Molorido unter einigen Bäumen Halt, nicht sowohl um auszuruhen, als weil er seiner Begierde, den Inhalt des Beutels kennenzulernen, nicht länger widerstehen konnte. Er band ihn also auf mit dem angenehmen Schaudern und Zittern, dessen man sich im Augenblick eines großen Vergnügens nicht erwehren kann. Schöne Doppelpistolen waren darin, und um das Maß seiner Freude vollzumachen, nicht weniger als zweihundertundfünfzig.

Nachdem er sie mehrere Male mit seligem Behagen überschaut hatte, fing er an, ernstlich darüber nachzudenken, was er damit anfangen solle. Sein Entschluß war bald gefaßt. Er steckte die Pistolen ein, warf den Beutel weg und wanderte nach Molorido. Hier ließ er sich ein Wirtshaus zeigen, und während man ein Frühstück für ihn zubereitete, mietete er einen Maulesel, auf dem er noch an demselben Tag nach Salamanca zurückritt.

Jedermann verwunderte sich, ihn zurückkommen zu sehen, woraus er schloß, daß die Ursache seines Verschwindens stadtkundig sein mußte: er hatte aber bereits sein Märchen ausgesonnen. Er gab vor, er habe Geld nötig gehabt, und da man ihm trotz verschiedener Mahnbriefe keines von zu Haus geschickt, so habe er sich endlich selbst auf den Weg gemacht. Gestern abend nun habe er in Molorido seinen Pächter getroffen, der mit Geldern für ihn unterwegs gewesen, und jetzt könne er allen, die ihn für einen so armen Schlucker gehalten, zeigen, daß sie ganz falsch berichtet worden seien. Namentlich, setzte er hinzu, sollen seine Gläubiger erfahren, daß es höchst unrecht von ihnen gewesen sei, einen ehrlichen Mann aufs äußerste zu treiben, der sie schon längst bezahlt haben würde, wenn seine Pächter mit ihren Zinsen pünktlicher eingehalten hätten.

Wirklich ließ er auch am andern Tag alle seine Gläubiger zu sich kommen und bezahlte sie auf Heller und Pfennig. Die Freunde aber, die ihn im Elend verlassen hatten, erfuhren kaum, daß frische Hilfstruppen angelangt waren, so kamen sie aufs neue scharenweise zu ihm und schmeichelten ihm wie vorher, in der Hoffnung, wiederum auf seine Kosten schmausen zu können. Allein jetzt war die Reihe zu lachen an ihn gekommen. Er blieb seinem Schwur auf dem Baume treu und wies sie geradezu ab. Statt seiner früheren liederlichen Lebensart legte er sich nun mit großem Eifer auf die Rechtswissenschaft, und Studieren wurde seine einzige und liebste Beschäftigung.

Indessen, werdet Ihr sagen, verbrauchte er doch ohne Umstände Geld, das nicht ihm gehörte. Ich gebe das zu; er tat, was mehr als drei Vierteile von den Menschen in diesem Falle tun würden. Er war jedoch entschlossen, es wieder zu ersetzen, wenn er den rechtmäßigen Eigentümer einmal zufällig entdecken sollte, und durch seine gute Absicht beruhigt, verbrauchte er das Geld ohne Bedenken und sah geduldig jener Entdeckung entgegen, die nach einem Jahre wirklich erfolgte.

Es verbreitete sich das Gerücht in Salamanca, ein Bürger, namens Ambrosio Piquillo, habe in einem Wald einen Beutel mit Goldstücken, den er dort eingescharrt, suchen wollen, aber das Loch leer gefunden, und dieses Unglück bringe den armen Mann endlich an den Bettelstab.

Ich muß zu Bahabons Lobe sagen, daß die geheimen Erinnerungen seines Gewissens bei dieser Stadtneuigkeit nicht vergebens waren. Er erkundigte sich nach Ambrosios

Wohnung und besuchte ihn in einer kleinen Stube zur ebenen Erde, wo ein Stuhl und ein schlechtes Bett den ganzen Hausrat ausmachten. ›Mein Freund!‹ sagte er im Tone eines Heiligen zu ihm, ›ich habe gehört, welcher Unfall Euch getroffen hat, und da es Christenpflicht ist, einander nach Vermögen zu helfen, so komme ich nun, Euch eine kleine Hilfe anzubieten. Ich wünschte jedoch die traurige Geschichte aus Euerm eigenen Munde zu hören.‹

›Señor Caballero‹, antwortete Piquillo, ›die Geschichte ist kurz folgende. Ich hatte einen Sohn, der mich bestahl. Dies merkte ich, und da ich fürchtete, er möchte sich auch an einem büffelledernen Beutel mit zweihundertundfünfzig gutgezählten Doppelpistolen vergreifen, so glaubte ich nichts Besseres tun zu können, als ihn in einem Walde zu verscharren, was ich auch unvorsichtig genug getan habe. Seit jenem unglücklichen Tage hat mir mein Sohn alles, was ich hatte, genommen und ist endlich mit einer Weibsperson, die er entführte, verschwunden. Als ich mich nun durch die Ausschweifungen meines ungeratenen Kindes, oder vielmehr durch meine törichte Nachgiebigkeit gegen ihn, in den betrübtesten Umständen sah, so wollte ich zu dem ledernen Beutel meine Zuflucht nehmen; aber ach! auch dieser letzte Notpfennig ist mir geraubt worden.‹

Bei diesen Worten überwältigte den armen Mann das Gewicht seines Kummers, und er vergoß bittere Tränen. Don Pablos wurde gerührt und sagte zu ihm: ›Lieber Ambrosio, man muß sich über alles Ungemach im Leben zu trösten wissen. Eure Tränen helfen Euch zu nichts; dadurch bekommt Ihr Eure Dublonen nicht wieder, und sie sind wirklich verloren, wenn sie in die Hände eines Spitzbuben fielen. Aber wer weiß? sie können auch in die Hände eines ehrlichen Mannes geraten sein, der sie Euch gewiß wiederbringen wird, wenn er erfährt, daß Ihr der rechtmäßige Eigentümer seid. Vielleicht bekommt Ihr sie also wieder; lebt dieser Hoffnung, und bis Euch das Eurige, wie es recht und billig ist, zurückerstattet wird, nehmt einstweilen diese Kleinigkeit von mir an – er gab ihm dabei zehn von den Dublonen, die in dem Beutel gewesen waren – und besucht mich in acht Tagen.‹ Zugleich sagte er ihm seinen Namen und seine Wohnung, und ging ganz beschämt durch die Danksagungen und Segnungen, womit der gute Ambrosio ihn überhäufte, nach Hause. So verhält es sich mit gar vielen Handlungen der Großmut; man würde sich wohl hüten, sie zu bewundern, wenn man die wahren Beweggründe durchschauen könnte.

Nach acht Tagen kam Piquillo zu Don Pablos. Dieser nahm ihn sehr freundlich auf und sagte mit vielem Wohlwollen zu ihm: ›Mein Freund, ich habe so viel Gutes von Euch gehört, daß ich mich entschlossen habe, soviel in meinen Kräften steht, Euch wieder aufzuhelfen. Ich will dabei weder Kredit noch Börse schonen.

Um einen guten Anfang zu machen‹, fuhr er fort, ›habe ich bereits etwas getan. Ich kenne einige vornehme Leute von gutem mildtätigen Herzen. Bei diesen war ich und habe ihnen Eure Lage so rührend vorgestellt, daß sie mir zweihundert Taler für Euch übergeben haben.‹ Sofort ging er in sein Kabinett und holte ein leinenes Säckchen, in das er diese Summe in Silbergeld, nicht in Dublonen, gelegt hatte, damit der Bürgersmann durch die vielen Doppelpistolen nicht stutzig werden und der Sache am Ende auf den Grund kommen möchte. Don Pablos selbst aber konnte auf diese Weise viel sicherer zu seinem Zweck gelangen, nämlich den Ersatz auf eine Art zu leisten, die sich sowohl mit seiner Ehre, als seinem Gewissen vertrüge.

Ambrosio hatte nicht die mindeste Ahnung, daß diese Taler wiederersetztes Geld sein könnten. Er nahm sie ganz treuherzig als eingesammelte Gabe an, dankte dem edlen Kavalier aufs neue und ging gerührten Herzens in seine armselige Wohnung zurück.

Am andern Tag begegnete ihm auf der Straße ein guter Freund, der zu ihm sagte: ›Ich reise in zwei Tagen nach Cadix und gehe dort mit einem Schiffe, das demnächst nach

Neuspanien absegeln wird. Es will mir hier nimmer recht gefallen, und eine innere Stimme sagt mir, daß ich in Mexiko glücklicher sein werde. Gehet mit, wenn Ihr nur hundert Taler in Händen habt.‹

›Ich wäre um zweihundert nicht verlegen‹, antwortete Piquillo, ›und würde die Reise gern unternehmen, wenn ich versichert wäre, in Indien meinen Unterhalt zu finden.‹ Hierauf rühmte ihm sein Freund die Fruchtbarkeit Neuspaniens, und nannte ihm so viele Mittel, daselbst reich zu werden, daß Ambrosio sich überreden ließ und sogleich Anstalten zur Abreise traf. Ehe er aber Salamanca verließ, setzte er mit großem Fleiß einen Brief an Bahabon auf, worin er ihm schrieb, er habe eine schöne Gelegenheit nach Indien gefunden, und wolle sie benutzen, um sein Glück dort zu versuchen; er nehme sich die Freiheit, ihn davon in Kenntnis zu setzen, und versichere ihm, daß er seine Güte niemals vergessen werde.

Ambrosios Reise war Don Pablos nicht ganz angenehm, weil sie ihm seinen Lieblingsentwurf, die Schuld gegen ihn nach und nach abzutragen, vereitelte; doch tröstete er sich bald mit dem Gedanken, sein Freund komme vielleicht in einigen Jahren zurück, und legte sich eifriger als je auf das Studium der Rechtswissenschaft. Er machte auch vermöge seines Fleißes und seiner Talente so gute Fortschritte, daß er sich vor allen auf der Universität auszeichnete und endlich zum Rektor gewählt wurde. Diese Würde behauptete er nicht nur durch gründliche Gelehrsamkeit, sondern auch durch eine seltene Ehrenhaftigkeit des Charakters.

Während seines Rektorats hörte er, ein junger Mensch sei wegen Entführung im Gefängnisse und werde wohl das Leben verlieren. Jetzt fiel ihm ein, daß Piquillos Sohn eine Weibsperson entführt hatte. Er erkundigte sich näher nach dem Gefangenen, und da er erfuhr, daß er es wirklich war, so übernahm er seine Verteidigung. Es ist etwas herrliches um die Juristerei: sie liefert Waffen für und wider, und unser Rektor, der sie vortrefflich zu handhaben wußte, bediente sich ihrer zum Vorteil des Angeklagten; freilich nahm er auch den Kredit seiner Freunde zu Hilfe, der mehr fruchtete als alles andere.

So ging denn der Schuldige, weißer als Schnee, aus dem Gefängnis hervor und besuchte sogleich seinen Befreier. Dieser sagte zu ihm: ›Ich habe es bloß aus Rücksicht auf Euern Vater getan. Ich liebe ihn, und um Euch einen neuen Beweis davon zu geben, erbiete ich mich, für Euer Glück zu

sorgen, wenn Ihr hier bleiben und als rechtschaffener Mann leben wollt. Wünscht Ihr aber, Euerm Vater nach Indien zu folgen, so kann ich Euch mit fünfzig Pistolen dienen.‹ – Darauf antwortete der junge Piquillo: ›Da ich das Glück habe, in Ew. Magnifizenz einen so großmütigen Wohltäter zu finden, so wäre es wohl nicht klug, wenn ich eine Stadt verließe, wo es mir so gut wird. Ich will daher in Salamanca bleiben, und verspreche Euch, mich so aufzuführen, daß Ihr gewiß zufrieden sein sollt.‹ Auf diese Versicherung gab ihm der Rektor ungefähr zwanzig Pistolen in die Hand und ermahnte ihn, eine ehrliche Profession zu lernen und seine Zeit gut anzuwenden; dann dürfe er versichert sein, daß er ihn nicht im Stich lassen werde.

Zwei Monate darauf kam der junge Piquillo, der seinem Wohltäter von Zeit zu Zeit die Aufwartung machte, einmal mit ganz verweinten Augen zu ihm. ›Was ist Euch?‹ fragte Bahabon. ›Señor‹, antwortete Ambrosios Sohn, ›ich habe soeben etwas erfahren, was mir beinahe das Herz abstößt. Mein Vater ist von einem algerischen Seeräuber aufgegriffen worden und liegt in Ketten. Ein alter Mann von hier, der nach zehnjähriger Gefangenschaft in Algier vor kurzem von den barmherzigen Vätern losgekauft wurde, hat es mir soeben gesagt, er habe ihn in der Sklaverei verlassen.‹ Dabei gebärdete sich der junge Mann verzweiflungsvoll; er zerschlug sich die Brust, zerraufte sein Haar und sagte: ›Ich elender Mensch! Ich habe durch meine Liederlichkeit meinen Vater gezwungen, sein Geld zu verstecken und sein Vaterland zu verlassen! Ich habe ihn in die Ketten der Barbaren geliefert! Ach, Señor Don Pablos! warum habt Ihr mich aus den Händen der Justiz gerettet? Als Freund meines Vaters hättet Ihr ihn rächen und mich mit dem Tode dafür büßen lassen sollen, daß ich ihn in sein ganzes Unglück gestürzt habe.‹

Den Rektor rührte der Schmerz des bekehrten Sünders. ›Mein Sohn‹, sagte er zu ihm, ›ich sehe mit Vergnügen, daß Ihr Eure Vergehungen bereuet; weinet aber nicht mehr. Da ich weiß, was aus Ambrosio geworden ist, so kann ich Euch versichern, daß Ihr ihn wiedersehen werdet. Ich nehme sein Lösegeld auf mich. Soviel er auch inzwischen ausgestanden haben mag, so bin ich doch überzeugt, daß er sich nicht mehr beklagen wird, wenn er bei seiner Rückkehr einen gutgesitteten, zärtlichen Sohn in Euch findet.‹

Mit diesem Versprechen gab sich der junge Piquillo zufrieden; Don Pablos aber reiste einige Tage darauf nach Madrid und übergab den barmherzigen Brüdern eine Börse mit hundert Pistolen, wofür er sich folgende Quittung ausstellen ließ: ›Diese Summe von hundert Pistolen wurde den Mönchen vom Kloster de la Mercede eingehändigt zur Loskaufung eines armen Bürgers von Salamanca, namens Ambrosio Piquillo, aus der Gefangenschaft in Algier.‹ Auf ihrer letzten Reise dahin nun haben die frommen Padres den Auftrag des Rektors pünktlich vollzogen und den armen Ambrosio losgekauft; er ist eben der Sklave, dessen ruhige Haltung Euch aufgefallen ist.«

»Jetzt aber«, sagte Don Kleophas, »ist Bahabons Schuld völlig getilgt?« – »Nach seiner Meinung nicht«, versetzte Asmodi. »Er will Kapital und Interessen ersetzen: sein Gewissen ist so zart, daß er sich sogar ein Bedenken daraus macht, das Vermögen, das er nachher als Rektor erworben hat, zu behalten. Wenn er den alten Piquillo wiedersieht, will

er zu ihm sagen: ›Ambrosio, mein Freund, betrachtet mich nicht mehr als Euern Wohltäter; Ihr seht in mir nur den Schurken, der Euer Geld im Walde wieder ausgegraben hat. Ich halte es nicht für genug, daß ich Euch Eure zweihundertundfünfzig Dublonen zurückerstatte, sondern, da ich sie gebraucht habe, um zu meinem jetzigen Rang zu gelangen, so gehört alles, was ich habe, Euch. Ich will nur soviel behalten, als Ihr mir zu lassen ...‹« – Hier hielt der hinkende Teufel auf einmal inne; es überkam ihn ein Schauer und er wurde todesblaß.

»Was ist Euch?« fragte der Musensohn. »Warum sprecht Ihr nicht weiter, und was soll diese auffallende Beängstigung?« – »Ach, Señor Leandro!« rief der Dämon zitternd, »welch ein Unglück für mich! der Zauberer, der mich in einer Flasche eingesperrt hielt, hat soeben bemerkt, daß ich nicht mehr in seinem Laboratorium bin, und will mich durch unwiderstehliche Beschwörungen zurückbannen.« – »Das würde mir unendlich leid tun«, sagte Don Kleophas ganz gerührt: »es wäre ein unersetzlicher Verlust für mich. Ach, wenn wir uns auf immer trennen müßten!« – »Ich glaube das nicht«, antwortete Asmodi; »der Zauberer bedarf vielleicht meiner Dienste, und wenn ich so glücklich bin, es ihm zum Danke zu machen, so läßt er mich vielleicht aus Erkenntlichkeit wieder los. Geschieht das, wie ich hoffe, so verlaßt Euch darauf, daß ich sogleich wieder zu Euch komme. Ihr müßt mir aber Euer Wort geben, daß Ihr keiner Seele etwas von dem verraten wollt, was heute nacht unter uns vorgegangen ist: sonst, sage ich Euch zum voraus, sehet Ihr mich nie wieder.

Was mich allein über unsere Trennung einigermaßen trösten kann, ist, daß ich wenigstens Euer Glück gegründet habe. Ich habe die schöne Seraphine bis über die Ohren in Euch verliebt gemacht, und sie wird Eure Frau werden: Señor Don Pedro de Escolano, ihr Vater, ist entschlossen, sie Euch zu geben. Laßt diese Gelegenheit ja nicht hinaus. Doch wehe, wehe! schon höre ich den Zauberer, der mich zu sich beschwört. Die ganze Hölle bebt vor den furchtbaren Worten, die dieser entsetzliche Kabbalist ausspricht. Ich kann nicht länger bei Euch bleiben ... Auf Wiedersehen, lieber Zambullo.« Mit diesen Worten versetzte er ihn schnell in sein Zimmer, reichte ihm noch die Hand zum Abschied und verschwand.

Einundzwanzigstes Kapitel

Was Don Kleophas nach seiner Trennung von dem hinkenden Teufel tut und wie der Verfasser dieses Werks es zu beendigen für gut findet

Als Asmodi fort war, fühlte sich der Student, der die ganze Nacht auf den Beinen gewesen und sich viele Bewegung gemacht hatte, sehr müde; er kleidete sich daher aus und ging zu Bette. Im Anfang war er so aufgeregt, daß er lange nicht einschlafen konnte; endlich aber bezahlte er dem Gott Morpheus mit Wucher den Tribut, den alle Sterblichen ihm schulden, und versank in einen lethargischen Schlaf, der den ganzen Tag und die ganze folgende Nacht fortdauerte.

Schon war er vierundzwanzig Stunden in diesem Zustand, als Don Luis de Lujan, ein junger Kavalier aus seiner vertrauteren Bekanntschaft, in sein Zimmer trat und ihm aus Leibeskräften zurief: »Holla ho! Señor Don Kleophas! aufgestanden!« Als er endlich an diesem Lärm erwachte, sagte Don Luis zu ihm: »Wißt Ihr auch, daß Ihr schon seit gestern morgen da lieget?« – »Unmöglich«, antwortete Leandro. – »Ihr dürft es mir glauben«, versetzte sein Freund, »Ihr habt volle vierundzwanzig Stunden verschlafen. Alle Leute im Hause haben es mich versichert.«

Der Student verwunderte sich höchlich darüber und fürchtete im Anfang, seine ganze Geschichte mit dem hinkenden Teufel möchte ein bloßes Traumgebild sein; doch konnte er es nicht glauben, und wenn er sich gewisse Umstände ins Gedächtnis zurückrief, war es ihm unmöglich, an der Wirklichkeit dessen, was er gesehen hatte, zu zweifeln. Um übrigens seiner Sache ganz gewiß zu werden, stand er auf, kleidete sich schnell an und ging mit Don Luis nach dem Sonnentore, ohne ihm zu sagen, warum. Als er dort das Hotel des Don Pedro beinahe ganz in einen Schutthaufen verwandelt sah, stellte er sich sehr verwundert darüber und sagte: »Was ist denn das? Sollte es hier gebrannt haben? und wem gehört dieses Haus?«

Don Luis beantwortete ihm seine Frage und setzte dann hinzu: »Dieser Brand macht weniger Aufsehen in der Stadt durch den bedeutenden Schaden, den er angerichtet, als durch folgenden merkwürdigen Umstand, der dabei vorkam. Don Pedro de Escolano hat eine einzige Tochter, schön wie das Tageslicht. Diese, so erzählt man, befand sich

in einem Zimmer, das schon voll Feuer und Rauch war, und wo sie nach menschlicher Berechnung notwendig umkommen mußte. Gleichwohl wurde sie von einem jungen Kavalier gerettet, dessen Namen ich noch nicht weiß. Ganz Madrid spricht von der Sache. Man erhebt den Mut dieses Jünglings bis in die Wolken und jedermann glaubt, Don Pedro werde ihm, obgleich er nur von niederem Adel ist, zum Lohn für seine kühne Tat die holde Seraphine geben.«

Don Klephas hörte seinen Freund an, ohne das geringste Interesse an dem, was er sagte, merken zu lassen; bald aber machte er sich unter einem scheinbaren Vorwand von ihm los und ging auf den Prado, wo er sich unter einen Baum setzte und seinen Gedanken nachhing. Der hinkende Teufel wollte ihm nicht aus dem Sinne kommen. »Ach!« sagte er, »wie leid tut es mir um meinen lieben Asmodi! Er wäre mit mir in kurzer Zeit in der ganzen Welt herumgereist, ohne daß ich die mindeste Mühe und Unbequemlichkeit dabei gehabt hätte. Gewiß ein großes Unglück für mich, daß er sich von mir trennen mußte! Doch will ich nicht alle Hoffnung aufgeben, vielleicht sehe ich ihn auch wieder. Er hat ja selbst gesagt, es sei wohl möglich, daß der Zauberer ihn sogleich wieder frei lasse.« Sodann dachte er an Don Pedro und seine Tochter und beschloß, sie zu besuchen, wäre es auch bloß aus Neugierde, die schöne Seraphine zu sehen.

Sobald Don Pedro ihn erblickte, lief der alte Herr mit offenen Armen auf ihn zu und sagte zu ihm: »Willkommen, großmütiger Kavalier; schon fing ich an, Euch herzlich böse zu werden. Es war mir unbegreiflich, warum Ihr trotz meiner inständigen Bitten mich noch nicht besuchtet, während ich vor Ungeduld brannte, Euch meine Hochachtung und Freundschaft zu erkennen zu geben.«

Zambullo verbeugte sich ehrerbietig bei diesem verbindlichen Vorwurf und sagte zu Don Pedro, er habe ihn in der Verlegenheit, die ihm der Brand seines Hotels bereitet, zu belästigen gefürchtet. – »Ich bin mit dieser Entschuldigung nicht zufrieden«, antwortete der Greis; »Ihr könnt in einem Hause, wo man ohne Euern Beistand in der größten Trauer wäre, nie lästig sein. Aber«, fügte er hinzu, »habt die Güte, mit mir zu kommen: ich bin nicht der einzige, der Euch Dank abzustatten hat.« Mit diesen Worten nahm er ihn bei der Hand und führte ihn zu seiner Tochter, die soeben Siesta gehalten hatte.

»Liebe Seraphine«, sagte er zu ihr: »ich bringe dir hier den Kavalier, der dir so mutvoll das Leben gerettet hat. Gib ihm jetzt deinen ganzen Dank zu erkennen, da es dir vorgestern nicht möglich war.« Darauf öffnete Señora Seraphine ihren rosigen Mund gegen Leandro Perez und sagte ihm Sachen, die gewiß alle meine Leser entzücken würden,

wenn ich sie Wort für Wort wiedergeben könnte; da sie mir aber selbst nicht ganz getreu berichtet worden sind, so will ich sie lieber mit Stillschweigen übergehen, als entstellen.

Nur soviel will ich noch bemerken, daß Don Klcophas eine Göttin zu sehen und zu hören glaubte und mit Augen und Ohren zugleich Feuer fing. Er verliebte sich sogleich sterblich in sie, konnte aber nicht glauben, daß er sie zur Gemahlin erhalten werde, obschon der Dämon ihn versichert hatte, daß sie zum schönen Preis für die mutvolle Tat bestimmt sei, die man fälschlicherweise ihm zuschrieb. Je reizender er sie fand, je weniger wagte er es, sich dieser stolzen Hoffnung hinzugeben.

Was ihn vollends ganz irre und zweifelhaft machte, war, daß Don Pedro in seiner langen Unterhaltung mit ihm diese Saite gar nicht berührte und zwar ungemein höflich gegen ihn war, aber mit keinem Wort die mindeste Lust merken ließ, sein Schwiegervater zu werden. Ebenso war auch Seraphine äußerst höflich gegen ihren Retter; sie dankte ihm in den verbindlichsten Ausdrücken, gab ihm aber durchaus keine Veranlassung, sie für verliebt zu halten, so daß unser Student mit viel Liebe und wenig Hoffnung sich wieder nach Hause begab.

»Asmodi, mein Freund!« sagte er auf dem Heimweg, wie wenn der Dämon immer noch neben ihm stünde, »entweder wolltet Ihr mich zum Besten halten, als Ihr mich versichertet, Ihr habet Seraphinen in mich verliebt gemacht und Don Pedro sei geneigt, mir ihre Hand zu geben, oder müsset Ihr die Gegenwart ebensowenig wissen als die Zukunft.«

Er bereute jetzt, daß er diese Dame besucht hatte, und beschloß, seine Leidenschaft für sie, die er als eine unglückliche Liebe betrachtete, zu bekämpfen; ja er machte sich sogar Vorwürfe, daß er überhaupt nur den Wunsch gehegt habe, die Sache so weit zu treiben, und hielt es für schmählich, sein Glück einem bloßen Blendwerk zu verdanken.

Diese und ähnliche Betrachtungen beschäftigten ihn, als Don Pedro ihn am andern Tage zu sich bitten ließ und zu ihm sagte: »Señor Leandro Perez, es ist Zeit, Euch durch Handlungen zu beweisen, daß Ihr Euch in meiner Person keinen von den stolzen Höflingen verpflichtet habt, die Euch an meiner Stelle mit einigen schönen Worten abfertigen würden. Ich wünsche, daß Seraphine selbst der Lohn für die Gefahr sei, in die Ihr Euch ihretwegen gestürzt habt. Ich habe sie schon darüber gefragt und sie ist bereit, ohne Widerwillen zu gehorchen. Ich darf wohl sagen, daß ich mein eigen Blut in ihr erkannte, als ich ihr ihren Retter zum Gemahl vorschlug. Sie äußerte ungemeine Freude darüber, woraus ich sah, daß ihre Großmut der meinigen entsprach. Es bleibt also dabei, Ihr heiratet meine Tochter.«

Der gute Herr von Escolano konnte mit Recht erwarten, Don Kleophas werde sich für diese hohe Gunst in die wärmsten Danksagungen ergießen; um so größer war daher seine Überraschung, als er ihn ganz verdutzt und verlegen schweigen sah. »So sprecht doch, Zambullo«, sagte er zu ihm: »was soll ich von Eurer Verlegenheit denken? Was könnt Ihr gegen meinen Antrag einzuwenden haben? Ein bloßer Edelmann wird doch eine Verbindung nicht verschmähen wollen, die ein Grande sich zur Ehre schätzen würde? Oder sollte etwa der Adel meines Hauses einen Makel haben, den ich nicht wüßte?«

»Señor«, antwortete Leandro, »ich weiß den Abstand, der mich von Euch trennt, sehr gut.« – »Aber«, fragte Don Pedro, »warum bezeigt Ihr denn so wenig Freude über eine Verbindung, die für Euch so ehrenvoll ist? Gesteht es mir aufrichtig, Don Kleophas. Gewiß habt Ihr schon einer andern Euer Wort gegeben und glaubt Euch dadurch gebunden?« – »Wenn ich«, antwortete der Student, »eine Geliebte hätte, an die mich der Schwur der Treue fesselte, so würde allerdings nichts imstande sein, mich von ihr abwendig zu machen. Dies ist jedoch nicht der Grund, warum ich von Eurer Güte keinen Gebrauch machen kann, sondern mein Gewissen erlaubt mir nicht, Euern höchst ehrenvollen Antrag anzunehmen. Ich will Euern Irrtum nicht mißbrauchen, sondern alles offen bekennen: ich bin Seraphinens Retter nicht.«

»Was höre ich!« rief der Alte sehr verwundert. »Also nicht Ihr hättet sie aus den Flammen getragen, die sie zu verschlingen drohten? Nicht *Ihr* hättet diese Heldentat verrichtet?« – »Nein, Señor«, antwortete Zambullo; »jeder Sterbliche würde es vergeblich unternommen haben und ich will Euch nur sagen, ein Teufel hat Eure Tochter gerettet.«

Don Pedro konnte seinen Ohren kaum trauen. Er glaubte jedoch die letzten Worte nicht buchstäblich nehmen zu müssen und bat daher den Studenten, sich deutlicher auszudrücken. Nun erzählte ihm Leandro, ohne zu bedenken, daß er Asmodis Freundschaft dadurch verscherzte, alles, was zwischen dem Dämon und ihm vorgegangen war. Als er zu Ende war, sagte der Greis zu ihm: »Das Geheimnis, das Ihr mir soeben anvertrautet, bestärkt mich in der Absicht, Euch meine Tochter zu geben. Ihr seid der eigentliche Retter. Hättet Ihr den hinkenden Teufel nicht gebeten, sie dem drohenden Flammentode zu entreißen, so hätte er sie gewiß umkommen lassen. Somit verdankt Seraphine niemand anders als Euch ihr Leben: mit einem Worte, Ihr seid ihrer würdig, und ich biete sie Euch samt der Hälfte meines Vermögens an.«

Bei diesen Worten verschwanden alle ferneren Bedenklichkeiten des Musensohnes: er warf sich Don Pedro zu Füßen und dankte ihm für seine Güte. Bald darauf wurde die Vermählung mit einer Pracht gefeiert, wie es sich für den Erben des edlen Herrn von Escolano geziemte, und zum großen Vergnügen der Verwandten Leandros, der für die paar Stunden Freiheit, welche er dem hinkenden Teufel verschafft hatte, wahrlich keinen bessern Lohn hätte erwarten können.

Nachwort

LESAGE.
ASMODI
GIL BLAS

»Jetzt rette sich, wer kann! der Teufel ist über die Stadt losgelassen, ein ganz französischer Teufel, mit dem Geist, der Grazie und der lebendigen Rührigkeit des *Gil Blas*. Nehmt euch in acht, ihr Narren und Schufte, die ihr der großen Komödie entgangen seid; kraft dieser allmächtigen Zauberrute werden nicht nur eure Häuser, sondern auch eure Herzen klar und offen vor den Blicken neugieriger Zuschauer daliegen. Seid wohl auf der Hut, denn Asmodi, der furchtbare Spötter, wird sein unbarmherziges Auge in euer Inneres dringen lassen, das ihr so nett verschlossen glaubt, und jedem von euch seine geheime Geschichte erzählen; er wird euch ohne Mitleid mit seiner elfenbeinernen Krücke schlagen, die alle Türen und alle Herzen aufschließt; und laut und deutlich wird er eure Lächerlichkeiten und eure Laster verkündigen. Keiner entgeht diesem scharfblickenden Wächter, der, auf seiner Krücke reitend, über die Dächer der bestverschlossenen Häuser hinschweift, und die darin wohnenden Regungen des Ehrgeizes und der Eifersucht, die Bekümmernise, Schlaflosigkeiten nebst ihren Ursachen mit Sicherheit erratet«.
Jules Janin, im Vorwort zur Ausgabe des ›Hinkenden Teufels‹ von 1840.

Die wechselnden Eindrücke zu markieren, denen er in der tumultuarischen Großstadt Paris unterliegt, wählt Friedrich Hebbel in den Briefen, die er 1844 nach Deutschland schreibt, einen *deutschen* Roman aus dem Ende des siebzehnten Jahrhunderts als signifikantes Beispiel: »ich hatte das Gefühl, als ob ich meine Jugendträume, die tollen Phantasien namentlich, als ich die ›Asiatische Banise‹, einen alten Roman voller Wunder und Seltsamkeiten, las, nicht bloß verwirklicht, sondern übertroffen, ausgezischt und verspottet sähe«. In dieser Aktualisierung vermag sich Anselm von Ziglers barockes Romangewirr abenteuerhafter Sensationen und Katastrophen, das dem Schema des ›Amadis‹ folgt, sogar gegen jene Eindrücke zu behaupten, die Hebbel dann dem aktuellen Sensationsroman, den ›Mystères des Paris‹ (›Geheimnisse von Paris‹) des Eugène Sue entnimmt, die

1842/43 als Zeitungsfortsetzungsroman im ›Journal des Débats‹ und später in mehreren Buchveröffentlichungen erscheinen.

Vom Friedhof Père-Lachaise über das weitgestreckte Häusermeer blickend, imaginiert Hebbel folgende Vorstellung vom inneren Leben und Treiben der Stadt: »Dort fällt vielleicht in jedem Augenblick jede Szene, die überhaupt im Menschenleben vorkommt, vor; es werden Menschen geboren und es sterben welche, man küßt sich zum erstenmal, man stößt sich vielleicht den Dolch ins Herz«; und überhaupt ist ihm »wie auf einem großen Theater« das Leben in breitester Fülle und jedweder Streuung präsent. In den ›Tagebüchern‹ wählt Hebbel für die Vielfalt der Eindrücke, denen er im Menschengewühl der Straßen ausgesetzt ist, das Bild einer Bibliothek von hunderttausend Bänden, in der jede menschliche Spezies »bis zur individuellsten herab« repräsentiert ist – nur komme man nicht dazu, sich in Ruhe in ein einzelnes Buch zu vertiefen. Hier ist – unausgesprochen – die Erinnerung an einen älteren *französischen* Roman lebendig, eben Alain-René Lesages ›Le Diable boiteux‹ (›Der hinkende Teufel‹), dessen Erscheinungsdatum – 1707 – nur wenige Jahre näher liegt als Ziglers ›Asiatische Banise‹.

Im Fall Lesages und seines ›Hinkenden Teufels‹ kann sich solche Rückerinnerung zu diesem Zeitpunkt auf diverse Nachdrucke und konkrete innere Parallelen des Romans zu literarischen und allgemein künstlerischen Tendenzen der Louis-Philippe-Ära stützen. Bereits 1828 war es im Rahmen einer sechzehnbändigen Gesamtausgabe der Werke des Autors zur Neuedition auch des ›Teufel‹-Romans gekommen, 1840 erschien – parallel in Frankreich und in deutscher Übersetzung – die von Tony Johannot illustrierte Ausgabe, mit der das Werk an den aktuellen Trend zum illustrierten Buch herangeführt wurde, und noch einmal kommt es 1849/50, also unmittelbar nach dem Sturz des Bürgerkönigs, zu einer Neuausgabe in Paris. Von besonderer Faszination für das französische wie generell für das europäische Lesepublikum ist natürlich das zentrale Motiv des Romans, der Blick, den der Teufel Asmodi dem Studenten Don Kleophas Leandro Perez Zambullo unter die Dächer und hinter die Mauern von Madrid öffnet. Daß die spanische Hauptstadt gegen die französische Metropole auswechselbar sei, hat der Autor durch zahlreiche Hinweise unterstrichen, so daß das Buch – zu Recht – schon bei seinem Ersterscheinen als ein verschlüsselter Paris-Roman gelesen wird. Im neuen Jahrhundert wächst das publizistische und mit ihm das literarische Interesse für die tausendfältigen Geheimnisse dieser Großstadt par excellence ins Immense: die Gegensätze von Arm und Reich brechen hier auf wie nirgend sonst, die glatte Oberfläche des gesellschaftlichen Lebens kontrastiert dem drohenden Aufruhr der Tiefe, die vielfältige Zersplitterung der Klassen und Stände erlaubt Beobachtungen der unterschiedlichsten Schicksale, die Leidenschaften der Menschen treten offen hervor und suchen sich zu verbergen, Glück und Unglück, Tugend und Laster wohnen eng beisammen. Die Vielfalt der Einzelepisoden, die Lesage in seinem Roman ausbietet, kommt dem Stoffhunger entgegen, auf den der französische Roman der dreißiger und vierziger Jahre des neunzehnten Jahrhunderts fixiert ist. Die satirische Perspektive entspricht dabei dem Zug zur Karikatur, die sich in eben diesen Jahren ausbildet und – wie das Beispiel Grandvilles und Honoré Daumiers zeigt – in mannigfache Beziehungen zur Erzählliteratur tritt. In seiner Herauspräparierung des modernen Geldmenschen als satirisches Element trifft Lesage einen Grundzug der Zeit, der ihn – man denke an Daumiers ›Robert Macaire‹ – in ganz besonderer Weise auch thematisch mit der Karikatur unter Louis Philipp verbindet. Als der ›Birnen‹-König nach 1835 den Druck auf die politisch-satirischen Zeitschriften verschärfte, wandten sich die Karikaturisten der ›Caricature‹ und des ›Charivari‹ ins satirische Sittenbild, damit ein Genre aufnehmend, das sich im Übergang aus dem Barock- ins Aufklärungszeitalter entwickelt hatte, also bei Lesage zahlreiche Entsprechungen findet.

Alain-René Lesage ist am 8. Mai 1668 als Sohn eines Notars in der Bretagne geboren; nach dem frühen Tod der Eltern kommt er in die Obhut eines Onkels und wird auf die Jesuitenschule geschickt. Er studiert die Rechte und erprobt sich erfolglos als Advokat. Er lebt seit 1698 in Paris. Die ersten literarischen Arbeiten sind Übersetzungen, etwa der ›Briefe des Kallisthenes‹. Durch den Abbé von Lyonne, der ihm eine Pension von sechshundert Francs aussetzt, lernt er Spanisch, wird in die spanische Literatur eingeführt und studiert vor allem den ›Don Quixote‹ des Cervantes. Die erste Frucht dieser intimen Kenntnis der spanischen Literatur ist ein Band Lustspiel-Übersetzungen, darunter nur ein Stück Lope de Vegas und zunächst keins von Calderon de la Barca. Vom einfachen Übersetzer entwickelt er sich dann aber zum Arrangeur von Komödien; 1702 kommt erstmals eines dieser das spanische Vorbild nur noch nachahmenden Lustspiele auf dem ›Théâtre français‹ zur Aufführung. Als Autor auf eigenen Beinen wendet sich Lesage der Sittenkomödie zu und muß hier »ganz einfach neben Molière« gestellt werden. Hier arbeitet er hauptsächlich für die – alle Herbst und Frühjahr – auf den Jahrmärkten von Saint-Laurent und Saint-Germain spielenden italienischen Komödianten – Les Italiens –, schreibt nahezu hundert Stücke, skizzenhafte Szenarien, aber auch voll ausgeführte Regiebücher, von denen sich jedoch kaum eins erhalten hat. Mit Farcen, Allegorien, Travestien, Zauberstücken, Vaudevillen und – wie gesagt – Sittenkomödien gibt er dem ›Théâtre de la foire‹ einen legitimen Spielplan: »eine wache, lustige Kunst zwischen Substanz und Vision, Moral und Unmoral, Stegreif und Literatur«.

Als Theaterstück bekannt geblieben ist Lesages ›Turcaret‹, 1709 von der ›Comédie Française‹ uraufgeführt. Der Titelheld steigt aus niederen Verhältnissen zum Steuerpächter des Ancien Régime auf; in Geldgeschäften skrupellos, zeigt er sich unbesonnen in der Liebe. So gerät er in Nöte und in komische Situationen, denn sein Diener Frontin plündert ihn ohne Skrupel aus und legt ihm alle Fallstricke, um sein Nachfolger zu werden. Das Stück ist von »brennender Aktualität«: der Sonnenkönig befindet sich in der »dunkelsten Phase seiner Regierungszeit«. Im spanischen Erbfolgekrieg hat sich das Glück gegen Frankreich gekehrt, feindliche Truppen stehen bereits auf französischem Boden. Im Land wüten Hunger und Pest. Das Volk ächzt unter vielfältigen Abgaben: »Im Jahr 1695 hatte der König eine allgemeine Kopfsteuer eingeführt, mit deren Erhebung die Traitants – Steuerpächter – beauftragt waren. Gegen sie und ihr rücksichtsloses Vorgehen richtete sich die Wut des Volkes. Es kam mehrmals zu Revolten, die Ludwig XIV. gewaltsam unterdrücken mußte. Unter diesem Aspekt erscheint die Komödie als eine scharfe Satire auf das damalige Finanz- und Steuersystem, aber auch als das kühne Werk eines Dichters, der eine solch freimütige Kritik wagte«.

Wie zunächst im Drama so folgt Lesage auch im Roman spanischem Vorbild. Die wichtigste Vorlage für den ›Hinkenden Teufel‹ ist Luiz Velez de Guevaras ›El diablo cojuelo‹ von 1641, aber die Gleichheit des Titels verdeckt, daß der französische gegenüber dem spanischen Autor zu einer durchaus eigenen Schreibkonzeption kommt. Die Bindung der Einzelerzählungen an die nächtliche Stadtschau hat bei Guevara in dieser Totalität keine Entsprechung; dort liefern nur zwei Kapitel Kurzbilder von Madrid, die übrigen gelten einer Luftreise quer durch Andalusien, ganz nach dem Muster des pikaresken Sittenromans. Lesages ›Le Diable boiteux‹ ist also in einem sehr viel entschiedeneren Sinn ein Stadtroman, wohl der erste Großstadtroman der europäischen Literatur; als solchen apostrophiert ihn jedenfalls Volker Klotz in ›Die erzählte Stadt, Ein Sujet als Herausforderung des Romans von Lesage bis Döblin‹ (1969).

Die Besonderheit, unter der das Stadtbild Lesages steht,

ist aufs engste von der Figur des Stadtführers, des Teufels Asmodi abhängig, dessen Geschäfte Unzucht, Wollust und Kuppelei, Luxus, Ausschweifungen, Tanz und neue Moden sind. Er bezeichnet sich selbst als den »lebhaftesten und fleißigsten Teufel von der Welt«; folglich fällt es ihm nicht schwer, seinem Begleiter allenthalben – quer durch die Stadt – Spuren seines Wirkens nachzuweisen und überhaupt das städtische Treiben als Ausfluß seiner Existenz vorzuführen. Nur folgerichtig sind es deshalb das nächtliche Madrid, die mitternächtliche Finsternis einer Oktobernacht, das enthemmende Dunkel, die Stunde der »Freiheit für die Liebhaber«, wie es heißt, aus denen heraus der Blick in die Stadt und ihre Verborgenheiten freigegeben wird; auch Leandro befindet sich ja in galanten Verwicklungen, als er – von vier Raufbolden verfolgt – in die Stube jenes Astrologen oder Zauberers gerät, in der er dem in der Flasche gefangenen Asmodi begegnet, ihn befreit und mit ihm seinen Pakt schließt. Zum Dank verspricht der Teufel, dem Studiosus in Nöten »alles zu offenbaren, was in der Welt vorgeht«, die Fehler der Menschen aufzudecken und ihm als Schutzgeist zur Seite zu stehen, »und da ich etwas gebildeter bin als der Genius des Sokrates, so will ich Euch noch gelehrter machen, als diesen großen Philosophen«. Kurz, er schenkt sich ihm mit allen seinen »guten und schlechten Eigenschaften«, die einen so nützlich wie die anderen, und verspricht, Leandro noch in dieser Nacht an der treulosen Geliebten zu rächen, »die vier Schurken bei sich versteckt hatte, um Euch zu überfallen und zur Heirat mit ihr zu zwingen«.

Damit ist der Rahmen gesetzt, das grobe Spannungsmuster des Romans entworfen, das jetzt mit einer Fülle von Exempeln gefüllt werden kann. Dabei läßt sich beobachten, daß die bald enger, bald weiter gespannten Erzählungen, mit denen Asmodi seinen nächtlichen Fluggenossen über den Dächern von Madrid unterhält, häufig aus quasi stehenden camera-obscura-Bildern – seltsam erstarrten Situationen, erstarrten Tableaus – gewonnen sind, die dem Betrachter zunächst Rätsel aufgeben: Asmodi lenkt den Blick Leandros von dieser auf jene Szene, die sich ihnen aus ihrer Vogelperspektive bietet, und setzt sich als Kommentator in Szene. Als Teufelsgeist und allwissender Erzähler kennt er natürlich die näheren Umstände, die zu dieser oder jener Situation geführt haben, kann er die Vorgeschichte von Ereignissen referieren, die jetzt noch als stummes Bild dastehen, skizziert er Zusammenhänge und holt wohl auch zu kleineren Novellen aus. Bestimmten Lokalitäten entsprechend, über denen sich das Duo aufhält, kommt es mitunter zur Bündelung von Geschichten um einen ähnlichen oder gleichen thematischen Kern, wobei Lesage – innerhalb einer Reihe – alle Möglichkeiten von Kontrast und Variation nutzt, so etwa anläßlich der Einblicke in die Gefängnisse oder ins Tollhaus von Madrid.

Die Rettung Seraphines, der späteren Braut und Gattin des Studenten Don Kleophas Leandro, aus einem brennenden Haus fällt ins elfte Kapitel, also genau in die Mitte des Romans. Damit steht der äußere Zusammenhang der Erzählung in einer gewissen Symmetrie zur inneren Füllung und ist voll inhaltlich auf diese bezogen: »Der Außenrahmen ist Voraussetzung für den Innenrahmen und damit für die Inszenierung der Stadtschau. Umgekehrt ist der Innenrahmen samt dem, was er demonstriert, Voraussetzung für den glücklichen Abschluß des Aktionsrahmens«. Dieser komplizierte Bezug zwischen Rahmen und Innengeschehen unterscheidet Lesages Werk von Novellenzyklen à la Boccaccios ›Decamerone‹ und erhebt es erst eigentlich zum Roman. Freilich zum satirischen Roman, der dem Autor alle Möglichkeiten der verdeckten und offenen Anspielung bietet, und hierbei beschränkt sich Lesage keineswegs auf die allgemeine Sittenkarikatur und Moralsatire, sondern geht – wie Ausfälle gegen die Inquisition und Zensur zeigen – durchaus ins konkret Politische. Beinah läßt er sich verführen, gegen Morgen der durchwachten Nacht den Teufel

Kupferstich – Illustration zur Ausgabe des »diable boiteux« von 1756.

Asmodi auch noch in den Königspalast eindringen zu lassen, ehe er doch noch rechtzeitig einhält und gegen Leandro erklärt: »Den Königen darf ich nicht zu nahe kommen: dies wäre ein Eingriff in die Rechte Leviathans, Belfegors und Astaroths. Ich habe Euch ja schon gesagt, daß diesen drei Geistern allein es vergönnt ist, die unsichtbaren Gefährten der Fürsten zu sein. Kein anderer Dämon darf sich an den Höfen blicken lassen und ich weiß wirklich nicht, wo ich den Kopf hatte, als ich Euch hierher brachte. Es war sehr verwegen.«

Ein besonderes Schlaglicht fällt in der Masse der Erzählungen, die sich zum Roman vereinigen, natürlich auch hier auf die neue Macht des Geldes, die sich – aus sich heraus – ihre neuen menschlichen Typen schafft. »In einer Gesellschaft, wie die unsrige«, merkt Jules Janin in seinem ›Vorwort‹ zu der 1840 von Johannot illustrierten Neuausgabe des Romans an, »ist der Geldmensch eine jener unverschämten, widerwärtigen Bastardmächte, die aus den alltäglichen Geschäften hervorwachsen, wie der Pilz aus dem Mist. Man weiß nicht, woher diese träge Kraft kommt, man weiß nicht, wie sie sich auf der Oberfläche der Dinge behauptet; niemand kann sagen, wie sie verschwindet, nachdem sie ihren Leuchtestoff in einem Augenblick vergeudet hat. Wahrhaftig, eine Zeit muß sehr verderbt und sehr schamlos sein, um mit Geld den Degen des Soldaten, mit Geld den Anspruch des Richters, mit Geld die Intelligenz des Kriegsmannes, mit Geld den Szepter des Königs selbst zu ersetzen. Ist eine Nation einmal dahin gekommen, daß sie das Geld auf den Knien anbetet, dann suche man bei ihr nichts mehr, weder schöne Künste, noch Poesie, noch Liebe. Sie hat sich zum Vieh erniedrigt, wie das jüdische Volk, als es vor dem goldenen Kalbe kniete. Glücklicherweise ist von allen ephemeren Mächten dieser Welt das Geld das ephemerste; man reicht ihm allerdings die Rechte hin, allein mit der Linken gibt man ihm eine Ohrfeige; man wirft sich vor ihm auf die Erde nieder, wenn es vorbeikommt, ja, aber wenn es vor-

Bertall, cinq étages du monde parisien (fünf Etagen der Welt von Paris), Holzstich von 1850.

über ist, so gibt man ihm einen Fußtritt vor den Hintern! Dies hat Lesage als großer komischer Dichter vortrefflich eingesehen. Er hat die lächerliche sowohl als auch die gehässige Seite dieser goldbedeckten Menschen ausfindig gemacht«. Das ist zwar auf ›Turcaret‹ bezogen, trifft aber, wie ich meine, zahlreiche Einzelzüge auch des Romans; man betrachte daraufhin Einzelepisoden wie die des Arztes, der in der Nacht Passanten überfällt, um auf diese Weise zu Patienten zu kommen, oder die jenes Wucherers, der vor Tagesanbruch unbedingt die Messe hören will, aber, nachdem er die Predigt gegen den Wucher gehört hat, in aller Ruhe wieder seinen Geschäften nachgeht. Hatte Molière in ›L'avare‹ den zeitlosen Typus des Geizigen getroffen, so entfaltet Lesage eine ganze Palette von Typen, die unter der Herrschaft des Geldes leben und durch sie in ihrer realen Erscheinungsweise – dem gesellschaftlichen Handeln und dem psychologischen Charakter nach – gekennzeichnet sind.

In dieser satirisch-sozialpsychologischen Ausrichtung verweist der ›Hinkende Teufel‹ auf Lesages zweiten großen Roman, die zwischen 1715 und 1735 publizierte ›Histoire de Gil Blas de Santillane‹ (›Die Geschichte des Gil Blas von Santillana‹), in der Tradition des spanischen Schelmenromans stehend. Mit Hilfe der »bewährten Form der gegenidealistischen Pikareske« setzt sich der Autor parodistisch von den sublimen Formen des Romans im siebzehnten Jahrhundert ab und läßt die aristokratische Abenteuersuche im Extremfall zur Gaunerexistenz neuen Schlages verkommen. »War im konventionellen heroisch-höfischen Roman die Geliebte oder ein Freund Objekt der Zuneigung oder Verlustangst gewesen«, merkt Klaus Heitmann in einer neueren Untersuchung des Romans an, »so richten sich Liebeserklärungen und Totenklagen nun an Wertbehältnisse und Münzkassetten. (...) In solcher Besessenheit von Besitz und Profit, die bestimmender wird als die elementaren Bindungen zwischen Mensch und Mitmensch, offenbart die Romanwelt der ›Histoire de Gil Blas‹ ihren historischen Ort: den der französischen Gesellschaft in der frühkapitalistischen Umbruchsphase der Spätzeit Ludwigs XIV. und der Régence. Diese Gesellschaft ist das eigentliche, das große, neue Thema der Erzählkunst Lesages«. – Janin hat den ›Gil Blas‹ als »das einzig wahrhaft lustige Buch der französischen Sprache« bezeichnet; den ›Hinkenden Teufel‹ aber nennt er in Beziehung auf den Geist und die Satire des Werks »vielleicht das französischste Buch in unserer Sprache, vielleicht das einzige Buch, das Molière außer ›Gil Blas‹ unterzeichnet hätte«.

Wir folgen in unserer Ausgabe der deutschen Übersetzung durch G. Fries, die 1840 im Verlag von Denning, Finck & Co in Pforzheim erschienen ist. Parallel zur französischen Neuausgabe ist sie die erste mit den Illustrationen von Tony Johannot, einem der bedeutendsten Buchillustratoren des neunzehnten Jahrhunderts.

Neben Tony Johannot sind auch die Brüder Charles Isaac und Alfred Johannot als Illustratoren hervorgetreten. Die Familie kommt aus Offenbach, wo der Vater, der neben Senefelder zu den frühen Experimentatoren mit der Lithographie gehört, eine Fabrik für Luxuspapiere betrieb; 1806 übersiedelt er nach Paris, weil der Betrieb durch die veränderten politischen und wirtschaftlichen Verhältnisse in Deutschland nicht zu halten war. Antoine – Tony – Johannot ist 1803 noch in Offenbach geboren. Zunächst arbeiten sowohl Charles und Alfred, dann aber auch – nach dem frühen Tod des älteren Bruders – Alfred und Tony Johannot als ›Johannot frères zusammen, etwa an den durchaus romantischen Illustrationen zu den Gesammelten Werken Walter Scotts und James Fenimore Coopers oder den ›Chansons‹ Pierre-Jean de Béranger's Ende der zwanziger, Anfang der dreißiger Jahre des neunzehnten Jahrhunderts; die letzte gemeinsame Arbeit – vor dem Tod Alfreds im Jahr 1837 – sind die Illustrationen zu Victor Hugos ›Notre-Dame de Paris‹ (1836). Tony Johannot hat etwa hundertfünfzig Bücher illustriert, darunter – als seine bedeutendste Tat, mit der er Jean Gigoux aus dem Felde schlägt, der 1835 mit seinen Illustrationen zum ›Gil Blas‹ großen Erfolg hat – die Bebilderung des ›Don Quixote‹ in den Jahren 1836/37. Die technische Voraussetzung für den Siegeszug des illustrierten Buches ist mit der Revolutionierung des alten Holzschnitts zur modernen Xylographie gegeben, der sich dann auch Lithographie-Karikaturisten wie Daumier, Grandville, Gavarni und Traviès zuwenden. Aus dem Vergleich mit Gigoux und Gavarni nimmt Arthur Rümann – Verfasser einer Monographie zum ›Illustrierten Buch des 19. Jahrhunderts‹ (1930) – die Kriterien für das stilistische Urteil über das graphische Schaffen Tony Johannots: »Sicherlich von Gigoux beeinflußt, hatte Johannot sich eine Art angewöhnt, die mit großer Vorliebe starke Helligkeit gegen schwarze Partien stellt. Vergleicht man seine Vignetten mit denen des gleich liebenswürdigen Gavarni, die zur selben Zeit entstanden, so wirken sie noch weniger graphisch im eigentlichen Sinne, so meldet sich immer wieder Johannot's malerische Begabung. Mit schweren, ungebrochen schwarzen Flächen schafft er Hintergründe, vor denen er seine dramatisch bewegten Figuren sich bewegen läßt«. Für das Ende der dreißiger Jahre, in die ja die Illustrationen zu ›Le Diable boiteux‹ fallen, konstatiert Rümann Tendenzen zur lyrischen Entspannung und einen gewissen Manierismus, die beide im Zusammenhang des allgemeinen Abstiegs der Romantik und einer Erschöpfung der immensen Produktion des Künstlers gesehen werden. Unbeschadet dieser Kritik gehören die Illustrationen zu Lesages ›Hinkendem Teufel‹ zu den graphischen Hauptwerken Johannots und damit zu den Hauptwerken der illustrierenden Buchkunst in der Mitte des neunzehnten Jahrhunderts überhaupt.

Auffallend allerdings, daß sich der graphische Künstler – obwohl es ihm durch die vorhergehende, mit Kupfern ausgestattete Ausgabe des Buches schon im siebzehnten Jahrhundert nahegelegt wird – das zentrale Erzählmotiv des Romanschreibers, die Schau von den Dächern und Türmen der Stadt in die Stadt hinein, den Blick in die Waben der Häuser und den auf diese Weise erzeugten Eindruck des Massenhaften hat entgehen lassen! Er beläßt es bei einer Vignette, die allein das nächtliche Fluggespann zeigt. Die unterschiedlichen Szenen des Romans, aus denen die Illustrationen Johannots gewonnen sind, wirken deshalb als Bild näher und intimer, als sie sich im Auge der Romanhelden – Faust-Leandros und Mephisto-Asmodis – spiegeln. Dabei entwickeln sich gerade in den vierziger und fünfziger Jahren des neunzehnten Jahrhunderts solche Querschnitte durch Großstadthäuser nicht nur zur literarischen, sondern gerade auch zur graphischen Mode. Ich konfrontiere deshalb, diese Lücke zu schließen, im Rahmen dieses Nachworts eine der älteren Kupferstich-Illustrationen mit solch einer vergleichbaren Neugestaltung des Motivs, zeitlich in etwa parallel zu unserer deutschen Lesage-Übersetzung von 1840, einen um 1850 entstandenen Holzstich Bertalls, betitelt: ›Fünf Etagen der Pariser Welt‹. Daß der Zeichner ›Häuser-Querschnitt‹ gleich ›Welt‹ setzt, macht den direkt-indirekten Einfluß Lesages ähnlich eindringlich, wie ich dies mit dem einleitend wiedergegebenen Äußerungen Hebbels – der Blick über die Stadt als ›Welt-Theater‹ – zu belegen versuchte.

Karl Riha

Inhalt

Geschichten, Sammlungen, Märchen und Abenteuer

Lewis Carroll. Briefe an kleine Mädchen
Aus dem Englischen übersetzt und herausgegeben von Klaus Reichert. Mit Fotografien des Autors. it 172

Lewis Carroll. Geschichten mit Knoten
Herausgegeben und übersetzt von W. E. Richartz. Mit Illustrationen von Arthur B. Frost. it 302

James Fenimore Cooper. Lederstrumpf
Bearbeitung der Übersetzung von E. Kolb durch Rudolf Drescher. Mit Illustrationen von D. E. Darley. it 179/180/181/182/183

Alphonse Daudet. Tartarin von Tarascon
Die wunderbaren Abenteuer des Tartarin von Tarascon. Mit Zeichnungen von Emil Preetorius. it 84

Daniel Defoe. Robinson Crusoe
Mit Illustrationen von Ludwig Richter. it 41

Charles Dickens. Oliver Twist
Aus dem Englischen von Reinhard Kilbel. Mit einem Nachwort von Rudolf Marx und 24 Illustrationen von George Cruikshank. Vollständige Ausgabe. it 242

Die großen Detektive
Detektivgeschichten mit Auguste Dupin, Sherlock Holmes und Pater Brown. Herausgegeben und mit einem Nachwort von Werner Berthel. Mit zeitgenössischen Illustrationen von George Hutchinson. it 101

Alexandre Dumas. Der Graf von Monte Christo
Mit Illustrationen von Pavel Brom und Dagmar Bromova. Zwei Bände. it 266

Die Erzählungen aus den Tausendundein Nächten
Einleitung von Hugo von Hofmannsthal. Vollständige Ausgabe in zwölf Bänden. Nach dem arabischen Urtext der Calcuttaer Ausgabe aus dem Jahre 1839 übertragen von Enno Littmann. Mit farbigen Miniaturen. it 224

Geschichten, Sammlungen, Märchen und Abenteuer

Ein Fisch mit Namen Fasch
und andere Gedichte und Geschichten von Menschen und anderen Menschen. Mit vielen Bildern zusammengestellt von Elisabeth Borchers. it 222

Manuel Gassers Köchel-Verzeichnis
Kulinarische Erinnerungen und Erfahrungen mit vielen seltenen Rezepten. Mit Illustrationen von Heinz Edelmann. Vierfarbendruck. it 96

Manuel Gasser. Die Küche meiner Tante Mélanie
Französische Hausmannskost von anno dazumal. Mit Illustrationen von Boris von Borodine. it 192

Gebete der Menschheit
Religiöse Zeugnisse aller Zeiten und Völker. Herausgegeben von Alfonso M. di Nola. Zusammenstellung und Einleitung der deutschen Ausgabe von Ernst Wilhelm Eschmann. it 238

Grandville. Bilder aus dem Staats- und Familienleben der Tiere
Zwei Bände. Mit einem Nachwort von Karl Riha. it 214

Wilhelm Hauff. Märchen
Band I und II. Herausgegeben von Bernhard Zeller. Mit Illustrationen von Theodor Weber, Theodor Hosemann und Ludwig Burger. it 216/217

Zum Kinderbuch
Betrachtungen. Kritisches. Praktisches. Herausgegeben von Jörg Drews. Mit einem Index der Benjaminschen Kinderbuchsammlung und Illustrationen aus alten Kinderbüchern. it 92

Kinder- und Hausmärchen gesammelt durch die Brüder Grimm
Mit den Zeichnungen von Otto Ubbelohde und einem Vorwort von Ingeborg Weber-Kellermann. Drei Bände. it 112/113/114

Das große Lalula
und andere Gedichte und Geschichten von morgens bis abends für Kinder. Zusammengestellt von Elisabeth Borchers. Mit Illustrationen. it 91

insel taschenbücher
Alphabetisches Verzeichnis

Cooper: Lederstrumpferzählungen (5 Bde.) it 179-183
Dante: Die Göttliche Komödie (2 Bände) it 94
Daudet: Tartarin von Tarascon it 84
Daumier: Macaire it 249
Defoe: Robinson Crusoe it 41
Denkspiele it 76
Dickens: Oliver Twist it 242
Die großen Detektive it 101
Diderot: Die Nonne it 31
Dumas: Der Graf von Monte Christo (2 Bände) it 266
Dumas: König Nußknacker it 291
Eichendorff: Aus dem Leben eines Taugenichts it 202
Eichendorff: Gedichte it 255
Eisherz und Edeljaspis it 123
Die Erzählungen aus den Tausendundein Nächten
(12 Bände in Kassette) it 224
Fabeln und Lieder der Aufklärung it 208
Der Familienschatz it 34
Ein Fisch mit Namen Fasch it 222
Fabre: Das offenbare Geheimnis it 269
Flaubert: Ein schlichtes Herz it 110
Flaubert: Lehrjahre des Gefühls it 276
Flaubert: Madame Bovary it 167
Fontane: Der Stechlin it 152
Fontane: Effi Briest it 138
Fontane: Unwiederbringlich it 286
le Fort. Leben und Werk im Bild it 195
Caspar David Friedrich: Auge und Landschaft it 62
Manuel Gassers Köchel-Verzeichnis it 96
Gasser: Tante Melanie it 192
Gebete der Menschheit it 238
Das Geburtstagsbuch it 155
Geschichten der Liebe aus 1001 Nächten it 38
Goethe: Dichtung und Wahrheit (3 Bde.) it 149-151
Goethe: Die Leiden des jungen Werther it 25
Goethe: Die Wahlverwandtschaften it 1
Goethe: Faust (1. Teil) it 50
Goethe: Faust (2. Teil) it 100
Goethe: Gedichte in zeitlicher Folge (2 Bände) it 350
Goethe: Hermann und Dorothea it 225
Goethe: Italienische Reise it 175
Goethe: Liebesgedichte it 275
Goethe: Maximen und Reflexionen it 200
Goethe: Reineke Fuchs it 125
Goethe – Schiller: Briefwechsel (2 Bände) it 250

Goethe: Tagebuch der italienischen Reise   it 176
Goethe: Über die Deutschen   it 325
Goethe: West-östlicher Divan   it 75
Gogh: Briefe   it 177
Gogol: Der Mantel   it 241
Grandville: Staats- und Familienleben der Tiere (2 Bde.)   it 214
Grimmelshausen: Courasche   it 211
Gundert: Marie Hesse   it 261
Hauff-Märchen (2 Bände in Kassette)   it 216/it 217
Hebel: Bildergeschichte vom Zundelfrieder   it 271
Hebel: Kalendergeschichten   it 17
Heine: Memoiren des Herren von Schnabelewopski it 189
Heine: Buch der Lieder   it 33
Heras: Am Anfang war das Huhn   it 185
Hesse: Dank an Goethe   it 129
Hesse: Geschichten aus dem Mittelalter   it 161
Hesse: Hermann Lauscher   it 206
Hesse: Kindheit des Zauberers   it 67
Hesse: Leben und Werk im Bild   it 36
Hesse: Meisterbuch   it 310
Hesse: Piktors Verwandlungen   it 122
Hesse/Schmögner: Die Stadt   it 236
Hesse/Weiss: Der verbannte Ehemann   it 260
Hillmann: ABC-Geschichten   it 99
E. T. A. Hoffmann: Der unheimliche Gast   it 245
E. T. A. Hoffmann: Elixiere des Teufels   it 304
E. T. A. Hoffmann: Kater Murr   it 168
Hölderlin-Chronik   it 83
Hölderlin: Dokumente seines Lebens   it 221
Homer: Ilias   it 153
Horváth: Leben und Werk   it 237
Ricarda Huch: Der Dreißigjährige Krieg (2 Bde.) it 22/23
Hugo: Notre-Dame von Paris   it 298
Jacobsen: Die Pest in Bergamo   it 265
Jacobsen: Niels Lyhne   it 44
Kant-Brevier   61
Kaschnitz: Courbet   it 327
Kaschnitz: Eisbären   it 4
Kästner: Die Lerchenschule   it 57
Kästner: Die Stundentrommel vom heiligen Berg Athos   it 56
Kästner: Griechische Inseln   it 118

Turgenjew: Erste Liebe it 257
Turgenjew: Väter und Söhne it 64
Der Turm der fegenden Wolken it 162
Twain: Huckleberry Finns Abenteuer it 126
Twain: Leben auf dem Mississippi it 252
Twain: Tom Sawyers Abenteuer it 93
Voltaire: Candide it 11
Voltaire: Karl XII. it 317
Voltaire: Sämtliche Romane und Erzählungen
(2 Bände) it 209/it 210
Voltaire: Zadig it 121
Vom Essen und Trinken it 293
Wagner: Ausgewählte Schriften it 66
Wagner: Leben und Werk it 334
Walser: Fritz Kochers Aufsätze it 63
Walser (Robert): Liebesgeschichten it 263
Das Weihnachtsbuch it 46
Das Weihnachtsbuch der Lieder it 157
Das Weihnachtsbuch für Kinder it 156
Wilde: Die Erzählungen und Märchen it 5
Wilde: Salome it 107
Wilde: Leben und Werk it 158
Der Zauberbrunnen it 197
Zimmer: Yoga und Buddhismus it 45